Hans Kämmerer D

Hans Kämmerer, in Berlin geboren, als Jürgen Sparwasser das WM-Tor gegen die Bundesrepublik schoss, ist Bassist der Band Chaplin. Er studierte Medienwissenschaft und arbeitete in unterschiedlichen Branchen als Projektmanager, Vertriebsleiter, Marketingberater oder Redakteur für Lifestyle-Themen. *Das rote Tuch* ist sein Debüt und Auftakt der Kommissar-Tennat-Reihe.

Hans Kämmerer

Das rote Tuch

Ein Berlin-Krimi

Bild und Heimat

ISBN 978-3-95958-060-1

1. Auflage

Umschlaggestaltung: fuxbux, Berlin
Umschlagabbildung: © Photocase / madochab und iStock / Michel Ulman
Druck und Bindung: GGP Media GmbH, Pößneck

Ein Verlagsverzeichnis schicken wir Ihnen gern:
BEBUG mbH / Verlag Bild und Heimat
Alexanderstr. 1
10178 Berlin
Tel. 030 / 206 109 – 0

www.bild-und-heimat.de

Es ist weder das eine noch das andere,
es ist stets ein schwebender Zustand,
der die Menschen am Leben erhält –
ganz wie bei der Mode.

Teil I: Herbst / Winter

Kapitel 1

»Es liegen Leichenteile auf der Straße.«

Genau das hatte Konrad verstanden, bevor ihm klarwurde, dass die angenehm warme Stimme, die dies kurz nach neunzehn Uhr einen Hauch zu routiniert verkündete, bestimmt Reifenteile gemeint haben musste. Es ergab im Kontext des RIAS-Verkehrsfunks einfach mehr Sinn, und sofort erschienen vor Konrads innerem Auge abgefallene Radkappen, zerbeulte Stahlfelgen und aufgeplatzte Reifen, die quer über den Asphalt der Westberliner AVUS kullerten.

Doch der Verhörer ließ ihn, der er im Ostteil derselben Stadt war, nicht mehr so schnell los. Schließlich saß er ebenfalls in einem Auto. Kurz nach Sonnenuntergang. Umgeben von dunklen Abgasschwaden, die die Sicht durch die von innen beschlagenen Scheiben zusätzlich erschwerten. Auch der feine Nieselregen verlängerte bestimmt den Bremsweg auf einer für sonntags recht vollen Schönhauser Allee, deren immer weiter verfallende Altbauten wohl am offensichtlichsten den Zustand der Infrastruktur des ganzen Landes widerspiegelten.

Da Konrad nicht selbst Auto fahren konnte, hatte er keinen Einfluss auf potentielle Gefahren, und so sah er nach links zu seiner Frau, die wie immer am Steuer saß und äußerst souverän jedes Schlagloch umfuhr und ihn sofort auf einen anderen Aspekt des Wortes »Leichenteile« brachte. Hätte Vanessa ebenfalls das Wort »Leichenteile« im Radio vernommen, hätte sie sich bestimmt gefragt, ob und wie diese Leichenteile noch angezogen seien. Vanessas Gedanken betrafen immer zuerst das Optische, also primär

Farbe, Form und Beschaffenheit einer Hülle. Ihr wäre es folglich niemals um das blanke, tote Fleisch oder blutige Innereien gegangen, sondern allein um jene von Menschen geschaffene zweite Haut und ob diese zum Beispiel aus einem Satin-, Tweed- oder Jersey-Stoff mit Nadelstreifen-, Hahnentritt- oder Glencheck-Muster gefertigt war. Dafür lebte Vanessa. Und dafür liebte Konrad sie. Ja, das tat er noch immer und ganz besonders an diesem Tag in seiner alten grauen Cordhose.

Sein Blick wanderte ein paarmal zwischen Vanessas aufwendig besticktem Rock, einem Unikat, und seinem eigenen einfallslosen Beinkleid hin und her, bis er beim Dederon-Einkaufsbeutel hängenblieb, der zwischen seinen Schuhen im Fußraum lag. Wenn ihr Wartburg unter einer Straßenlaterne herfuhr, schien es, als würde der Beutel das kalte Quecksilberlicht magisch anziehen und in ein warmes Leuchten umwandeln, so beschaffen war diese preiswerte Polyamidfaser, die im Westen Perlon genannt wurde, jedoch chemisch dieselbe Formel wie Dederon besaß. Dieser sehr billige thermoplastische Kunststoff war auch in Bezug auf den lila-pinkfarbenen Blumenmotiv-Druck nicht ganz das, womit Vanessa sonst arbeitete. Trotzdem verbarg gerade dieser massenweise produzierte Beutel ein wirklich einzigartiges Geheimnis, das ausgerechnet Vanessas ganzes Leben und Schaffen verändern könnte.

Wenn Konrad Morgenstern recht behielt und kein Spinner war. Dann würde er in diesem Herbst einen Frühling erleben, der ihm ermöglichte, sogar in dem von ihm als stets bedrückend empfundenen Winter über sich selbst hinauszuwachsen. Erst ein Mal hatte er diese Kraft erlebt. Und seit diesem Sonntag sah es danach aus, dass es wieder passieren könnte.

Nicht dass Konrads Leben mit Vanessa in den letzten dreißig Jahren unglücklich verlaufen wäre, im Gegenteil, was hätte er bloß ohne sie gemacht … Aber es gab nun mal selten ganz besondere Momente, die das eigene Leben durch dramatische Veränderungen entscheidend voranbrachten. Und diesmal wollte er die treibende Kraft sein. Denn beim ersten und bisher einzigen Mal, als Konrad einen Frühling im Herbst und auch im Winter erlebt hatte, war alles von Vanessa ausgegangen.

Es geschah an einem Montagmorgen um acht und genau dort, wo sie jetzt auf der Schönhauser Allee hinfuhren. Ohne Fernsehturm und manch anderem Betonguss sah der Alexanderplatz im Jahr '59 noch leerer und flacher aus, als Vanessa schwerbepackt in der Karl-Liebkn Die Auswirkung der echt-Straße an der Bushaltestelle auftauchte.

Beide Arme waren voll mit diversen bunten Stoffballen, einer großen Zeichenmappe und sogar einem Regenschirm, obwohl seit Tagen die Sonne schien und sich kaum ein Wölkchen am Himmel blicken ließ. Doch vor allem starrte fast jeder der Wartenden Vanessa an, da sie einen feuerrot gefärbten Bubikopf trug, wie es sich damals sonst keiner traute. Ebenso wenig wie solch ultramarinblaues Wollmäntelchen, jenen giftgrünen Filzrock oder die hohen schwarzen Reiterstiefel.

Konrad war derart fasziniert von dem Anblick dieser aller Tristesse trotzenden Erscheinung, dass er beschloss, am nächsten Tag wieder zur selben Uhrzeit an der Bushaltestelle zu stehen, obwohl er sonst erst später in der Uni sein musste. Und er tat es am darauffolgenden Mittwoch, Donnerstag und Freitag für einige Wochen lang in seinem grauen Einheitsanzug und einem tief ins Gesicht gezogenen Hut. Er versteckte sich in der wartenden Masse und beobachtete Vanessa auch im Bus ganz genau, jedoch stets mit gewissem Abstand, bis sie beide vier Stationen später Unter den Linden nacheinander ausstiegen. Konrad war ein großer, grauer Schatten von einem kleinen, bunten Kunstwerk, das dann quer gegenüber in der Staatsoper verschwand.

Bis Vanessa eines Morgens nicht um acht am Alexanderplatz auftauchte und Konrad sofort in Erwägung zog, dass sie nach einem zeitlich begrenzten Praktikum für immer aus seinem Leben verschwunden wäre. Es war aus, bevor es anfing. Es war aus, bevor er den Mund aufmachte. Konrad bereute zutiefst, ein derartiger Feigling zu sein, und ließ einen weiteren Bus vorbeifahren, obwohl es stark regnete. Das tat es an diesem Tag zum ersten Mal seit Wochen. Es goss wie aus Eimern, doch er bekam das nur am Rande mit, da er in die vor ihm befindliche Pfütze starrte und all das aufzählte, was er an Eigenschaften nicht besaß oder nicht in seiner Umgebung zu entdecken meinte. Ihm fiel all das ein, was anders und bunter sein müsste. Nur hatte er jemals eine Wahl gehabt? Schließlich studierte er Mathematik und war Kopfmensch. Er saß meist in einem selbstgewählten Kämmerlein, und bevor er etwas entschied oder anging, rechnete er es gründlich durch. Wie nun gerade. Im Regen. Obwohl es sinnlos war. Die Wahrscheinlichkeit, dass er jemals mit solch einem Mädchen zusammenkam, tendierte gen Null. Nichts besaß er, was solch eine Lichtgestalt hätte interessieren können. Unendlich viel Nichts.

Ausgerechnet in diesem Moment, wo er seine pessimistische Rechnung gemacht und sich entschieden hatte, den nächsten Bus zu nehmen, wurde ihm plötzlich ein Regenschirm über den Kopf gehalten, den er aus den Wochen zuvor nur zugeklappt kannte. Vanessa stand auf Zehenspitzen hinter ihm, kippte leicht nach vorn, stützte sich mit einer Hand an seinem Arm ab und fragte, wie spät es sei, obwohl geradeaus, in bester Sicht, die Turmuhr des Roten Rathauses mit ihrem fünf Meter großen Ziffernblatt genau halb neun Uhr anzeigte.

»Danke«, sagte Konrad gedankenversunken, als ihr Wartburg auf der Schönhauser Allee an der Kreuzung zur Gleimstraße hielt, direkt neben dem Colosseum-Kino.

»Was?«, fragte Vanessa und drehte sich kurz zu ihm.

»Nichts«, sagte Konrad schnell. »War nur in Gedanken.«

»Du hast danke gesagt«, hakte Vanessa nach und stellte das Radio aus.

»Ach …«

»Ja, selber schuld«, fand Vanessa und legte ihre Hand auf seine graue Cordhose, knapp über den Knieansatz. »Danke ist gut. Nur wofür?«

»Für alles«, antwortete er und nahm ihre zarte Hand, um sie zu küssen.

Dann lief er rot an. Wie so oft. Immer noch. Selbst bei ihr. Oder vielleicht auch nur bei ihr. Immer noch.

Die Ampel sprang auf Grün. Zum Glück. Vanessa fuhr los, und Konrad drehte sein Gesicht zum Fußgängerweg nach rechts. Wie beim Wort »Leichenteile« verhielt es sich nun mit dem Wort »danke«. Ihm fiel vieles ein, wofür er wirklich dankbar sein konnte. Musste. Seit dreißig Jahren. Nie waren Vanessa und er räumlich getrennt. Nie gab es einen schlimmen Streit zwischen ihnen. Trotz der Unterschiede. Für ihn ging der Winter oftmals nur über in den nächsten Winter, für Vanessa schien stets Sommer. Aber sie zwei glichen dadurch eher den beiden unzertrennlichen Seiten einer Eine-Mark-Münze. Er war die Zahl, simpler Informationsgehalt, und Vanessa mit Hammer und Sichel die Bildseite.

Es gab seit jenem Herbst ’59, seinem ersten Frühling, kein besseres Bild dafür. Für sie beide und das System, in dem sie lebten. Denn wenn Konrad sich das, was sie jeden Tag umgab, genauer betrachtete, so konnte er allein schon durch Vanessas Kunst feststellen, dass das System ebenfalls von Widersprüchen lebte, es schien nicht anders zu gehen. Gewisse Teile der Gesellschaft gaben Unmengen an Geld für das aus, was sie eigentlich hätten bekämpfen sollen. Den reinen Schein. Für das, was vor allem dem Sinn unterlag, sich von anderen ganz offensichtlich zu unterscheiden. Dabei sollte es keine Klassen geben. Und ausgerechnet die höchsten Funktionäre, denen diese elementare Sache doch bereits in Fleisch und Blut übergegangen sein sollte, zelebrierten es. Sie kamen aus allen Ländern des Warschauer Paktes, gaben jeden Monat in Vanessas Atelier unter der Hand Tausende von Mark dafür aus. Und da sie Prêt-à-porter oder Haute Couture selten legal erwerben und schon gar nicht offiziell vor ihrem Volk tragen konnten, ließen sie es eben detailgetreu allein für sich privat und unter ihresgleichen nachfertigen. Vanessas Kunst hätte man früher als Hofschneiderei bezeichnet, obwohl sie natürlich noch mehr konnte. Wiederum er, der blasse Konrad, der weder als besonders modebewusst noch als guter Verkäufer in eigener Sache galt und sich seit seinem Studium ohne große Ambitionen als einfacher Angestellter allein für das Innenleben von Rechenmaschinen interessierte, hatte nun tatsächlich die dafür notwendigen Gesetzmäßigkeiten entdeckt.

Wenn er sich nicht irrte. Wenn Konrad Morgenstern nicht wieder ein Muster in seiner Umwelt entdeckte, das es laut der anderen nicht gab. Ja, dann lag es wohl daran, dass er als Außenstehender dem Zirkus den ganzen Zauber nahm.

Mit zunehmendem Alter behielt er aber seine Ideen für sich, bis er sie hundertprozentig überprüft hatte. Und so war es auch in den letzten Wochen gewesen und besonders an diesem Tag, an dem ihn aufgrund seiner Erkenntnisse so viele Emotionen durchströmten. Selbst am Nachmittag, als sie Vanessas beste Freundin besucht hatten, war dies so gewesen. Eine Schneiderin, ein Mathematiker, die Chefredakteurin der Modezeitung *Sibylle* und ein Redakteur des *Neuen Deutschland* tranken in einer Pankower Villa Kaffee und Sekt, aßen Kuchen und Pralinen, spielten Karten und plauderten von alten, aktuellen und kommenden Zeiten. Zwar wäre Konrads Entdeckung für die *Sibylle* oder auch das *Neue Deutschland* geradezu eine perfekte Geschichte gewesen, doch er trug wie immer kaum etwas zur Konversation bei und hielt sich sogar noch mehr zurück als sonst. Er schaute sich die meiste Zeit einfach die Gesichter der anderen an, jedes Detail, als würde er zum ersten Mal jemand anders richtig ansehen können. Er hatte Menschen – also alle außer Vanessa – womöglich noch nie derart betrachtet. Sogar ihre Hände, wie sie etwas hielten, sich etwas in den Mund steckten oder beim Reden in der Luft herumwirbelten. Da spürte Konrad einen gewissen Frieden in sich. Es störte ihn somit auch nur marginal, als der erwachsene Sohn der Gastgeber, ein eitler Charité-Arzt, vorbeikam und Vanessas Freundin – die Gastgeberin, Mutter und nun auch Großmutter – ihren fetten Enkel ausgerechnet Vanessa auf den Schoß setzte. Nein, Konrad fühlte selbst in diesem Moment keinen Schmerz, obwohl Vanessa und er ihre eigene Tochter Coco im Jahre '61 verloren hatten.

Er dachte allein an das Ziel. An seinen zweiten Frühling im Herbst und im Winter. Und was alles dadurch passieren könnte. Nicht nur in ihrem Staat, dem System, lag etwas in der Luft. Konrad spürte, dass der Kreis des Lebens sich bald auch in einem persönlichen Sinne schließen würde.

»Danke«, entfuhr es ihm wieder, als sie hinter der Volksbühne am Rosa-Luxemburg-Platz über eine Seitenstraße in die Karl-Liebknecht-Straße einbogen.

Doch Vanessa vernahm diesmal sein Danke nicht, obwohl er es wesentlich lauter und ganz bewusst ausgesprochen hatte. Es lag aber weder am in Sichtweite befindlichen Erinnerungsort ihres Kennenlernens noch am sich besonders imposant vom Abendhimmel absetzenden Fernsehturm am Alex, sondern allein an den vielen Menschen auf dem Fußgängerweg. Vanessa schüttelte den Kopf. Konrad ebenfalls.

Vor dem Verlagssitz der *Berliner Zeitung* hielten einige kirchliche Vollbartträger selbstgemalte Plakate hoch, wie es in Leipzig schon seit September zu den Montagsdemos der Fall war. Da Vanessa und er sich stets aus solchen Dingen heraushielten, sah seine Frau vermutlich wieder vor allem eine blau-schwarze Hülle, die aus Stonewashed-Jeans und Synthetik-Lederjacken mit Schulterpolstern bestand.

Da konnte Konrad sich nicht mehr zurückhalten und es platzte aus ihm heraus: »Im nächsten Jahr kommen die konträren Grundsilhouetten weit und wadenlang sowie hauteng und minikurz. Das heißt lange Pullover, Tuniken, weite Overshirts, strenge Blazer, Stretchanzüge, Lycra-Kleider, Jersey-Radlerhosen und strumpfhosenartige Leggins aus rotem Pannesamt oder schwarzem Strickstoff.«

Und siehe da, mitten auf der Kreuzung bekam er Vanessas volle Aufmerksamkeit. Sie drehte ihren Kopf nach rechts und schaute ihn mit großen Augen an.

Doch wollte er das?

Sie standen äußerst ungünstig in der Abbiegerspur zur Alexanderstraße. Bis Autos hupten. Und Menschen schrien. Denn ein anderes Auto raste plötzlich in ihre Richtung, bremste, kam ins Schlittern, rammte einen Bus, der dann … Das Letzte, was Konrad in diesem Moment dachte, war das, was er einige Minuten zuvor im Radio falsch verstanden hatte: »Leichenteile«.

Kapitel 2

Mensch, Sven, jetzt liegst du endlich im Bett und kriegst kein Auge zu. Sag mir: Warum? Du bist doch bereits seit über vierzig Stunden wach und hast ab morgen mehr als eine Woche frei, da du Überstunden abbauen sollst. Trotzdem schläfst du nicht ein. Es ist total absurd, denn wie oft wünschst du dir genau das? Daliegen, nichts tun, dösen. Jedenfalls hast du es gestern noch getan, als die Nacht zum Tag wurde. Ihr musstet schnell handeln. Na klar, die ersten Stunden sind immer entscheidend. Manche sprechen von zwölf, andere von achtundvierzig Stunden, in denen man eine heiße Spur haben muss. Ihr habt es in vierundzwanzig geschafft. Ihr kamt zum Tatort, die Spurensicherung ergab bis auf die vermeintliche Todesursache noch nicht viel, dann habt ihr die Wohnung durchsucht, im Papiermüll mittels zerrissenen Briefen einen Hinweis gefunden, nach einer kleinen Odyssee die betreffende Person nachts am Rosenthaler Platz abgefangen und zum LKA geschleppt. Es folgte ein zähes Ringen, das bis zum Vormittag dauerte, doch dann brach der Verdächtige schließlich heulend zusammen und gestand alles. Der Fall ist damit wie bald auch der ganze Schreibkram abgeschlossen und kann als klassische Beziehungstat aus deinem Kopf in den Aktenschrank für das laufende Jahr verschwinden. Also wieso kannst du jetzt nicht schlafen? Mensch, Tennat, sag, warum!

Genau das fragte sich Kommissar Sven Tennat. Er konnte sich sonst zu allen möglichen Tageszeiten auf der Couch seines Chefs, auf dem blanken Boden seines Büros oder der Rückbank seines grünen Fords zusammenkauern und von einer Sekunde auf die andere einfach wegratzen. Doch nun …

Vielleicht lag es an dem Lied »Das Model« von Kraftwerk. Es erschien erstmals 1978 auf dem Album »Die Mensch-Maschine«, wurde aber in Deutschland erst 1982 ein Nummer-eins-Hit. Sven Tennat mochte das Lied und hatte schon als Kind die Entwicklung der Düsseldorfer Band verfolgt, da sein Vater bereits in den Siebzigern gemeint hatte, bald klänge Musik nur noch so, dies sei die Zukunft. Sein Vater hatte sich also alles von denen gekauft, obwohl er sonst dem Jazz zugeneigt gewesen war. »Das Model« war in Sven Tennats eigene Plattensammlung übergegangen, doch nicht Kraftwerk waren an diesem Abend der Grund, warum das Lied in seinem Kopf herumschwirrte. Es lag vielmehr an der Ostberliner Band Rammstein und ihrer Coverversion von »Das Model« aus den Neunzigerjahren, welche an diesem tristen Januartag anlässlich eines Berichts über die in der Woche zuvor veranstalteten Fashion Week im Radio gespielt worden war. Tennat hatte sie nach Dienstschluss in seinem Auto gehört und war ein wenig enttäuscht gewesen, da ihm die unbekannte Version des weltberühmten Liedes keine nennenswerte neue Facette offenbart hatte. Das hinderte seinen Kopf jedoch nun zu Hause im Bett nicht daran, Rammsteins hämmernde Rhythmus-Gitarren und die dazu allzu stark kontrastierenden, fast lieblichen Keyboardsounds als Loop immer wieder in sein Bewusstsein zu spülen.

Ohrwürmer kannte Sven Tennat eigentlich gut, da er immer viel Musik hörte, selbst zum Einschlafen. Und »Das Model« konnte auch nicht den Wust an all den anderen Bewusstseinsinhalten erklären, die ebenfalls sein Gehirn durchfluteten. Da gab es zum Beispiel den Atem, den er beobachtete. Sein Atem glitt meist gleichmäßig über seine Brust. Nur einmal gab es leichte Irritationen wegen eines Gedankens an seinen Kollegen Udo Melzig, der in der Nacht zuvor wieder eine Stichelei zu Tennats Kleidung fallengelassen hatte, in diesem Fall hatte es seine neuen Schuhe getroffen: »Ökolatschen«. Ein fast antiquiertes Wort, wie Tennat befand, und doch ärgerte es ihn. Denn es waren echte Trippen, die er in der Woche zuvor im Outlet-Store in der Köpenicker Straße erworben hatte. Trippen waren handgemacht, sehr bequem, besaßen oftmals außen am Rand eine schöne Naht, hielten jahrelang und galten zum Beispiel in Japan als eine sehr begehrte Marke, auch wenn dieser Aspekt Tennat am wenigsten interessierte. Vielmehr mochte er den Gedanken, dass Trippen in einer eigenen Manufaktur in Zehdenick produzierte wurden, also hierzulande, wo es bereits zu DDR-Zeiten eine Schuhproduktion gab. Für Melzig, der neuerdings am liebsten online kaufte, waren Trippen aber nur Ökolatschen, und es ging auch nicht um die Schuhe an sich, sondern um Tennat als Person, oder um alle anderen Menschen, die so etwas trugen oder einfach anders als Melzig aussahen, dachten, waren, lebten. Und beim erneuten Gedanken an diese Situation ärgerte sich Tennat wieder, da er Melzig nicht darauf angesprochen hatte, dass sie als Polizisten Objektivität nicht nur nach außen zu verkörpern hätten, sondern auch verinnerlicht haben sollten. Im Idealfall. Jedenfalls ging es nicht ums Äußerliche, denn das führte bei ihrer Arbeit oftmals zu Trugschlüssen, Trugspuren und überhaupt … Es war wieder einer jener Momente gewesen, wo Tennat daran gedacht hatte, dass Melzig aus Königs Wusterhausen kam, dessen Abkürzung KW sich im Volksmund so gut durchgesetzt hatte, da KW eben auch für Kurzwelle stand und damit auch an die dereinst dort stehende große Rundfunk-Sendeanlage erinnerte. Nur zwischen Melzig und Tennat gab es immer wieder eine Sendestörung. Dabei kamen sie beide aus dem Osten, also Melzig östlich von Ostberlin und Tennat aus dem Osten von Westberlin, ergo Neukölln.

Da dies aber eigentlich nichts Neues war, versuchte Sven Tennat bald seinen Atem zu beruhigen. Er zog die Luft tief in den Bauch hinein und spürte sogar den Beckenboden. Er gab sich parallel dazu der Suggestion hin, dass sein Herz ruhiger schlagen sowie Arme und Beine ganz warm und schwer sein würden. All das eben, was man unter Autogenem Training zusammenfasst und er vor kurzem in einem auf der Straße gefundenen Ratgeber gelesen hatte. Das klappte auch, nur nicht mit dem Ziel, für Ruhe in seinem Kopf zu sorgen und endlich einzuschlafen. Es ergaben sich dafür neue Assoziationen. Bei Atem dachte Tennat bald an Luftzirkulationen, die es in der Natur gab. Brisen, Winde, Orkane. Bis er wieder zum Menschen, seinen Kollegen und dann jenem Begriff des Lebenshauchs kam. Sein Kollege Patrick Berner hatte gestern beim Anblick der Leiche die Formulierung gewählt, dass das Leben ausgehaucht sei. Ihr Chef Michael Wandt hatte ergänzt, dass der Atem generell eben nur ein Leben lang halten würde. Da hatte Udo Melzig gelacht, da er es zur vermeintlichen Todesart des Erwürgens passend fände. Aber es war weder ironisch noch sarkastisch gemeint gewesen, weder von Berner noch von Wandt, sondern melancholisch, das hatte Tennat ganz genau gewusst, aber für sich behalten. Und so kam er nun in seinem Bett und beim Wort Atem gleich noch auf Knoblauch, dessen Ausdünstungen manchmal unangenehm für andere aus dem Mund strömten, wenn sie noch lebten. Tennat hatte nämlich zwei Stunden zuvor, als er endlich zu Hause am Herrfurthplatz parkte, noch einen gemischten Teller bei *Salids Imbiss* gegessen. Und zu Makali, Falafel und Humus gehörte einfach neben einer anständigen Portion Sesam- und Mangosauce auch weiße Knoblauchpaste. Einfach himmlisch dieses Trio. Aber vielleicht vertrug er eben keinen Knoblauch mehr. Allergische Reaktionen konnten sich auch erst im Laufe des Lebens entwickeln, so wie es bei seinem Kollegen Berner gerade mit Tomaten, Zitronen oder zu viel Essig zu sein schien. Da bekam Patrick Berner von der Säure kleine Pusteln im Mund, die nicht für jemand anders ersichtlich, doch für ihn selbst unangenehm spürbar waren. Salat aß Tennat aber nicht. Dafür trank er zu Hause in der Badewanne ein Glas Rotwein. An dem konnte es gewiss nicht liegen, der machte ihn doch sonst todmüde. Eigentlich. Und ausgetrunken hatte er das Glas auch nicht, da die Hälfte ins Wasser schwappte. Das war das Gegenteil von Jesus, der bei der Hochzeit zu Kana angeblich Wasser zu Wein gemacht haben sollte. Mann, was ihm gerade alles einfiel …

Das mit Jesus kam aber bestimmt wegen des Fensterkreuzes, das seinen dicken Schatten verzerrt über die Bettdecke warf. Immer wieder sah Tennat dorthin. Zum Fenster und zum Kreuz auf der Bettdecke. Wenn er nicht gerade an Kraftwerk, Rammstein und »Das Model« dachte. Oder an Atem, Knoblauch und Schuhe. Oder an seine kleine Schwester. Ja, an das nicht erwachsen werden wollende Party-Girl dachte der sechzehn Jahre ältere Bruder ebenfalls oft. Das tat er auch sonst, weswegen er diesem Umstand in den letzten vierzig Minuten zunächst nicht viel Gewicht beilegte. Doch die Regelmäßigkeit, in der seine Gedanken immer wieder zu seiner Schwester führten, empfand er inzwischen als besonders auffällig. Als würde sie jeden Gedankensprung vorbereiten oder selbst etwas sagen wollen.

Tennat hatte sie jedenfalls seit Heiligabend nicht mehr gesehen. In dieser Länge kam das selten vor und bedeutete eigentlich ein gutes Zeichen. Sie war also weder pleite noch befand sie sich in einer anderen Krise. Heiligabend, als sie wie jedes Jahr bei ihm zu Hause mit viel Sekt gefeiert hatten, hatte sie auch von ihrem neuen Job geschwärmt. Die Leute dort waren anscheinend wirklich nett und der Laden lag so dicht bei ihrer Wohnung, ihrem Kiez in Friedrichshain. Und überhaupt lief alles gerade gut bei ihr, wie sie mehrmals betont hatte, auch wenn sie Heiligabend immer wieder ihr Smartphone zur Hand genommen hatte, als hätte sie auf eine wichtige Nachricht gewartet. Seine Schwester hatte aber partout nicht verraten wollen, wer ihr schreiben wollte, und so hatte er nur vermuten können, dass es vielleicht ein netter Junge wäre, der nun seit Heiligabend verstärkt ihre Zeit beanspruchte.

Genau das hätte Sven Tennat nun gern telefonisch geklärt. Manchmal hatte er einen Instinkt. Vielleicht konnte er auch darum nicht schlafen.

Es war nicht ein zu wacher Körper, es war nicht ein zu wacher Geist. Es war etwas, und das sagte er sich, obwohl er durch seine Arbeit ein Freund von logisch beweisbaren Dingen sein musste, es war etwas anderes. Vielleicht das Bauchhirn, das im Englischen wegen seiner vielen Neuronen *second brain* genannt wurde. Insbesondere auch seine eigene Kundschaft tat buchstäblich vieles aus dem Bauch heraus. Oder wegen einer anderen sich im Körper befindenden Antenne. Die soll es besonders zwischen Verwandten geben, egal wie weit entfernt sie sich befanden.

Das geht aber nicht, Sven. Du willst und musst jetzt schlafen, weil Silke Bartsch mit dir morgen auf einen Flohmarkt will. Ausgerechnet Flohmarkt. Du mit deinen Ökolatschen und deiner alten Plattensammlung. Und das ausgerechnet mit Silke Bartsch. So ziemlich jeder zweite Kerl im LKA hatte ein Auge auf die erst im Herbst aus Leipzig gekommene Kommissaranwärterin geworfen. Besonders Udo Melzig war sofort von ihr angetan gewesen und zeigte offensiv sein Interesse, was schließlich sogar zum Erfolg führte. Melzig schwärmte regelrecht von ihr, nannte sie … Ja, ein Model, nur nicht so groß. Also bis Silke nach zwei Monaten Schluss machte. Da sprach Udo Melzig ganz anders von ihr, und so, wie du es nicht magst, wenn man über Frauen spricht, Sven. Also wenn Melzig nun erfährt, dass ausgerechnet du mit Silke zum Flohmarkt … Nein, nein, worauf hast du dich da eingelassen …

Dabei ist Silke daran schuld, wenn es so etwas in diesem Sinne überhaupt gibt, und das Wort Schuld hast du schon allzu oft aus dem Munde besonders gefährlicher Menschen gehört. Aber schließlich kam Silke im Dezember auf die Idee, beim Julklapp in ihren Beutel ein Konzertticket von Modeselektor zu stecken, übrigens ebenfalls wie Kraftwerk eine Elektroband, nur moderner und wie Rammstein aus Berlin stammend. Und durch dieses Konzert, wofür natürlich auch sie eine Karte besaß, teilst du nun jetzt eben mit Silke Bartsch ein wenig mehr als mit anderen Kollegen, auch wenn du mit ihr nichts hast. Es ist einfach zu lange her, dass da etwas mit einer Frau passiert ist. Du hast dafür eigentlich keine Zeit. Und das mit Silke Bartsch ist sowieso nur eine kollegiale Freundschaft und ergab sich letztlich ohne großartiges Zutun beim Tanzen und anschließend, als du sie ganz brav bis zu ihrem Hauseingang gebracht hast. Sonst ist da nichts passiert. Null Komma nichts. Und es wird auch nichts sein. Auch wenn sie wie ein Model aussieht, wie Udo Melzig mal befand, nur kleiner. Oder auch gut tanzen kann, was dir immer sehr wichtig ist, Sven. Aber deswegen tanzen die Gedanken nicht in deinem Kopf herum. Da gibt es einen anderen Grund, weshalb du nicht einschlafen kannst.

Mensch. Tennat. Sag. Warum.

Kapitel 3

Es war nicht seine Schuld. Und es hatte auch niemand anders Schuld. Nein, die Schuld lag allein an einem ganz bestimmten Wasser, weswegen Francis Morgan an einem Samstagabend im Januar noch auf die Straße musste und eine Art Inspiration fand, die sein gesamtes Leben endgültig in gewisse Bahnen führte. Zunächst ahnte er aber nichts von diesem einschneidenden Erlebnis, zunächst war jeder Schritt mühsam.

Morgan ging generell ungern einkaufen und mied es, unnötig in der Öffentlichkeit zu sein. Nicht umsonst befand sich sein von hohen Mauern umrandetes Atelier abgelegen am Ende der circa einen Kilometer langen Revaler Straße, welche zwar im Bezirk Friedrichshain und damit für Geschäftstermine citynah lag, jedoch kaum normale Nachbarn besaß. Dieser heruntergekommene Gewerbeabschnitt hinter den S-Bahngleisen verströmte mit seinen verfallenen Fassaden und brüchigen Fußgängerwegen noch zu sehr das Flair des alten Ostens. Hier am Ende der Straße ging kaum jemand flanieren, shoppen oder ein gemütliches Café suchen. Hier lebte und arbeitete der Designer noch ungestört für sich.

Ein paar hundert Meter weiter westlich am Anfang der Revaler, wo sie die Warschauer Straße kreuzte und er nun hinmusste, sah es schon völlig anders aus. War Friedrichshain in den Neunzigern ein schmutziges Hausbesetzer-Viertel gewesen, das ein Quartiersmanagement benötigte, so war der Bezirk nun eine sanierte Hochburg für Vergnügungssüchtige geworden, dessen mäandernde Grenze jedes Jahr neue Straßenzüge eroberte.

Als Francis Morgan das Tor seines Ateliers hinter sich schloss, wirkte darum für ihn bereits nach wenigen Schritten durch den frisch gefallenen Schnee alles stark verschmutzt, weil er in der Ferne Menschen erblickte. Egal zu welcher Jahreszeit, egal zu welcher Stunde, sie waren inzwischen immer da, und er musste sich vor ihnen schützen.

Im Winter trug der Designer dazu kniehohe Schnürstiefel mit Stahlkappen zu einem anthrazitfarbenen Mantel im Military-Look, einem Prototypen seiner nächsten Kollektion. Bei 1,95 Meter Körpergröße ergab das mit der tief ins Gesicht hängenden Kapuze seines rostbraunen Hoodies und den um den Hals gewickelten grauen Alpakaschal eine stark vermummte Gestalt, der Passanten normalerweise schon von weitem aus dem Weg gingen.

Recht so. Alles widerte ihn an. Bis auf dieses Wasser. Das musste jetzt sein.

Morgan hatte es erst die Woche zuvor auf seiner Show bei der Berlin Fashion Week als Produkt eines neuen Sponsors kennen- und sofort schätzen gelernt. Es begeisterte ihn, da es für seinen Gaumen perfekt war – ohne Kohlensäure, leicht mineralisch, erfrischend auf der Zunge, mild im Abgang und natürlich aus einer streng kontrollierten Bergquelle in einem Landschaftsschutzgebiet. In seiner Reinheit kontrastierte dieses Lebenselixier geradezu die von Morgan gehasste Welt der Blitzlichter, roten Teppiche, schlecht geführten Interviews und des nur mit Lederhandschuhen möglichen Schüttelns ihm völlig fremder Hände. All das Gedrängel und Getue, weswegen die meisten sein Metier als besonders begehrenswert empfanden, war ihm wahrhaft ein Gräuel.

Francis Morgan suchte anders nach Anerkennung und glaubte auf eine urtümliche Art allein an das Produkt. An das, was mit dem Zeichenstift in seinen Skizzenbüchern entstand, von ihm persönlich und nicht durch ein Schneiderteam zu Prototypen genäht wurde und schließlich nach der massenweisen Reproduktion in Läden auf Schneiderpuppen saß. Er zweifelte niemals an dem, was er in seinem Atelier künstlerisch hervorbrachte, sondern nur an den anderen damit einhergehenden Verpflichtungen da draußen. Seine Managerin Tracy Kraft nannte es den Höhepunkt jeder Saison, seine persönliche Assistentin Catrinel Stan Öffentlichkeitsarbeit, für Morgan selbst war es die reinste Hölle. Er wusste zwar um die Notwendigkeit, wollte aber niemals in dieser Weise zu ihnen gehören, weder zu den oberen Zehntausend noch zu denen hier auf der Straße, und musste sich darum auch nicht wie andere Designer mit Alkohol, Kokain oder Methamphetamin pushen. Er sehnte sich vielmehr nach etwas, was seinen Körper bei all diesem Kontakt nicht noch weiter vergiftete, sondern davon reinwusch.

Wenn er es so betrachtete, gab es bei seinen auserkorenen Getränken eine kontinuierliche Entwicklung. Sie wurden bei jeder Fashion Week immer purer. Während der letzten sechs Jahre trank er Bionade, Smoothies, Kombucha, japanische Algentees … Mit immer weniger Zucker und Zusatzstoffen. Nun also ein einfaches stilles Wasser.

Ein Antiklimax, dachte er, als ihm die ersten Fußgänger entgegenkamen. H2O bestand nur aus den beiden simplen chemischen Elementen Wasserstoff und Sauerstoff, die für sich genommen zwar hochexplosiv waren, jedoch in ihrer molekularen Verbindung nichts anderes als den unschuldigen Puderschnee ergaben, der unter seinen Füßen knirschte.

Je weiter Morgan die Revaler Straße Richtung Warschauer hinauflief und je voller der Fußgängerweg mit immer weniger vor ihm ausweichenden Menschen wurde, desto besser verstand er, wie ausgesprochen gut genau dieses eine Wasser die Hitze in ihm herunterfuhr. Oder zumindest bei der Fashion Week nicht herausließ. Und das bei steigenden Anforderungen an ihn. Doch er dirigierte mit seiner Assistentin Catrinel einigermaßen ruhig das Team im Backstage, wählte zu den Kollektionsteilen die passenden Models, gab genaueste Anweisungen bezüglich ihres Make-ups, Stylings und Auftritts. Er befand sich also fast die ganze Zeit bei der Crew, war unter ihnen, atmete dieselbe Luft und ertrug ihre Hektik. Und selbst beim noch anstrengenderen Teil vorn vor den Kameras der Mode- und Lifestyle-Redakteure, die jede Saison das gleiche blöde Zeug fragten, hielt er sich Silbe für Silbe an Tracys ausgeklügelte Pressetexte. Er führte nichts Eigenes an, nichts, was zu komplex sein konnte, nichts, was aus seiner inneren Welt kam und Endkunden verwirrte. Er hatte also den Verhaltenskodex eingehalten, war nicht ausgerastet, hatte keinen Mitarbeiter seines Teams zusammengestaucht und keinem Journalisten in seine verdammte Fresse gehauen.

Nicht dass der Designer Francis Morgan für derlei bekannt gewesen wäre. Nein, er, der oftmals auch in Büroräumen und Locations eine Kapuze aufhatte, galt als schüchtern, scheu, unnahbar. Doch innerlich … Da gab es sein Leben lang ein Meer an Bildern, das er kaum beherrschen konnte. Vor allem sobald ihm jemand zu nahe kam. Wie nun gerade auf der Straße.

Nach der Fashion Week dachte er noch, nun etwas Ruhe zu haben. Es war eigentlich stets die angenehmste Zeit im Jahr. Der Designer durfte völlig für sich sein, niemand wollte etwas von ihm und er tat seine eigentliche Arbeit: Entwerfen. Und jedes Teil selbst nähen, was kaum ein anderer Designer seines Formats noch tat, da sie es nicht konnten, wollten oder auch keine Zeit dafür hatten. Für ihn war das aber heilig, und so ließ er sich dazu extra die letzten Kisten Wasser vom Sponsorstand direkt zum Atelier liefern. Akkurat standen die kobaltblauen Flaschen nebeneinander in einem extra dafür vorgesehenen Kühlschrank. Mitten im Raum. Mit Glastür. Kondenswasser perlte an der Scheibe herab.

Es verführte regelmäßig, Arbeitstische zu verlassen und eine neue Flasche herauszuholen. Er hielt sie sich an die Stirn und spürte das kühle Kondenswasser auf der Haut. Er atmete durch, wollte Kraft tanken und merkte mit jeder Verführung, dass die Abstände zwischen dem Krafttanken immer kürzer wurden.

Genau das war das Problem an der Situation. Er hatte vorgehabt, sein Atelier erst wieder zu verlassen, wenn die grundsätzliche Konzeption der nächsten Kollektion entwickelt war, wie sonst auch. Doch das klappte rein rechnerisch nicht, da das Wasser bei seinem Trinktempo spätestens Samstag ausgehen musste. Und es langsamer oder gar anderes Wasser zu trinken, funktionierte erst recht nicht. Wenn er Zeichenstift oder Schere in die Hand nahm, misslang jeder Strich oder Schnitt. Seine Bewegungen wurden fahrig, seine Ideen unsicher. Er fiel in ein kreatives Loch und trennte Nähte immer wieder auf. Es kam ihm vor, als würde er mehr auftrennen als nähen. Das kannte er nicht, machte ihm Angst und umso mehr wollte er das eine Wasser in möglichst großen Mengen haben.

Also mailte er Catrinel, dass sie beim Sponsor nachfragen sollte, welcher Laden das Wasser bereits im Sortiment hätte. Schließlich war es eine Markteinführung gewesen. Und siehe da, ganz neu führte es ausgerechnet der kleine Biomarkt in der Warschauer Straße. Das war die Rettung. Nicht Getränke Hoffmann, die Metro oder der durchgehend geöffnete Kaiser's. Nein, es war der kleine Laden, den Morgan kannte, da sein Lieferservice auf Firmenrechnung jede Woche Trockenwaren, frisches Obst und Gemüse auf den Hof seines Ateliers stellte, ohne dass er jemals einen Angestellten sehen musste.

Nur was taten sie am Samstag, obwohl die Bestellung rechtzeitig online um das Wasser erweitert worden war? Sie lieferten statt zwölf vollen Kisten nur eine mit zwölf Flaschen und zudem ein vollkommen falsches Wasser. Morgan wurde stinksauer, schickte Dutzende von E-Mails, nahm sogar das Telefon zur Hand, was er nur äußerst selten tat, bis endlich um zwanzig Uhr jemand abnahm. Eine junge Frau. Mit gereizter Stimme. Ganz dreist fragte sie immer wieder nach seinem Namen, hörte seinem Anliegen nur halb zu, tippte nebenbei auf eine Tastatur, um schließlich, da er weder Namen noch Geburtsdatum, sondern nur die Kundennummer nennen wollte, auf die regulären Öffnungszeiten zu verweisen. Und legte auf. Ohne sich für die Fehllieferung zu entschuldigen. Da musste er sein Atelier verlassen. Es war wirklich nicht seine Schuld.

Morgan erreichte das Nadelöhr am Anfang der Revaler Straße, wo sie die Warschauer kreuzte. Grell blinkende Bars, Imbissbuden und Spätkaufs buhlten zu seiner Rechten um die Gunst der Kunden. Zu seiner Linken befand sich das RAW-Gelände, das vor der Wende dem Reichsbahnausbesserungswerk gehört hatte. In den Neunzigern siedelten sich hier zahlreiche Clubs an, weshalb der Volksmund es passend Techno-Strich nannte. Der Großteil der Leute strömte von der Warschauer Brücke genau dorthin, kaufte in dunklen Ecken bei arabischen Dealern Drogen, stand vor verschlossenen Türen Schlange oder machte trotz winterlicher Minusgrade gleich Party auf dem gesamten Fußgängerweg. Die Menschen liefen dadurch viel zu langsam vor ihm her, hielten ihn auf seinem Weg zum Wasser auf, standen dumm herum, streiften im Vorbeigehen seine Ärmel, gafften sich mit glasigen Pupillen an, sogen an Bierflaschen und Joints, stanken nach fettigem Fleisch, billigem Alkohol und kaltem Rauch.

Morgan versuchte auf die Fahrbahn auszuweichen, doch ebenfalls genervte Autofahrer hupten sofort. Er sprang zurück, fluchte und ballte in seinen Manteltaschen die Fäuste. Ausgerechnet als ihm noch zwanzig Meter fehlten, um in die Warschauer einzubiegen, ging rein gar nichts mehr. Nicht zurück, nicht zur Seite und schon gar nicht geradeaus. Zwei nebeneinanderliegende

Altbauten wurden saniert und klemmten ihn mit all den anderen Körpern im schmalen Gang von Baurüstungen ein. Als wäre er eine beliebige Ölsardine. Wie sie. Im Schneckentempo tippelte er. Er hätte jeden einzelnen Idioten, der ihm auf die Pelle rückte, eine Schneiderschere in den Hals rammen können. Besonders den vor ihm befindlichen Hipstern, da sie mit ihrem Look ein angeblich aufgeklärtes Anderssein vom Mainstream kultivieren wollten. Morgan widerten die Strickmützen, Hornbrillen, Röhrenjeans und mit blöden Sprüchen bedruckten Jutebeutel an. Was bildeten sich diese Fashion Victims eigentlich ein, nur weil sie Secondhand trugen und dabei wie jeder Zweite in Berlin aussahen? Sie waren um keinen Deut besser als diese Teenie-Gruppe in neonfarbenen H&M-Polyester-Miniröcken hinter Morgan, billige Klone britischer It-Girls. Sie knipsten sich mit ihren Smartphones und kreischten wie kleine Ferkel beim Anblick ihrer Schnappschüsse. Sie fühlten sich lebendig, frei, ganz in der Gegenwart. Für Morgan waren sie aber allesamt nur reif zum Schlachten.

Irgendein Dealer, der hinter den Baurüstungen versteckt stand, fragte, ob jemand Drogen haben wolle.

»Wasser«, nuschelte Morgan, »Wasser.«

Kapitel 4

»Du bist nun der Letzte im Haus?«

»...«

Gleich hatte er es geschafft. Er war kurz vor der Zielgeraden nach einem langen Marathon. Bald war er fort. Es war viertel vor zehn.

»Hey, Tom.«

»...«

Patricias kratzende Stimme konnte nur schwer seine eigenen Gedanken verdrängen. Er achtete also haargenau auf jedes ihrer Worte, fasste ihr Gesagtes aber nur als Bestätigung seiner körperlichen Existenz auf. Und hier war er Tom. Der Kassierer. Noch. Denn eben riss sein hoffentlich letzter Kunde die Ladentür auf, während Patricia weiterredete und dieses Schauspiel wohl nicht bemerkte.

Es war eine Gestalt, wie sie hier sonst selten einkehrte. Die tief ins Gesicht gezogene Kapuze und der übertrieben lange Schal ließen einen DJ, Graphiker oder New-Economy-Typ vermuten. Solche stramm in den Laden marschierende, allein auf sich fixierte Männer waren zugleich angenehme Kunden, denn sie griffen sich einfach ihr Konsumgut, zahlten und verschwanden schnell, ohne bei der Belegschaft Fragen zu hinterlassen. Das sagte Toms ganze Erfahrung, die er in den letzten Jahren fast jeden Donnerstag, Freitag und Samstag bei den unangenehmen Spätschichten an der Kasse gewann. Oder bei denen er an Lebenszeit verlor. Doch bald war es vorbei. Er hatte seine Schuldigkeit getan. Und senkte seinen Kopf. Um automatisch wieder auf seine Armbanduhr zu schauen.

Wieso trug er dieses funkelnde Geschenk seines Vaters? Weil es ein Gebrauchsgegenstand war und die Zeit anzeigte. Nur warum schaute er sie erneut an, wenn er es doch höchstens eine Minute später sein konnte seit dem letzten Draufblicken?

Tom hatte die teure Uhr beim Ausmisten ganz unten in einer Kiste mit Krimskrams gefunden. Er hatte sie vor zwei Jahren zu seinem Bachelor-Abschluss erhalten, längst vergessen und wollte sie schon zum Verkauf aussortieren, doch dann band er sie sich selbst um. Er versuchte es rein praktisch zu sehen. Ebay-Auktionen konnten sich als anstrengend erweisen, und schließlich war die Uhr mit einer speziellen Feder ausgestattet, so dass sie sich bei jeder Armbewegung nach und nach von allein aufzog. Diese Analoguhr konnte folglich nie stehen bleiben oder wie der Akku seines alten Nokia-Handys bereits nach einem Tag ausgehen. Nur darum trug er sie. Es war folglich nicht wegen des für seinen Vater viel wichtigeren monetären Wertes, der, für die Mitwelt zur Schau gestellt, einen Distinktionsgewinn bedeutete. Somit trug Tom diese Uhr auch ganz gewiss nicht wegen eines emotionalen Erinnerungswertes an seinen Vater. Nein, das zuallerletzt.

»Und die haben dich wirklich rausgekauft?«

Tom nickte.

Es war nicht nur viertel vor zehn, sondern auch wieder mal Zeit, eine Antwort zu geben. Patricia, die nur einige Meter entfernt stand, bemühte sich sehr, und er konnte nicht die ganze Zeit allzu unhöflich erscheinen. Nur was sollte er sagen?

Antwortete er zu kurz, hinterfragte sie weitere Aspekte. Antwortete er zu lang, dann fand sie in dem Gesagten etwas, das eine neue Frage hervorbrachte. Als hätte sie wie seine Armbanduhr eine sich selbst aufziehende Feder in sich. Eine, die auch unablässig Blicke warf. Oder schoss. Denn Patricias Blicke glichen Pfeilen, die mit einer giftigen Substanz eingeschmiert waren. Und dieses Lächeln mit einem für diesen Arbeitsort viel zu rot geschminkten Mund. Jedes Mal, wenn Patricia das über das Wochenende zu kühlende Obst auf den gelben Plastikrolli packte, sich wieder aufrichtete und eine ihrer dicken blonden Strähnen aus dem Gesicht blies, schaute sie so zu ihm rüber. Nein, sie schoss. Dabei hatten sie das doch nach der Weihnachtsfeier schon per SMS geklärt.

»Und für wie viel?«

»Genug«, antwortete Tom und fing an, EC-Belege zu sortieren. »Der Laden läuft.«

»Mensch, Tom, ich meine deine Wohnung«, präzisierte Patricia und rieb sich mit dem Daumen über ihre unterschiedlich lackierten Fingernägel.

»Mit Zahlen jongliere ich nicht gern.«

»Hast doch BWL …«

»Eben nicht«, protestierte er und strich sich den Pony aus dem Gesicht.

»Oh, ja, sorry«, korrigierte Patricia schnell. »Falls du etwas in dieser Richtung erwähnt hast, dann war es natürlich Volkswirtschaft, nicht Betriebswirtschaft. Ein elementarer Unterschied. Ich weiß. Dich interessiert es nicht, wie einzelne Unternehmen mehr Gewinn erwirtschaften, sondern wie alle zusammen unser ökonomisches und damit politisches System diktieren.«

»Ungefähr so«, bestätigte Tom. Er kratzte sich am Bart und drehte seinen Körper frontal zu ihr. Er hätte keinerlei Definition aus ihrem Mund erwartet.

»Aber immerhin sitzt du an der Kasse«, fügte Patricia grinsend hinzu. »Und heißt mit Nachnamen …«

»Ich kann das nicht oft genug hören«, kürzte er ab. »Ich bin der Herr Kaufmann, wie es breit und fett auf meiner linken Brust steht.«

Und dann musste er lachen. Er konnte nicht anders. Sie beide lachten.

Sie beide lachten aber auch unterschiedlich, denn Patricia

lachte ihn wieder mit stechenden Augen an und er, der Kaufmann, lachte mit fast verschlossenen in sich hinein. Verdammt bewusst war ihm das. Jeder Mensch saß in seinem eigenen Gefängnis und manch einer sogar in mehreren gleichzeitig.

»Also wenn du es unbedingt wissen willst …«, erklärte er deswegen und gab sich einen Ruck. »Ich habe durchgehalten, obwohl sie zum Ersten Ersten nun auch Gas und Strom abgestellt haben. Kann also nicht mehr kochen und habe kein richtiges Licht. Und das im Winter. Handy und Netbook lade ich entweder hier oder in der Uni auf. Im leeren Vorderhaus haben sie bereits letzten Sommer angefangen zu sanieren. Was für ein Krach ab halb sieben! Im Hinterhaus war ich, wie bereits gesagt, der Letzte, der dies verzögerte. Jeden Tag kostet das den Investoren Unsummen. Dafür sind sie aber günstig davongekommen … Zwölftausend, und hier hast du deine Summe, sind Peanuts für die.«

»Wow«, staunte Patricia und rieb sich die Hände. »Was würde ich bloß damit anstellen … Du Glückspilz!«

»Ich kenne nur meine Rechte.«

»Und nun?«, fragte sie. »Soll ich beim Umzug helfen?«

»Nicht nötig«, sagte Tom. »Meine Wohnung löst sich von selbst auf. Die wichtigsten Sachen habe ich bereits bei einer Selfstorage-Firma in der Stralauer Allee für mindestens zwölf Monate eingelagert. Den Rest lasse ich stehen und liegen. Ich muss nichts renovieren. In zwei Wochen entrümpeln und entkernen sie alles. Sie beseitigen jede Spur meiner alten Existenz, jeden Krümel, jede Schuppe meiner Haut, jedes Haar, jeden fremden Geruch, um für neue Menschen mit mehr Einkommen lukrative Eigentumswohnungen zu schaffen. So ist das momentan in Berlin, und die Abfindung dafür wird dann innerhalb des nächsten Jahres in Asien wieder dem Akkumulationsprozess zugeführt.«

»Und tatsächlich für ein ganzes Jahr …«, raunte Patricia, wobei ihr Gesicht nun einfror.

»Mindestens«, sagte Tom und legte den Stapel mit den EC-Belegen unter die Kasse. »Wenn nicht für immer.«

»Wirklich?«

»Wirklich.«

»Und das ganz allein?«

»Nur ich und mein Rucksack«, bekräftigte er sein Vorhaben und sah kurz auf seine Armbanduhr, zum Ausgang und schließlich zum Getränkeregal, wo noch immer dieser eine Kunde stand.

»Asien?«

»Wohin sonst!«

»Davon hast du Weihnachten nichts erzählst«, fiel Patricia auf. Sie lächelte wieder, obwohl das Lächeln nun ganz anders wirkte. »Dabei bedeutet doch solch eine Reise bestimmt viel Vorbereitung, oder?«

»Es war ein Fehler!«

»Was?«, fragte Patricia mit gereizter Stimme.

»Die Betriebsfeier«, ergänzte Tom schnell, als er sich bewusst wurde, wie eindeutig sie seine Antwort auf sich bezog. »Ich dachte, ich müsste da mal hin. Sonst lästern die Kollegen.«

»Das verstehe ich«, sagte sie nun wieder amüsiert. »Und du warst ganz schön betrunken.«

»Das kann ich nicht leugnen.«

»Musst du auch nicht. Wieso auch? Manchmal muss das sein. Und dadurch war es auch gerade nach der Feier sehr nett. Vor allem am Morgen bei dir …«

»…«

Kapitel 5

Cut. Das war zu direkt, fiel Patricia auf. Mannomann, war der Junge … Verklemmt? Oder doch einfach nur unglaublich cool? Patricia wusste es immer weniger.

Toms dunkelbraune Rehaugen kullerten weg. Wären wohl am liebsten eine Etage tiefer gerutscht, um sich in seinem neuen Vollbart zu verstecken.

Sie wartete ab. Strich sich durchs Haar und band es mit einem Gummi zu einem Zopf. Sie hatte es echt nicht leicht. Mit diesem Jungen, mit diesem Tag.

Sie war wieder einmal zu spät gekommen, weil sie sich vormittags nicht hatte entscheiden können, was sie anziehen sollte, und hatte dann doch das Gleiche wie immer für die Arbeit gewählt, da sie in den letzten Monaten nichts Neues gekauft hatte. Dann klingelte im Laden ständig das Telefon und irgendein verrückter Kunde bombardierte den Posteingang mit Beschwerdemails wegen einer Fehlbestellung, was beides zusammenhängen konnte, aber eigentlich nicht in Patricias Aufgabenbereich gehörte. Ursprünglich sollte sie sich nur um die Obst- und Käse-Theke kümmern, für solche Dinge war sie nicht richtig eingearbeitet worden. Schließlich nahm sie aber irgendwann im Büro doch den Telefonhörer ab und erlebte nicht nur ein riesiges Theater, sondern es war ihr, als wollte dieser Tag ihr noch ganz andere Probleme bereiten.

Vor allem aber lief es bescheiden mit Tom. Dem Rehauge. Schade. Sie hatte sich extra einige Monate nicht in einem Club abschleppen lassen, sondern verfolgte die Idee, sich selbst jemanden auszusuchen, der viel gesünder wirkte. Ganz normal auf der Arbeit, statistisch gesehen machten es doch noch immer die meisten Menschen so, oder? Und dann war Tom auf der Betriebsfeier ziemlich beschwipst gewesen, vertrug ja auch nichts, und danach auf der Straße beim Anblick von Patricia und ihren Freundinnen, die sie abholten, ungewöhnlich unternehmungslustig. Na ja, sie schnappten ihn sich einfach und schleiften ihn mit. Im Berghain war er angeblich auch noch nie gewesen, kaum zu glauben als ebenfalls echter Berliner. Und dann küsste Patricia Tom mitten auf der Tanzfläche. Sie haben sich nicht mehr losgelassen und regelrecht nach allen Regeln der Kunst geknutscht. Seine schönen Hände glitten an ihrem Körper entlang, fassten sie beim Tanzen an Stellen, die sie genau in dieser Weise spüren wollte. Es war absolut real. Ohne MDMA und nur mit ein bisschen Speed, das er nicht mal sniefte, sondern sich bloß auf die Zunge strich. Bald zerrte Patricia ihn raus und bestellte ein Taxi zu ihm. Sie legten in seinen Öfen Kohlen nach, lagen auf seiner schmalen Matratze, ließen seine Lieblingsmusik laufen, tranken noch Sekt zum Runterkommen, zogen sich aus, wälzten sich hin und her, warfen leere Flaschen um, waren fast so weit …

Da musste Patricia kurz auf die Toilette. Als sie zurückkam, vernahm sie ein Schnarchen wie bei ihrem Jack Russell Terrier, nur dass Tom nicht wie Sharvi durch Rütteln aufwachte.

Er drehte sich einfach um. Sie ist dann nach Hause gegangen. In den Tagen danach starrte sie immer wieder ihr Handy an, dachte über Regeln nach, wie oft man sich selbst nach solchen Nächten meldet und wie oft der andere. Sie bekam nur eine einzige SMS von ihm, die sie allerdings immer wieder las, als würde sie dadurch den Inhalt besser verstehen. Er musste sich auf seine letzten Prüfungen im Rahmen seines Masterstudiengangs vorbereiten. Mehr stand da nicht. Nichts zu all den anderen Sachen, die Patricia in ihren ganzen Nachrichten schrieb, nichts über sie beide.

»Ich bin …«, begann Tom nun von sich aus und ließ einen entgeisterten Blick durch den Raum gleiten, als würde er sich wundern, überhaupt hier zu sein. »Ich bin nicht nur der Letzte im meinem Haus …«

»Ja, was denn?«, fragte Patricia etwas genervt und zugleich interessiert.

»Es ist hier auch … mein letzter Tag.«

Du Schwein, schoss es durch Patricias Kopf. Du elendes Schwein. Das erzählst du wie die anderen Sachen vorhin einfach nebenbei? Eine Stange voll Geld im Tresor. Und nun schön allein abdüsen? Nach China, Kambodscha, Vietnam. Warum nicht gleich nach Thailand, kleine Mädchen in Phuket … Du, Sau. Hättest es mir nicht persönlich gesagt, obwohl wir so oft zusammengearbeitet haben und uns mal richtig nahestanden, lagen, schnarchten. Du wärst einfach verschwunden und ich hätte es im Nachhinein von unserer Chefin erfahren, dieser blöden Ziege, die sich momentan wieder in der toskanischen Sonne ihre Falten vergolden lässt und meint, der Laden läuft von selbst.

Eins, zwei, drei … Patricia warf schnell ein paar Kisten auf ihren Rolli. Vier, fünf, sechs … Sie versuchte Schweine und Ziegen kurz zu vergessen, um mit den Kisten lieber Schafe zu zählen. Das hatte ihr Bruder ihr in solchen Momenten empfohlen, da Schafe zum Einschlafen nichts taugen würden, allerdings für solche Situationen. Das wusste er von seiner Arbeit, wenn es nicht nur mit Klienten, Kunden oder wem auch immer anstrengend wurde, sondern auch mit seinen Kollegen. Bis man wieder lächeln könnte. Lächeln, lächeln und nochmals lächeln. Egal, was passiert. Und sich nicht verletzen lassen. Und den anderen verstehen. Bis das Gefühl weggeht.

Scheiß Ratschlag, aber Patricia tat lieber das, bevor sie Herrn Thomas Kaufmann im Laden an die Gurgel ging. Sieben, acht, neun … Warum war das nur so schwierig mit ihm? Warum war sie selbst so empfindlich? Sie spürte die Aggression in jeder Pore. Und verdammt warm war es in diesem Laden.

Dabei hatte sie die Tabletten abgesetzt. Oder deswegen. Ja, vielleicht. Ihr Therapeut hatte eine derartige körperliche Reaktion angedeutet, als sie sagte, sie wolle eine Pause machen, obwohl er ihr davon abriet. Und nun? Es wirkte wie mehr als eine Pause, es wirkte wie eine Zäsur. Noch mehr als sonst. Es war wirklich zum Verrücktwerden, sie versuchte es erneut.

»Machst du mit deinen Kumpels eine Abschiedsparty in deinem Haus?«, fragte sie. »So ein inoffizielles Ding? Ist doch geil.«

Tom schüttelte den Kopf.

»Du hast doch nicht nur studiert und gearbeitet«, hakte sie nach und ging zurück zu ihrem Rolli. »Du hast doch Freunde und ein soziales Leben?«

Darauf antwortete Tom erst recht nicht. Vielleicht war die Frage zu fies. Oder war es so, wie ihre Chefin gemeint hatte, als Patricia hier anfing? Lebte Thomas Kaufmann das Leben eines Einsiedlerkrebses, obwohl er so geil aussah, dass sich kleine Mädchen, Mütter und schwule Männer am liebsten an seine Kasse stellten, wenn sie zwei zur Auswahl hatten? Was war er für ein Sternzeichen? Patricia wusste, dass Tom Anfang Juli Geburtstag hatte. Das hatte sie heimlich in seinem Arbeitsvertrag gelesen, als sie mehr Infos von ihm brauchte. Online war er ja nicht zu finden. Also hatte sie im Büro gestöbert und in einer Akte seine E-Mailadresse, Handynummer und dieses lustige Bewerbungsfoto gefunden. Vom Krebs, der sich gern versteckte. Es gab kaum Menschen, die wirklich gut auf solchen Fotos aussahen. Er schon.

Tom kratzte sich an seinem Bart und stand in seinen Skinny Jeans auf, um zu ihr zu kommen. Welch eine Dramaturgie. Schritt für Schritt und völlig unerwartet. Eben wie ein Krebs, der zwei Schritte nach von und einen zurück krabbelt. Er fühlte sich wohl schuldig. Recht so. Er hob wortlos die letzten Obstkisten auf den

Rolli. Oder vielleicht ging er nun wirklich mal nach vorn, nachdem er die Wochen zuvor zurückgegangen war, sich angeblich für seine Prüfungen eingeschlossen und damit Patricia so unglaublich verletzt hatte. Es tat noch immer weh und er stand nun genau in Reich- beziehungsweise Riechweite. Und er duftete gut. Meistens nach Sandelholz. Die tätowierten Unterarme mochte Patricia ebenfalls vom ersten Moment an, als sie ihn letztes Jahr noch als Kundin an der Kasse sitzen sah. Seine Unterarme besaßen dicke Adern, als würde er täglich an einer Reckstange Klimmzüge machen. Er meinte Weihnachten, es käme vom Tennis, das er in seiner Jugend gespielt hatte, oder vom Schlagzeugspielen.

»Ist es nicht gruslig?«, fragte Patricia, als Tom mit den Kisten fertig war.

»Allein um die Welt zu verreisen?«, fragte er zurück und blinzelte mit nun fast schwarzen Kohleaugen.

»Nein, allein in einem großen Haus, ohne Licht ...«

»Ich habe viele Kerzen aufgestellt«, erklärte er und wendete seinen Blick zum Getränkeregal, hinter dem noch ein Kunde oder eine Kundin stehen musste. »Ich mag das. Und vielleicht habe ich ...«, er zögerte und rang abermals nach Worten. »Vielleicht habe ich Angst vor Menschen, aber gewiss nicht vor der Dunkelheit, Patricia.«

»Das hast du schön gesagt«, staunte sie und vergaß nun wieder völlig ihren Schmerz.

Genau das konnte er. Unvermittelt einen Satz sprechen, als käme er aus dem Mund von Baudelaire. Und wie er ihren Namen aussprach. Es klang anders als bei anderen, und er tat es ebenso selten wie sie direkt anzusehen. Doch wenn, dann war es, als wäre Patricia nicht von dieser Welt.

»Ich habe auch keine Angst vor der Dunkelheit«, erklärte sie. »Ich finde das mit deinem Haus spannend und könnte Geschichten von meinem Bruder ...«

Bevor sie ihren Satz vollendete, meldete sich ihr neuer Lieblingstrack von Modeselektor als Klingelton, mit dem sie in diesem Moment nur ein Bild verband. Eng an eng mit Tom im Watergate, Kater Holzig, Suicide Circus, Chalet, Golden Gate, About Blank oder von ihr aus auch wieder Berghain. Es musste keine Utopie sein. Der Anruf kam also genau zur richtigen Zeit.

»Hallo?«, schrie sie gegen die Geräuschkulisse der anderen Seite an. »Ach, wie geil. Ihr seid unterwegs. Zunächst bei dir … Und ich? Ja, klar, könnte auch, hab gleich Schluss und war ja lang nicht mehr … Beeile mich und kann ab elf oder zwölf da sein. Je nachdem, ob ich noch Sharvi einmal um den Block führe, mir was anderes überwerfe und tralala … Sind bereits viele da? Cool. Soll ich was mitbringen? Falls ich noch was habe … Mal sehen. Und Leute … Okay. Bis später. Freue mich.« Patricia wog ihr Smartphone in den Händen, brauchte aber nicht zu überlegen. »Du, Tom«, sagte sie, »hast du nicht Lust mitzukommen? Das muss auch nichts heißen. Ich verstehe das … Und wir sind sowieso nicht allein … Und meine Mädels kennst du doch schon. Wir gehen einfach zusammen feiern, wie es sich am Wochenende gehört. Wir feiern dich.«

Tom setzte sich augenblicklich wieder an seine Kasse und schüttelte den gesenkten Kopf, als wäre dies eine völlig unzumutbare Frage gewesen.

Patricia sah ihn nur noch einmal wortlos an und drehte ihm dann selbst den Rücken zu. Es hatte einfach keinen Sinn, sagte sie sich. Sie war vermutlich zu klein, zu kantig, zu blond, zu blauäugig, zu europäisch, zu konsumorientiert und sowieso zu wenig an wirtschaftlichen und politischen Hintergründen interessiert.

Als sie aber den Rolli Richtung Lager schob, wurden trotzdem ihre Augen feucht.

»Ladenschluss«, rief sie. »Wir haben jetzt Ladenschluss.«

Kapitel 6

Sven Tennat saß vor laufendem Fernseher zusammengesackt in seinem Sessel. Er träumte von der Ostsee, wo er besonders im Winter gern hinfuhr, um Schlaf zu tanken, wenn er eine Woche Urlaub bekam. Seine Großeltern mütterlicherseits hatten dort einst in einem kleinen Häuschen auf Rügen gelebt, das sie nach der Wende zurückbekommen hatten und um das er sich ab und zu kümmern musste. In Tennats Traum war allerdings nicht Januar, sondern ein freundlicher Sommertag, zumindest war ihm nicht kalt. Er saß nur mit einer Badeshorts bekleidet in einem Strandkorb, streckte seine Beine aus und spürte einen angenehmen Wind auf seiner Haut. Die Sonne stand tief und ging im Zeitraffer unter. Als ein Sternenhimmel mit außergewöhnlichen Tierkreiszeichen wie Hamster und Eisvogel aufleuchtete, blitzten vor Tennats Augen auch rote Götternamen auf, als wäre der Himmel eine elektronische Anzeige. Er las abwechselnd Jahwe, Allah, Ishvara oder Krishna. Diese und andere Namen wurden in der Not von Milliarden Menschen angerufen, um zu helfen, als wären sie die Polizei.

Ein Telefon klingelte. Es klang wie der alte grüne Apparat seiner Eltern, der noch eine Drehscheibe besaß. Das schrille Dring-Dring verformte sich allmählich zum Klingelton, den er von seinem Handy kannte. Tennat wurde zu seinem Bedauern bewusst, dass er träumte, und machte die Augen auf.

»Du weißt, wie spät es ist?«, sagte er jäh.

»Du musst hier vorbeikommen«, flehte Patricia mit bibbernder Stimme. »Es ist was …«

»Passiert? Was denn diesmal?«

»Sharvi ... weg ... Ich ...« Ihre Stimme verschwand, die Verbindung war nicht die beste.

»Hallo?«, schrie er. »Patricia, wo bist du?«

»In ...« Es rauschte und knisterte. »Haus ohne ... Licht ... Mein Akku ... Blödes Ding.«

»Die Adresse. Sag! Ich komme.«

»Rother ...«

»Patricia? Die Hausnummer ...«

»Pass auf, Sven!« Die Leitung brach ab.

Als der große Bruder in seinen grünen Ford Taunus sprang, hauchte er in seine Hand, kramte in seiner Jacke nach einem Mintbonbon und drehte den Zündschlüssel um. Laut dem Navi lag die Rotherstraße fünfzehn Minuten entfernt. Es war eine wirklich kalte Nacht. Der Motor sprang sofort an.

In der kleinen Friedrichshainer Ortslage Oberbaum City, die südlich der S-Bahntrasse zwischen Warschauer Straße und Ostkreuz lag, hatte er noch nie einen Einsatz gehabt. Um diese Uhrzeit brannte in den Häusern kaum noch Licht. Das Haus mit der Nummer 28 lag völlig im Dunkeln, da es saniert wurde. Hier musste es sein, dachte Tennat, und parkte einfach mitten auf der Straße.

In seinem Handschuhfach befand sich neben diversen CDs eine Taschenlampe. Mit dieser und seiner noch nicht entsicherten SIG Sauer zwängte er sich vorbei an einem Absperrzaun und drückte die unverschlossene Haustür auf. Zunächst zweifelte er, ob hier überhaupt jemand wohnte, als er neue Briefkästen ohne Namensschilder sah. Trotzdem ging er im Vorderhaus die mit dicker Pappe ausgelegte Treppe hinauf, an deren Geländer ein »Frisch gestrichen!«-Zettel klebte. Die Türen auf jeder Etage waren allesamt verschlossen, und wenn er Patricias Namen rief, kam kein Mucks zurück.

Im Hinterhaus sah es schon besser aus, oder, besser gesagt, anders. Hier hingen neben zahlreichen Graffiti noch alte, stark verrostete Briefkästen, die mit Antifa- und Anti-Werbung-Aufklebern verziert waren, allerdings vor Prospekten geradezu überquollen, wenn sie nicht bereits aufgebrochen waren und die Broschüren von Media Markt, Lidl & Co. sich auf dem Boden ergossen. Nur ein Kasten sah recht intakt und für den normalen Briefverkehr noch benutzbar aus, er trug den Namen Thomas Kaufmann.

Tennat stieg die Treppen hoch. Im ersten Stock standen sämtliche Wohnungstüren offen oder fehlten sogar. Er lief durch verwaiste Flure, Küchen, Zimmer und ließ die Kulisse auf sich wirken. Heruntergerissene Tapeten, zerborstene Fenster, viel Staub und Unrat. Im zweiten und dritten Stock befanden sich sogar alte Möbel, doch hausen tat hier eher niemand. Ganz oben entdeckte Tennat endlich eine abgeschlossene Wohnung. Auf dem Guckloch befand sich ein durchgestochener Mao-Zedong-Aufkleber. Tennat klopfte.

»Sven?«, flüsterte Patricia.

»Ja, ich bin es.«

Als die Tür aufging, fiel sie sofort in seine Arme.

»Was machst du hier?«, fragte er und streichelte seiner Schwester zur Beruhigung ihren Rücken.

»Tom besuchen.«

»Herrn Kaufmann?«

»Du kennst ihn?«

»Nur seinen Briefkasten. Wer ist denn dieser Tom?«

»Ein Arbeitskollege.«

»Du hast dich in ihn verguckt«, mutmaßte er gleich und fuhr mit seiner Taschenlampe durch den Raum. »Gibt es Licht?«

»Nicht mal Kerzen, wie Tom es gesagt hat.«

»Und wo ist dieser Tom jetzt?«

»Das ist das Seltsame«, schluchzte Patricia. »Er ist weg.«

»Vielleicht ist er Zigaretten holen oder bei Freunden«, sagte Tennat zur Beruhigung, woraufhin Patricia allerdings die Umarmung löste. »Es ist Samstagnacht. Nur zweihundert Meter weiter befindet sich die Warschauer, die inzwischen mehr Leute als die Reeperbahn in Hamburg anzieht.«

»Und warum hat er die Wohnung aufgelassen?«, fragte Patricia zweifelnd, nahm die Taschenlampe aus seiner Hand und schloss die Tür. »Außerdem raucht er nicht. Wie du.«

»Wart ihr verabredet?«

Patricia ging zum Fenster, schob den Vorhang zur Seite und schaute auf den Hof, soweit man durch eine Schutzfolie überhaupt etwas sah.

»Er wollte vorbeikommen.«

»Bei dir?«

»In einer neuen Bar neben dem *Café Sibylle.*«

»Und dann kam er nicht und du bist ...«

»Er hat eine SMS geschickt, dass ich kommen soll. Mit Smiley!« Patricia hob ihr Smartphone, dessen Akku alle war. »Und als meine Leute weitergezogen sind, ging ich nicht mit, sondern nach Hause und mit Sharvi raus. Da kam diese Nachricht und wir liefen hierher. Und als wir da waren, stand die Wohnungstür sperrangelweit offen und ich bin rein und Sharvi fing an zu bellen und rannte zurück auf den Flur, weil da Schritte zu hören waren.«

»Tom«, mutmaßte Tennat und ging ins Wohnzimmer zum Ofen. »Um Kohlen zu holen.«

»Da stehen noch zwei Bündel«, zischte sofort Patricia und bewegte die Taschenlampe in eine Ecke. »Und das Ding ist glühend heiß.«

Tennat kniete sich vor den Ofen und öffnete die obere Luke.

»Stimmt«, gab er zu. »Riecht auch nach Plastik.«

»Neben diesem Putzmittelgeruch. Riechst du das ebenfalls?«

»Ist mir schon vor der Tür aufgefallen, als wenn vor kurzem

der Hausflur geputzt worden wäre. Zumindest im vierten … Doch was war nun mit den Schritten?«

Tennat machte die Luke wieder zu.

»Ich schaute nach Sharvi, und da kam jemand hoch. Größer als Tom. Ein riesiger Schatten, mit Kapuze und mit einem großen Rucksack über der Schulter. Da habe ich die Tür zugeworfen und geschrien, dass ich die Polizei rufe.«

»Du hast aber mich angerufen.«

»Du bist die Polizei.«

»Das LKA 1 ist nur für gewisse Sachen zuständig. Mord, Totschlag …«

»Aber du bist mein Bruder.«

»Das bin ich«, bestätigte er und strich seiner Schwester über die Schulter. »Gut, was machen wir jetzt? Soll ich dich nach Hause bringen oder willst du zu mir?«

»Wir warten ab«, beschloss sie.

»Meinst du nicht, dass es dein Tom komisch finden würde, wenn er uns beide hier in seiner Wohnung findet?«

»Nur bis es hell wird«, bat Patricia und ging zielstrebig in einen weiteren, sehr kleinen Raum, wo nur eine Matratze lag. »Dann schauen wir uns die Wohnung genauer an.«

»Ohne mich.«

»Nur falls Tom noch nicht da ist«, beharrte sie und gab ihm die Taschenlampe zurück.

»Warum?«

Doch da legte sich seine sechzehn Jahre jüngere Schwester einfach auf die schmale Matratze und sagte: »Du hast es Mama versprochen.«

Kapitel 7

Trotz enormer Müdigkeit saß Tennat drei Stunden wach neben seiner tief und fest schlafenden Schwester. Als es endlich dämmerte, stand er vorsichtig auf, da es definitiv das Beste war, wenn er sich die Wohnung zunächst allein ansah.

In dem wirklich winzigen und noch warmen Zimmer, wo Patricia lag, entdeckte er nichts bis auf Gamat, Matratze und die mit seiner Jacke zugedeckten Schwester. Er schloss die Tür und ging ins etwas größere Wohnzimmer, wo er einen aus weinroten IKEA-Tagesdecken improvisierten Vorhang aufzog. Vom Fenster aus konnte er durch ein Loch in der außen befestigten blauen Schutzfolie vorbei an dem Baugerüst das auf der anderen Hofseite gelegene Haus betrachten. Frisch saniert besaß es außen zwei gläserne Fahrstühle, die an der Fassade klebten. Eine Familie frühstückte bereits am Esstisch. Vater und Mutter in den Vierzigern, die beiden kleinen Mädchen etwa drei und fünf Jahre alt. Sie lachten, als der Vater aufstand und sich den Kopf an der tief hängenden Deckenlampe stieß. Der Lichtkegel schwang hin und her, beleuchtete abwechselnd jedes Gesicht dieser glücklich aussehenden Familie.

Tennat drehte sich um und schaute nach, was er an Spuren fand, wobei das Wort Spuren ihm in diesem Fall komisch vorkam. Es gab jedenfalls keine richtigen Möbel. Das fiel zuerst auf. Keinen Schrank, Stuhl, Tisch. Nur einen großen Haufen Krimskrams neben dem Ofen, genau zwischen den beiden Kohlepaketen. Vermutlich Müll. Doch war das Müll? Die alte Olympia-Schreibmaschine in der heutigen Zeit schon. Die Armbanduhr, deren Glas zersprungen und bei 12.05 Uhr stehen geblieben war, vielleicht ebenfalls, auch wenn sie als echte Markenuhr garantiert noch einen Materialwert besaß. Der Sony-MP3-Player mit seinen über zweihundert gespeicherten Tracks funktionierte allerdings tadellos, und soweit Tennat die Bandnamen wie Mogwai und Mono richtig zuordnen konnte, handelte es sich bei der Musik um düsteren Post-Rock. Daneben lag ein Asus-Netbook, es funktionierte ebenfalls und ließ sich ohne Passwort hochfahren, doch das E-Mail-Programm wollte Tennat nicht öffnen, und so klappte er es wieder zu. Dahinter stapelten sich verschiedene Papiere, die durchaus wichtig sein konnten. Unter anderem die Quittung von einem Selfstorage-Lagerhaus namens Secur über fünfzehn Kisten, meist Bücherkartons, die für zwölf Monate und mit Option zur Verlängerung eingelagert wurden. Aktuelle Kontoauszüge der Deutschen Bank verrieten, dass Thomas Kaufmann vor kurzem einen großen Geldbetrag von einer Immobilienfirma erhalten hatte, wovon er bereits eintausend Euro abgehoben hatte. Zudem gab es eine Flugbuchung nach Beijing, die knapp sechshundert gekostet hatte.

Tennat kam auf eine Lebensfährte und durchstöberte weiter den Haufen. Neben nagelneuen Reiseführern von China, Vietnam und Kambodscha fand er einige vergilbte anarchistische Politbroschüren. Auch der handgeschriebene Brief von Kaufmanns Mutter wies auf eine systemkritische Gesinnung des Sohnes und gab zugleich eine Erklärung dafür ab. Laut dem Brief sollte Thomas endlich erwachsen werden oder sich zumindest bei ihnen melden. Der Streit an Heiligabend wäre ebenso unnötig gewesen wie nun sein beharrliches Schweigen. Auch wenn sein Vater als selbständiger Immobilienmakler den freien Markt vertrete und darauf dränge, dass Tom mit dem Master bei einer lukrativen Wirtschaftsberatung anfangen sollte, sei das nicht so wichtig wie der Familienzusammenhalt. Blut sei dicker als Wasser.

Offenbar nicht für Thomas Kaufmann. Er hatte im Brief seiner Mutter bei jeder dritten Zeile entweder etwas an der Kommasetzung oder der Großschreibung auszusetzen. Mit einem Rotstift hatte er die betreffenden Stellen markiert, inhaltlich ging er nicht darauf ein. Am Ende beim »Lieben Gruß von Deiner Mutti« stand die Fehleranzahl und die Note mangelhaft.

Weitere Dokumente bestätigten diese Familienverhältnisse. Auf Fotos posierte ein kleiner Junge mit Vorliebe etwas abseits von seinen Eltern. Tom schaute ungern in Kameras. Da konnte die Geburtstagstorte, deren Kerzen er ausblasen sollte, noch so groß sein. Als er auf einem Tennisplatz als Halbwüchsiger einen Siegerpokal in den Armen hielt, schaute er diesen eher befremdet an. Tennat fand noch ein paar Flyer einer cool aussehenden Band, in der Kaufmann hinter einem Schlagzeug saß. Zwischen diesen Flyern tauchten zwei zerrissene und wieder zusammengeklebte Fotos auf, die Tom mit einem Mädchen zeigten. Eine Postkarte aus Korea verriet, dass das Mädchen Kim hieß und wohl für ein Auslandssemester an der Humboldt-Uni Informatik studiert hatte. Das war laut dem Poststempel bereits fünf Jahre her.

Sonst fand sich nur Unikram. Nach den lückenlos abgehefteten Immatrikulationsbescheinigungen hatte Tom zuerst nach einem eher durchschnittlichen Abitur drei Semester Soziologie und Philosophie studiert. Es war höchstwahrscheinlich eine recht freie Zeit gewesen, in der sich viel an seinem Aussehen getan hatte. Dann, nach der Band und seiner Erfahrung mit Kim, hatte er sich ganz dem VWL-Studium gewidmet und sein Leben neu ausgerichtet. Dieses Studium hatte er rasch durchgezogen, um nach dem Bachelor vor kurzem seinen Master mit Bestnote zu bestehen. Der Titel seiner Masterarbeit: *Die Auswirkung der Gentrifizierung auf die Erschwinglichkeit von Wohnraum in Berlin – eine theoretische und empirische Untersuchung.*

Als Tennat dieses vielleicht etwas triste Leben des Thomas Kaufmann genug verinnerlicht hatte, wunderte er sich nur kurz über den Kontrast zwischen Materialität und Emotionalität einer auf den ersten Blick bildungstechnisch geförderten Kindheit, da er das nicht zum ersten Mal sah. Es war fast schon ein Klassiker, gerade seit der Studentenbewegung und in Berlin, und so war Tennats kurzzeitige Verwunderung ausschließlich darauf zurückzuführen, dass seine übliche Klientel, die zu achtzig Prozent einen weitaus geringeren Schulabschluss besaß, weder das eine noch das andere erhalten hatte. Weder Bildung noch Liebe. Sie verbrannten dadurch schnell, wie das Zeug im Kohleofen, dem er sich nun zuwandte.

Der Kommissar öffnete die untere Luke und nahm Asche heraus. Da sie grauweiß und nicht von rötlicher Farbe war, vermutete er, dass anstatt Kohlebriketts viel Papier verbrannt worden war. Er stocherte mit einem Kugelschreiber in der Asche herum und fand Metallstücke sowie ein fast fingernagelgroßes Plastikteil. Das Grün, die Nummer … Es konnte von einem Reisepass sein.

Da Tennat nicht wusste, ob Tom wiederkommen würde, ließ er zunächst das Netbook sowie alles andere liegen. Ausschließlich das kleine Plastikteil steckte er ein. Dann ging er in die Küche, die genau wie das Bad bis auf übliche Einbauten absolut leer war. Nirgends befand sich Kleidung, nicht mal ein Handtuch oder eine Zahnbürste. Dafür war jede Rille und Fuge picobello geputzt. Orangefarbene Fliesen funkelten, Spüle und Badewanne wirkten wie geleckt. Und dieser Geruch. Es mussten Unmengen an Putzmittel verwendet worden sein. Vielleicht ein Reinlichkeitstick. Im Flur roch es genauso intensiv. Vor allem an der Wohnungstür. Tennats Hand betastete die Raufasertapete. Sie war an einer Stelle sogar noch etwas feucht, was allerdings nicht durch das Mauerwerk kam. Tennat ging in die Knie und fuhr die Dielenrillen entlang. Nicht ein Staubkorn, nicht ein einziges Haar, und nur Wachsreste an der unteren Seite der Scheuerleiste.

In Küche und Bad standen nirgendwo Putzmittel. Es gab auch keinen Mülleimer. Nur dieser scheinbare Müll neben dem Ofen, der noch sortiert oder verbrannt werden sollte. Doch warum lag das Netbook nicht bereits gesondert? Warum verbrennt man das Original der eigenen Masterarbeit, für die man sich monatelang abgeschuftet hat? Und wo waren Kaufmanns Möbel, die laut dem Beleg von Secur nicht eingelagert wurden?

Vielleicht in den Müllcontainern, im Keller oder in einer der anderen Wohnungen unter ihm. Tennat ging logisch vor und begann auf dem Hof. Die Mülltonnen mussten jedoch frisch geleert worden sein, und der Keller war an allen möglichen Zugängen, ob über das Treppenhaus oder den Hof, abgeschlossen. Beim Rundgang durch die Etagen eins, zwei und drei konnte Tennat fürs Hinterhaus eins ausschließen: Es lagen weder typische Essensreste noch leere Kornflaschen oder Schlafsäcke herum, die Obdachlose hinterließen. Bei den Möbeln, die er hier und da in den Wohnungen fand, konnten dafür einige von Tom stammen. Auf einem Billy-Regal, einer kleinen Holzkommode sowie einem Schreibtisch, der aus zwei Böcken und einer Pressspanplatte bestand, fand Tennat Kerzenwachsreste. Zudem rochen sie ebenfalls nach Putzmittel.

Nur warum waren die Möbel bereits gleichmäßig eingestaubt? Tennat überlegte. Einerseits fanden hier Bauarbeiten statt, und da wurde viel Staub aufgewirbelt, der sich innerhalb weniger Stunden in einer dicken Schicht über die Dinge legte. Andererseits, wie lang rochen abgeputzte Sachen so intensiv?

Er konnte auch keine Fußspuren auf dem Fußboden entdecken. Bis auf seine. Und die seiner Knie und Hände, da er nun auf dem Boden herumkroch. In einem fast leerstehenden, eiskalten Haus. Sonntagmorgens. Mitten im Winter. Wegen seiner kleinen Schwester. Einer erwachsenen Frau.

Sein Kollege Patrick Berner würde es als mehrfacher Vater und echter Familienmensch verstehen, wenn er dies sähe. Udo Melzig würde ihn allerdings auslachen, verspotten, es im LKA weitererzählen. Und da hatte Melzig ausnahmsweise recht, fand Tennat. Es lag nichts vor. Es konnte immer noch ein Obdachloser sein, der sein Zeug stets mit sich führte, der Patricia erschreckt hatte. Oder vielleicht Tom Kaufmann selbst, der gar nicht mehr hier schlief, sondern bei einer Freundin oder einem Freund oder gar seinen Eltern. Oder Tom war einfach weg. Vielleicht war Tom da auch ein bisschen komisch in der Art und Weise, wie er verschwand, doch komische Menschen hatte Tennat genug kennengelernt. Eigentlich war er ständig von komischen Menschen umgeben. Und das dachten wohl auch einige über ihn.

»Wollte Tom verreisen?«, fragte er Patricia, als sie oben aufwachte.

»Für ein ganzes Jahr«, bestätigte seine gähnende Schwester.

»Ist er dann nicht schon abgedüst? Ich sehe keinen Rucksack, keine Kleidung … Pässe und Kreditkarten fehlen ebenso.«

»Direkt nach der Arbeit? Samstagnacht? Da geht kein Flieger mehr.« Patricia rieb sich die Augen, stand auf und strich sich ihre Kleidung glatt.

»Warum nicht? Vielleicht hatte er alles vorbereitet und dachte, ihn hält nichts mehr. Und der Flug kann auch heute früh gewesen sein. Die sind meistens billiger.«

»Das hätte er mir gesagt.«

»Bist du dir da sicher?«

Patricia zuckte mit den Schultern.

»Siehst du«, sagte Tennat. »Bevor du auf seiner Matratze eingeschlafen bist, hast du noch gesagt, dass Tom nie einen Fehler bei der Arbeit gemacht, nie gefehlt und alles immer genau durchdacht hat.«

»Und was ist mit Sharvi?«, warf Patricia ein und raufte sich die Haare. »Wo ist er?«

»Weggelaufen. Das hat er schon zweimal getan.«

»Und der Mann?« Patricia sah Richtung Wohnungstür.

»Ein Obdachloser, der sich selbst erschreckt hat. Die Türen sind unten offen. Jeder kann rein.«

»Du glaubst mir mal wieder nicht«, schrie Patricia und marschierte zur Tür.

»Was soll ich dir nicht glauben?«, hakte Sven nach und verfolgte Patricia, die trotzig die Wohnung verließ.

»Dass Tom eben …«, brüllte sie und stockte ab. »Na, du weißt schon.«

»So ein Blödsinn«, murmelte er und schloss die Tür.

Kapitel 8

Tracy Kraft wartete am Flughafen Berlin-Schönefeld auf ihr Gepäck, schaute in ihren Handspiegel und entdeckte eine kleine Falte zwischen den Augenbrauen. Sie zog mit zwei Fingern die Hautstelle glatt, versuchte auch das, was sich in ihrem Geist unangenehm in den Weg stellte, wegzuwischen. Sie sagte sich immer wieder, dass alles in den vergangenen Wochen perfekt gelaufen war. Die letzte Show war ein Bombenerfolg gewesen, das mediale Echo extrem und die Einkäufer hatten kräftig zugeschlagen.

Trotzdem griff sie abermals nach ihrem I-Phone, das neueste Modell einer limitierten Edition. Sie tippte seine Nummer an, die sie nie als Favoriten abspeichern musste, da sie in der zeitlichen Legende ihrer Telefongespräche meist ganz oben stand. Nach dem Freizeichen meldete sich wieder bloß ein Geräusch, das er anstatt eines vernünftigen AB-Textes hinterließ und ihr nun den letzten Nerv raubte. Aktuell war es eine schneidende Schere, davor ratternde Nähmaschinen. Es war kindisch und nur erlaubt, da es niemand außer ihr und Catrinel Stan gab, der seine Privatnummer kannte. Dadurch machte er nichts fürs Business falsch, trotzdem nervte es. Und jedes Sprechen auf den AB hatte keinen Zweck, weil er ihn nicht abhörte oder sein Handy komplett ausgestellt hatte. Denn auf Kurznachrichten reagierte er gerade auch nicht. Und bei Stichworten wie »Polizei« und »Treffen im Atelier«, die sie soeben gesimst hatte, hätte er garantiert reagiert. Francis wäre direkt ans Telefon gehechtet, um sie oder Catrinel Stan, die ihn ebenfalls kontaktieren sollte, anzufahren, woher jemand anders außer ihnen beiden seine Adresse in der Revaler Straße wüsste.

Ja, eine gute Frage. Eigentlich.

Doch der Kommissar wollte am Telefon nichts sagen, bis auf dass es nicht lange dauern würde und er bereits in der Nähe sei.

Das klang schlecht. Irgendetwas war doch immer. Von Anfang an.

Als Tracy vor sechs Jahren den erst neunzehnjährigen Francis Morgan entdeckte, oder besser gesagt ihn auf dem Schreibtisch serviert bekam, lebte sie noch in Paris, hatte eine Dozentenstelle für Marketing an der École de la Chambre Syndicale de la Couture Parisienne inne und arbeitete parallel als freie Beraterin für verschiedene Top-Designer. Sie war bereits Ende dreißig und alles lief auf eine feste Professur hinaus. Doch sie zögerte diese Art von Karriere hinaus und schlug konkrete Angebote aus, da sie zugleich von einem eigenen Baby träumte, einem Label, wo sie ihr ganzes Können von Anfang an zeigen könnte. Doch solche Chancen boten sich nicht jedem und man musste viel Glück besitzen. Oder eben seltsame Post erhalten.

Zuerst kam ein dicker Briefumschlag ohne Anschreiben, ohne Absender, jedoch laut der Briefmarke aus Berlin. Im Umschlag befanden sich Abzüge einer Mittelformatkamera mit Kleidung auf Schaufensterpuppen. Ohne Menschen. Die Puppen posierten unter schummrigen Brücken, in verfallenen Krankenhäusern oder auf verwaisten Bahnhöfen. Auf den Fotos hob sich aber vor allem das Design völlig ab. Mal erinnerte ein Businessanzug durch seinen hochgestellten Kragen minimal an eine futuristische Uniform, mal ein Blazer durch sein breites Revers an eine Seemannsjacke, jedoch wirkte alles stets tragbar, extrem chic und schien auch von den Farben für die nächste Saison international absolut denkbar.

Ebenso verhielt es sich auf den Bildern in der nächsten Woche, wo ein Schwerpunkt auf Prints gelegt wurde. Oder die Woche darauf, wo plötzlich viel Filz und grobmaschiger Strick auftauchte. Das ging einen guten Monat so, und jedes Mal wurden Tracy andere Outfits vorgelegt, ein bemerkenswertes Reservoir an Ideen.

Nur aus Berlin? Berlin war heutzutage nicht gerade für Qualität in Sachen Mode bekannt. Vielleicht in den Zwanzigern des vorigen Jahrhunderts, als es den sogar in Übersee erfolgreichen Berliner Chic gegeben hatte. Oder kurz nach dem Krieg, bis die Mauer gebaut worden und alles endgültig den Bach hinuntergegangen war. Es blieb für Tracy ein Rätsel, bis sie eines Tages in einem dieser Kuverts nicht nur Bilder vorfand, sondern auch einen handgeschriebenen Brief.

Jedes Wort war derart akkurat gesetzt, als wäre der Verfasser oder die Verfasserin beim Schreiben nicht ein einziges Mal ins Grübeln gekommen. Dabei war das zartrosa Papier, das dezent nach Chanel No. 5 roch, bestimmt mit einer Feder beschrieben. Die Strichbreite ließ es vermuten, ebenso der Schwung, der etwas von der alten Sütterlin besaß. Zugleich waren Wortwahl und Inhalt modern, geradezu eine brillante Kurzanalyse der aktuellen Situation ihres Metiers und des Zeitgeists, bis der Verfasser am Schluss Perspektiven andeutete, um andere Wege zu gehen, und zwar mit jemandem in leitender Position, der ein wirkliches Gespür besaß.

Nur wieso sie? Tracy war beruflich selten in Berlin gewesen, in letzter Zeit zwar etwas öfter, da die Einführung einer Berlin Fashion Week geplant wurde, doch niemand aus diesem Beraterkreis hätte so eine komplizierte Kommunikation angefangen. Andererseits war zuletzt im Branchenblatt *TextilWirtschaft* ein längeres Interview mit ihr abgedruckt, in dem sie sich über mangelnde Innovation in Deutschland beklagte, da viele nur kopierten, anstatt etwas zu wagen. Der Verfasser musste dies wohl gelesen haben.

Seltsam an diesem handgeschriebenen Brief war, dass nur ein Berliner Postfach als Kontakt vorhanden war, wie Tracy an einer sich ebenfalls im Briefkuvert befindlichen und bereits frankierten Postkarte feststellte. Tracy schrieb darauf zurück und fragte, wer diese ungewöhnliche Korrespondenz angeregt habe und ob es dieselbe Person sei, die sich für die Kollektion verantwortlich zeige.

In der nur wenige Tage später eintreffenden Antwort bezeichnete sich der Schreiber allerdings nicht als Macher, sondern nur als Wegbegleiter und bat um große Verschwiegenheit in der Angelegenheit, wenn Tracy Kraft wirklich den Macher und damit ihre eigenen Perspektiven kennenlernen wolle. Tracy sicherte dies mit einer erneuten Postkarte zu und bekam dann ein Datum und einen Ort mitgeteilt.

Es war eine Gruppenausstellung verschiedener Semester der Universität der Künste, weswegen Tracy an einem freien Wochenende extra nach Berlin flog. Sie reiste also nicht zum berühmten Central Saint Martins College nach London oder zur ArtEZ nach Arnheim, was man durchaus auf Empfehlung tat, sondern zu jener international wirklich unbedeutenden Uni, die sich zwar als künstlerisch frei, jedoch für den realen Textilmarkt auch als extrem sperrig erwies. Zudem fand Tracy das Objekt ihrer inzwischen stark angewachsenen Begierde nicht bei den Absolventen oder Meisterschülern, sondern ausgerechnet bei den Erstsemestern. Dort, in einer versteckten Ecke eines verwinkelten Raums, wo sich eine Menschentraube um die ihr inzwischen vom Design her vertrauten Modelle gebildet hatte, fehlte der Designer. Alle anderen Studenten, die bei den eigenen Arbeiten Besuchern ausgiebig Rede und Antwort standen, zuckten nur mit den Schultern. Nein, die betreffende Person fand Tracy erst durch einen Tipp eines Professors in der um diese Uhrzeit menschenleeren Mensa.

Francis hatte Kopfhörer auf, saß in der hintersten Ecke am Fenster und schaute hinaus auf die Straße. Tracy setzte sich zu ihm. Er nahm seine Kopfhörer ab und fragte, ob er gehen dürfe, ob alles vorbei sei und er seine Sachen packen könne. Tracy schüttelte den Kopf. Er nickte, schaute wieder aus dem Fenster. Tracy stellte sich vor. Ihr Name schien ihm nichts zu sagen. Dann versuchte sie ein normales Gespräch aufzubauen, doch die Antworten bröckelten nur kryptisch aus seinem Mund. Er wollte weder etwas zu seiner Inspiration noch zu seiner Herangehensweise sagen, eigentlich Standardfragen in jedem Interview mit Modedesignern. Als Tracy sich nach seiner Herkunft erkundigte, stand er auf und wollte gehen. Da begriff sie erst den Brief, was wirklich anders sein müsste, wenn man es anders macht. Ihre Worte prasselten in diesem Moment wie ein Wasserfall auf Francis ein. Sie versprach, dass sie beide das alles allein machen könnten. Ab sofort. Er musste nicht weiter studieren, hier unnötig Zeit verschwenden und sollte auch niemals einem Manager Rechenschaft ablegen müssen. Das versprach sie. Die größtmögliche Freiheit, die in ihrem Metier ging. Wenn er ihr vertraute.

Er tat es. Und Tracy gab daraufhin ihre Dozentenstelle auf, zog nach Berlin und ließ ihre Beziehungen spielen. Innerhalb weniger Wochen überzeugte sie einen ihr bereits bekannten Investor, führte Verhandlungen, schuf das erste Büro, stellte Leute fürs Backoffice ein, organisierte Produktions- und Vertriebswege. Tracy arbeitete damals vierzehn Stunden an sieben Tagen in der Woche und steuerte alles, damit sie im Juli desselben Jahres bei der allerersten Berlin Fashion Week dabei sein konnten. Der Launch ihres Labels erfolgte multimedial und mittels mehrerer Kanäle über die sozialen Netzwerke, jedoch auch mit einer offensiv geführten klassischen Anzeigenkampagne, die die größte Investition bedeutete. Von *Vogue* bis zur *i-D* fragte sich darum bald jedes Modemagazin, woher der mysteriöse, unglaublich junge Designer namens Francis Morgan plötzlich herkäme. Sie mochten seinen Style, den sie anfangs als Endzeit-Look urbaner Hightech-Krieger beschrieben. Es glich einer Mischung aus Business-, Street- und Workwear. Die Kollektionen konnte man tagsüber im Büro, abends bei besonderen Anlässen sowie in der Freizeit tragen, also jederzeit, je nachdem wie man sie kombinierte. Nur nicht jeder. Die Stücke waren sehr hochpreisig und geschaffen für Besserverdienende, die großen Wert auf einen elaborierten Dresscode legten. Besonders alle Teile, die einer klassischen Linie nachgingen, doch wie bei Helmut Lang durch Reduktion aufs Wesentliche von Purismus geprägt waren, kamen besonders in Künstlerkreisen gut an. Francis Morgan machten aber auch gerade die Entwürfe aus, die in einem Atemzug mit der Dekonstruktivistin Rei Kawakubo oder Avantgardisten wie Boris Bidjan Saberi genannt wurden. Die von Jahr zu Jahr immer spektakuläreren Shows erinnerten zudem an die Happenings des Antwerpener Designers Walter Van Beirendonck, jedoch nicht übertrieben kitschig bunt, sondern stets dunkel, kühl und der Ästhetik von dystopischen Computerspielen verpflichtet.

Natürlich musste all das mit Promis unterfüttert werden. Sie saßen in der ersten Reihe neben Einkäufern, bekamen Anzüge, Kostüme, Hemden, Hosen und Basics für den roten Teppich geschenkt, wurden in Kampagnen abgelichtet oder liefen sogar bei den Shows. Tracy musste irgendwann die Stars auch nicht mehr buchen, ihre Agenten fragten selbst an. Denn das Label wurde innerhalb kürzester Zeit en vogue und die Öffentlichkeit assoziierte mit Francis Morgan ein stramm marschierendes Image à la Bands wie Rammstein oder Kraftwerk.

Der Designer selbst erhielt Kommunikationstraining und eine persönliche Assistentin, die Tracy bereits aus Paris als begabte Studentin kannte. Catrinel Stan sprach fünf Sprachen fließend, war äußerst klug, sozusagen hochbegabt, jedoch niemals aufbegehrend und so ein idealer Puffer zwischen dem Designer und den anderen. Bei seiner Mode setzte Francis tatsächlich fast jede Saison einen neuen Trend, wobei alle Teile seiner Kollektionen sich gleichermaßen gut verkauften. Niemals lag er mit einer Farbe oder einem Schnitt daneben, niemals lag er hinter der Zeit oder wagte sich zu weit vor. Und dass der Designer sich der Öffentlichkeit entzog, nutzte Tracy einfach als Marketinginstrument. Der Designer stilisiert als leicht autistisches Genie – dieses Bild ließ unglaublich viel Spielraum für die Fantasie der Kunden. Das war es, was sie damals bei ihrer ersten Begegnung mit ihm plötzlich verstanden hatte. Das war es, was die Modewelt brauchte. Kein kleiner Paradiesvogel à la John Galliano war mehr gefragt, sondern ein großes, verstörtes Kind. Und deswegen musste Francis auch wirklich kaum sein Zuhause in der Revaler Straße verlassen. Für die Öffentlichkeit tauchte er fast nur im Rahmen der Berlin Fashion Week persönlich auf. Niemand wusste, wo genau er wohnte, arbeitete und wie er auf seine Ideen kam.

Also warum machte Tracy, die am Flughafen Berlin-Schönefeld auf ihr Gepäck wartete, sich Sorgen, weil sich bei ihr ein Polizist meldete? Ganz einfach: Da sich auch ihr Investor wie der Designer zurückhielt, wollte Tracy Kraft das, womit die Öffentlichkeit vor allem ihr Gesicht verband, nicht mehr verlieren.

Kapitel 9

Sven Tennat befand sich vom betreffenden Objekt zehn Meter entfernt und wenn er nicht gerade einen Suchbegriff in sein Smartphone eingab, ließ er die Kulisse auf sich wirken. Er saß in seinem grünen Ford in einer der kleinen Verbindungsstraßen zwischen der Simplon und Revaler, die er bisher nur als namenlose Abkürzung aus Kopfsteinpflaster zum Umfahren von Staus kannte. Laut Google waren die kaum fünfzig Meter langen Verbindungsstraßen seit 1913 nach den einst populären Berliner Sängern und Schauspielern Niemann, Haase, Döring, Helmerding und Matkowsky benannt. Hundert Jahre war das her. Ebenso vergessen wirkte die Gegend.

Es gab noch alte DDR-Straßenlaternen, die Tennat hier besonders schön fand, da Efeu an ihnen heraufwuchs. Leider war oben ihr äußerer Glasring gesprungen oder ihr Betonpfeiler stand nicht richtig senkrecht im Erdreich. An ihren Füßen stapelten sich zudem Kühlschränke, Autoreifen und blaue Müllsäcke unbekannten Inhalts. Auch bei den unmittelbar umliegenden Gebäuden ließ sich auf den ersten Blick nicht direkt erkennen, ob sie noch benutzt wurden oder dem Verfall preisgegeben waren. Bretter- und Wellblechzäune deuteten bei einigen Grundstücken auf unklare Eigentumsverhältnisse oder durch Altöl kontaminierte Böden hin. Selbst beim Zielobjekt in der breiten Revaler Straße bröckelte an den Mauern so sehr der Putz ab, dass Graffiti keinen dauerhaften Halt fanden. Das dicke Tor war an mancher Stelle rostig, nur der Stacheldraht funkelte tadellos in der prallen Sonne. Ohne Firmenschild und mit verblasster Hausnummer stand das

Zielobjekt zwischen einem Schrotthändler und einem Lager für Baugerüste.

Dahinter befand sich direkt die S-Bahntrasse. Kein anderes Objekt, bis auf die Spitze des Allianzhochhauses am Treptower Park, drückte sich ins Sichtfeld. Umso imposanter wirkte der Himmel, der zartblau schimmerte, an mancher Stelle fast sogar weiß. Obwohl die Temperaturen weit unter Null lagen, vermittelte die Sonne, die sich auf dem schrägen, schneebedeckten Dach des Schrotthändlers widerspiegelte, eine Ahnung von Frühling; das Licht wollte bereits mehr. Wie das Eichhörnchen beim Gerüstbauer, das munter von einem kahlen Baum zum nächsten hüpfte, um schließlich über einen schmalen Ast auf die Mauer des Zielobjekts zu gelangen. Dort verharrte es einige Minuten im Stacheldraht und schaute sich um.

Viel zu sehen gab es aber nicht. In der letzten halben Stunde testete auf dem Kopfsteinpflaster ein PIN-Briefträger die Federung seines Fahrrads, drei Autos nahmen die Revaler als Abkürzung und viermal fuhr ein und derselbe Baggerfahrer vorbei. Dieser machte mit seinem Kollegen am Presslufthammer als Einziger Krach, weil hinter Tennat, in der nach dem Schauspieler, Regisseur und Theaterdirektor Friedrich Ludwig Heinrich Haase benannten Straße, ein weiterer alter Gewerbehof abgerissen wurde.

Der Kommissar nahm sich ein Croissant aus einer Papiertüte und sah dem Baggerfahrer dabei zu, wie er zum fünften Mal herausgebrochenes Mauerwerk an ihm vorbei zu einem Container in der Revaler fuhr. Als er zurückkam, ließ Tennat das Fenster herunter, lehnte sich in die Kälte hinaus und fragte gegen den Motor anschreiend, was denn hier gebaut werde. Der Baggerfahrer zeigte östlich auf einen Neubau und fuhr weiter.

Es war keiner dieser typischen Eigentumswohnungsblöcke, die nur aus Beton, Metall sowie vom Boden bis zur Decke reichenden Panoramafenstern bestanden. Er wies eher Merkmale des typischen Blockrandmusters der Gründerzeit auf und verkörperte laut Tennats Handy eine moderne Adaption des nördlich angrenzenden Helenenhofs, eines städtebaulichen Denkmals des kaiserlichen Berlins. Das ganze Karree zwischen Revaler und Simplonstraße, circa zwei Hektar, sollte laut *B. Z. Online* nun bald so aussehen. Die einstige Idee eines Bürgerparks war auf Eis gelegt, da der Senat unter anderem die Kosten einer Bodensanierung nicht absehen konnte. Auf kolorierten Bildern pries dafür nun eine Immobilienfirma das neu entstehende Quartier nahe dem S-Bahnhof Ostkreuz als sehr verkehrsgünstig und zeitgemäß an. Dort schien ebenfalls die Sonne und die Menschen, die von Balkonen winkten oder durch saubere Straßen schlenderten, sahen allesamt gesund und glücklich aus.

Tennat machte das Radio an und hörte im Wetterbericht, dass der Winter weiterhin ungewöhnlich hart bleiben würde. Tennat entnahm den Verkehrsnachrichten, dass Frau Kraft wegen eines Staus auf der Stadtautobahn noch mindestens zehn Minuten brauchen würde. Er schaute in den Rückspiegel, überprüfte kurz, ob Croissant-Krümel in seinem schmalen Schnurrbart hingen, und ging erneut die Sachlage durch.

Es war Montag und der achte Tag, an dem Patricia bei ihm wohnte. Er war nicht an der Ostsee gewesen, sondern in der Stadt geblieben und musste morgen wieder regulär zum Dienst. Am vorletzten Sonntag, waren sie nach Verlassen von Thomas Kaufmanns Wohnung zunächst zu Patricia gefahren, um ein paar Sachen zu holen. Ihre beiden Mitbewohnerinnen, gerade eine Spanierin und eine Italienerin, schliefen, oder waren beim Brunchen oder noch tanzen. Sven durfte nicht in das Zimmer seiner Schwester, sondern musste in der Küche warten. Mit einem Seemannssack voll Kleidung und einem Foto von Sharvi ging es dann zum Tierheim in Berlin-Falkenberg, aber es wurde kein Jack Russell Terrier abgegeben und die netten Leute dort wollten sich melden falls doch. Anschließend fuhren sie zur Frankfurter Allee, um in einem Copy-Shop »Hund entlaufen«-Plakate zu drucken, welche an mehreren Orten im Kiez möglichst umgehend aufgehängt werden sollten. Seiner Kollegin Silke Bartsch, mit der er eigentlich auf einen Flohmarkt gehen wollte, sagte Tennat per SMS ab.

Am nächsten Morgen meldete sich Patricia bei der Arbeit krank und stand kaum noch von seiner Wohnzimmercouch auf. Dafür erarbeitete sie sehr zielstrebig eine Liste, welche Informationen einzuholen seien. Was ihr Bruder auch tat, wenn auch nicht in der Reihenfolge, die sie vorschlug.

Am Montag, fuhr er zuerst im LKA vorbei und reichte seinem Kollegen Patrick Berner den Plastikschnipsel aus Thomas Kaufmanns Ofen. Da es sich nicht um einen offiziellen Fall handelte, sondern um einen Gefallen, stand die Analyse bei den Kollegen von der Kriminaltechnik aber nicht ganz oben an. Tennat nickte, erklärte dazu auch nicht viel, wollte nur für sich einiges ausschließen und gab auch Kaufmanns Handynummer an, um beim Telefonanbieter gespeicherte Verbindungsnachweise anzufordern. Da Tennat anschließend noch Patrick Berner als Dankeschön und Silke Bartsch als Entschuldigung für den abgesagten Flohmarktbesuch zum Mittagsessen beim Italiener einlud, kam er erst am Nachmittag in der Rotherstraße 28 an, um zu sehen, ob der Vermisste wieder in seiner Wohnung aufgetaucht war.

Es war kurz nach sechzehn Uhr, und am Vorderhaus wuselten auf dem Gerüst Bauarbeiter. Unten schoben welche Schubkarren mit Schutt hinaus oder welche mit Baumaterial hinein. Es war viel Betrieb, und niemand fragte Tennat, was er hier wolle. So ging er einfach hinein, ohne seinen Dienstausweis zu zücken. Die Bauarbeiten im Hinterhaus hatten angefangen. Sämtliche Möbel waren aus den Etagen eins bis drei entfernt und auf dem Hof zu einem Schuttberg angehäuft worden. Auf der vierten stand die Tür zu Toms Wohnung offen, obwohl Tennat sie am Sonntag zugezogen hatte. Es rumste, und eine dunkle Wolke kam ihm entgegen. Er wartete ab, bis der Staub sich legte, und ging hinein. Im Flur hauten zwei Rumänen mit Hämmern Putz von den Wänden. Der Papierhaufen neben dem Ofen fehlte. Überall lag dafür Bauschutt. Da die Bauarbeiter Tennats Fragen nicht verstanden, verwiesen sie ihn auf den Polier. Tennat fand ihn im nun zugänglichen Keller, wo er gerade frisch gegossenen Estrich begutachtete. Der Polier, der bereits ein vorzeitiges Feierabendbier in den Händen hielt, stark nach Aftershave roch und Blickkontakt mied, meinte, dass er persönlich am Morgen auf Anordnung des Bauherrn die Wohnungstür von Thomas Kaufmann aufgebrochen hätte, sich jedoch neben dem Ofen kein Müll befunden hatte, absolut nichts.

Tennat bekam eine Durchwahl der Hausverwaltung und erkundigte sich, warum die Wohnung bereits geräumt wäre. Ihre Antwort: Mit Herrn Kaufmann sei alles geklärt, er wollte die Wohnung zwar ursprünglich erst Ende der Woche verlassen, hatte es aber laut einer gestern erhaltenen E-Mail schon getan. War doch nett. Ihrer Meinung nach.

Der Kommissar wurde stutzig. Zwar war es ein Lebenszeichen. Doch warum sollte Tom die Sanierung des Hauses, also Gentrifizierung beschleunigen? Seine Familiengeschichte, seine Masterarbeit und seine Gesinnung sprachen dagegen. Wieso hatte Tom überhaupt eine Mail an die Hausverwaltung geschrieben, wenn seine Wohnung bereits leergeräumt war? Wieso war seine Wohnung eigentlich leergeräumt? Und gründlich geputzt, wenn der abgeklopfte Putz nun wieder alles verstaubte?

Tennat dachte an das kleine, durch kein Passwort geschützte Netbook. Eine E-Mail konnte von jedem gesendet worden sein, der Zugang zum Mailaccount besaß. Und der abgebuchte Flug der Lufthansa? Das genaue Abflugdatum wusste Tennat nicht, jedoch meinte er, dass jeden Tag Flieger gen Asien abhoben. Tennat bat Berner telefonisch darum, über das Passagiernamensregister etwas über einen Flug eines Thomas Kaufmann in Erfahrung zu bringen, doch der verwies gleich auf einen Pilotenstreik bei der Lufthansa.

Der dicke Mann mit der Halbglatze von der Self-Storage-Firma Secur in der nicht weit entfernten Stralauer Allee erinnerte sich am nächsten Tag dafür gut an den jungen Mann. Herr Kaufmann hätte »allet alleen« gemacht und wäre mehrmals mit »'ner Sackkarre zur Stralaua« gekommen, da sie nicht weit von seiner Wohnung entfernt gelegen hätte. In den Lagerraum durfte Tennat zwar ohne Durchsuchungsbefehl »auf keenen Fall«, jede Kiste sollte aber ordentlich beschriftet sein und laut der letzten mündlichen Aussage des Kunden, kämen sogar noch »wischtije Papiere«.

Tennat ging daraufhin zum Sport ins Fitnessstudio, trainierte eine Stunde auf dem Laufband und machte anschließend ein paar Bauch- und Dehnübungen. In der Umkleidekabine schaute er auf sein Handy und fand eine SMS von Berner vor, dass der Flug von Thomas Kaufmann tatsächlich ausgefallen war. Natürlich konnte Tom per Fahrradrikscha nach Indien oder mit der Transsibirischen Eisenbahn nach Ulan Bator gefahren sein, doch geflogen war er seit Sonntag nicht. Wenn er sich also noch in Berlin aufhielt, was möglich schien, dann wo?

Am Mittwoch fuhr Tennat zu Toms Eltern nach Zehlendorf und wählte dazu wegen einiger innerstädtischer Staumeldungen die Route über die AVUS. Die Kaufmanns, die er zunächst nicht verunsichern wollte, lebten nahe der Clayallee in einem flachen Bungalow, der wie die meisten Häuser dort nicht durch einen Zaun vom Nachbargrundstück getrennt war. Früher hatten die amerikanischen Alliierten in unmittelbarer Nähe ihre Zentrale gehabt, und noch immer prägte dieser Einfluss die Gegend. Tennat parkte in der Einfahrt hinter einem SUV sowie einem BMW Cabriolet und hörte sofort einen großen Airedale Terrier bellen, der hinter einer Glastür auf und ab lief. Dann kam eine Frau in einem fliederfarbenen Kostüm, eventuell von Jil Sander, gebot dem Hund mit einer kleinen, resoluten Handbewegung Platz und machte die Tür auf. Anna Kaufmanns Blick war skeptisch, ihr Gesicht aufwendig geschminkt und an Hals, Ohren und Handgelenken befand sich viel Schmuck. Als Tennat sagte, er sei vom LKA, schaute sie einmal quer über die Nachbargrundstücke, als hätte dies jemand anders vernehmen können, und ließ den Kommissar in den Flur, um umgehend die Tür hinter ihm zu schließen. Der Hund beschnupperte Tennats Bein und ließ sich streicheln. Anna Kaufmann wirkte irritiert, dass ein Polizist zu ihnen kam, ihr erster Gedanke galt aber nicht Tom, sondern Björn, ihrem Mann. Tennat wollte wissen, warum sie dachte, er sei wegen ihres Mannes hier. Anna Kaufmann zuckte die Schultern und holte ein Leckerli aus einer Plastikdose. Tennat sagte, dass er ihren Sohn bloß privat, wegen seiner eigenen Schwester sprechen wolle, also aus privaten Gründen. Anna Kaufmann meinte verblüfft, von einer Freundin wisse sie nichts, und blickte kurz zur schwarzen Ledercouch im Wohnzimmer, als überlegte sie, den Kommissar zu bitten, Platz zu nehmen. Doch sie blieb im Flur stehen, strich sich eine Strähne aus dem Gesicht und sagte, dass sie seit Weihnachten keinen nennenswerten Kontakt mehr zu Tom gehabt hätte, genau genommen, gar keinen. Ebenso wusste sie nicht, ob Tom seine Wohnung aufgelöst hatte oder eine größere Reise plante. Auch eine weitere Möglichkeit, wo er nun wohnen könne, kam ihr nicht in den Sinn. Sie wisse gar nichts, wie Anna Kaufmann mehrmals betonte, und die Polizei solle sich an ihren Mann wenden, der gerade unterwegs sei. Als Tennat ging, zeigte er auf eine Umzugskiste, die er aus spitzem Winkel in der Küche erblickt hatte. Frau Kaufmann erklärte trocken, dass ihr Mann bald ausziehe. Diese Frau lügt nicht, dachte Tennat. Solche Menschen erzählen einem Wildfremden nicht einfach, dass sie sich gerade von ihrem Lebenspartner räumlich trennen.

Am Donnerstag, als Berner im LKA Tennat eine Verbindungsliste von Thomas Kaufmanns Handy gab, erfuhr er, dass die Familie Kaufmann sehr wohl in den letzten Wochen Kontakt miteinander gehabt hatte, und zwar beiderseitig motiviert. Ihr Sohn rief dreimal zu Hause an, viermal bekam er einen Anruf. Die Gespräche dauerten immer mindestens zehn Minuten, manchmal auch zwanzig, und stets fanden sie am späten Nachmittag statt. Ansonsten wählte Tom Nummern von Behörden, der Uni, seiner Hausverwaltung, der Lufthansa-Flughotline oder dem Bioladen in der Warschauer Straße. Es gab keine anderen privaten Kontakte, bis auf Patricia. Es fehlte jeglicher Verweis auf eine ihm nahestehende Person, bei der Tom untergetaucht sein könnte. Es sah so aus, als ob er wirklich verreisen wollte, und wenn Tom nicht mit seiner Mutter telefoniert hatte, dann wohl mit seinem Vater.

»Das habe ich«, bestätigte Björn Kaufmann am nächsten Tag. Tennat traf ihn für fünf Minuten bei *Curry 36* am Mehringdamm. »Ich habe mit ihm wegen seiner Reise gesprochen und wegen der Abfindung für seine Wohnung. Und ich glaube auch, dass er letztens am Telefon erwähnte, dass er, falls es zum Lufthansa-Streik käme, zunächst zu einem Freund nach Amsterdam fahren wolle, wo es sowieso viel bessere Direktflüge gab.«

Björn Kaufmann, der wie seine Frau sehr viel Wert auf ein gepflegtes Äußeres legte, wirkte trotzdem besorgt und fuhr sich während des Gesprächs mehrmals mit der Hand durch sein nach hinten gelegtes Haar. Es sei eine schwierige Zeit, speziell mit seiner Frau, und überhaupt für die ganze Familie. Aber so sei nun mal das Leben, es gehe mal bergauf, mal bergab. Das würde Thomas auch von Patricia kennen, von der seine Frau natürlich ebenso wenig wisse wie von der Reise, wie Björn Kaufmann süffisant lächelnd mitteilte. Aber er sei im Bilde, habe einen guten Draht zu Thomas, auch wenn sie manchmal aneinandergerieten. Der Junge sei halt noch in seiner Protestphase und sollte sich darum vielleicht wirklich woanders in der Welt ausprobieren. Trotzdem wünschte sich Björn Kaufmann im Namen der Familie, dass Tennat der Sache weiter nachgehen und vor allem den Vater immer auf dem Laufenden halten sollte, falls sich nicht alles in Luft auflöse. Sven Tennat versprach dies und wünschte sich das mit dem Auflösen ebenfalls.

Denn Patricia musste wohl enorme Gefühle für Tom entwickelt haben. Sie definierte ihre Beziehung zwar nicht durch intime Details, doch laut den Verbindungsnachweisen für Toms Handy kamen dreiundzwanzig Kurzmitteilungen von ihr und nur eine von ihm. Auch ohne Einsicht in die Inhalte sprach dies Bände.

Das Wochenende gestaltete Sven Tennat darum möglichst ruhig, da er Patricia den Gefallen abrang, keine Tom betreffenden Ideen, Fragen oder Forderungen zu äußern. Er war mit seiner Schwester, die er auch endlich vom Sofa locken konnte, samstags auf dem Tempelhofer Feld spazieren, sonntags das Grab ihrer Eltern besuchen, und an beiden Tagen lud er sie zum Essen ein.

Dann kam Montag, sein letzter Urlaubstag. Auch Patricias Chefin kam von ihrer dreiwöchigen Toskana-Reise zurück. Karin Beckers Haut besaß auch eine entsprechende Hautfarbe, als er ihr kleines Büro betrat, und ihr gesunder Teint passte gut zu ihren langen, krausen, mit grauen Strähnen durchzogenen Haaren.

Er lächelte, sie nicht. Die Online-Bestellungen waren mehrere Tage nicht richtig bearbeitet und Waren oft zu spät nachbestellt worden, klagte Karin Becker. Es war das reinste Chaos, weil von zehn Angestellten nacheinander vier krank geworden waren und Tom nun ganz fehlte.

»Wie war er?«, fragte Tennat.

»Nie zu spät, nie gefehlt, höflich zu Kunden«, seufzte sie. »Der beste Student, den ich jemals an der Kasse hatte.«

»Wussten Sie, dass er wegwill?«

»Natürlich«, bestätigte sie und stand von ihrem Bürostuhl auf.

»Ich habe ihm viele Tipps gegeben, was er bei seinem Trip beachten muss. Schließlich war ich mal nicht nur ein Jahr unterwegs, sondern ganze zehn, bis ich dann doch wieder hier in Berlin landete.«

»Wissen Sie, wann genau er loswollte?«

»Nicht so früh, wie er wohl verschwunden ist«, sagte Frau Becker und holte ein Kuvert hervor. »Eigentlich sollte er den Schlüssel persönlich abgeben, doch er steckte ihn nach dem letzten Dienst mit diesem Brief in den Briefkasten.«

Tennat nahm das Kuvert entgegen und las die mit Schreibmaschine verfassten Zeilen. Tom erklärte darin seiner Chefin, dass er bereits auf dem Weg sei und ganz anders, als er gedacht hatte. Leider könnte er dadurch nicht mehr persönlich vorbeikommen. Zum einen aus Zeitnot. Zum anderen weil andere Mitarbeiter, die er zwar mochte und verstehe, zuletzt leider sehr aufdringlich gewesen seien. Tom bedankte sich trotzdem noch einmal für alles, und vielleicht würde man sich irgendwann irgendwo wiedersehen.

Wieder ein Lebenszeichen, wenn auch wieder wie bei der Mail an die Hausverwaltung schriftlich. Tennat fand, im Stil ähnelte der Brief den Texten, die er im Haufen neben dem Ofen fand. Er vermutete hinter den »aufdringlichen Mitarbeitern« seine Schwester. Ziemlich fies, diese Anspielung. Passte aber zu den Briefen von Toms Mutter, wo der Sohn die Fehlerzahl und die Note mangelhaft notiert hatte, und es passte auch, dass der Brief mit Schreibmaschine geschrieben war, eventuell mit jener alten Olympia, die in der Nacht seines Verschwindens noch neben dem Ofen gestanden hatte. Doch irgendetwas stimmte nicht. Tennat ließ sich einen Aktenordner mit Arbeitsverträgen geben und verglich die Unterschriften. Toms Kringel im Vertrag wie im Brief wiesen identische Größe und Form auf. Entweder hatte Thomas Kaufmann eine stets gleiche Schreibe oder die Unterschrift des Abschiedsbriefs war abgepaust worden.

»Gibt es hier Überwachungskameras?«

»Ja«, antwortete Karin Becker leicht verzögert. »Aber nur für den Eingangsbereich zur Abschreckung und die Aufnahmen werden nach circa einer Woche automatisch überspielt, wenn die Festplatte voll ist.«

»Dann könnte noch was von vorletztem Samstag drauf sein, oder?«

»Vielleicht.«

Frau Becker tippte an ihrem Computer. Der letzte Kunde betrat um 21.45 Uhr den Biomarkt. Es war ein großer Mann, dessen Gesicht man durch Schal und Kapuze nicht erkennen konnte. Dafür dass er dann fünfzehn Minuten im Laden blieb, hatte er keine richtige Einkaufstüte dabei, als er ihn wieder verließ.

»Kaufte dieser Kunde was?«, wollte Tennat wissen. »Kann man das irgendwo sehen?«

Frau Becker klickte an ihrem Computer das Fenster mit der Kamera weg und öffnete das Buchungssystem.

»Ach«, staunte sie. »Das ist ja ein Zufall.«

»Was?«, fragte Tennat nach.

»Es wurde nur eine einzige Sache gekauft.«

»Und der Zufall daran?«

Frau Becker klickte daraufhin die Beschwerdemails an, die sie bereits eingangs angedeutet hatte und vor allem von einem Kunden erhielt. Es war ein Kunde ohne Namen, der ausschließlich eine Kundennummer besaß und die Bestellung im Voraus über eine Firma abrechnete, deren Kürzel FM AG Tennat zunächst nichts sagte.

Kapitel 10

Tennat stieg aus seinem Auto und wartete vor dem verrosteten Metalltor, welches aus der Nähe betrachtet besser gesichert wirkte als von weitem. Das Schloss wies kaum Gebrauchsspuren auf und konnte bestimmt elektronisch gesteuert werden. Das ergab Sinn, denn seitlich des Eingangs befand sich im Stacheldraht auf der Mauer eine kleine Kamera, die genau auf den Eingang zeigte. Wenn Tennat auf die Revaler Straße sah, befand sich nicht weit entfernt die Modersohnbrücke, über die es zu Fuß nur zehn Minuten bis zu Toms Wohnung sein mussten. Noch weiter die Revaler geradeaus gen Westen lag die Warschauer Straße mit dem Bioladen. Doch diese Nähe hatte noch nichts zu heißen, und Tennats Hiersein lag zunächst an dem, was er gelernt hatte. Beim Klinkenputzen musste jedem Puzzleteil nachgegangen werden, bis am Ende ein Gesamtbild entstand, welches nicht nur auf Fakten, sondern auch auf individuellen Motiven beruhte.

Beim Baggerfahrer, der erneut in die Revaler fuhr und eine weitere Fuhre altes Mauerwerk ablud, war das Motiv klar. Das Gebäude musste weg, und er bekam Geld dafür. Warum jemand einen Reisepass im Ofen verbrannte, ebenfalls, wenn der, wie die Ergebnisse der Kriminaltechnik zeigten, alt und abgelaufen war. Berner hatte ihn bereits am Wochenende darüber informiert. Warum aber Berlins bekanntester Modedesigner ausgerechnet hier wohnte, konnte Tennat nur anhand eines Interviews erahnen, das, ganz in des Designers Manier, nicht direkt dessen Wohnort preisgab.

»Ich mag die Gegend, die früher die Stralauer Vorstadt genannt wurde. Es war einst das Ackerland, welches sich Anfang des 19. Jahrhunderts östlich von Berlin in Richtung dem Fischerort Stralau erstreckte und einer wachsenden Weltmetropole als Bebauungsland diente. Vor allem zwischen Holzmarktstraße, Frankfurter Chaussee und Oberbaumbrücke siedelten sich damals unzählige Kattunfabriken, Färbereien und Manufakturen der Wollverarbeitung an. Die Textilindustrie boomte, da das weiche Flusswasser der Spree sich hervorragend zum Färben, Waschen oder Filzen eignete. Auf ehemaligen Grünflächen, wo nun zum Beispiel bei der Karl-Marx-Allee ein U-Bahnhof mit dem bezeichnenden Namen Weberwiese liegt, wurden die Stoffe in langen Bahnen zum Bleichen und Trocknen aufgehängt. Und damals flatterte dort nichts als wunderbar ungetragener Stoff, der im Karree bei der heutigen Gubener- und Marchlewskistraße angefertigt wurde. Das laute Surren der Spulräder und Klappern der Webstühle hörte man bis zur Warschauer Straße, die damals allerdings als reine Umgehungsstraße geplant schlicht Straße Nummer 11 hieß.«

Solche Statements fabrizierte Francis Morgan, wenn er mal etwas sagte. Tennat mochte solche stadthistorischen Kenntnisse, auch wenn er es ungewöhnlich fand, vielleicht sogar äußerst klug, dass Morgans Geschäftspartnerin Tracy Kraft hingegen in Interviews immer von der Zukunft sprach.

Dann kam sie – das Yin zum Yang. Sven Tennat hatte kurz mit ihr und zuvor kaum länger mit einer Sekretärin gesprochen und wusste, dass sie nach drei Tagen in den Staaten gewiss einen Jetlag und überhaupt immer viel zu tun hatte. Man hätte das Treffen auch auf einen anderen Tag verschieben können, wenn sie es gewünscht hätte, doch das Wort Polizei ließ sie nicht nur aufhorchen, sondern wohl auch Prioritäten verschieben.

Tennat war es recht, und Frau Kraft sah auf der Rückbank nicht müde aus, als das Taxi genau vor seinen Füßen hielt. Sie telefonierte mit einem zwischen Ohr und Schulter geklemmten I-Phone, griff sich gleichzeitig ihre Handtasche und gab dem Taxifahrer einen Schein, ohne auf Wechselgeld zu warten. Als sie an der gegenüberliegenden Seite ausstieg, beendete sie ihr Gespräch mit einem »Bis gleich!«, wobei nicht klar war, ob es ihrem Telefonpartner oder dem Taxifahrer galt. Sie schaute Tennat kurz von oben bis unten an, nickte und wartete am Kofferraum auf ihr Gepäck.

Tracy Kraft glich den Bildern, die man aus den Medien kannte. Zur Fashion Week oder auf Galas schüttelte sie souverän die Hände der Bundeskanzlerin, des Regierenden Bürgermeisters und anderer Promis. Sie lachte stets herzlich, nie gekünstelt, fand Tennat. Ebenso überzeugend war ihr Äußeres, das jedes Zuviel vermied, jedoch äußerst durchdacht Akzente setzte. Tracy Kraft hat eben Stil, dachte er, in ihrem Metier muss sie den haben. Ihr weißblondes, glattes Haar war am Pony streng und seitlich bis zur Schulter leicht gestuft geschnitten. Es harmonierte mit der großen schwarzen Designerbrille und dem vornehm blassen Teint. Ihr Gesicht glich dem in der Sonne glitzernden Schnee, der ihre bordeauxroten Stiefel umgab. Dazu trug sie einen mandelgelben Faltenrock, einen olivgrünen Wollmantel sowie einen dicken, grobmaschigen petrolblauen Schal, was, soweit Tennat wusste, Colour-Blocking genannt wurde.

Er selbst trug nicht die übliche Goretex-Kleidung seiner Kollegen, aber machte in seinen legeren Klamotten vor ihren Augen bestimmt ebenso wenig her. Frau Kraft schaute ihn erneut intensiv an und lächelte sogar verschmitzt, als sie auf seine Schuhe sah. Was hatte das zu bedeuten? Waren seine Trippen wirklich Ökolatschen, wie Melzig befand, oder war Tennats Kleidung insgesamt zu old-fashioned, was Patricia oftmals bemerkte?

»Schön, dass Sie Zeit gefunden haben«, fing Tennat an. »Mein Name …«

»Pardon, aber das haben Sie bereits am Telefon …«, kürzte Tracy Kraft ab und gab ihm ihre für eine soeben gehabte Taxifahrt recht kühle Hand. »Kommissar Sven Tennat. Gerade den Nachnamen werde ich auch nicht so leicht vergessen, da er mir bereits bekannt vorkommt. Weiß nur noch nicht, woher.«

»Ach? Ist ein seltener Name und ähnlich wie Morgan eher im angelsächsischen Raum zu Hause.«

»Absolut«, bestätigte Frau Kraft. »Und genau wegen Herrn Morgan … Glauben Sie mir. Nur Sie können hier an diesem Ort auf mich warten.«

»Das tue ich«, erwiderte er und bot an, ihren Rollkoffer zu ziehen.

Frau Kraft zog ihn aber selbst bis zum verrosteten Tor und drückte dann zielsicher auf eine hinter Efeu versteckte Klingel. Sie tat es mehrmals und in einem gewissen Rhythmus, wartete jedoch nicht auf eine Reaktion. Beim dicken Schlüsselbund, das sie daraufhin hervorholte, musste sie erst den passenden Schlüssel finden. Trotz des geklingelten Morsezeichens war Frau Kraft hier anscheinend nicht oft zugegen. Als sie das Tor öffnete und sogleich hinter Tennat wieder schloss, prüfte sie mit ihren Blicken, ob alles in Ordnung sei. Auf dem Hof stand nur ein Lada Bus in der Ecke, ein altes Teil mit schönen Rundungen, wie auch Tennat ihn sich hätte kaufen können. Die Reifen waren allerdings platt, und unter ihm lag kein Schnee. Er war wohl schon länger nicht benutzt worden.

»Herr Morgans Gefährt?«, fragte er und ging zum Lada, um einen Blick in den Innenbereich zu werfen.

»Bitte, nicht«, bat Frau Kraft. »Herr Morgan ist wirklich sehr eigen, was seine Sachen betrifft. Besonders drinnen sollten Sie gleich nichts anfassen und schon gar nicht einfach loslaufen. Bleiben Sie lieber stets dicht bei mir.«

»Wird gemacht. Versprochen.«

Tracy Kraft lächelte und tippte etwas in ihr Telefon. Sie schien es trotz der Kälte plötzlich nicht eilig zu haben und lehnte sich an einen Metallpfeiler. Nach einer geschriebenen Nachricht steckte sie das Telefon wieder ein, holte aus ihrer Handtasche eine Schachtel Gauloises hervor und hielt sie Tennat hin. Er lehnte mit einer Handbewegung ab, fand aber ein Feuerzeug in seiner Jacke, das er ihr reichte. Tracy Kraft brauchte mehrere Versuche, bis ihre Zigarette anging. Dann sackten ihre Schultern leicht herunter. Beim Inhalieren des Rauches schloss sie ab und zu kurz die Augen. Dann erhielt Frau Kraft eine SMS und schnippte nach dem Lesen ihre halbgerauchte Zigarette über die Mauer.

»Ich dachte, Polizisten tragen keine Schnurrbärte mehr«, sagte sie, als wäre dies eine spontane Eingebung.

»Klingt nicht wie ein Kompliment«, fand er.

»Doch, doch«, sagte Frau Kraft. »Dieser Anachronismus steht ihnen. Passt zu den Trippen, die Sie tragen. Und dem Rest ... Sonst würde ich nichts sagen. Wie in den allermeisten Fällen.«

»Dann will ich das mal glauben«, erwiderte Tennat und wies mit einer Hand auf eine seitliche Tür. »Können wir nun?«

»Nicht zu schnell«, sagte Frau Kraft und kam auf ihn zu. »Gerade wegen Ihres Outfits möchte ich einen Dienstausweis sehen. Nicht dass wir hier einen geschickten Mann von der Presse haben. Die sehen manchmal auch so aus. Wir haben schon alles erlebt.«

»Stimmt, diese Journalisten.« Tennat zeigte seinen Ausweis. »Habe mich aber wohl etwas verändert. Der Schnurrbart, wenn man es überhaupt so nennen will, ist zum Beispiel neu.«

»Und die Haare länger«, bemerkte Frau Kraft amüsiert nickend. »Und zugleich etwas weniger an den Schläfen. Aber insgesamt ... Könnte schlimmer sein mit ... laut Geburtsdatum zweiundvierzig.«

»Schon gut ...«, entgegnete Tennat etwas verlegen und wies mit seiner Hand wieder zur Tür. »Können wir jetzt endlich ... Es ist wirklich kalt. Ihnen nicht? Ihre Hand war es zumindest vorhin, als Sie aus dem Auto stiegen. Und Sie haben nun geraucht, das wärmt nicht. Und Sie hatten am Telefon gesagt, Sie hätten nicht viel Zeit. Deshalb ...«

»Schon gut.« Tracy Kraft nickte, nahm ihren Rollkoffer und ging zur Tür. Sie brauchte allerdings wieder eine Weile, um den passenden Schlüssel zu finden, bat den Kommissar dann mit einer entsprechenden Armbewegung zuerst hinein.

Es war eine ehemalige Autowerkstatt, wie Tennat an einer abgesenkten Hebebühne erkannte. Sonst fehlte von der ursprünglichen Nutzung jede Spur. Der Raum war ungefähr hundertfünfzig Quadratmeter groß und im Gegensatz zur Revaler Straße sehr clean, sehr weiß. Boden, Decke, Wände und selbst Metall- oder Holzteile waren geweißt, soweit es ging. Das schmale Band der Oberfenster, die sich in vier Metern Höhe kurz unterm Dach befanden, war mit dicken Vorhängen zugezogen. Grelles Neonlicht schien von der Decke. An der rechten Wand standen lückenlos Regale mit nach Farben sortierten Stoffballen, auf der anderen Seite Nähmaschinen, Bügelanlagen, dazwischen immer wieder große Tische, Computer. Am interessantesten waren auf den ersten Blick die in der Mitte des Raums in Reihen versetzt aufgestellten Kleider- und Schaufensterpuppen. Sie waren geometrisch angeordnet, und da auch sonst nichts quer stand oder einfach herumlag, konnte der Kommissar bereits jetzt von einer gewissen Zwangsneurose ausgehen.

»Was riecht hier so?«, fragte Tennat. »Putzmittel?«

»Eher Mottenkugeln«, lachte Frau Kraft.

»Und wo ist Herr Morgan?«

»Dort«, sagte sie und zeigte geradeaus, wo sich nun hinten bei den letzten Schaufensterpuppen etwas bewegte.

Kapitel 11

»Du kannst die Ärmel der Jacken durch Reißverschlüsse oder Knopfleisten abnehmen und untereinander austauschen«, rief Francis Morgan mit einer Stimme, die jünger klang als im Fernsehen oder bei YouTube.

»Tolle Idee«, rief Tracy Kraft zurück, die sich die entsprechenden Teile aus nächster Nähe ansah. »Sie geben dem Kunden viele Kombinationsmöglichkeiten. Vielleicht kaufen die Leute dann gleich zwei Jacken, um unterschiedliche Töne zu kombinieren.«

Dann kam Francis Morgan näher. Er nickte. Er trug einen grauen Anzug und darunter einen schwarzen Hoodie, dessen Kapuze er sich über den Kopf gezogen hatte. Ist ja auch nicht besonders warm hier, dachte Tennat, der seinen eigenen Parka, ein Erbstück seines Vaters aus den Siebzigern, zwar öffnete, aber nicht ablegte.

»Entschuldigung, dass ich nicht die Hand gebe«, sagte Morgan, als er gute drei Meter vor Tennat stehen blieb. »Ich bin leider etwas fiebrig.« Sein Blick huschte dabei unsicher von einem Punkt zum nächsten. Seine blasse Haut schimmerte auf Wangen und Nase fettig, als ob er stark geschwitzt hätte.

»Kein Problem«, sagte Tennat und lächelte.

Francis Morgan lächelte ebenfalls, zumindest gingen seine Mundwinkel nach oben. Ebenso wie seine in schwarze Lederhandschuhe gehüllten Hände, die er dann mit verschränkten Armen unter die Achseln schob, jedoch nicht wirklich still halten konnte. Sein grauer Anzug warf dabei wie sein Gesicht kaum eine Falte. Trotz seiner enormen Körpergröße und sozialen Stellung als Modedesigner wirkte er etwas hilflos in diesem Moment.

»Dies ist ein interessanter Ort«, befand Tennat. »Sie wohnen auch hier?«

»Warum fragen Sie das?«, wollte Frau Kraft wissen und stellte sich mit einem Meter Abstand seitlich von Francis Morgen.

»Schon gut, Tracy«, sagte Morgan und ging einen Schritt zur Seite, um sich über einen Tisch mit lauter gesichtslosen Zeichnungen zu beugen. »Wenn Sie es keinem verraten, ja, hier lebe und arbeite ich.«

Tracy Kraft nahm ihre Brille ab, legte sie in ein Etui, als wäre sie nur ein modisches Accessoire, und schüttelte leicht den Kopf.

»Tennat, Tennat …«, raunte sie. »Francis, kommt dir dieser Name nicht bekannt vor?«

»Du weißt«, erwiderte er und nahm einen Stift, um auf einer Zeichnung einen kleinen Strich nachzuziehen, »ich kann mir keine Namen merken.«

»Absolut«, bestätigte Tracy Kraft. »Das ist sinnlos. Und anscheinend egal, wenn wir gleich erfahren, warum Herr Tennat uns so dringend sprechen muss. Sie konnten ja am Telefon nichts sagen. Das klang sehr geheimnisvoll.«

»Ist nur Routine«, beschwichtigte Tennat und bewegte sich zwei Schritte in Richtung Francis Morgan. »Wir vermissen jemand.«

»Und den suchen Sie bei uns?«, fragte Frau Kraft leicht amüsiert und legte einen Arm um eine Schaufensterpuppe.

»Nicht direkt«, erwiderte Tennat ernst. »Der Vermisste saß vorletzten Samstag an der Kasse des Bio-Supermarktes in der Warschauer Straße, wo ich gerade war. Ein feiner Laden. Und das Letzte, was über den Scanner gezogen wurde, war das Wasser, das in Ihrem Kühlschrank mit der Glastür steht.«

»Und?«, fragte Tracy, die sich prompt eine Flasche herausnahm. »Was haben wir mit diesem Wasser zu tun?«

»So einiges«, fand Tennat. »Die Marke war Sponsor Ihrer

letzten Show, und Sie, Herr Morgan, hatten eine größere Menge online im besagten Bioladen bestellt, wie mir die Geschäftsführerin gerade verraten hat.«

»Gut informiert«, antwortete Tracy Kraft. »Das gefällt mir. Aber warum sollen wir es dann um zweiundzwanzig Uhr in einem Biomarkt kaufen? Wir bekommen es direkt von unserem Sponsor oder bestellen es online.«

»Sagte ich eben zweiundzwanzig Uhr?«, wunderte sich Tennat.

»Die meisten Läden machen um zweiundzwanzig Uhr zu«, antwortete sie, ohne verunsichert zu sein. »Und meiner Kenntnis nach auch dieser.«

»Sie wohnen ebenfalls hier in der Gegend und kennen den Laden?«

»Ich bezahle die Rechnungen. Oder, Francis?«

»Ja, das macht die Firma«, bestätigte er. »Ich habe es nicht so mit dem Geld.«

»Wohl wahr«, bestätigte Tracy Kraft und nahm einen Schluck vom Wasser.

»Gut, das ist mir im Detail auch nicht so wichtig«, erklärte Tennat und ging noch ein weiteren Schritt auf Herrn Morgan zu. »Vielleicht, können Sie mir aber einfach sagen, ob Sie nun in diesem Laden waren.«

Bevor Francis Morgan antwortete, schaute er von seinen Zeichnungen auf und sah Tracy Kraft an. Sie hob die Augenbrauen, machte eine gleichgültige Handbewegung.

»Ja«, sagte er. »Denn es wurde auf meine Bestellung hin das falsche Wasser geliefert.«

»Genau«, bestätigte Tennat. »Waren Sie deswegen nicht sauer, Herr Morgan?«

»Das kommt vor«, antwortete er umgehend.

»Sauer sein?«

»Fehllieferungen«, korrigierte Frau Kraft.

»Aber Ihre Beschwerdemails zeugen von etwas anderem«, warf Tennat in den Raum und stellte sich nun direkt neben Francis Morgan an den Zeichentisch. »Sie schienen sehr aufgebracht.«

»Es war nicht meine Schuld«, sagte Morgan.

»Und dann haben Sie gleich in der Woche darauf die Annahme einer kostenlosen Ersatzlieferung verweigert sowie das viele Jahre bestehende Kundenkonto gelöscht?«

»Natürlich«, erwiderte Tracy Kraft, die sich zwischen Tennat und Morgan stellte. »Das ist unser gutes Recht. Stellen Sie sich vor, wir hätten das Wasser für ein Catering gebraucht. Das geht einfach nicht. Das ist unprofessionell. Das verstehen Sie doch? Nicht in unserer Branche. Wir leben von unserem Ruf.«

»Ja, unprofessionell, kann sein«, sagte Tennat und zog ein Foto hervor. »Ich will auch nur die Umstände genauer ergründen. Kennen Sie diesen Mann?«

Tracy Kraft schnappte sich das Bild, schaute kurz drauf und reichte es an Morgan weiter.

Tom mit Weihnachtsmütze, das einzige Bild, das ihn bereits mit diesem Vollbart zeigte, wie ihn momentan viele trugen. Es war beim letzten Betriebsfest entstanden, und Tennat hatte es von Frau Becker erhalten, die von Tom eine größere Auswahl zur Verfügung stellen konnte. Etwas betrunken schaute Tom an der Kamera vorbei, während jemand anders außerhalb des Bildausschnitts, vermutlich Patricia, den Arm um seine Schulter legte.

»Ist das der Vermisste?«, fragte Francis Morgan, schüttelte den Kopf und entfernte sich einige Meter.

»Ja, Thomas Kaufmann müssen Sie an der Kasse gesehen haben. Wenn Sie einkaufen waren …«

»Das war ich«, bestätigte er. »Ich kann mir aber nicht jedes Gesicht merken. Vor allem nicht von Kassierern. Also nichts gegen Kassierer oder andere Berufsgruppen, aber Sie verstehen schon … Man ist oft in Gedanken.«

»Das verstehe ich.« Tennat betrachtete die gesichtslosen Skizzen auf dem Zeichentisch. »Sich Gesichter und Namen merken können wohl nur Polizisten gut. Sie achten bestimmt auf andere Details.«

»Natürlich, Herr Morgan lebt allein für seine Arbeit«, griff Frau Kraft wieder ein. »Aber deswegen sind Sie nicht hier.«

»Stimmt«, bestätigte Tennat, nahm etwas Fahrt auf und ging abermals Richtung Morgan, was Tracy Kraft missbilligend betrachtete. »Also an jenem Samstagabend eine Woche nach ihrer Show … Ist Ihnen da irgendetwas aufgefallen? War da noch jemand im Laden? Oder auf der Straße davor? Jede Information kann uns helfen, den Jungen zu finden. Einige Menschen in seinem Umfeld machen sich Sorgen und ich würde die Sache gern abschließen.«

»Nichts«, sagte Morgan und ging wieder zum Zeichentisch. »Ich wollte nur frische Luft schnappen und ein paar Sachen einkaufen.«

»Und Sie sind dann anschließend allein nach Hause?«

»Was soll das heißen?«, raunte Tracy Kraft. »Sie wollen doch nicht andeuten, dass …«

»Das ist reine Routine«, beschwichtigte Tennat.

»Aber kein ganz normaler Einsatz«, konterte sie. »Vielleicht ist das gar keine offizielle Ermittlung und der Vermisste einfach verreist, oder?«

»Guter Tipp«, fand Tennat. »Wie kommen Sie darauf?«

»Weil ich ständig auf Reisen bin. Darum.«

»Verstehe. Aber vielleicht haben Sie mit Ihrer Vermutung recht. Genau das gilt es zu klären.«

»Dann klären Sie das bitte ohne uns«, sagte sie, wie um das Ganze abzuschließen. »Wir waren so nett, sie spontan zu empfangen. Denn wir sind mit der Stadt eng verbunden, ihr zutiefst dankbar und es einfach gewohnt, stets mit allen Behörden zusammenzuarbeiten. Nun haben Sie uns den halben Tag durcheinandergebracht.«

»Wir hätten uns auch morgen in Ihrem Büro treffen …«

»Ich habe doch soeben gesagt, ich bin viel auf Reisen«, unterbrach sie. »Morgen früh fliege ich bereits wieder woandershin. Wir haben immer viel zu tun. Und deshalb beenden wir jetzt das Gespräch. Ich hoffe, wir konnten helfen.«

»Gewiss«, sagte Tennat und zückte seine Visitenkarte. »Falls Ihnen noch eine Kleinigkeit einfällt, egal was, dann können Sie mich jederzeit kontaktieren.«

»Das machen wir«, versicherte sie.

Francis Morgan hob die Hand zur Verabschiedung, drehte sich um und lief wieder zum Ende des Raums, wo er hergekommen war.

Als Tracy Kraft mit der Visitenkarte in der Hand hinter Sven Tennat durch die Tür auf den Hof ging, stutzte sie: »LKA, Kripo. Okay, stand auch auf dem Dienstausweis. Doch warum heißt es da auf Ihrer Karte Mordkommission, wenn nur jemand vermisst wird?«

»Stimmt, das habe ich vergessen zu erwähnen«, gestand er und blieb stehen. »Das Mädchen, dem das Verschwinden des jungen Mannes aufgefallen ist, ist meine Schwester. Nur darum bin ich hier.«

Da packte Frau Kraft ihn an der Schulter.

»Wenn das kein Zufall ist«, flüsterte sie, obwohl niemand anders in der Nähe war. »Mir fällt nun ein, woher ich Ihren Nachnamen kenne. So klein ist die Welt.«

Kapitel 12

Mensch, Sven, du bist stark verunsichert, unverkennbar. Es kann dir im Job alles Mögliche passieren. Du kannst Leichen sehen, zerstückelt oder verwest. Du kannst auf der Jagd nach Tätern Wohnungen stürmen und in Schusswechsel geraten. Stets trägst du einen Panzer, an dem alles abprallt. Doch privat ist das anders. Alles ist da irgendwie zu viel. Manchmal. Manchmal immer. Wie an diesem Tag. Im kurzen Gespräch mit Tracy Kraft auf der Revaler Straße, als du mit ihr auf das Taxi gewartet hast. In deinem Kopf danach. In deinem Auto. Auf dem Laufband im Fitnessstudio. Und erst recht drei Stunden später zu Hause. Patricia fehlt. Du musst sie anrufen.

»Wo bist du?«

»Wo soll ich sein?«

»Na ja, eine Woche warst du bei mir.«

»Ich knie vor meinem Bett und streichle einen Jack Russell Terrier.«

»Sharvi ist …«

»Zurück. Ja. Jemand hat ihn auf dem Friedhof in der Boxhagener aufgegabelt. Auf halbem Weg zu mir. Kluger Köter. Wenn auch sehr langsam.«

»Wer genau?«

»Keine Ahnung. Irgendein Mann. Er hat mich aus einem Imbiss angerufen und ihn vor meinem Haus an die Laterne angebunden, nachdem ich ihm die Adresse nannte.«

»Welch Timing … Aber von mir aus. Gut, gut. Morgen muss

ich wieder arbeiten und damit ist dann die Sache hoffentlich beendet.«

»Hat sich etwa Tom bei meiner Ex-Chefin gemeldet?«

»Ex?«

»Die blöde Ziege hat mir gekündigt. Gerade eben am Telefon, als ich fragen wollte, wann ich wieder arbeiten soll. Schriftlich kommt es noch. Da kann ich wie du auch nur sagen: Aber von mir aus.«

»Das tut mir leid. Und wundert mich. Frau Becker erklärte mir erst heute Morgen, was für eine gute Mitarbeiterin du seist, da du den Kunden bei allen Fragen ausgiebig Rede und Antwort stehen würdest.«

»Das kann man so und so verstehen.«

»Für mich klang es positiv.«

»Typisch. Ich frage mich wirklich, wie viele Verbrecher du wegen deiner Naivität laufen lässt.«

»...«

»Und sonst?«

»Für Frau Becker lag ein Abschiedsschreiben im Büro. Thomas Kaufmann muss ihn mit dem Ladenschlüssel in den Briefkasten geworfen haben.«

»Das kann nicht sein. Wir haben den Laden zusammen zugemacht. Tom hat keinen Schlüssel in den Kasten geworfen. Das weiß ich genau, denn ich habe ihm angeboten, ihn an mich zu nehmen.«

»Das wollte er aber nicht ...«

»Das darf niemand. Also warum hat er es später getan?«

»Weil er es vielleicht vergessen hat oder es nicht anders ging. In dem Brief stand, dass er ein Jahr weg ist. Frau Becker hatte sich darüber auch mit Tom in den Monaten zuvor unterhalten.«

»Mit ihr? In den Monaten zuvor? Die konnten ja schon immer gut ...«

»Wie auch immer. Frau Becker war verreist, und als sie zurückkam, verging ihr fast gleich wieder die Bräune angesichts des Ladens. Warst du eigentlich für das Büro zuständig?«

»Unter anderem. Aber ohne richtige Einweisung. Ich musste mich auch um Obst, Gemüse, Käse-, Fleisch- und Kühltruhe kümmern. Es war tagsüber viel los, gerade samstags ist der Laden total unterbesetzt. Da kann man sich nicht einfach ins Büro oder Lager zurückziehen, wenn drinnen die Hölle los ist. All die schreienden Mütter und Kinder. Und noch schlimmer die kurz vorm Burnout stehenden Väter, die sich ihren Balg vor die Brust schnallen. Als wenn nicht schon die ernährungsgestörten Singles mit ihrer Lactose- und Gluten-Unverträglichkeit reichen würden. Verwöhntes Pack. Stecken sich tagtäglich den goldenen Löffel in den Mund und jammern wegen eines Reizdarmsyndroms. Ich wette, die …«

»Schon gut, Patricia, verstehe schon.«

»Nichts verstehst du.«

»Zumindest weiß ich, dass du Weihnachten über deine Arbeit noch ganz anders gesprochen hast.«

»Es heißt nicht umsonst Heiligabend. Und wir beide …«

»Ja, was?«

»Nichts.«

»Meinst du uns beide oder dich und Tom?«

»Vergiss es.«

»Nur wenn du es auch tust. Denn all das ist nun passé. Du bist gekündigt worden und musst das abschließen. Auch das mit Tom, denn alles deutet darauf hin, dass er wirklich verreist ist.«

»Vielleicht. Kann sein. Ja, vielleicht habe ich mich geirrt. Und das Leben geht weiter. Das willst du mir doch wieder als Quintessenz abringen, Sven. Es geht immer weiter. Oder? Trotz all der Enttäuschungen im Leben.«

Patricia legte einfach auf, und Sven Tennat blieb wie versteinert sitzen. Die letzten Worte saßen tief, noch tiefer, als er in die Polster seiner Couch gesunken war. Patricias letztes Statement konnte in einem billigen Ratgeber stehen, aus ihrem Mund entlarvte es die Banalität seiner Bemühungen.

Er blickte sich um. Auf dem Wohnzimmertisch brannte noch immer ein Teelicht im Stövchen. Daneben befand sich Geschirr der letzten Tage. Es bildete zusammen mit zerknülltem Papier, Tabak- und Brotkrümeln ein unappetitliches Stillleben.

Er war immer Nichtraucher gewesen, Patricia nicht. Er räumte stets alles sofort weg, ließ Abwasch niemals länger als einen Tag stehen und fühlte sich nur in einer aufgeräumten Wohnung wohl, seine Schwester fand das spießig.

Die Magazine und Zeitungen, die Patricia neben Fernsehen, Radio und Internet konsumierte, lagen neben ihm auf dem Sofa. *ARTE Magazin, Spex, Zitty, Siegessäule, Zeit, Spiegel* sowie diverse Modeillustrierte.

Tennat blätterte in den Hochglanzmagazin und fand nicht nur in der *Vogue* oder *Elle* Anzeigen von Francis Morgan, auf denen Patricia anscheinend herumgekritzelt hatte. Sie hatte auch andere Werbung verunziert, doch bei Francis Morgan schien sie sich Zeit genommen zu haben. Gerade auch bei einem mehrseitigen Artikel, einer Titelgeschichte zur Fashion Week, indem Francis Morgan und Tracy Kraft mal verheiratet, mal Bruder und Schwester sein sollten. In Anlehnung an ein bekanntes Rockduo wurden sie die White Stripes der Mode, irgendwann auch die raueren The Kills getauft. Francis Morgan bekam von Patricia Vampirzähne verpasst, Tracy Kraft eine Zahnlücke und einen Strick um den Hals.

Es bestätigte des Bruders Instinkt, dass er seiner Schwester nichts von seinem Treffen mit Berlins Stardesigner erzählt hatte. Patricia schien einen gewissen Groll auf diese Firma zu hegen. Unverkennbar. Sie hatte zwar vor ein paar Jahren davon geschwärmt, dass sie in Richtung Mode gehen würde, doch nie erzählt, dass sie sich mehrmals bei der FM AG um ein Praktikum beworben hatte. Von den Absagen und dem einen Vorstellungsgespräch hatte sie erst recht nicht berichtet, aber es ebenso wenig wie Tracy Kraft vergessen. Zumal Patricia dann anscheinend als Modebloggerin aktiv wurde. Bei Instagram, Twitter, Facebook – als eine von geschätzten fünfzigtausend in Deutschland. Selbst als sie diesen Blog ein paar Monate lang regelmäßig betrieb, war sie nie ganz vorn in den Rankings platziert, eher ganz hinten. Sie hatte so ziemlich gar keinen Einfluss, aber das Label Francis Morgan kannte ihren Blog, denn wenn es bei Facebook einen Shitstorm gab, war der Name Patricia Tennat unter den Kommentatoren nicht weit. Das erzählte Tracy Kraft auf Francis Morgans Hof, als wäre es ihr gerade erst eingefallen. Und ließ ihren Worten einen schwer zu deutenden Blick folgen. Der fast wie eine Warnung wirkte. Und diese Warnung hallte nun in Sven nach.

Er stand auf und musste sich ablenken. Minutenlang suchte er in seinem Regal nach einer Platte, die er auflegen könnte, aber gab es schließlich auf, um nicht Gefahr zu laufen, dass die ihm wohlvertrauten Akkorde nicht die passende Emotion auslösten. Er wollte das, was er eigentlich mit jedem Album verband, nicht durch sein momentanes Befinden zerstören.

Tennat begann die Wohnung aufzuräumen. Ihre Wohnung. Seine Wohnung, in der er aufgewachsen war und noch immer wohnte. Vier Zimmer. Altbau. Als ihr Vater starb, war Patricia drei gewesen und er neunzehn. Sieben Jahre später zerfraß der Krebs ihre Mutter. Da wohnte Tennat, der nach seinem Studium an der Hochschule für Wirtschaft und Recht bereits voll im Berufsleben stand, noch bei ihnen. Was sollte er tun? Er blieb natürlich. Es gab keine nahen Verwandten, es gab nur noch Patricia und ihn. Und er kümmerte sich um die Dinge, die zu erledigen waren. Fast mechanisch. In kleinen Etappen, die er sich jeden Abend für den nächsten Tag vornahm.

Natürlich hatten sie nach und nach alles renoviert. Patricia wählte ungewöhnliche Wandfarben wie Honey und Purpur, er kaufte neue Möbel dazu, meist im Ikea-Stil. Doch noch immer gab es Ecken, die wie früher und völlig zeitlos aussahen. Es passierte etwa bei einem bestimmten Lichteinfall, dass aufgewirbelter Staub die Zeit zurückdrehte. Da hörte er die Stimme seiner Mutter, seines Vaters, seiner frechen Schwester. Er drehte sich um. Bekam einen Ball, nasses Handtuch oder zerknülltes Papier an den Kopf geworfen. Sie lachten. Bis die Erinnerung verblasste.

Als Patricia auszog, nahm sie mehr als den halben Hausstand mit, vor allem die neuen Möbel. Tennat füllte kaum etwas auf, da er den gewonnenen Platz gut fand. Es war richtig leer, so dass es in den Räumen hallte, als er die alten Tapeten abriss und sich entschied, an einigen Wänden sogar den Putz abzuklopfen. Dann kamen ein paar Sachen dazu, die er auf der Straße oder dem Flohmarkt gefunden hatte oder Nachbarn, Bekannte und Kollegen gebracht hatten. Seine Bleibe verfügte über kein stimmiges Raum- und Farbkonzept, da gab es nur einzelne Dinge, die er nicht in einem Katalog oder Warenhaus ausgesucht hatte, sondern an ihn gekommen waren und ihm fast zu einer fremden Geschichte verhalfen.

Das war er. Er wohnte noch immer in dieser Wohnung und war froh, morgen wieder zur Arbeit zu können. Er ging zur kleinen Kammer in der Küche, um den Staubsauger zu holen, und fragte sich, was mit dem Fall Thomas Kaufmann geschehe. Nichts, beschloss er auf seinem Weg durch sämtliche Zimmer. Oder besser gesagt, weiter abwarten. Es war wie mit Patricias Magazinen und Zeitungen, er legte die Sache zur Seite. Es musste Gras darüber wachsen, eine grüne Wiese. Tom musste sich nur melden, damit Patricia wusste, dass er lebte und damit für sie in einem anderen Sinne tot war.

Das hatte bisher keiner gesagt. Tot. Dachte Tennat, als er mit dem lauten Staubsauger wieder in der Küche ankam, ihn ausmachte und ihn die Stille anschrie. Er stellte das alte Radio an, einen Volksempfänger, auf dem nur Deutschlandradio Kultur ohne Knistern lief, ein Sender, der in den Neunzigern aus dem ehemaligen Westberliner Sender RIAS 1 und dem Ostberliner Sender DS Kultur entstanden war. Doch er kriegte an diesem Montag die zahlreichen Eindrücke und Erinnerungen nicht aus seinem Kopf.

Patricia bekam mit zehn Jahren ihre erste Therapie, ihren ersten Hund, ihren ersten Sandsack und nahezu alles, was sie sich wünschte. Sie fiel in kein zu großes Loch und entwickelte zahlreiche Interessen. Die Liste all ihrer oftmals diametral entgegenstehenden Aktivitäten ließ sich nicht ohne weiteres Nachdenken komplett aufzählen. Kickboxen war das wohl einzige Hobby, das sie konstant durchzog, als Ventil und Kompensation. Der Bruder fand das in Neukölln auch nicht verkehrt, dem einstigen Osten von Westberlin, dem Ghetto. So klein und zart Patricia für ihn immer bleiben würde, sie konnte körperlich und verbal ausgezeichnet austeilen. Trotzdem hatte sie immer Freunde um sich. Allein lebten sie beide dadurch eigentlich nicht, sie hatten viel Besuch. Die Nachbarn wussten, dass es bei den Tennats gewisse Freiheiten gab. Ausgerechnet beim Polizisten. Anders als in seiner eigenen Jugend, die zuerst durch die Präsenz seines Vaters und dann durch dessen Fehlen mehr von Pflichten geprägt gewesen war. Der ebenfalls immer viel arbeitende Kommissar Sven Tennat wähnte sich dadurch auch ganz nah an seiner Schwester dran. Und sie hatten viel Spaß in seiner Freizeit. Oft. Öfter als man bei ihnen beiden hätte denken können. Das hoffte er zumindest. Bis er begriff, dass Patricia und er im Grunde nur immer kunstvoller vermieden, über das Eigentliche, also über sich selbst zu sprechen.

Auch als sie auffällig wurde, weil sie einem Mitschüler die Nase gebrochen hatte, fragte er nicht nach dem Warum nach. Als er zum Direktor musste, reichte ihm die Information, dass der

Mitschüler bereits als Dealer auffällig geworden war und von einer Anzeige absah. Damit hatte es sich für ihn als Vormund getan. Und ein weiteres Mal passierte das nicht. Oder es wurde nicht an ihn herangetragen. Oder er verlor den Überblick. Weil Patricia natürlich trotzdem die Schule wechseln musste, er die neuen Mitschüler und Eltern nicht mehr kannte, sie ein Jahr später bei ihm auszog, Schüler-Bafög beantragte und in Friedrichshain ihr Abitur machte. Danach brach sie ihre langjährige Therapie und zweimal ein Studium ab. Einmal Kommunikationswissenschaft an der UdK, einmal Biologie und Chemie auf Lehramt an der FU Berlin. Nun wohnte sie seit einigen Jahren in einer WG und jobbte. Patricia ging gern tanzen, ab und zu in ihre alte Kickboxschule und nähte manchmal mit der alten kleinen Singer-Nähmaschine ihrer Mutter, wenn sie ein Outfit für eine Party brauchte. Zuletzt interessierten sie Themen wie Tierschutz, Nachhaltigkeit, Menschenrechte. Sie war sechsundzwanzig. Er zweiundvierzig. Sie waren keine Kinder mehr. Und würden es immer sein. Geschwister.

Teil II: Frühling/Sommer

Kapitel 1

Fünf Wochen nachdem Vanessa aus einem fünfwöchigen Koma erwacht war, gab es ein riesiges Feuerwerk am Brandenburger Tor. Konrad hätte das gefallen. Also gewiss nicht die Menschenmassen, nicht der ganze Zirkus, aber das Zahlenspiel des Erwachens.

Ihr Mann hatte sich wohl darum auch der Mathematik zugewandt, und trennte gleichzeitig immer weniger klar zwischen Wissen und Glauben, wie man es allgemein seit der Aufklärung tat. Er beurteilte die Welt vielmehr wie moderne Quantenphysiker, die, je tiefer sie in die Natur der Elementarteilchen und ihre Auswirkungen auf den gesamten Kosmos eintauchten, wieder Gott ins Spiel brachten. Nur glaubte Konrad nicht an Gott, sondern an das System, also an ein grundsätzliches Muster hinter den Dingen, welches mittels der Mathematik, der Mutter aller Wissenschaften, zu berechnen sein musste. Oder zu entwirren. Denn wenn Vanessa an das Wort Muster dachte, fiel ihr umgehend Rapport oder Dessin ein, also ein optisch sich wiederholendes Element zur Oberflächengestaltung von Textilien, das aber in der Tiefe durch Fadenverwebung entstand. Ja, wenn sie die Motive ihres Mannes jemand anderem hätte erklären müssen, so war Konrads größtes Anliegen stets, all die vielen Fäden zu entwirren, ihren Verlauf genau zu verstehen. Das trennte Konrad von der Mitwelt, wie es auch schon im 17. Jahrhundert dem französischen Mathematiker Blaise Pascal ergangen war, der als Quintessenz seiner Existenz resümierte: »Vom Mittelweg abweichen heißt von der Menschheit abweichen.«

Dass mit ihrem eigenen Denken und ihrer Beziehung zur Umwelt ebenfalls etwas nicht mehr stimmte, merkte Vanessa innerhalb von fünf Minuten nach ihrem Aufwachen in der Charité. Sie kam im fünfzehnten Stockwerk des Bettenhauses zu Sinnen, weil eine hysterische Stimme sie weckte. Vanessa sah dabei zunächst nichts als verschwommenes Weiß, wie einen Schleier aus feinem, flatternden Chiffon. Dann stellte sich ihr Auge durch das Geschrei besser auf die Umgebung ein, wurde geradezu unangenehm klar und erblickte den reinsten Horror.

Zunächst einmal lag sie nicht in einem Einzelzimmer, was unter normalen Umständen gewisse Bekanntschaften von ihr angeordnet hätten. Zweitens trug der kleine Junge, der auf dem Boden neben dem gegenüberliegenden Krankenbett mit einem ferngesteuerten Auto spielte, kein bereits nach der ersten Wäsche verblasstes, hellblaues Baumwoll-Trikot der Nationalmannschaft mit DDR-Stickemblem. Es war eindeutig eins von Bayern München, wo über der aufgebügelten Rückennummer 8 der Name Matthäus stand, der Name des Apostels, der das erste und längste Evangelium des Neuen Testaments schrieb. Doch die Verkündigung sollte hier eine andere sein.

Das Polyester-Shirt war so echt wie die Nike-Turnschuhe, Adidas-Trainingshose oder die viel zu enge Levis 501 seiner hysterischen Mutter. Sie stand auf viel zu hohen Pumps recht breitbeinig, vermutlich weil sie wegen ihrer monströsen Oberschenkel nicht mehr die Knie zusammenführen konnte. Überdies hatte sie die Hose so weit hochgezogen, dass sich im Schritt eine klaffende Spalte zwischen den wulstigen äußeren Schamlippen auftat, die der dicke Jeans-Stoff nicht zügeln konnte. Die adipöse Mutter brabbelte in einem fränkisch klingenden Dialekt auf eine alte Frau im Bett ein, der Speichel aus dem Mund floss und offensichtlich elend zumute war. Vanessa fragte sich, ob der kümmerliche Zustand der Kranken auf einen körperlichen Defekt oder aufs Gehörte zurückging. Denn alles Gesagte handelte von drüben. Oder nun von hier. All die Menschen auf den Straßen. All die zigtausend Körper. All die glücklichen Gesichter.

Vanessa selbst fehlte ein Arm. Ohne ihre Augen von der sie umgebenden Hässlichkeit ablassen zu können, erfühlte sie mit der rechten Hand einen Stumpf knapp unterhalb der linken Schulter. Und schrie. Doch Konrad konnte nach ihrem Unfall nicht mehr helfen.

Es war ein warmer Herbsttag, als Vanessa ihn zum ersten Mal erblickte. Sie musste zur Staatsoper, hatte dort eine Praktikumsstelle für Kostümbild ergattert, stieg am Alexanderplatz aus der U-Bahnlinie A und stellte sich an die Bushaltestelle. Sie klemmte Regenschirm, Zeichenmappe und Stoffballen zwischen die Beine und überprüfte kurz in ihrem Handspiegel das Make-up. Sie verharrte augenblicklich. Ein Kopf ragte hinter ihr aus der Masse, ein Mann mit Hut, schmalem Gesicht, markanter Nase, vollen Lippen und diesen intensiv blickenden Augen. Er beobachtete sie, unverkennbar, doch als Vanessa sich umdrehte, schaute er sofort geradeaus zum Roten Rathaus und dann kopfschüttelnd auf seine Armbanduhr, als hätte er Zeitnot.

Das Jackett seines Einheitsanzugs, den auch viele andere auf der Straße trugen, war an der Taille zwei Nummern zu weit, an den Ärmeln zwei Nummern zu klein. Die ebenfalls zu kurzen Hosenbeine gaben verschiedenfarbige Socken preis, und die Schuhe waren zwar geputzt, jedoch stark abgenutzt. Er machte eigentlich nichts falsch für seine Umgebung, und zugleich spürte Vanessa, dass er dieses Äußere, auch das seiner Mitwelt, verabscheute, sich nach etwas anderem sehnte.

Vier Wochen später saßen sie in einem Café am Hackeschen Markt. Es erschien Vanessa anfangs bizarr, wie ein so schöner Mann nicht nur so furchtbare Kleidung tragen konnte – daran hatte sie sich bereits an der Haltestelle und im Bus gewöhnt –, sondern auch derart schüchtern agierte. Vanessa mochte aber gleich seine großen, feingliedrigen Hände und wie sie sein vom Regen nasses lockiges und sehr dichtes schwarzes Haar zu einem Seitenscheitel formten. Konrad hatte sein Jackett ausgezogen und die Hemdärmel hochgekrempelt. Es steckte trotz der Schüchternheit keine Hektik in seinen Bewegungen, und als er mit Vanessa seine angeblich erste Zigarette im Leben rauchte, war es elegant wie bei einem Dandy. Wie alles an ihm. Er sprach allerdings nicht von sich, besaß keinerlei Eitelkeit, hörte dafür ausgezeichnet zu und ging stets auf das Gesagte ein, wenn Vanessa eine längere Pause machte, die ihm Platz ließ. Manchmal gaben seine Fragen dabei Vanessa mehr kluge Antworten, als sie jemals gehört hatte. Zumindest mochte sie, es derart zu sehen, und vor allem mochte sie es, seiner tiefen Stimme zu lauschen, die nie nuschelte und zugleich äußerst sanft klingen konnte. Nur von sich aus und vor allem über sich etwas zu sagen, fiel Konrad schwer. Oder er spürte keine Verpflichtung dazu. Das schien Vanessa bald die beste Formulierung. Sein Blick ruhte im Café auf ihr, wie sie es nur von ihrer Hauskatze kannte. Er sah auf ihre Kleidung, in ihr Gesicht, in ihre Augen, tief in sie hinein, ohne dass es da einen anderen Gedanken gab. Er war einfach da. Bei ihr. Das gefiel Vanessa ausgesprochen gut.

Genauso die Nacht darauf. Als in Prenzlauer Berg die Tür zu ihrer kleinen Dachwohnung mit Außenklo zufiel, riss er Vanessa an sich. Ohne Gewalt, eher als Konsequenz zweier magnetischer Pole, die sich anzogen. Und auszogen. Konrad trug ihren nackten Körper in ihr schmales Bett, als wäre sie ein kostbares Geschenk. Und sie empfand dies bei ihm ebenfalls. Ihre Haare stellten sich auf, jede Pore gab sich ihm hin. Am nächsten Morgen machte er Frühstück, brachte es ihr ans Bett, gab ihr einen zärtlichen Kuss und entschuldigte sich, dass er für ein paar Stunden zur Arbeit müsse, aber Arbeit müsse sein. Wie er einfach davon ausging, dass sie nun ein Paar seien, gefiel ihr ebenfalls.

Dreißig Jahre lang ging das so, da er ein Frühaufsteher war und sie eine Nachtigall. Konrad kaufte am Nachmittag nach der Arbeit ein, kochte, machte fast den gesamten Haushalt, da ihm dies mehr lag und seine Frau vom Nachmittag bis zum Abend am produktivsten arbeitete und mit Haushalt nicht viel anfangen konnte. Dann gegen neun, wenn sie spätestens mit dem Nähen aufhörte, nahmen sie in der Küche ein gemeinsames Essen ein, tranken Wein, redeten von ihrer Arbeit, dem Tag, dem Geschehen auf den Straßen, im Land oder lauschten wortlos einem Hörspiel im Radio, meistens aus dem Westen. Selten gingen sie ins Wohnzimmer, wo der Fernseher stand. Auch wenn Konrad berufsbedingt Monitore mochte, so ging es an den meisten Abenden immer um sie, um Vanessa Morgenstern, diesen Film. Und das sollte in jedem Leben so sein, weil man sich wirklich gefunden hatte. Sonst ergab das keinen Sinn, sonst konnte man gleich allein bleiben. So gingen sie jeden Abend gemeinsam ins Schlafzimmer, bis zum Bett, zogen sich im Stehen gegenseitig aus, fielen auf die Matratze, ohne jemals einen Gedanken daran zu verschwenden, dass ihre nackten Körper älter wurden.

Der junge Pfleger, der nach Vanessas Aufwachen und Schreien an ihr Krankenbett watschelte, war alles andere als elegant. Er besaß eine drollige Fistelstimme, war glatzköpfig, klein, dick und natürlich in Weiß gekleidet, einer Farbe, bei der viele Menschen behaupteten, es sei gar keine Farbe. Das sagten viele auch über Schwarz, das die Eigenschaft besaß, alle Farben zu schlucken. Weiß hingegen enthielt sämtliche.

Daran dachte Vanessa oft in diesen Tagen. Wie könnte man die Welt besser beschreiben. Es gab absolute Bejahung und absolute Verneinung. Numerisch eins und null nach Konrads Computern. Der drollige Krankenpfleger kannte das, er sah Tag für Tag Licht und Schatten. Vielleicht war er auch nur geschickt und mit der Patientin Morgenstern besonders umsichtig, wenn sie solche Details zwischendurch fallenließ und er sie mit seinen eigenen Erfahrungen abglich. Vielleicht mochte und verstand er Vanessa aber wirklich, denn da sie kein Einzelzimmer bekam, besorgte er ihr zumindest Schlafbrille und Ohrstöpsel. Sowie gewisse Pralinen aus dem KaDeWe und verschiedene Modeillustrierte, die man nun, nach dem Mauerfall, am besten direkt am Bahnhof Zoo erwerben konnte.

Doch die Pralinen schmeckten nicht wie in Vanessas Erinnerung aus den Fünfzigern und das Blättern in Magazinen und Studieren von aktuellen Kollektionen aus Paris, Mailand und Übersee erfüllte Vanessa nicht mehr. Ohne linken Arm. Ohne Kundschaft. Nicht nur der eine Extremität betreffende Phantomschmerz tat verdammt weh. Darum wollte sie jenes besondere Silvesterfeuerwerk aus dem fünfzehnten Stock der Charité nicht bewundern. Sie wollte gar nichts mehr mit eigenen Augen sehen, was da draußen passierte. Das war ihr Vorsatz für 1990 und darüber hinaus. Schon gar kein Besuch von Freunden oder Bekannten wollte sie empfangen. Wozu auch? Sie war ein Krüppel. Eine Lachnummer. Selbst dem Chefarzt, den Vanessa als Sohn ihrer besten Freundin seit seinen Kindertagen kannte und duzte, gab sie das unmissverständlich zu verstehen. Vielleicht bekam sie auch darum kein Einzelzimmer.

Doch sie konnte nicht anders. Es gab einen Schnitt, und kein Faden konnte das mehr zusammennähen. Was fehlte, das fehlte. Niemand sollte sie so zerfleddert und ausgefranst sehen. Vanessa Morgenstern wollte nur nach Hause. Wenn die Phantomschmerzen im linken Arm aufhörten. Wenn die Brüche am Becken und sonst wo ausgeheilt sowie die abgebrannten Haare auf dem Kopf nachgewachsen waren. Doch ohne Konrad ergab auch das wenig Sinn.

Obwohl Vanessa also im Krankenhaus viele Weißnuancen

wie Schneeweiß, Alte Spitze, Elfenbein, Leinen oder Reinweiß erblickte und jegliches weiße Licht, wenn es durch ein Prisma fiel, einen Regenbogen ergab, gingen bald alle darin enthaltenen Farben verloren. Immer mehr dachte Vanessa in Graphit-, Teer- oder Verkehrsschwarz. Oder um ein zu Konrads Gedankenwelt passendes Bild zu bemühen: Ihre ganze ehemalige Kraft, ihr unabhängiges Leuchten wurde von einem Schwarzen Loch im Weltall aufgesogen. Nichts entkam dem. Selbst der Stern, der in ihrem Nachnamen steckte, wurde verschlungen. Der Morgen schien unmöglich. Es lief auf jene von Wissenschaftlern im Schwarzen Loch vermutete Singularität hinaus. Sie lag davon nur zwei Meter entfernt. In ihrem Krankenbett hinter einer Glasscheibe im fünfzehnten Stockwerk des Bettenhauses der Charité. Wenn die gelernte Kostümschneiderin hätte aufstehen und das Fenster aufmachen können, um sich hinunterzustürzen.

Dann kamen das Leben zurück, der Morgen und sogar ein Stern. Ausgerechnet im Frühling und zu Hause. Mit der ganzen Wucht verdrängter Vergangenheit. Aber barg es auch eine Zukunft? Selbst eine für Vanessa?

Kapitel 2

Juri Andrej Kirill Tarasov lag mit dem Gesicht nach oben. Weckte ihn soeben ein Schuss, schlug jemand mit einer Zeitung eine Fliege tot oder war es ein nasser Wischmop, der auf Fliesen aufschlug? Er konnte es partout nicht beantworten. *Njet.* Nicht mal seine Augen konnte er öffnen, um nachzusehen.

Seine Lider verhielten sich wie ein Krebs, über den man sagt, dass er zwei Schritte nach vorn und einen zurückgeht. Sie schienen nicht nur träge, sondern auch verklebt, eventuell durch eingetrocknetes Augensekret. Oder etwas bedeckte komplett seine Lider, als befände sich auf seinem Gesicht eine Schicht Pappmasché, dieses Gemisch aus Papierschnipseln und Bindemittel, das er als kleines Kind in der Dorfschule auf Luftballons klebte. So fühlte es sich zumindest an. Nur dass sein Kopf dieser Luftballon war und mit jeder Bewegung drohte zu platzen. Vor Schmerz. Tausend kleine Stecknadeln piekten in seine Stirn. Was hatte er bloß verbrochen?

Er konnte seinen Kopf nicht zur Seite drehen. Ebenso wenig ließen sich Hände oder Füße bewegen. Er spürte ab dem Hals abwärts nichts richtig. Als gehörte sein Körper nicht zu ihm. Dafür schob sich umso deutlicher sein Kopf ins Bewusstsein. Also versuchte er es erneut mit den Lidern, trotz des Schmerzes. Zwei Millimeter öffnen und einen nachlassen, um Kraft zu tanken. Es kostete unglaublich viel Anstrengung, dann hatte er es geschafft. Seine Augen sprangen auf.

Juri Andrej Kirill Tarasov lag nicht in seinem New Yorker Loft, wo er die meiste Zeit des Jahres verbrachte. Es konnte auch nicht das Wasserbett seiner Frau Alyona in Moskau sein, falls es dieses dort noch gab, wo aber auf jeden Fall in jedem Schlafzimmer Deckenspiegel über den Betten hingen. Ebenso ließ sich das Pariser Apartment in der Avenue des Champs-Élysées ausschließen, da dort die Decken an den Rändern aufwendigen Stuck besaßen. Und für das große Anwesen in Kapstadt war es zu laut. Ja, da waren Autos zu hören, ein gleichförmiges Verkehrsgeräusch ohne Hupen. Rom konnte er also ausschließen, zudem Istanbul, wo das noch auf die Spitze getrieben wurde. Und diese Sirene, die da plötzlich ertönte? Vom Klangbild konnte es unmöglich die Londoner Polizei oder Feuerwehr sein. Juri Tarasov tippte auf Berlin, wo er sich nur zweimal im Jahr für drei Tage aufhielt und es stets geordnet zuging.

Eventuell lag er auf der weinroten Chaiselongue, die Alyona in vielen Domizilen platzierte, bis auf New York, wo er selbst entscheiden konnte. Als er versuchte seinen Kopf zu heben, um dies zu überprüfen, sackte dieser nach wenigen Zentimetern zurück. Er meinte aber die Umrisse eines Körpers gesehen zu haben. Vielleicht ein neues Bild. Immer wenn Alyona in Deutschland war, kaufte sie für ihre Sammlung gern die figurative Kunst der Neuen Leipziger Schule. Doch mit Kapuze? Derart plakativ zeitgenössisch? Oder war es eine Plastik mit antiker Tunika? Nur mit Wischmop in der Hand? Vielleicht hatte er vorhin richtig gehört, ein Wischmop.

Also versuchte Tarasov erneut seinen Kopf zu heben, doch der Umriss war nun weg. Sein Kopf fiel augenblicklich zurück. Er atmete tief durch, versuchte seinen Herzschlag zu beruhigen, schloss freiwillig wieder die Lider, stellte sich tot.

Innerhalb von Sekunden lief sein Leben im Zeitraffer als angekratzter Zelluloidstreifen ab. Flackernde Bilder mit roten Einsprengseln, auf denen der Protagonist – das einzige Kind eines parteitreuen Verwaltungsbeamten – stets gesagt bekam »Mach was aus deinem Leben, mein Junge«, und Juri machte es. In der Schule erzielte er stets Bestnoten, nebenbei galt er als ausgezeichneter

Schwimmer. Jeden Nachmittag verbrachte er in diesen furchtbar eisigen Hallen. Mit dreizehn spezialisierte er sich auf Langstrecken. Mit siebzehn gewann er mit der Staffel eine Bronzemedaille bei der Europameisterschaft, worauf ihm empfohlen wurde, in die Partei einzutreten, was er natürlich ebenso tat wie sich nach einem von den Oberen erlaubten Schauspielstudium vom KGB anheuern zu lassen. Dann wurde der Film farbig, geradezu pervers bunt. Der nur einszweiundsiebzig große, aber breitschultrige Ex-Sportler hatte inzwischen ein Engagement als Nebendarsteller in einer erfolgreichen Krankenhausserie, als er nach dem Zusammenbruch der UdSSR über Bekannte die Tochter eines Kombinatsdirektors kennenlernte. Sie heirateten so schnell wie er erfasste, was der Clan von ihm erwartete. Er ließ das Schauspielern vor der Kamera sein, zog sich aus der Öffentlichkeit zurück und erlebte mit dem Clan in der Rohstoff-Branche goldene Zeiten. Neben dem Geschäft mit Kohle, Erdöl, Gold und Gas bekam Juri Tarasov bald ein eigenes Budget für neuartige Geschäftsfelder. Nach der Dotcom-Blase und der Finanzkrise wurden seine Freiheiten eingeschränkt, da er einiges verlor. Der Schwiegersohn durfte Start-ups und Immobilien nur noch in gewissen Regionen erwerben, um sie dann möglichst bald mit Gewinn weiterzuverkaufen. Kaum etwas blieb somit länger als fünf Jahre in Familienbesitz, sonst wurde es für alle zu kompliziert.

Sibirischer Tiger wurde er von seinen besten Freunden genannt. Er schlich sich an, packte zu und verteidigte seine Beute. So lautete Legende, die sie jedes Jahr bei ihrem Weihnachtstreffen in Sankt Petersburg erzählten. Doch seine echten Freunde hatten noch nie eine Ahnung gehabt. In Wahrheit steckte der Tiger nämlich im Käfig. Der war zwar golden, doch Käfig blieb Käfig. Das zu verteidigen missfiel ihm immer mehr.

Vielleicht hielt er darum ausgerechnet einer Textilmarke die Treue, obwohl sie seit sieben Jahren keinen nennenswerten Gewinn abwarf. Aus Protest? Oder weil die Marke ihn an seine Kindheit erinnerte, an das Dorf, an die Melancholie seiner Mutter, also seiner eigenen Melancholie, an die flackernden Bilder mit den roten Einsprengseln. Oder lag es an der Berliner Luft?

Früher hatte er nicht ganz verstanden, was an diesem Odeur so besonders sein sollte, da es ähnlich versmogt wie in der Moskauer Twerskaja-Straße war. Allerdings war auch nicht die gasförmige Zusammensetzung gemeint, wie er bald erfuhr, sondern allein der geistige Nährwert, der in einem von Paul Lincke vertonten Lied gerühmt wurde. In Berlin ist alles möglich, so sagte man. In Berlin konnte man mit wenig Geld viel bewirken. Hier gab es noch immer jene Freiheit, die es in anderen Städten noch nie gegeben hatte. Deswegen kamen Menschen hierher. Sie hatten Träume und wollten etwas hinter sich lassen. Sie verließen ihr Dorf und suchten sich dafür ein neues in einer Großstadt. Damit gewisse Augen sich nicht mehr an dem störten, was man tat, sagte oder trug.

Ja, das verstand der ehemalige Schauspieler nur allzu gut, auch wenn er diese Freiheit eher in New York auslebte und nur noch auf seine eingescannten Körpermaße maßgeschneiderte teure Anzüge trug, seit sieben Jahren vor allem Francis Morgan.

Genau deswegen war er hier. Er erinnerte sich.

»Alyona, ich werde es machen, und dann soll gut sein.« Das hatte er sich entlocken lassen. Beim Abendessen in Beijing.

Ein Tisch am Fenster für zwei Personen. Ein Setting wie in alten Zeiten. Kerzenschein im dreißigsten Stock, unten die Stadt, Menschen wie kleine Ameisen. Nach über zwanzig Jahren hatten sich auch ihre beiden Welten voneinander entfernt. Bereits mehrmals war Alyona bei Veranstaltungen in Begleitung von jüngeren Männern gesehen worden. Sie verbarg ihr Treiben nicht mehr, und eine Scheidung würde auch keinen wirklichen Schock bedeuten: Für ihn nicht, für sie nicht, und auch nicht für den Clan. Das Wort Ehevertrag entschlüpfte ihm, ohne dass sich einer am

Hummer oder Kaviar verschluckte. Es galt nur noch geschäftliche Details zu klären, wer bekam was.

Alyona zeigte ausgerechnet Interesse an seinem Label, an dem er allein die Mehrheit besaß. Sie war überrascht über die Entwicklung der Firma und wollte sie gegen andere Firmen tauschen. Wenn ihr Noch-Ehemann dazu bereit wäre. Dann bekäme er die Immobilie in New York und einiges andere. Man könnte es nach Alyona Meinung mit Francis Morgan machen wie mit Hermès, welche zwanzig Prozent ihrer Aktien zu einem extrem guten Kurs an den weltgrößten Luxusgüterkonzern LVMH verkauften. Oder man machte es wie Chanel. Das Modeunternehmen wurde immer noch von den Franzosen Wertheimer privat geführt, welche geschickt das eigene Portfolio erweiterten. Besonders mit Schuhen, Schmuck, Uhren, Kleidung, Accessoires, Parfüm, Porzellan und vor allem seit den Achtzigerjahren durch Karl Lagerfelds zeitgemäßes Image erschlossen sie immer mehr Märkte im oberen Preissegment. Eine Strategie, die Luxuskonzerne allgemein verfolgten: andere aufkaufen, Anteile verkaufen oder ihr Repertoire erweitern. Armani galt als Meister der Markenspreizung. Unter seinem Logo gab es außer Textilien auch Kosmetik, Haushaltswaren, Schokolade, Blumen, Hotels, Handys. Pierre Cardin hatte diese Entwicklung eingeläutet, indem er nicht nur 1950 als erster Couturier hochwertige Prêt-à-porter für den Weltmarkt produzierte, sondern vor allem auch ein Lizenzgeschäft mit seiner Marke betrieb. Bereits in den Siebzigerjahren knüpfte er erste Kontakte zu China, was keinem Westler zuvor gelungen war.

Doch der Jahresumsatz vom Label Francis Morgan lag nun mal nicht wie bei den großen Marken im zehnstelligen Bereich, bemängelte Alyona, und verwies darauf, dass das Geschäft nicht so sicher sei wie Rohstoffaktien. Weil Francis Morgan bisher ausschließlich mit limitierter Stückzahl arbeitete, eine sehr elitäre Zielgruppe ansprach und keinen richtigen Sale veranstaltete.

Und warum produzierten sie nicht zu weitaus niedrigeren Kosten in Bangladesch, China oder Vietnam, sondern im teuren Europa? Warum gab es neben den beiden Hauptkollektionen pro Jahr im Frühjahr/Sommer und Herbst/Winter nur zwei Zwischenlieferungen, nämlich Pre-Fall und Cruise. Andere Marken warfen jährlich bis zu zwölf Kollektionen auf den Markt. Da das Image stimmte, das Label inzwischen einen großen Bekanntheitsgrad nicht nur in Europa besaß und laut Alyona sich nicht die Managerin, sondern nur der Designer gegen grundsätzliche Neuerungen sträubte, lag es doch auch auf der Hand, dass man es notfalls mit einem anderen probieren könnte. Mit der Marke JOOP! hatte Wolfgang Joop auch nichts mehr zu tun.

Das war die Ausgangslage der Dinge, und Juri Andrej Kirill Tarasov war es recht, auch wenn er Francis Morgan sehr mochte. Nur warum lag er hier auf dem Rücken und konnte sich kaum bewegen? Wieder hörte er einen Knall. War es nun ein Schuss, eine zufallende Tür oder ein Wischmop? Und er hörte Schritte, die sich entfernten. Juri Andrej Kirill Tarasov öffnete die Augen. Nun erinnerte er sich auch, dass er gestern nach seinem schwierigen Gespräch mit Francis Morgan und Tracy Kraft noch einen alten Bekannten sehen wollte, einen wirklich herzensguten Menschen. Jedoch hatte in der Friedrichstraße zur verabredeten Zeit jemand anders geklingelt, der wieder nur etwas Geschäftliches hatte besprechen wollen. Vielleicht war es diese Person, die noch da war, oder sein alter Bekannter. Tarasov hatte einen Filmriss. Er wollte etwas sagen, doch seine Zunge war wie gelähmt. Er brauchte Wasser. Immer wieder hob er den Kopf, dann auch endlich ein wenig seine Hände. Sie betasteten eine harte Unterlage. Keine Matratze, keine Chaiselongue, keinen Perserteppich.

Als er aber endlich begriff, wo er lag, war er bereits nach links gerollt und fiel. Landete weich. Sehr weich.

Kapitel 3

Huhu, Herr Kommissar, ist er weg?
Hallo. Der Bart? Habe bloß kein neues Bild.
Dann sind Sie es doch.
Interessant, verstehe aber nicht.
Schillerkiez …
Ach nee, aber schön, und nun?
Warten Sie, bis gleich.

Sven Tennat fasste sich an seinen Schnurrbart. Eine inzwischen automatisierte Bewegung, ein Glattstreichen mit Daumen und Zeigefinger von innen nach außen eines Objekts, bei dessen täglichem Anblick im Spiegel er stets dachte, es sei vielleicht peinlich, zumindest gab es bessere Voraussetzungen dafür. Zum Beispiel keine rötlichen Einsprengsel. Einen dichteren Wuchs. Und so weiter.

Er beugte sich nach vorn. In die Sonne, in die Öffentlichkeit hinein. Und schaute aus seinem Strandkorb nach rechts und links. Am 1. Mai.

Um ihm herum liefen die meist jungen Menschen mit Eis, Bierflaschen oder gefülltem Fladen über den Fußgängerweg, etwas langsamer Pärchen, die Händchen hielten, mit kurzen Hosen und Röcken, mit behaarten und unbehaarten Beinen, vor allem Richtung Westen zum Tempelhofer Feld.

Seine Eltern liefen hier 1967 mit längerem Beinkleid ebenfalls entlang, damals war das Feld noch ein abgezäunter Flughafen gewesen. Sie hatten sich zwei Kilometer weiter östlich bei Hertie auf der Karl-Marx-Straße in der Kurzwarenabteilung kennengelernt. Seine Mutter hatte einen Ladendieb erwischt, ihm ein Bein gestellt, ihm eine große Beule am Kopf verschafft. Sein Vater holte den Dieb mit einem Kollegen ab, und kam dann in den Tagen darauf regelmäßig allein zum Tatort zurück.

Die Kurzwarenabteilung. Hertie. Hinter der Rolltreppe links an der hinteren Wand. Regale mit Garnen, Scheren, Knöpfen, Flicken. Ein großer Tisch zum Zuschneiden der Meterware. Dieser lange, abgenutzte Holzstab als Zollstock. Schnell und gekonnt hantierten die Frauen mit dem Metermaß, gaben stets ein paar Zentimeter mehr drauf, schnitten den Stoff mit einer um den Hals hängenden großen schwarzen Schere ein, dann rissen sie den Rest mit Schwung entzwei.

Als Hertie 2008 pleiteging, waren Tennats Eltern schon eine Weile tot. Wie die ganze Gegend viele Jahrzehnte lang. Alles ging bergab. Durch ein langes Tal. Das aber plötzlich und unerwartet seinen tiefsten Punkt überschritt. Es ging wieder bergauf. Vor allem für die, die neu kamen.

Es waren Wellenbewegungen der Zeit, die sich für andere in soziodemographischen Daten ausdrückten. Diese Bewegungen fanden überall auf dem Globus statt. Alteinwohner regten sich darüber gern auf, aber nicht so sehr in Neukölln. Es konnte nicht schlechter werden, nur anders. Einige waren inzwischen sogar begeistert von der Entwicklung, wenn man von steigenden Mieten absah. Besonders Tennat, der hier geboren worden war und mit diesem uralten Mietvertrag noch immer echt wenig für seine hundert Quadratmeter zahlte. Im Schnitt. Im Vergleich zu anderen Bezirken. Oder zu Städten wie München. Vor einigen Jahren hätte er in seiner Heimat, dem Schillerkiez mit dem Herrfurthplatz, nicht in einem Strandkorb am Rande des Fußgängerwegs mit dem Rücken zu seiner Eckwohnung im vierten Stock gesessen, als befände er sich an der Ostsee. Urlaub vor der eigenen Haustür.

Dabei war das ursprünglich sehr wohl so geplant gewesen. Die Schillerpromenade wurde um 1905 als Gegenpol zu den Arbeitersiedlungen auf den Rollbergen errichtet und galt einst als bester Lebensraum des sonst verruchten Rixdorfs. Hier gab es anstatt der winzigen Arbeiterbehausungen mit Außenklo üppige Vier- bis Fünfzimmerwohnungen, die vom Vorderhaus mittels eines Berliner Zimmers nach hinten zum Seitenflügel führten. Die noch teils aufwendig verzierten Fassaden und die fünfzig Meter breite Promenade zeugten noch immer von jenen Tagen. Gutsituierte Bürger ließen sich hier auch wegen des kulturellen Angebots nieder. Es gab einen großen Wochenmarkt direkt vor der Tür, und auf der Hermannstraße perlten sich beliebte Biergärten, Theater und Tanzsäle wie Perlen aneinander. In der Weimarer Republik wurde die Hermannstraße sogar zur Kinomeile, da bei den Rollbergen unter anderem der Mercedes-Palast aufmachte, das seinerzeit größte Filmtheater Europas.

Nach dem Krieg wurde der Westberliner Schillerkiez zum Problemfall. Wohlhabende zogen weg, investiert wurde lieber woanders. Der Fluglärm des Tempelhofer Flughafens stellte einen Grund dar, der Verlust altindustrieller Arbeitsstätten einen anderen. So wuchs Tennat in den Siebzigern und Achtzigern auf. Hohe Arbeitslosigkeit. Graue Straßen selbst im Sommer. Junkies auf allen U-Bahnhöfen vom Kottbusser Tor bis zur Leinestraße. Viele Menschen verwahrlosten körperlich und geistig, entgingen Arbeitsmarkt und Bildungsinstitutionen. Man sah ihnen ihr Schicksal auf hundert Meter Entfernung an. Wenn die Menschen nicht wie Zombies blass und gebückt umherliefen, zeigten sie die übertriebene Rotbräune künstlicher UV-Bestrahlung, den nach außen getragenen Wunsch nach Attraktivität und Gesundheit, doch sie schafften es nicht, die Blässe unter der verbrannten Kruste zu kaschieren. Sie waren nicht gesund und vermehrten sich gleichzeitig wie Karnickel. Viele Mädchen wurden bereits mit fünfzehn oder sechzehn schwanger, bekamen als Kind ein Kind. Sie schauten den ganzen Tag Fernsehen, aßen mit lauter E-Stoffen verseuchtes Fastfood und hörten ständig ein Baby im Plastik-Laufställchen schreien, dem die gleiche Marschroute vorgegeben war: Du kommst hier nicht raus!

Jedes Lächeln war temporär befristet. Fünfhundert Gramm Gehacktes kostete bei Pennymarkt 1,99 DM. Allein die Astraschüsseln der Muslime verneigten sich noch gen Osten, gen Mekka, zeigten ein anderes Land jenseits aller materiellen Träume an.

Dies war Tennats Heimat. Da gab es nichts schön zu reden. Bandenkriege innerhalb bildungsferner Schichten. Man wusste, wie man sich zu bewegen hatte, nachts am besten gar nicht. Für seinen Vater, der Streife im Abschnitt 55 der Polizeidirektion 5 gefahren war, hat es immer viel zu tun gegeben, für die *B. Z.* war dieser Teil Neuköllns ein zuverlässiger Garant für Horrorgeschichten, und der Berliner Senat nannte ihn drei Jahrzehnte lang schlicht ein Gebiet mit besonderem Entwicklungsbedarf.

Dann begann ganz von selbst der Strukturwandel. Es passierte ungefähr parallel zur Schließung des Flughafens und seiner Umwandlung in einen Bürgerpark. Immer mehr junge Menschen aus aller Welt zogen zu, brachten gewissermaßen frisches Leben in die Bude, strichen frische Farben an die Wände. Aus leerstehenden Ladenräumen wurden mit viel Improvisationstalent Galerien und Bars. Ein reges Kunst- und Nachtleben entstand, nicht umsonst wurde Tennats Kiez zum beliebten In-Lage Kreuzkölln gezählt. In kleinen und großen Clubs wurde getanzt. Bezeichnenderweise waren es meist Studenten oder Akademiker, die in ihrer Heimat keine Perspektive sahen oder sich in Berlin freier fühlten. Eigentlich fast wie Tennats Eltern, die aus Brandenburg und Thüringen unabhängig voneinander vor dem Mauerbau in den amerikanischen Sektor geflohen waren.

Auf den Straßen sprach man nun neben Arabisch, Türkisch

und Deutsch auch Spanisch, Französisch, Italienisch, Griechisch, Englisch und gar Hebräisch. Wie an den Tischen, die Tennats Platz umgaben. Es war meist ein rudimentäres Englisch, worauf die Menschen verschiedener Herkunft sich einigten. Er hörte ihnen gern zu. Im Strandkorb mitten auf dem Fußgängerweg. Mit seinem Smartphone in der Hand. Mittendrin und ganz woanders. Denn wo war Tracy Kraft?

Sie musste seine Nummer in ihrem Handy gespeichert haben, wie er auch ihre. Sonst konnte WhatsApp keinen Chat öffnen. Doch warum nahm Tracy Kraft seine Nummer in ihren Kontakten auf? Und kontaktierte ihn nach all den Wochen, in denen er nichts von sich hören ließ? Weil sie ihn soeben gesehen hatte, vermutlich aus einem Auto heraus. Nur warum veranlasste sie das, ihn per WhatsApp anzuschreiben? Was wollte sie von ihm?

Seine Person als Grund schloss er sofort aus. Und die Gegend, das Flair … Es war hier trotz aller Veränderung noch nicht wie in Mitte oder Prenzlauer Berg, sondern nach wie vor ein schmutziger Arbeiterbezirk. Auch wenn hier am 1. Mai niemand mehr für Arbeiterinteressen auf die Straßen ging. Sven Tennat fühlte sich etwas unwohl.

Nicht abhauen.
Warum sollte ich?
Bin gleich da und nehme Sie fest.
Interessant.

Kapitel 4

Er wollte aufstehen, als jemand plötzlich das Dach seines Strandkorbs zurückschob.

»Lassen Sie mal«, gebot Tracy Kraft, klappte das Dach zurück und nahm sich einen Plastikstuhl vom Nachbartisch. »Was trinken wäre gut. Was haben Sie da?«

»Ingwerwasser mit Honig und Minze.«

»Der Winter ist doch vorbei«, fand sie und winkte den jungen Kellner zu sich.

Tracy Kraft setzte sich seitlich von ihm und überflog eine vom Kellner gebrachte Karte. Sie trug einen petrolblauen Hosenanzug, giftgrüne Sneaker, eine schwarze Sonnenbrille, die sie sich oberhalb ihrer Stirn in die Haare schob, und bestellte schließlich das Gleiche wie er.

»Was machen Sie hier?«, fragte er.

»Es gab ein Shooting auf dem Tempelhofer Feld«, antwortete Tracy Kraft und nahm sich eine Zigarette aus ihrer Handtasche.

»Am Tag der Arbeit?«

»Feiertage sind am besten. Weniger Verkehr auf den Straßen. Im Büro passiert nicht viel. Und Sie?«

»Bin in Bereitschaft.«

»Was dann heißt?«

»Auf Abruf sein. Wenn was passiert und meine Kollegen aus dem Büro mich anrufen, muss ich los.«

»Dann bin ich sozusagen immer in Bereitschaft«, lachte sie und zündete sich ihre Zigarette an.

»Auch jetzt?«

»Ganz so schlimm ist es nicht«, meinte sie, als der Kellner ihr Getränk brachte. »Das Team hat heute Morgen um sechs angefangen, da dann das beste Licht ist und auf dem Feld noch nicht so viel los war. Nun sind wir aber endlich fertig, das Team hat eingepackt.«

»Als ich heute Morgen um sieben gejoggt bin, sah ich aber keine Crew«, wunderte sich Tennat. »So ein Team, das sind bestimmt mehr als zehn Leute.«

»Da waren wir noch vorm abgezäunten Hangar«, erklärte Tracy Kraft sofort. »Erst vor zwei Stunden sind wir noch zu den offiziellen Plätzen, um ein paar Schüsse der Models vor Kiteboardern zu machen.«

»Kampagnenfotos?«

»Unter anderem. Für den Einstieg in den chinesischen Konsumentenmarkt, der weltweit am stärksten wächst.«

»Stimmt. Sie waren letzte Woche auf der CHIC Beijing, Asiens größter Modemesse, mit dem größten Stand einer deutschen Firma, wenn ich mich recht erinnere.«

»Sie verfolgen uns in der Presse oder haben gar unseren Newsletter abonniert.«

»Beides«, gestand er.

»Wir lassen Sie also nun nicht mehr los?«

»An Ihnen kommt man in unserer Stadt nicht vorbei.«

»Meinen Sie mich persönlich oder das Unternehmen?«, fragte sie zwinkernd. »Das müssen Sie mir genauer erklären.«

Tennat lächelte und wollte gerade antworten, als ein schwarzer Transporter mit heruntergelassenen Fenstern auf der Straße neben einem Umzugswagen hielt. Vorn saßen zwei junge Männer. Der auf dem Beifahrersitz trug ein silbernes Basecap und einen fetten Schnurrbart, einen, wie ihn Tennat ihn nie haben würde. Er war vielleicht Anfang zwanzig und nickte Tracy Kraft zu. Sie winkte ihn weg, und der Transporter fuhr umgehend von dannen.

»Sehen Sie ...«, meinte sie.

»Was?«

»Pornobalken.«

»Wie bitte?«

»Schnurrbärte. Ich sehe Sie momentan immer öfters. Mal etwas länger an den Seiten wie in den Siebzigern oder wie in den Achtzigern kurz und an den Mundwinkeln endend. Wir haben ein Revival.«

»Aber ich war gewiss nicht der ...«

»Trendsetter?«, beendete Tracy Kraft den Satz und drehte sich wieder zu ihm. »Nicht in dieser Weise, Herr Tennat. Es ist ein langer Prozess, bis ein Trend entsteht. Man sieht das doch an den Vollbärten, die in den letzten Jahren in jeder Werbung auftauchen und ihren Höhepunkt nun bald überschritten haben. Und das nächste Ding sind halt Schnurrbärte, als Trend nicht so stark wie Vollbärte, eher eine Erweiterung der Formensprache des Bartes an sich, und gerade kommt das wieder mal aus der Schwulen- und Clubszene zu uns geschwappt.«

»Ach«, sagte er leicht irritiert und strich sich über seinen Bart.

»In Verbindung natürlich mit einem passenden Outfit.«

»Ebenfalls interessant.« Tennat schaute an sich herab.

»Sie wollen mich falsch verstehen«, entgegnete Tracy Kraft und schloss ihre Augen. »Sie tragen etwas abgewetzte braune Lederschuhe, eine graue, zu weite Anzughose, wo unten links die Naht aufgeht und eine rote Socke zum Vorschein kommt, obwohl sie rechts eine grüne tragen. Gebügelt ist die Hose auch nicht. Ebenso nicht das hellblaue Hemd, das Sie nicht in die Hose gesteckt und zudem falsch geknöpft haben. Wirkt heute wie ein polnischer Autorenfilmer. War allerdings bereits im Februar so, nur dass Sie einen alten Parka und einen langen geringelten Schal trugen. In unserer Branche nennt man das Clochard-Look.«

»Das wird ja immer besser«, befand er. »Sie sollten sich mal darüber mit einem Kollegen von mir unterhalten, der sagt immer, dass ich wie der letzte ...«

Tracy Kraft öffnete ihre Augen. »Ich mag das. Furchtbare Sachen kann ich nicht im Kopf behalten.«

»Sie bekommen gut die Kurve«, fand er. »Lügen angenehm.«

»Das erkennt der Kommissar woran?«

»Klassisch gesehen, reden Lügner auffällig viel, um abzulenken«, erklärte er sofort und richtete sich dazu etwas auf. »Oftmals klingt es auch auswendig gelernt und wird mit höherer Stimme vorgetragen. Die Augen sind glasig, der Blick wandert woanders hin, oft nach links oben. Oder der Blick ist starr und unbeweglich. Die Haut kann zudem glänzend, feucht und rötlich wirken. Die Arme und Beine sind oft verschränkt, die Hände kratzen sich gern im Gesicht, oft an der Nase, dem Kinn, der Stirn. Während des Sprechens gibt es auch manchmal eine Seitwärtsbewegung des Oberkörpers oder ein seltsames Lachen, welches nicht zur Situation passt.«

»So wirke ich also?«, staunte sie belustigt.

»Im Gegenteil. Das wissen Sie.«

»Ihr Polizeipsychologen-Einmaleins könnte aber bei meiner Arbeit hilfreich sein. Bei all den Heuchlern ...«

»Lieber nicht«, empfahl Tennat. »Das kann vereinsamen. Oder auch nach hinten losgehen. Viele lügen so gut, dass man es anhand des Körpers nicht merkt.«

»Und was machen Sie dann?«

»Dann ist es das Beste, über Hobbys oder die Kindheit zu sprechen. Das wirkt Wunder. Sie glauben gar nicht, was für harte Kerle dann plötzlich ...«

»Ich habe aber keine Hobbys«, schloss Tracy Kraft den Exkurs ab und drückte ihre Zigarette im Aschenbecher aus.

Zwei Stunden später saß sie immer noch da. Zum einen lag es am schönen Wetter. Laut den Nachrichten, die er morgens zum Aufstehen hörte, stiegen gerade sowohl der DAX als auch die Temperaturen auf einen Jahreshöchststand. Zweiundzwanzig Grad waren nach dem harten Winter schon ordentlich, fast sommerlich, auch wenn ab und zu ein leichtes Lüftchen wehte, das Tennat im Schatten, wo sich seine Beine befanden, die Haare aufstellen ließ. Vom ebenfalls verkündeten Wetterumschwung, der zum Abend hin wieder Regen bringen sollte, war aber noch nicht viel zu spüren.

Zum anderen bekam Tracy Kraft wohl Hunger. Sie studierte ausgiebig die Speisekarte und entschied sich schließlich für einen kleinen Salat mit Schafskäse und Antipasti. Sie aß bedächtig und ohne Hektik zwischen ihren Worten. Wenn sie sich die Gabel in den Mund steckte, hörte man kein Metall an den Zähnen stoßen, und wenn sie geräuschlos kaute, waren die Lippen stets verschlossen und wurden anschließend mit einer Serviette abgetupft.

Das dazu servierte Baguette bröselte sie teils auf und warf es flinken Spatzen zu. Bald kamen auch Tauben. Doch bereits in der Luft fischten die Spatzen alles weg. Es wurden immer mehr, und sie kämpften um jeden Krümel. Die Tauben schauten bald nur noch aus der Ferne zu oder pickten hilflos ins Leere, knapp neben Hundekot. Tracy Kraft fragte sich, wie die trägen Tauben überhaupt überleben konnten. Sven Tennat meinte, weil sie Ruhe bewahrten, das sei gut fürs Herz.

So ähnlich verlief das gesamte Gespräch. Sie orientierten sich an ihrer Umgebung, wobei für Tracy Kraft besonders Farbe, Form und Beschaffenheit einer Hülle eine wichtige Rolle spielten. Zum Beispiel fiel ihr ein junges Mädchen auf, das ganz in Beige gekleidet knapp an ihnen vorüberging, obwohl doch Beige eigentlich als Rentnerfarbe galt. Aber an diesem Mädchen, deren beigefarbene Hose und beigefarbenes Oberteil ebenso wie bei Rentnern aus einem Polyester-Elasthan-Gemisch bestand und auch keinen besonders raffinierten Schnitt besaß, wirkte es absolut hip. Ebenso zeitgemäß waren auch wieder Schulterpolster und Stonewashed Jeans, wie Tennat selbst bereits feststellt hatte. Hip war eben viel mehr als das reine Erscheinungsbild laut der Modeexpertin Tracy Kraft. Es war, kulturell gesehen, die ständige Bereitschaft, alles anzunehmen, alles aufzusaugen und unheimlich flexibel zu sein.

Sven Tennat und Tracy Kraft redeten und redeten und tangierten dabei kaum ein einziges Mal sich selbst als Person. Nicht einmal die Namen Thomas Kaufmann, Francis Morgan oder Patricia Tennat fielen. Ihr Gespräch glich einem Pingpongspiel, wo ein Wort das andere gab. Ihr Humor passte sich an, und sie entdeckten Gemeinsamkeiten. Vielleicht lag es auch am Sekt, den Tracy Kraft nicht allein trinken wollte. Tennat hatte vergessen, wie ein einziges Gläschen, das man tagsüber trank, aufputschen und Menschen miteinander verbinden konnte. Und selbst wenn sie beide nichts sagten und nur die Leute um sich herum beobachteten, kam zu keiner Zeit eine beklemmende Stimmung auf. Eigentlich fand er dies sogar am schönsten. Schweigend nebeneinanderzusitzen, bis einem wieder etwas auffiel.

Vielleicht ging es Tracy Kraft ähnlich, denn als ihr Telefon vom Tisch fiel und anscheinend den Geist aufgab, schien sie dies nicht zu ärgern, sondern eher zu amüsieren. Selbst als dann am Himmel dickere Wolken aufzogen und der Wind kräftiger durch die Straßen pfiff, wollte sie immer noch nicht aufbrechen, sondern fragte, ob sie in das Café hineingehen wollten. Sie stellte sich hin und schaute durch die Fensterscheibe. Reckte ihren Hals. Bedauerte, dass drinnen keine Plätze frei waren. Ging trotzdem rein, um zu bezahlen, denn sie wollte ihn einladen und anschließend spazieren gehen. Gegen beides hatte der Kommissar nichts einzuwenden.

Als Tracy Kraft wieder aus dem Café zurückkam, hatte es zu nieseln angefangen. Sie stellte sich unter die Markise und knöpfte ihren Sommermantel zu, eine Art Trenchcoat. Tennat stand auf der anderen Straßenseite, wo jemand einen Karton mit dem Verweis »Zu verschenken« hingestellt hatte. Er konnte nicht anders, als ihn zu inspizieren, und fand eine neu aussehende Kaffeekanne. Altmodisch vom Design, doch sie schien unbenutzt und gefiel ihm. Er fragte sich kurz, ob Tracy Kraft es albern finden würde, dachte aber an ihre Ausführungen zu der Farbe Beige, Rentnern und Hipster, griff dann zu, betrachtete das türkisfarbene Muster von nahem, nickte zufrieden und ging über die Straße.

»Wo geht es lang?«, fragte Tracy Kraft. »Wo ist es am spannendsten?«

Er überlegte kurz, und befand … Es war ein schöner Moment. Er hielt die Kanne in seinen Händen, spürte feinen Nieselregen auf der Haut, gleichzeitig brach nicht unweit die Wolkendecke wieder auf. Die gleich große, wenn nicht gar größere Frau nahm sich ihre fünfte Zigarette aus ihrer Handtasche, steckte sie sich an und wartete auf eine Antwort. Ihr Rauchschwaden war dunkel, schwer und verteilte sich nur langsam mit der umgebenden Luft. Ein Fahrradfahrer, der auf dem Bürgersteig knapp an ihnen vorbeifuhr, wirbelte Schleierreste auf. Eine Taube segelte knapp über parkende Autos. Die hinter den Wolken hervorkommende Sonne spiegelte sich in den Fenstern sanierter und zu sanierender Altbauten wider.

Sven Tennat dachte an das Paul-Lincke-Ufer, wo er gern am Kanal spazieren ging und wo sich südlich davon das wahre Kreuzkölln befand. Am 1. Mai wäre dies sogar durch die Nähe zum Kottbusser Tor und der immer wieder ausartenden Demo sogar unfreiwillig spannend gewesen. Zumindest hätte man Trommeln, Gesänge und Polizeisirenen gehört. Da klingelte das Telefon. Und er reichte Tracy Kraft die Kaffeekanne.

Kapitel 5

»Du bist zu spät«, frotzelte der im Hausflur auf dem Boden sitzende Udo Melzig, als Sven Tennat am Tatort ankam und sich umsah. »Wohl mit deiner alten Karre nicht am Kotti durch die Absperrungen der Kollegen gekommen. Na ja, was du auch wieder trägst.«

»Du stülpst dir doch auch erst die Katze über«, konterte Tennat, womit er den weißen Cat-1-Einwegoverall meinte.

»Wir alle sind zu spät«, raunte Michael Wandt, der dazukam und die Sache damit abschloss. »Das ist unser Job. Wir sind es immer.«

Die Kollegen nickten, und Melzig warf Tennat eine Packung Einweghandschuhe zu.

»Wir können gleich«, rief Patrick Berner, der aus der Wohnung zum Eingang gelaufen kam, sich seine weiße Kapuze von der Glatze zog. »Den Marmorboden im Flur haben wir bereits mit Schräglicht gescannt. Abkleben mussten wir nicht, und beim Saugen kam nicht viel in den Filter. Sauberes Apartment, geradezu geleckt. Und der Putzmittelgeruch …«

Tennat stieg mit Melzig über die Absperrung, Michael Wandt hob sie hoch. Patrick Berner, nun auch mit Mundschutz verhüllt, wies den Weg, Udo Melzig hob die Augenbrauen.

Zwei Etagen. Unten, wo sie hereinkamen, lagen Schlaf- und Ankleidezimmer, Bäder, eine kleine Bibliothek, der Wohnbereich. An den Wänden hing moderne Kunst, gelegentlich auch goldverzierte Ikonen. Die Treppe hinauf kamen sie in einen großen Wellnessbereich mit einem schmalen, zwanzig Meter langen Schwimmbecken. Die zwei Bahnen verfügten sogar über ein Ein-Meter-Sprungbrett. In der Mitte des Raums am Rand der Panoramafenster, die zur Galeries Lafayette zeigten, lag die Leiche.

Experten der Forensik beschrifteten Beutel, hantierten mit Tatortlampen, suchten Fingerabdrücke und andere Spuren. Ab und zu blitzte die Kamera des Fotografen, ein anderer Kollege baute bereits den Laserscanner ab. Sämtliche Einsatzkräfte vor Ort schwiegen, nur ihre weißen Anzüge knisterten.

»Juri Andrej Kirill Tarasov«, sagte Patrick Berner. »Geboren in Kemerowo, Russland. Achtundvierzig Jahre alt, Unternehmer. Ist den Europol-Kollegen für Wirtschaftskriminalität bekannt wegen einiger Briefkastenfirmen. Ihm konnte aber noch nie etwas nachgewiesen werden. Operiert gern im Hintergrund. Sein Schwiegervater ist ein bekannter Oligarch.«

»Wer hat ihn gefunden?«, fragte Tennat.

»Eine Putzfrau«, antwortete Berner und deutete in die untere Etage. »Sie sitzt in der Küche. Silke Bartsch kümmert sich um sie.«

»Wahrscheinlich ertrunken«, meinte Udo Melzig, der sich neben die Leiche kniete. »Der Tote weist eine leichte Waschhaut an den Fingerbeeren auf, die Wasserliegezeit war folglich nicht allzu lang. Eventuell ein Unfall. Warum sind wir bereits zuständig und warten nicht die Obduktion ab?«

»Erstens war Herr Tarasov angezogen, als er aus dem Wasser geholt wurde«, sagte Berner und wies auf einen Tisch mit bereits eingetüteten Kleidungsteilen. »Komplett. Schuhe, Krawatte … Zweitens war er ein ausgezeichneter Schwimmer, wie die Putzfrau bereits ausgesagt hat.«

»Fehlen Geld, Wertsachen?«, fragte Michael Wandt und nahm sich eine auf dem Tisch liegende Brieftasche.

»Sein Handy konnten wir bis jetzt nicht finden. Wenn kein Schmuck, Bild oder sonst ein Kunstgegenstand abhandengekommen ist, können wir aber wohl einen Raubdelikt ausschließen.«

»Erste Anzeichen einer äußeren Gewalteinwirkung, Einstiche oder dergleichen?«

»Bisher nicht. Allerdings lag er höchstwahrscheinlich zuvor auf dem Sprungbrett. Wir fanden dort vermehrt Haare und Fasern seines Anzugs. Aber keinerlei Fuß- oder Schleifspuren seiner Schuhe auf dem Bodenbelag dorthin. Weder vor oder auf dem Sprungbrett noch überhaupt in diesem Raum.«

»Dadurch lässt sich noch nicht eindeutig ein Unfall unter Alkoholeinfluss, ein natürlicher Tod wie Herzinfarkt oder auch Selbstmord ausschließen«, fand Tennat. »Es ist seltsam, dass der Boden so sauber ist. Vielleicht ist Tarasov auf frischen Socken gelaufen und hat sich die Schuhe auf dem Sprungbrett wieder angezogen. Unwahrscheinlich, kann aber sein. Wann ist er nach erster Einschätzung gestorben?«

»Gehen wir von der Körpertemperatur aus«, erklärte Berner, »so muss es bei einem linearen Abfall ungefähr zehn Stunden her sein, da sie bei der rektalen Messung noch bei dreißig Grad lag. Die Nysten-Regel bestätigt das, da die Totenstarre nur bis zum Nacken vollständig und bei der oberen Extremität teils eingesetzt hat, aber eben kaum körperabwärts.«

»Doch er lag im Wasser«, fügte Wandt hinzu. »Da verschiebt sich alles.«

»Beheiztes Becken?«, wollte Melzig wissen und tauchte einen Finger ins Wasser. »Nein, Umgebungstemperatur.«

»Also zumindest heute Morgen irgendwann«, fasste Tennat zusammen.

Sie gingen hinunter zur Küche, wo hinter einer Glastür Silke Bartsch an einem kleinen Tisch gegenüber der Putzfrau saß. Sie beide hielten Kaffeebecher in den Händen und schwiegen. Als Silke Bartsch die Männer bemerkte, richtete sie sich auf und kam zu ihnen.

»Catrinel Stan«, sagte Silke Bartsch, als sie hinter sich die Tür schloss. »Neunundzwanzig Jahre alt. Geboren in Slatina, Rumänien. Lebt seit knapp sechs Jahren hier.«

»Stan«, wiederholte Sven Tennat. »Den Namen kenne ich.« Er holte sein Notizbuch hervor, blätterte viele Seiten zurück, bis Anfang Februar. »Habe mal mit ihr telefoniert. Da gab sie aber an, Sekretärin zu sein.«

»Sieht auch für eine Putze äußerst adrett angezogen aus«, fand Udo Melzig und schaute durch die Glastür. »Mit dem engen grauen Rock, der passenden Bluse und den spitzen Schuhen ... Ist das die Kleidung einer Putzfrau? Und wenn, hat Frau Stan hier so schön sauber gemacht?«

»Eben nicht, mit solch perfekt manikürten Händen«, bestätigte Bartsch. »Den Kollegen, die hier zuerst eintrafen, sagte sie aber, sie sei Putzfrau. Sie putzt aber eigentlich gar nicht, wie sich herausstellte, das macht eine Firma, wenn die Wohnung wieder leer ist. Frau Stan managt eher das Apartment. Falls mal Gäste kommen. Das erfuhren wir, als die Putzfirma auf ihrem Handy anrief, um Termine zu erfahren.«

»Will Frau Stan ihren Anwalt sprechen?«, fragte Tennat.

»Nein«, sagte Silke Bartsch. »Was auch daran liegt, dass ich unser Gespräch nicht als Verhör gestalte. Sie sagte auch, dass eine Kollegin sie Putzfrau nennt, und darum täte sie es manchmal auch. Angeblich dachte sie sich nichts dabei. Es war automatisch.«

»Sagte sie, welche Kollegin?«

»Nein.«

»Wann und warum war sie dann heute hier?«

»Um vierzehn Uhr traf sie ein, nachdem sie eine SMS von Juri Tarasov erhielt.«

»Der als guter Schwimmer bereits tot im Swimmingpool seines Apartments lag und dessen Telefon vermisst wird«, stellte Michael Wandt fest.

»Das Apartment gehört seiner Frau«, korrigierte Bartsch. »Nahezu alles gehört ihr, wenn es materielle Güter betrifft. Und in Berlin sind die Tarasovs selten, meist nur beruflich wegen Immobilien oder anderer Geschäfte wie gestern. Er kam morgens an und wollte heute wieder abfliegen. Darum sollte Frau Stan kommen. Es wurden andere Gäste seiner Ehefrau erwartet, und Frau Stan sollte die Schlüsselübergabe machen. Und dann sah sie ihn da liegen und rief die Polizei.«

»Und die Gäste?«, fragte Melzig.

»Denen hatte sie telefonisch abgesagt.«

»Vor ihrem Anruf bei der Polizei oder danach?«

»Direkt danach.«

»Und wen hat sie noch angerufen? Wer wusste von Herrn Tarasovs Anwesenheit?«

»Seine Frau Alyona«, antwortete Bartsch. »Und bei den anderen Kontakten hält sie sich bedeckt.«

»Wir sollten jetzt das Handy einsehen und Frau Stan die Arme abkleben, um eventuelle DNA-Spuren von Juri Tarasov sicherzustellen«, befand Udo Melzig.

»Noch nicht«, empfahl Wandt und strich sich durch sein graues Haar. »Schließlich hat sie uns Bescheid gegeben, ohne sie wären wir nicht hier. Zudem ist ein vertrauensvoller Ton vielleicht angemessener. Später können wir das ändern. Darum bleibt sie auch zunächst hier und darf nicht nach Hause.«

»Wo befindet sich Frau Tarasov?«, fragte Sven Tennat.

»Tarasova muss es heißen, Alyona Tarasova. Russische Nachnamen enden je nach Geschlecht unterschiedlich«, verbesserte Udo Melzig.

»Sie hält sich in Florida auf«, antwortete Silke Bartsch. »Und wir können bald mit ihr sprechen. Auch auf Deutsch. Beziehungsweise wurde im Vorfeld darum gebeten, dass nur ein Kommissar mit ihr spricht ...«

»Gut, von mir aus«, sagte Michael Wandt und klatschte in die Hände. »Wann kann ich …«

Bartsch schüttelte den Kopf. »Sie möchte mit einem gewissen Herrn Sven Tennat sprechen, falls er bei uns im Dienst sein sollte. Genau das war die Formulierung von Frau Stan, die sie aus Florida weitergeleitet bekam.«

Kapitel 6

Er war weder KHK noch EKHK, also kein Kriminalhauptkommissar wie Patrick Berner noch Erster Kriminalhauptkommissar wie Michael Wandt, sondern nur KOK, ein Kriminaloberkommissar, der allein aufgrund seiner Dienstjahre dazu aufgestiegen war. Er sollte nun mit einer ihm unbekannten Frau sprechen, und seine Kollegen verlangten eine Erklärung, wieso sie ausgerechnet mit ihm reden wollte.

Er deutete etwas an, zögerte aber noch, bevor er seine Vermutung, wie es dazu kam, seinen Kollegen näher erklärte. Die Geschichte mit seiner Schwester Patricia und Thomas Kaufmann, sein Anruf beim Modelabel Francis Morgan, wo er am Telefon mit einer gewissen Catrinel Stan gesprochen hatte, die daraus resultierende Begegnung mit einer Welt, die ihm von seinem Job her sonst fremd war, aber durch seine Mutter, die bei Hertie in der Kurzwarenabteilung gearbeitet hatte, näherstand als Fußball. Warum nicht, hatte er sich gedacht, gehe ich mal bei Berlins Stardesigner vorbei, schaue mir das an meinem letzten freien Tag an. Und dann ging er wieder, weil sich nichts Konkretes ergeben hatte und er abwarten wollte, ob der Kassierer wieder auftaucht, was er auch laut dessen Eltern tat, da sowohl die Mutter und vor allem der Vater E-Mails bekamen oder über Facebook kommunizierten. Also Thomas Kaufmann meldete sich zumindest online, und wenn Menschen heutzutage räumlich getrennt waren, kommunizierten sie meistens nur noch so.

Nun war er just an diesem Nachmittag am Herrfurthplatz wieder auf diese Welt getroffen, und er fragte sich, ob Tracy Krafts

Erscheinen reiner Zufall sein konnte. Wenn nein, dann musste sie gewusst haben, dass er dort wohnte. Das schien wirklich unwahrscheinlich. Außerdem ist es mit Tracy Kraft nett gewesen, wenn er sich die Details erneut durch den Kopf gehen ließ. Sonne, Wind, Tauben, Spatzen, Wolken, zarter Nieselregen auf der Haut, innen und außen, ein magischer Moment. Er verlor seine … Sven Tennat wusste nicht recht, was er denken sollte. Er sah eine gewisse natürliche Distanz vor so zielstrebigen Personen, die man nur aus den Medien kannte, schwinden. Und auch die Zurückhaltung gegenüber einem begehrenswerten Wesen, das unerreichbar für ein Arbeiterkind war. Na gut, sein Vater war Beamter gewesen. Aber so dachte er als Neuköllner in diesem Moment eben. Selbst wenn es Zufall gewesen ist, dass Tracy Kraft ihn da sitzen sah, warum hat sie sich zu ihm gesetzt?

Dieses Motiv galt es zu klären. Falls die Todesursache von Juri Tarasov wirklich Mord war. Und sowieso.

Bald fand Udo Melzig im Kleiderschrank neben einem Stapel eingeschweißter Hemden ein eingerahmtes Bild, auf dem Juri Tarasov und seine Frau Alyona zwischen Francis Morgan und Tracy Kraft vor einer Sponsorenwand in die Kamera lächelten. Das Bild war zur ersten Fashion Week im Sommer 2007 aufgenommen worden, wie eine Widmung verriet, und vermutlich den Tarasovs als Andenken in eingerahmter Version überreicht worden, um schließlich in der hintersten Ecke eines dunklen Kleiderschranks zu landen. Da klärte Tennat seine Kollegen auf, dass er höchstwahrscheinlich aufgrund dieses Modelabels mit Alyona Tarasova sprechen sollte. Er kannte die große, blonde Frau rechts auf dem Foto persönlich, auch den etwas zurückgesetzt stehenden Mann, der nicht in die Kamera schaute.

Die beiden Promis waren auch seinen Kollegen ein Begriff. Melzig verdrehte die Augen. Patrick Berner begann über das Wort

Foto zu dozieren. Demnach sei Foto aus dem griechischen *phos*, Licht, beziehungsweise dessen Genetiv *photos* entstanden. In Zusammensetzung mit anderen Wörtern bedeute es »auf Licht beruhend« oder »mit Licht hergestellt«. Letztens habe er auch die chinesische Bedeutung für Foto, *she ying*, erfahren, die in der wörtlichen Übersetzung »Umgang mit dem Schatten« eine andere Betonung setze.

Das fand Tennat passend, denn als der Portier, der nur werktags in der Friedrichstraße arbeitete, von Kollegen zum Tatort gebracht wurde, warf das eine neue Frage auf. Warum fehlte die Festplatte der Kameras, die alle Etagen, die Tiefgarage und den Eingang aufnahmen? Der Portier zuckte mit den Schultern, am Vortag wäre sie bei Feierabend noch da gewesen und einwandfrei gelaufen, wie alles im Haus. Sonst etwas Ungewöhnliches wäre ihm auch nicht aufgefallen, Juri Tarasov wäre am 30. April mittags mit einem Taxi angekommen und dann in seinem Apartment geblieben. Weitere Zeugen konnten dies nicht bestätigen, da die anderen Etagen vor allem gewerblich benutzt wurden.

Zudem passte Schatten, fand Tennat, da der öffentlichkeitsscheue Francis Morgan immer weiter in den Vordergrund rückte. Sein Label tauchte in den meisten Kleidungsstücken auf, die sich in den Schränken des Apartments befanden, oftmals bei noch ungetragenen Sachen. Und Alyona Tarasova, die im Internet vor allem als Kunstmäzenin oder auf Charity-Veranstaltungen anzutreffen war, wie Tennat sich schnell informierte, saß regelmäßig bei Francis Morgans Modeshows in der ersten Reihe. Ihren Namen hatte er zuvor nicht gekannt, aber aus seinen Recherchen zu Thomas Kaufmann ihr Gesicht. Entweder war Alyona Tarasova ein großer Francis-Morgan-Fan der ersten Stunde oder mit der Firma geschäftlich verbunden. Zumindest sprach sie ausgezeichnet deutsch.

»Nun ist es also passiert.«

»Sie hatten es befürchtet?«

»Nicht nur ich, wir alle in der Familie. Zu viele Reisen, zu wenig Schlaf. Mein Mann stand kurz vorm Burnout. Dabei war er in seiner aktiven Karriere als Schwimmer auf Langstrecken spezialisiert gewesen. Seltsam, dass er dann in einem so kleinen Becken ertrunken ist.«

»Das klingt distanziert, Frau Tarasova.«

»Es ist der Sachlage entsprechend, Herr Tennat.«

»Und nach der war Ihr Ehemann depressiv?«

»Eher melancholisch. Das ist ein Unterschied, besonders für uns Russen. Und darum schließe ich Selbstmord aus, falls Sie darauf hinauswollen, auch wenn wir in Russland eine sehr hohe Suizidrate haben. Das hätte mein Mann auch wohl eher in New York gemacht, seiner Wahlheimat.«

»War er wegen dem Label Francis Morgan in Berlin? Es gab nämlich keinen großen Event.«

»Ja, das stimmt. Es gab nur ein Gespräch unter Führungskräften.«

»Ohne Sie?«

»Ich bin am Label nicht beteiligt, nur mein Mann ... Ich meine, er war es.«

»Wann haben Sie ihn das letzte Mal gesehen? Doch wohl letzte Woche in Beijing? Warum besprach er nicht dort ...«

»Ich muss Ihnen doch jetzt nicht wirklich das Geschäft am Telefon erklären.«

»Nein, das können Sie ruhig vor Ort in Berlin tun.«

»Nein, das wollte ja mein Mann tun. Nun ist er tot.«

»Also ging es speziell um Francis Morgan, der ja nicht in Beijing war. Gab es Ärger mit ihm?«

»Es gibt immer Ärger mit Künstlern, aber wenden Sie sich dazu bitte am besten an ...«

»Tracy Kraft und Francis Morgan. Von denen Sie auch meinen Namen wissen.«

»Nein, keineswegs, Ihre Person wurde mir von Catrinel Stan empfohlen, der rechten Hand der beiden Köpfe.«

»Frau Stan scheint viele Funktionen zu haben?«

»Herr Tennat, wenden Sie sich auch da am besten an …«

»Das werden wir, wenn wir die beiden endlich erreichen.«

»Und was passiert nun mit meinem Mann?«

»Er kommt ins Labor, wir müssen die genaue Todesursache herausfinden.«

»Ist er nicht einfach ertrunken? Denn falls Juri nicht auf natürlichem Weg gestorben ist, wäre es gut, wenn Sie Näheres herausfinden.«

»Genau darum telefonieren wir, Frau Tarasova, und generell ermitteln wir in alle Richtungen.«

»Ich bin jedenfalls in Florida, falls sie damit andeuten wollen, dass Täter meist im Familien- und Bekanntenkreis zu finden sind.«

»Das wollte ich nicht, aber da Sie es schon ansprechen … Hatte Ihr Mann Freunde oder andere Verwandte hier?«

»In Berlin? Wohl kaum. Höchstens Geschäftspartner. Juri hat aber selbst, wenn er Freunde eingeladen hatte, wirklich jeden Termin und Kontakt in seinen Outlook-Kalender notiert. Sie müssen nur …«

»Wo finden wir den?«

»In seinem Laptop oder Smartphone.«

»Bis jetzt haben wir weder Laptop noch Smartphone sicherstellen können.«

»Das ist nicht gut …«

»Schlimmer als der Tod?«

»Das habe ich nicht gesagt, Herr Tennat. Aber ein Fremdverschulden wird nun wohl immer wahrscheinlicher.«

Wandt, Melzig und Tennat nahmen sich als Nächstes Catrinel Stan vor, die eine Stunde lang in der Küche allein und ohne ihr Telefon hatte schmoren dürfen. Sie hatte entspannt gewirkt, mit wie zum Gebet gefalteten Händen, als sie das Telefon ohne ein Wimpernzucken abgegeben hatte. Warum auch nicht? Am Nachmittag hatte sie zuerst die Polizei, dann Alyona Tarasovas Sekretär angerufen. Sämtliche Versuche, ihre Chefin Tracy Kraft, die sie angeblich manchmal Putzfrau nannte, anschließend zu erreichen, verliefen ebenso erfolglos wie bei Francis Morgan. Das LKA, das ebenfalls ständig diese Nummern wählte, erzielte dasselbe Ergebnis. Bei Stans Kontakten zur Tatzeit oder auch an den Tagen zuvor war nichts Verdächtiges festzustellen. Catrinel Stan schien nicht zu lügen, auch wenn sie Details erst preisgab, wenn sie explizit darauf angesprochen wurde. Aber so benahmen sich auch Rechtsanwälte und sogar die Polizei.

Zur Frage, warum sie Alyona Tarasova den Kommissar Tennat empfahl, erklärte Catrinel Stan aber von sich aus, dass der Name ihr seit Februar ein Begriff gewesen wäre, da sowohl Francis Morgan als auch Tracy Kraft von jenem Aufeinandertreffen berichtet hatten. Speziell natürlich wegen des Nachnamens und seiner Schwester Patricia. Nun entschied Wandt, dass Tracy Kraft und Francis Morgan erst am nächsten Tag im Headquarter am Hackeschen Markt kontaktiert werden sollten. Beide Chefs des Modelabels würden zugegen sein, da ein längeres Meeting anstand, auf das ein Katalog-Shooting im eigenen Fotostudio folgen sollte. Vorerst aber musste Michael Wandt mit Sven Tennat diese Geschichte von Januar genauer durchleuchten.

Kapitel 7

Gegen ein Uhr in der Nacht beschloss Michael Wandt, dass sie in der Friedrichstraße nichts mehr machen könnten. Silke Bartsch fuhr Catrinel Stan nach Hause und sollte sich anschließend ein paar Stunden schlafen legen, wie Berner, der dies auch wegen seiner Familie nicht ablehnte. Melzig, Wandt und Tennat fuhren zum LKA in die Keithstraße.

In Michael Wandts Büro lief Tennat auf und ab, während er grob alle Fakten zu Thomas Kaufmann und allen anderen Beteiligten herunterratterte. Melzig lag derweil auf einer Couch und tippte gelegentlich in sein Handy. Wandt saß hinter seinem Schreibtisch, griff regelmäßig nach einem Pott Kaffee und machte sich Notizen.

»So war das«, schloss Sven Tennat nach dreißig Minuten ab und blieb vor Wandt stehen.

»Ich weiß noch, wie das kleine freche Ding früher öfters hier war«, erinnerte sich Wandt. »Patricia schubste mich einmal sogar von meinem Platz, um zu sehen, wie es von meiner Position aus aussieht.«

»Ich weiß. Sie ist immer sofort in dein Büro gestürmt.«

»Vielleicht sollte sie bei uns anfangen.«

»Das würde sie niemals machen, solange ihr Bruder …«

»Ja, verstehe. Und ihr habt es auch wahrlich nicht leicht gehabt …«

»Wir sind aber keine Kinder mehr. Auch wenn Patricia, wenn sie nach deinem Befinden fragt, dich nach wie vor Onkel Wandt nennt.«

»Sag ihr, es geht dem Onkel gut.«

»Das tue ich immer.«

»Und wie geht es ihr jetzt selbst?«

»Ebenfalls gut«, antwortete Tennat und fing wieder an durch das Büro zu laufen. »Also ich denke es, denn sie hat sich eine Weile nicht gemeldet. Das ist immer ein gutes Zeichen.«

»Wie im Januar«, entfuhr es Melzig, der von seinem Smartphone aufschaute.

»Nein, anders«, entgegnete Tennat schnell und wechselte das Thema. »Ich traf Björn Kaufmann nicht nur einmal, sondern hatte danach noch telefonisch Kontakt mit ihm. Vater und Sohn hatten viel miteinander zu tun, da sie über die Trennung der Eheleute diskutierten, was man eben so macht in solchen Fällen. Der Vater war mit dem Sohn auch enger als mit der Mutter. Sie hatten aber vor allem viel gesprochen, weil Björn Kaufmann als Makler wusste, wie viel Abfindung man für eine Wohnung rausschlagen kann. Und dann haben sie sich ab März über Facebook Nachrichten geschrieben, wo Thomas auch Fotos von Einheimischen und bekannten Megacitys oder Landschaftsaufnahmen veröffentlichte. Das hat auch Patricia gesehen und beruhigt. Nehme ich an. Sie ist zumindest via Facebook mit Tom befreundet.«

Melzig richtete seinen Blick umgehend wieder auf sein Smartphone. »Mit Postings, die für alle öffentlich sichtbar sind«, stellte er fest. »Bei Popstars, Models oder selbst Fußballern ist das als Marketing in eigener Sache heutzutage Pflicht. Nach alledem, was du uns aber über Kaufmann erzählt hast, scheint er kein Kandidat für solche öffentlichen Geschichten. Sein Account ist auch erst im März bei Facebook eröffnet worden und weist neben seinem Vater nur noch seine Mutter als Freund auf, wie ich gerade sehe, und eben deine Schwester. Nicht viel für ein soziales Netzwerk. Die Bilder wirken auch allzu professionell gemacht. Als wären sie woanders kopiert. Und nie ist er selbst zu sehen.«

»Das habe ich auch schon festgestellt«, bestätigte Tennat, ging zu Wandts Rechner und öffnete mit ein paar Klicks die entsprechende Webseite. »Überdies sind die Postings nichtssagend. *Good Weather. Everything fine.* Blabla. Bis jetzt gab es keinen Grund, das von der Kriminaltechnik überprüfen zu lassen. Und es wurden in Amsterdam Geldbeträge mit Tom Kaufmanns Kreditkarte abgehoben. Was wiederum für eine reale Reise spricht.«

»Hast du Thomas Kaufmann mal selbst angeschrieben oder versucht, ihn zu deinen Kontakten hinzuzufügen?«

»Selbst Patricia erhält keine Antwort.« Tennat zuckte mit den Schultern. »Sie sind zwar bei Facebook befreundet, doch schreiben tut er ihr nicht.«

»Nach dem, was du berichtet hast, ist das durchaus verständlich. Hast du Bilder von dem Kreditkartenautomaten angefordert?«

»Es war ein Automat ohne Kamera.«

»Und selbst wenn er sich melden würde und wir herausbekommen, dass der Account nicht von ihm ist, hat das für uns keine Auswirkungen«, warf Wandt ein. »Die Eltern haben keine Vermisstenanzeige aufgegeben, und niemand anders kräht nach dem Jungen. Selbst Patricia dürfte ihn bald vergessen haben.«

»Vielleicht«, sagte Melzig.

»Hoffentlich«, sagte Tennat.

Während Michael Wandt den Bericht zum Fall Tarasov tippte, gingen Melzig und Tennat in ihr Büro. Melzig setzte sich an Tennats Rechner und öffnete nacheinander die in einem eigenen Ordner abgespeicherten Webseiten. Tennat hatte sie nicht gelöscht, als handelte es sich um einen ungeklärten Fall an ihrer gemeinsamen Pinnwand. Damit er sich die Sache wieder vornehmen konnte. Wenn Zeit war. Wenn nichts Aktuelles anlag. Und nun wurde sie selbst aktuell.

Melzig schüttelte den Kopf. »Mode ... Schön und gut, aber diese Leute«, raunte er. »Befremdlich.«

»Es sind auch nur Menschen«, lenkte Tennat ein, der hinter dem Kollegen stand.

»Wie du oder ich?«

»Wie du und ich!«

»Und Tracy Kraft? Wie ist sie denn dann so als Mensch?«

Tennat zuckte mit den Schultern.

»Zumindest eine ziemlich attraktives Persönchen«, fuhr Melzig fort, ohne den Kopf vom Monitor abzuwenden. »Millionen von Frauen würden gern so sein wie sie. Nahezu perfekt, keine Makel, beruflich erfolgreich, unabhängig, aus gutem Hause, Diplomatenkind. Bestimmt ist sie als Teenager mit wehendem Haar auf Pferderücken über menschenleere Landgüter geritten, war von Anfang an nur auf ein Ziel geeicht. Das nennt man Erfolg, oder?«

»Davon kann man ausgehen«, bestätigte Tennat den letzten Aspekt. »Wer in diesem Business arbeitet, muss hart im Nehmen sein und sich durchboxen. Doch gerade solche Menschen sind oft zugleich sehr einsam.«

»Gewiss.« Melzig drehte sich kurz zu Tennat. »Aber deswegen kommen uns nicht die Tränen. Vielmehr sollten wir uns fragen, warum diese Frau mit dir den Nachmittag verbrachte?«

»Mit einem Clochard?«

»Clochard?«

»Ein Penner.«

»Also das, was ich manchmal über deine Kleidung anmerke?«

»Meinen Look.«

»Von mir aus auch das. Nur was dachte der Clochard in seinem Look?«

»Wie kann man so blöd sein.«

»Sie oder du?«

»Vor allem ich.«

Melzig lachte auf. Dann stand er auf, ging an seinen eigenen Platz, setzte sich in den quietschenden Bürostuhl mit dem Gesicht zum Fenster, verschränkte die Arme hinterm Kopf und schaute hinaus in die klare Nacht.

»Was ist, wenn deine Schwester recht hat und Kaufmann nicht verreist, sondern doch noch in Berlin ist?«

»Und was macht er hier?« Tennat setzte sich an seinen Schreibtisch.

»Liegen«, gab Melzig trocken als Antwort. »Unter der Erde im Haus, wo Patricia ihn antreffen wollte. Könnte doch sein. Du sagtest doch, dass du nach jenem Wochenende im Januar montags erneut in der Rotherstraße warst, in den Keller gingst, mit dem Polier sprachst, der gerade frisch gemachten Estrich kontrollierte.«

Tennat nickte. Und schüttelte anschließend den Kopf. Dann schwiegen die beiden Kollegen zwei Minuten.

»Wir kriegen keine Erlaubnis, um den Boden aufzureißen«, sagte Melzig und drehte sich im Stuhl zu Tennat.

»Weder von Michael und vor allem nicht vom neuen LKA-Leiter«, führte Tennat den Gedanken fort.

»Noch nicht«, sagte Melzig und drehte sich wieder zum Fenster. »Aber vielleicht hängen die beiden Geschichten zusammen.«

»Warum?«, fragte Tennat, stand auf und ging zum Waschbecken, um sich ein Glas Wasser zu nehmen. »Es gibt keine Verbindung zwischen den Ereignissen, bis auf einen Einkauf im Biomarkt.«

»Aber dadurch, dass Alyona Tarasova nach dir verlangte, musstest du es jetzt ansprechen. Und du hättest uns das gewiss nicht sofort erzählt, da es deine Schwester betrifft.«

Tennat zuckte mit den Schultern. »Vielleicht. Vielleicht auch nicht. Zunächst ist es ein Bumerang.«

»Ein Bumerang?«, wiederholte Melzig und drehte seinen Stuhl wieder Richtung Waschbecken.

»Ein Bumerang, der noch weitere Kreise zieht als gedacht«, führte Tennat aus. »Die Sache verschwindet im Himmel, ich drehe mich um, vergesse sie fast und werde dann am Hinterkopf getroffen.«

»Du hast Bilder.«

»Erfahrungen.«

Melzig hob seine schmalen Augenbrauen, die einen Tick dunkler waren als seine stets akkurat geschnittenen hellblonden Haare.

»Und tut es weh?«

»Bisher kaum. Ist eher eine Magengeschichte.«

»Aber nicht, dass das chronisch wird.«

Tennat nickte, trank sein Glas Wasser aus und strich anschließend einige Tropfen aus seinem Schnurrbart. Der Pornobalken wirkte im kleinen Spiegel über dem Spülbecken und im Licht der Neonröhre besonders albern, mindestens so töricht wie die schwarzen Cordhosen mit Schlag, die er als Teenager getragen hatte. Er wendete darum seinen Blick auf die Ablage des Waschbeckens, wo sich neben den paar Pflegeprodukten von Berner und ihm die Kosmetika von Melzig türmten: Kamm, Haarwachs, Deoroller, Deosprays, Handcremes, Einwegrasierer, Anti-Aging-Lotionen.

»Hatte dein Vater auch einen?«, fragte Tennat, weil Melzigs Vater zwar nicht bei der Polizei, aber bei der NVA und dann der Bundeswehr gedient hatte.

»Schnurrbart?«

»Yes, Sir.«

»Immer noch, immer noch. Selbst im Grab wird das so sein.«

»Hast du darum keinen?«

»Wäre möglich«, gab Melzig zu und drehte sich augenblicklich in seinem Stuhl wieder zum Fenster. »Doch von weiteren Fragen in diese Richtung bitte ich, Abstand zu nehmen, wie du in den letzten Jahren hoffentlich gemerkt hast.«

Tennat nickte. Und dachte, dass er und sein Kollege gar nicht so verschieden waren. Melzig mochte zwar Dinge, die er selbst nicht mochte, eben Fußball, Formel 1, blutige Steaks, Energydrinks, Maximalkrafttraining mit freien Gewichten, lauten Hardrock während des Autofahrens und Körperpflegeprodukte von L'Oréal Men Expert mit Hyaluron oder Coenzym Q10. Doch hinter diesem Schutzmantel … da waren Melzig und Tennat vom Mechanismus sehr ähnlich. Sie beide besaßen eine Akte, die sie nur selten öffneten.

»Also wenn du unbedingt …«, fing Melzig an und drehte sich wieder zu Tennat.

»Nur zu.«

»Also wenn du unbedingt deinen Schnurrbart abrasieren willst, kannst du einen meiner Rasierer haben. Schmeiß ihn danach aber sofort weg. Oder pack ihn zumindest eindeutig zu deinen Sachen. Nicht dass …«

»Habe ich gesagt, dass ich …«

»Immer wenn du über solche Dinge redest, weiß ich schon, was passieren wird. Das ist wie beim Essengehen, wenn du dich an einem Imbiss, wo wir bereits tausendmal waren, nicht entscheiden kannst, was du nehmen sollst.«

»Ich kann mich sehr gut entscheiden.«

»Irgendwann. Aber vorher quasselst du viel zu viel darüber.«

Tennat fühlte sich angenehm durchschaut. Als er sich etwas von Melzigs Rasierschaum nahm und das Aftershave zurechtstellte, dachte er, dass dies einer der wenigen Momente war, wo er seinem Kollegen besonders nahekam. Und es lag gewiss nicht an L'Oréal Men Expert.

Kapitel 8

Du taumelst orientierungslos durch den Wald, rennst, soweit du kannst. Endlich verlangsamst du den Schritt, lauschst fremden Geräuschen. Sie scheinen weiter weg als vorhin, kommen jedoch schnell näher. Erst das eine aus der einen, dann das andere aus der anderen Richtung. Dein Kopf dreht sich hin und her, du interpretierst bis zum Exzess. Bis die Anspannung nicht mehr ertragbar ist, du alle Energie nach außen verlagerst und fragst, wer denn da sei, du schreist. Du vernimmst keine Antwort, dafür plötzlich Stille. Dieses absolute Fehlen jeglichen Geräuschs auf deinen Ohren, so dass du innerlich nur noch das eigene Blut rauschen hörst. In den Kapillaren beim Zwerchfell. In deinem Kopf. In deinen Venen. Durch das Zucken eines Herzmuskels, der sich immer mehr Platz unter deinen Rippen verschaffen will. Als wollte etwas aus dir herausspringen. Laut, immer lauter, bis das Pochen jeden Gedanken übertönt, dich wieder nur Gefühl sein lässt und du erneut rennst, bis du nicht mehr kannst und den Wunsch verspürst, auf einen großen Baum zu klettern, sich in seiner Krone zu verstecken. Nur willst du dort wirklich ausharren? Nein. Du weißt, du musst den Waldrand erreichen, ein freies Feld, wo sich nichts und niemand verstecken kann. Erst dort bist du sicher vor dem fremden Wesen. Erst dort bist du sicher vor dir selbst.

Francis Morgan stand am Fenster, war räumlich und emotional gefangen. Er dachte immer wieder an diesen Traum, den er seit kurzem regelmäßig durchlitt. Zunächst kam er im Februar, alle paar Tage, und nun fast jedes Mal, wenn er einnickte.

Seine Augenlider fühlten sich verquollen an, obwohl er am Morgen eine ausgezeichnete kühlende Creme mit Weißtee- und Ginkgo-Extrakt aufgetragen hatte. Er überlegte, ob vielleicht etwas ins Auge gekommen war und sich nicht mit seiner Bindehaut vertrug. Er schaute aus dem Fenster des Konferenzraums und bemühte sich, die Dinge scharf zu stellen. Manchmal gelang es, meistens nicht. Das passte wiederum zur Kulisse, denn er wollte nicht allzu viel Übel erkennen.

Der Hackesche Markt war noch schlimmer als die Revaler Straße, befand er, und zwar auch tagsüber, da neben allem nächtlichen Trubel für Touristen das ganze Karree zwischen Friedrichstraße, Volksbühne und Alexanderplatz als Kreativzentrum galt. Designerlabels, Flagship-Stores und Modegeschäfte reihten sich aneinander und entsprachen so gar nicht dem, was er sich wünschte.

Vielleicht hielt er sich darum am roten Vorhang fest, wie er feststellte. Es war ein seltener flämischer Samt, dessen Oberstruktur eine Firma im polnischen Lodz mit einem Laser aufbrechen ließ. Der Stoff war dadurch rau von der Optik und zugleich weich von der Haptik. Ähnlich seinen Träumen, die ihn nachts und tagsüber übermannten, die unfreiwilligen und bewusst herbeigesehnten, die, die er bereits als Kind zur rettenden Insel stilisierte. Und so schloss er die Augen.

Unter den Linden, am Kurfürstendamm oder, am besten, am Hausvogteiplatz hält eine Kutsche an einem Kaufhaus. Eine elegante Dame steigt aus. Sie trägt ein extravagantes Kleid, deren Schattierung von Smaragdgrün über Ultramarinblau bis Purpur geht. An den Ärmeln, dem Halsausschnitt sowie unten am Saum besitzt es viel Spitze. Hinten fällt eine Schärpe aus Seidengaze herab, um die Taille betont ein türkis leuchtender Atlasgürtel die schmale Taille. In ihrem Armen trägt die Dame einen kleinen

Hund. Der Kutscher hält einen Sonnenschirm über sie, bis sie den Eingang des Kaufhauses erreichen und ein Portier die Türen des Kaufhauses öffnet. Dann schwebt die Dame gleichsam ins Geschäft.

»Herr Morgan.«

Von ferne hörte er seinen Namen.

»Können wir?«, fragte Catrinel Stan.

Francis Morgan drehte sich um und sah alle Mitarbeiter am Konferenztisch sitzen. Wie lange saßen sie bereits da? Er konnte es nicht sagen, ging zu ihnen, ließ sich in seinen an der Stirnseite befindlichen Sessel fallen und versuchte aufmerksam zu sein.

Catrinel stand mal zu seiner rechten, mal zur linken Seite. Obwohl sie kleiner als Tracy war, ungefähr ein Meter fünfundsiebzig, und selten hohe Absätze trug, besaß sie ausgezeichnete Proportionen und einen exquisiten Geschmack. Den sie auch heute wieder bewies. Sie wählte ausschließlich seine Kleidung und kombinierte sie nur minimal mit Accessoires, er hätte sie nicht besser beraten können. Minimalistisch setzte sie auch ihre Worte, die niemals anbiedernd waren und nichts verpackten, was in seinem Metier wirklich eine Rarität darstellte, da es in der Mode eigentlich nur ums Verpacken ging. Doch Catrinel arbeitete schließlich nicht bei einem Teleshoppingkanal, sondern bei ihm, und so bediente sie routiniert den Beamer, zeigte die neuen Kampagnenbilder, verdeutlichte kurz und präzise die grundsätzliche Idee, die er sich mit Tracy ausgedacht hatte. Wer das nicht verstand, hatte hier nichts zu suchen. Catrinel sprach unterschiedliche Teammitglieder an, die dies zum Beispiel in sozialen Netzwerken kommunizieren mussten. Wenn Namen fielen, überlegte Morgan, ob die betreffenden Mitarbeiter neu oder schon länger dabei wären. Er konnte es nicht sagen, er konnte sich schlecht Gesichter merken. Der harte Kern von ungefähr fünf Männern und fünf Frauen, die im Raum saßen, verhielten sich einigermaßen korrekt. Es gab keine eigenen Ideen, kein Tastaturgeklimper und keine Fragen zu den Ereignissen am 1. Mai, die doch jeden erreicht haben mussten. Nein, noch musste ihr Chef nicht Rede und Antwort stehen.

Stattdessen überlegte der Designer, was gewesen wäre, wenn es früher passiert wäre. Vielleicht hätte er dann nicht am Hackeschen Markt sitzen müssen, sondern an dem von ihm ursprünglich favorisierten Hausvogteiplatz, dem Ort, den auch Tracy den Tarasovs hatte empfehlen sollen. Denn am Hausvogteiplatz gründeten die Gebrüder Manheimer 1837 das erste richtige Textilgeschäft Berlins, wo sie erstmalig konfektionierte Kleider, Kostüme und Mäntel verkauften. Das traditionelle Handwerk der Maßschneiderei galt dadurch bald als weniger chic, und durch die Nachfrage siedelten weitere Firmen an: Levin, Hertzog, Lesser, Lewy, Briese & Loepert, Larkotzki und schließlich Hermann Gerson, der das erste Berliner Kaufhaus eröffnete. 1860 gab es am Hausvogteiplatz zwanzig Konfektionsfirmen, 1870 vierzig. Die meisten waren in jüdischem Besitz, da für Juden viele Jahrhunderte lang eine der wenigen erlaubten Tätigkeiten im Handel mit Kleidern und Kurzwaren bestand. Exportiert wurde nach England, Skandinavien oder in die USA. Das ganze Stadtviertel am Hausvogteiplatz lebte bald von der Textilbranche. Die Herstellung übernahmen über sechshundert Zwischenmeister, Subunternehmer, die das meiste von etwa hunderttausend Berlinerinnen in Heimarbeit produzieren ließen.

Doch Juri Tarasov hatte derlei nicht interessiert und ein anderes Objekt im Blick gehabt. Eines, das seiner Frau bereits gehörte, nun frei geworden war und vis-à-vis überdies Möglichkeiten für einen Flagship-Store in bester Lage bot. Und natürlich hatten die Tarasovs bereits ein entsprechendes Interieur im Auge. Unverputzte Wände, viel Chrom, dazu ein Tresen aus dunkelbrauner Eiche, brünierte Eisenregale und karamellfarbene Keramikdeckenlampen. Als wenn nicht jeder zweite Laden hier am Hackeschen Markt bereits so aussähe. Und wenn es dem Designer nicht gefiele, dann könne er ja woanders … Ihre Aussagen waren strikt und gar nicht so, wie Tracy ihm einst versprochen hatte. Nun war aber Juri Tarasov tot.

Wo blieb die Managerin derweil? Tracy hatte dieses Meeting bereits nach ihrer Rückkehr aus Beijing angesetzt, ebenso das Katalog-Shooting, weswegen er vor allem anwesend war. Nun verschob sich alles, er saß sinnlos hier herum, wo nicht nur etwas Bedrohliches im Raum schwebte, sondern in Form dieses Kommissars später vorbeikommen wollte. Ja, sein Gesicht konnte sich Francis Morgan merken, auch seinen Namen: Sven Tennat. Auch wenn Tracy meinte, sie habe alles im Griff.

Morgan nahm ein auf dem Tisch liegendes I-Pad und gab zum ersten Mal den Begriff Tennat in eine Suchmaschine ein, worauf ihm ein britischer Schauspieler namens David Tennant vorgeschlagen wurde, der zuletzt in einer Serie mit dem Titel »Doctor Who« große Erfolge feierte. Das Einzige, was dieser Schauspieler mit dem Kommissar gemein hatte, war das ungefähre Alter. Bei den Begriffen Sven und Tennat gelangte Morgan auf eine deutsche Tierpension, die einem Sven Tennart gehörte.

Überhaupt war der Name Tennat nicht allzu häufig und wurde nur noch im Zusammenhang mit einigen wenigen Facebook-Profilen gelistet, deren Inhalte nicht einsehbar waren. Dafür ergab sich eine interessante Geschichte bei den Begriffen Tennat, Kommissar und Berlin, da die Suchmaschine Ernst August Ferdinand Gennat vorschlug. Gennat war Anfang des 20. Jahrhunderts ein sehr erfolgreicher Beamter der Berliner Kriminalpolizei gewesen, der die Zentrale Mordinspektion gegründete und das Profiling schon praktizierte, bevor es die Amerikaner derart titulierten. Gennat beschrieb auch erstmalig in einem Aufsatz die klassischen Züge eines Serienmörders und klärte in dreiunddreißig Dienstjahren durch eine exzellente Spurensicherung zweihundertachtundneunzig Morde auf. In der Weimarer Republik wurde er dadurch ein Medienstar und definierte seine Ermittlungsarbeit mit Sätzen wie »Unsere Waffen sind Gehirn und Nerven«. Die Zeitungen berichteten ausführlich über seine Fälle, jeder Berliner auf der Straße kannte ihn. Zu seinen berühmtesten Besuchern zählten Charly Chaplin, Edgar Wallace und Heinrich Mann. Ernst Gennat war der erste Mordkommissar der Welt und heute eine zu Unrecht vergessene Legende, dachte Francis Morgan.

Sven Tennat würde dies wohl niemals vergönnt sein. Morgan erinnerte sich, dass er als Kind gern solche Krimis geschaut hatte, als eine Art Belohnung, wenn er am Tag viel geschafft hatte. Am liebsten hatte er die Film-noir-Streifen der Vierziger- und Fünfzigerjahre gemocht, welche Anleihen an den deutschen Expressionismus hatten und damit eine pessimistische Weltsicht zelebrierten. Er hatte dabei nie die Augen geschlossen, wie oft in der Schule und nun in seinem Headquarter, um sich woanders hin zu beamen. Nein, er hatte vielmehr die Augen weit aufgerissen und das wahre Leben studiert. Ohne Happyend. Mit all den menschlichen Abgründen. Wie geschmacklos sie ihre Wohnungen einrichteten, wie hässlich sie sich kleideten und wofür sie noch über Leichen gingen.

»Herr Morgan?«

»Ja.« Er legte das I-Pad weg.

»Ja zu allem?«

»Ja zu mehr von diesem roten Vorhangstoff. Doch das erkläre ich später unter vier Augen.«

Catrinel nickte, schaute zum Fenster, auf das Team, nickte erneut und ging zu einem anderen Punkt über, als wäre damit alles gesagt. Niemand wirkte irritiert, sämtliche Augen richteten sich entweder auf Catrinel oder nach unten auf die I-Pads, bis das Meeting beendet wurde und das Team in die Büros verschwand.

Morgan stand auf, ging wieder zum Fenster, befühlte erneut den Vorhang und schaute hinunter auf die Rosenthaler Straße, wo gerade Tracy aus einem Taxi stieg. Sie rannte ungewohnt eilig über die Fahrbahn, und er zählte nur zwölf Atemzüge, bis sie oben neben ihm stand. Sie trug unter ihrem Mantel eine weiße, transparente Bluse mit tiefem Ausschnitt. Zusätzlich hatte Tracy sich ihre Lippen hellrot geschminkt, in einer fast aggressiven Nuance, wie er fand.

Dann kam sie dicht an ihn heran, überschritt seine Individualdistanz, legte sogar eine Hand auf seine Schulter und erkundigte sich, ob alles in Ordnung sei. In letzter Zeit stellte sie diese Frage regelmäßig. Alles, was ihm in diesen Moment dazu einfiel, war, ob für andere Menschen gegenseitige Berührungen so schön wären wie für ihn die Berührung dieses blutroten Vorhangstoffs. Sein Geist konnte sich das aber nicht vorstellen, dies war kein Traum.

Kapitel 9

Abgesprochen war eine für sie übliche Zange. Unüblich war ihr Erscheinen zu dritt. Die Sache besaß allerdings inzwischen hohe Priorität, da am Morgen der neue LKA-Leiter Volker Bomann Michael Wandt eine Ausgabe des *Berliner Kuriers* auf den Schreibtisch gepfeffert hatte. Die Schlagzeile darauf: »Mann hinter Francis Morgan ermordet«.

Natürlich ging Bomann von einer undichten Stelle bei ihnen aus, bis Sven Tennat auffiel, dass das Foto von der Leiche Juri Andrej Kirill Tarasovs, das der *Berliner Kurier* zum Glück nicht veröffentlicht, aber von einem anonymen Informanten, wie es hieß, per E-Mail bekommen hatte, eine kleine Ungereimtheit aufwies.

Tennat erinnerte sich dabei an das, was Patrick Berner am Abend zuvor über die chinesische Bedeutung des Wortes Foto gesagt hatte, an die Formulierung »Umgang mit dem Schatten«. Auf dem Foto war nachlässig damit umgegangen worden, denn der Türrahmen der Veranda warf einen flachen Schlagschatten, der nur durch die östliche Morgensonne entstanden sein konnte, also lange vorm Eintreffen der Polizei am späten Nachmittag.

Ein Mord an Juri Andrej Kirill Tarasov war immer wahrscheinlicher, das Foto ein bewusst gesetztes Zeichen. Zudem ließ es auf den Täter schließen, da die Information ausgerechnet dem zum Berliner Verlag gehörenden *Berliner Kurier* zugesandt wurde, und nicht der *B. Z.* oder der *Bild*, wesentlich auflagestärkeren Boulevardblättern. Nur mit welchem Ziel?

Sven Tennat betrat zuerst das Headquarter. Melzig und Wandt gingen hinter ihm. Junge Menschen begrüßten sie nett, führten sie zu Catrinel Stans Büro, mit der sie dann einen langen Flur entlangliefen, bis zu einer großen Tür, die sie vorsichtig aufmachte.

Es fand unverkennbar ein Foto-Shooting statt. Mitten im Raum und mit dem Rücken zu ihnen saßen Tracy Kraft und Francis Morgan vor einem Bildschirm, der die Fotos in Echtzeit zeigte. Es blitzte, ein Fotograf gab typische Anweisungen wie: »Jetzt mehr High Fashion. Nun lasziv. Versuch den Kopf zur Seite zu kippen. Ich brauche mehr Kinn.« Allein das Model, dass nur in Bluse und Slip bekleidet von einer riesigen weißen Pappwand posierte, sah die Ankömmlinge im Raum, verhielt sich aber professionell, reagierte nur auf Anweisungen, die vom Fotografen oder Tracy Kraft persönlich kamen.

Erst nach drei Minuten bemerkten Francis Morgan und Tracy Kraft die Kommissare, weil der kleine Stylist, der zwei Meter neben dem Model stand, ebenfalls auf die Ankömmlinge aufmerksam geworden war und zu oft in ihre Richtung blickte.

Der Designer drehte als Erstes seinen Kopf, dann folgte die Managerin, die in die Hände klatschte und »eine kurze Pause« ausrief. Augenblicklich und zugleich sehr vorsichtig zog der Stylist dem Model die Bluse aus, als wäre sie das Wichtigste an allem, und verschwand mitsamt Fotograf und barbusiger Frau durch einen hinteren Ausgang.

Melzig hob seine schmalen blonden Augenbrauen bei diesem Anblick, Michael Wandt schaute zu Catrinel Stan, die nun ebenfalls den Raum verließ. Tracy Kraft stand auf und holte zusätzliche Stühle, bevor sie den Männern die Hand gab. Francis Morgan, der etwas gerötete Augen hatte, tat es ihr nach. Er trug wie bereits beim ersten Treffen mit Tennat einen grauen Anzug, darunter einen Hoodie, dessen schwarze Kapuze er über seinen Kopf gezogen hatte, sowie Lederhandschuhe.

Dann setzten sie sich wie bei einem Verhör gegenüber. Zwischen ihren beiden Stuhlreihen waren ungefähr drei Meter Platz. Trotzdem rückte Morgan, der gegenüber von Udo Melzig saß, sogleich seinen Stuhl noch ein paar Zentimeter weiter zurück, als Michael Wandt begann den Sachverhalt zu schildern. Tracy Kraft hörte aufmerksam zu, wartete ab. Genau wie Sven Tennat, denn er sollte bei ihrer geplanten Zangentaktik zunächst nicht eingreifen.

»Es gab am Dienstag Streit im Unternehmen«, warf Udo Melzig nach Wandts Worten in den Raum.

»Wer sagt das?«, fragte Tracy Kraft, die, wie erwartet, das Gespräch an sich nahm.

»Ihre Chefin«, sagte Michael Wandt.

»Sie ist nicht meine Chefin«, entgegnete Kraft sogleich. »Wir haben nur einen Investor, Herrn Tarasov, der sechzig Prozent der Anteile hält. Die nun wiederum seine Frau bekommt. Meines Wissens nach eines der wenigen Unternehmen, wo er allein die Anteile besaß. Und das Ehepaar stand kurz vor der Scheidung, vom Ehemann ausgehend. Das ist allgemein bekannt und stellt aus Ihrer Sicht gewiss so etwas wie ein Motiv dar.«

Udo Melzig, der rechts neben Michael Wandt saß, schrieb in seinen Notizblock, obwohl der Digitalrecorder lief. Ein paarmal drückte er dabei auf den Kugelschreiber, was er gern bei solchen Besuchen tat. Francis Morgan schien dieses Geräusch unangenehm zu sein, er starrte auf Kugelschreiber und Notizblock. Melzig registrierte das und ließ darum etwas ab, jedoch nicht dauerhaft.

»Und die anderen vierzig?«, fragte er.

»Zwanzig Prozent gehören mir und zwanzig Herrn Morgan. So ist der Deal.«

»Gewesen …«, vermutete Wandt.

»Immer noch.«

»Dadurch haben Sie keine Stimmmehrheit bei den Aktionären, was wohl am Dienstag zum Streit führte. Passierte das schon öfters?«

»Wir sind noch nie mit Herrn Tarasov aneinandergeraten«, antwortete Tracy Kraft gelassen.

»Aber Sie hatten wegen Ihrer Firmenausrichtung immerhin ein Treffen gehabt«, stellte Melzig fest.

»Nichts Ungewöhnliches«, befand Tracy Kraft.

»Aber die Tarasovs sind sonst nur zur Fashion Week in der Stadt, und erst letzte Woche haben Sie sich bestimmt in Peking getroffen«, sagte Michael Wandt. »Herr Morgan, vielleicht antworten Sie zur Abwechslung.«

»Ich habe nicht zugehört«, antwortete er unverblümt. »Entschuldigung.«

»Ich fragte eben, ob Sie …«

»Nein«, unterbrach Tracy Kraft sofort. »Herr Morgan hat nicht immer zugehört, als Herr Tarasov am Dienstag mit mir gesprochen hat. Herrn Morgan geht es nicht gut. Seit Tagen.«

»Frau Kraft, vielleicht könnten Sie kurz still sein«, bat Udo Melzig. »Kriminalhauptkommissar Wandt sprach soeben ganz gezielt Herrn Morgan an.«

»Aber Sie haben schon eine Ahnung, was Ihr Chef, verzeihen Sie, Ihr Hauptaktionär wollte?«, wandte sich Wandt erneut an Morgan.

»Eine preiswertere Zweitlinie einführen, woanders produzieren und mehr Accessoires bei den Kollektionen haben. Zum Beispiel.«

»Und machen Sie das?«

»Natürlich«, bestätigte Morgan, schüttelte aber gleichzeitig den Kopf.

»Und am 1. Mai vormittags? Was war da?«

»Wir hatten das Shooting am Tempelhofer Feld«, antwortete Tracy Kraft, als wäre Melzigs Bitte Genüge geleistet.

»Wo Sie beide ständig anwesend waren?«

»Teils«, sagte sie.

»Teils?«, fragte Melzig, während er Tracy Kraft scharf ansah und gleichzeitig die Mine seines Kugelschreibers wieder rein- und rausfahren ließ. »Was heißt das? Herr Morgan, am besten zunächst aus Ihrem Mund.«

»Frau Stan hat mich vorgestern nach unserem Geschäftstreffen mit Herrn Tarasov nach Hause gefahren, wo ich auch am gestrigen Morgen war«, erwiderte er und rieb sich die geröteten Augen, als würden sie brennen.

»Also Sie waren am 1. Mai nicht auf dem Tempelhofer Feld?«, fragte Wandt.

»Draußensein ist nichts für mich«, antwortete Morgen mit gesenktem Kopf. »Das haben Sie doch bestimmt bereits irgendwo über mich gelesen. Das weiß doch jeder.«

»Und Sie haben natürlich keine Zeugen für die gesamte Zeit?«, fragte Wandt.

»Wenn Ihnen Computeraktivitäten, Netzwerkdaten oder GPS-Handylokalisierung nicht ausreichen, kann ich damit nicht dienen.«

Melzig stand auf, nahm seinen Stuhl, drehte ihn um und setzte sich breitbeinig mit der Brust gegen die Rückenlehne. »Warum haben Sie nach dem Shooting den Nachmittag mit Sven Tennat verbracht?«, fragte er.

»Ich?« Morgan schaute überrascht auf.

»Nein, nun nicht Sie«, sagte Udo Melzig amüsiert.

»Mal was anderes«, sagte Tracy Kraft zu Morgan und zuckte mit den Schultern.

»Das klingt im Kontext des Mordes unglaubwürdig«, fand Wandt.

»Meinen Sie, ich bin so dumm?« Sie sah Wandt und Melzig erbost an.

»Oder klug«, gab Melzig zu bedenken. »Um teils ein Alibi zu haben, um eine andere Fährte zu setzen. Da gibt es aus unserer Erfahrung viele Varianten. Also …«

»Mein Handy war defekt, ich habe es heute Morgen zur Reparatur gebracht.« Sie stand angestrengt auf, um von einem Tisch einen entsprechenden Beleg zu holen. »Sie können das bei dieser Servicefirma meines Anbieters überprüfen. Ich hatte dadurch zu niemandem Kontakt. Und als ich Kommissar Tennat sah, entschied ich mich, an diesem Tag der Arbeit nichts mehr zu machen. Zumindest beruflich. Ich dachte, das soll so sein, das ist im Sinne des Zufalls. Und es war ein netter Zufall, ein netter Nachmittag, ja, das war er, meine Herren. Vielleicht der netteste Nachmittag, den ich seit langem hatte.«

Melzig beugte sich nach vorn und sah an Michael Wandt vorbei Tennat an.

»Das mit dem Telefon liegt im Bereich des Möglichen«, erhob dieser zum ersten Mal das Wort. »Es fiel vom Tisch. Und wie wir bereits wissen, konnte Catrinel Stan sie nicht erreichen. Ebenso wenig wie Francis Morgan.«

»Dessen Telefon auch kaputt ist?«, fragte Melzig.

»Nein, es war nur leise geschaltet.«

»Gut.« Wandt stand auf.

»Gut?« Francis Morgan schaute Udo Melzig an, der sitzen blieb.

»Ja, weil wir fürs Erste fertig sind und uns dann morgen in meinem Büro sehen. Einzeln. Zunächst Sie um acht und Frau Kraft um neun«, antwortete Wandt.

»Im Büro«, wiederholte Morgan und sah Tennat an. »Um acht?«

»Ja«, bestätigte Udo Melzig. »Oder gibt es irgendetwas, was Sie uns bereits jetzt mitteilen könnten, damit wir auf eine andere Fährte kommen? Vielleicht sind wir gar nicht so sehr wegen Ihnen beiden hier, sondern weil Sie um das weitere Umfeld von Herrn Tarasov wissen.«

Tracy Kraft schaute Francis Morgan an. Dieser registrierte es zunächst nicht. Als er ihren Blick doch bemerkte, da es plötzlich so ruhig im Raum war, nickte er, atmete durch, stand auf und ging zum Fenster.

»Tracy, meinst du nicht, dass wir diese eine Sache erklären sollten?«, fragte er für alle gut hörbar und als wäre es ihm gerade erst in den Sinn gekommen.

»Welche?«

»Die langfristige Geschichte mit den Briefen«, führte er aus.

»Es liegt ganz an dir«, antwortete sie. »Wäre Zeit, es endlich anzugehen. Soll ich …«

»Ja, tu es.«

Kapitel 10

Tracy Kraft musste nun sogenannte Beweisstücke aus ihrem Büro holen. Melzig setzte an, um mitzugehen, doch Wandt nickte Tennat zu. Dieser wahrte stets zwei Schritte Abstand. Lief nicht neben, sondern hinter Tracy den Flur entlang. Sprach kein Wort, atmete aber … ihren Geruch ein. Bei dem er bereits am vorigen Nachmittag gemeint hatte, er könne nicht allein durch Waschmittel, Körperpflegeprodukte oder Parfüm entstehen. Nun kam dieser Geruch ihm merkwürdig vertraut vor.

Aus zwei Schritten Abstand wurden drei. Sie erreichten ein großzügiges, helles Büro. Tracy Kraft schloss die Tür hinter sich. Und sah Tennat aus einem Meter Entfernung an, wollte etwas sagen, doch lächelte schließlich nur, fast verlegen, was er sich bei ihr zuvor kaum hatte vorstellen können.

Vielleicht ist sie gespalten, dachte er. Zwischen Beruf und Privatperson, so wie es auch bei Polizisten oftmals der Fall war.

Als Sven Tennat keine Miene verzog, ging sie zu einem Sideboard, auf dem sie die am Vortag in Neukölln gefundene Kaffeekanne zwischen zwei silbernen Obstschalen platziert hatte, als würde sie genau dort hingehören. Tracy Kraft ging in die Hocke, zog eine Tür auf, öffnete einen Einbautresor und griff zielstrebig nach einem großen schwarzen Pappumschlag.

Als sie das Büro wieder verlassen wollten, verharrte Tracy Kraft erneut an der Tür. Diesmal ohne Lächeln.

»Ich möchte Ihnen etwas sagen«, fing sie an.

»Ja, was denn?«, fragte Tennat und ging einen Schritt zurück, als würde er sie aus der Distanz besser verstehen können.

»Es tut mir leid.«

»Was?«

»Die Umstände unseres Kennenlernens.«

»Ich verstehe nicht.«

»Ich habe das ehrlich gemeint.«

»Was?«, wiederholte er.

»Ein schöner Nachmittag.«

»Nett sagten Sie vorhin. Nett.«

»Schön aber nun unter uns. Schön.«

Er stand da, sein Mund war leicht geöffnet. Er zögerte, unwillentlich, mit tausend Gedanken in seinem Kopf und versteinerter Hülle. Mensch, Tennat, sag mir, warum. Jetzt könnte ein Teil von dir etwas wagen. Und als er über eine passende Formulierung nachdachte, die ihr, die in ihrem Büro mit einer viel weicheren Stimme als drüben bei seinen Kollegen sprach, in ähnlicher Weise mitteilen könnte, dass er es auch nett, also schön fand … Da hatte dieses Vorhaben einen Moment zu lang gedauert. Tracy Kraft nickte, als würde sie verstehen, wandte den Blick von ihm ab, drückte den Türgriff und lief zurück zu seinen wartenden Kollegen. Tennat empfand es als das Klügste und Dümmste zugleich.

Zur Sachlage: Ein großer schwarzer Umschlag. Darin enthalten: zwölf DIN-A4-Kuverts mit jeweils einer einzelnen Seite. Die ausgeschnittenen Zeitungsbuchstaben besaßen dieselbe Typographie. Vielleicht sogar aus dem *Berliner Kurier*? Das musste überprüft werden. Auch ob es weitere Fingerabdrücke und DNA-Spuren außer denen von Tracy Kraft und Francis Morgans gab. Und ob diese Briefe nicht alle auf einmal fabriziert wurden, ohne bereits darüber zu spekulieren, von wem. Soweit man es auf den ersten Blick erkannte, besaßen sowohl das Papier als auch die Buchstaben eine typische graduell zunehmende Vergilbung. Nur konnte man diese Schriftstücke überhaupt Erpresserbriefe nennen?

Zunächst stand da bei jedem Schriftstück ein und dasselbe Zitat von Karl Lagerfeld: »Es gibt auch Menschen, die legen sich an den Strand und warten dort, dass die Inspiration zu ihnen kommt. Nur kommt die Inspiration nicht einfach an den Strand.« Alles in diesen einzeln ausgeschnittenen Zeitungsbuchstaben. Dann folgten das Wort »zwölftausend«, ein Datum, eine Uhrzeit und unterschiedliche, meist stark frequentierte Veranstaltungen wie etwa der Berlin-Marathon, die sich entweder wie dieser im Herbst oder im Frühling abspielten.

Es wurde allerdings mit nichts gedroht. Niemand wurde entführt, kein Geheimnis angedeutet. Es gab nur dieses Zitat, das Wort zwölftausend, ein Datum, die Uhrzeit und immer einen anderen Ort.

»Warum haben Sie die Kuverts nicht sofort zerrissen?«, fragte Michael Wandt.

»Wir bekommen viel Post, vor allem natürlich elektronisch, und normalerweise wird das alles mit Filtern oder eben per Hand selektiert«, erwiderte Tracy Kraft. »Schmähbriefe, Anfeindungen, wir sind ein Unternehmen, das polarisiert. Und damit meine ich nicht nur Herrn Morgan, sondern auch mich oder die Marke an sich. Erfolg schafft Neid. Doch diese Post ist schon einzigartig gewesen, geradezu kurios. Zumal sie immer wieder kam und wir nicht gezahlt haben. Aber man weiß ja nie …«

»Eben«, stimmte Tennat ein. »Aber sind Sie sich sicher, dass nicht gezahlt wurde?«

»Absolut habe ich niemals …«, lachte Tracy Kraft, als wäre der Gedanke völlig absurd. »Und Herr Morgan … Sehen Sie sich die Orte an. Er würde sich keineswegs freiwillig auf diese Massenveranstaltungen begeben.«

»Aber die Summe«, fuhr Tennat unbeirrt fort. »Sie entspricht exakt dem, was Thomas Kaufmann als Abfindung für seine Wohnung erhalten hat. Bevor er verschwand. In der Nacht, als ein

Francis Morgan am Abend zuvor wegen einer Fehllieferung der letzte Kunde in diesem Bioladen war.«

»Meine Herren, das ist reiner Zufall. Ich kann mich nur wiederholen, dass …«

»Lass gut sein«, unterbrach Francis Morgan sie. »Ich habe es getan.«

»Was?«, fragte Udo Melzig und schaute sofort, ob das Aufnahmegerät ordnungsgemäß lief.

»Bezahlt«, entgegnete Francis Morgan für seine Verhältnisse recht laut. »All die Jahre. Nur nicht vorgestern Abend.« Er wurde leiser. »Beim Tanz in den Mai. Am Mariannenplatz.«

»Hier liegt aber kein Brief mit einem derartigen Ort«, fiel Wandt auf, der erneut die ausgebreiteten Schriftstücke überflog.

»Wie auch«, entgegnete Morgan. »Zum ersten Mal wurde einer auf meinen Hof geworfen.«

»Und den haben Sie nicht dabei«, vermutete Udo Melzig.

Morgan nickte.

»Und bezahlt haben Sie ebenfalls nicht.«

Morgan nickte wieder.

»Weil Sie im Biomarkt ein Gespräch mitbekamen«, ergänzte Sven Tennat. »So war es doch, Herr Morgan. Sie haben die Summe zwölftausend gehört und konnten nicht anders, als das eine mit dem anderen zu verbinden. Und darum sind Sie an jenem Januarabend doch nicht direkt nach Hause gegangen.«

»Das hat er nie behauptet«, warf Tracy Kraft ein. »Wenn ich mich recht erinnere. Also haben wir keine Falschaussage.«

»Ist schon gut, Tracy, auch wenn du da recht hast«, sagte Francis Morgan. »Trotzdem war ich bei Herrn Tennats Besuch im Februar nicht ganz ehrlich. Denn ich konnte mich sehr gut an Thomas Kaufmann erinnern. Und auch an seine Kollegin.«

Die Kommissare horchten auf, als es um Patricia Tennat ging. Morgan nahm nun zum ersten Mal die Kapuze ab, als er hätte er diesbezüglich nichts zu verbergen. An jenem Samstagabend im Januar hatte er ebenso unbeweglich dagestanden, nur nicht am Fenster mit einer Hand am Vorhang wie jetzt, sondern mucksmäuschenstill hinter einem Getränkeregal mit einer Flasche Wasser in der Hand.

Er begann zu reden: Als er um halb zehn Uhr abends auf der Straße lief, dachte er noch, wie absurd es sei, um diese Uhrzeit wegen eines schlechten Kundenservice hinauszugehen. Doch er war eine Stunde zuvor am Telefon von einer Ladenangestellten ausdrücklich dazu aufgefordert worden. Also ging er hin, um das vor Ort zu klären.

Das gewünschte Wasser befand sich in Augenhöhe, und die Markteinführung schien gut zu funktionieren, es gab nur noch eine einzige Flasche. Morgan griff nach ihr und hielt sie sich wie gewohnt an die Stirn, als käme sie aus seinem Kühlschrank. Er wollte kurz Kraft tanken, um danach mit dem Personal zu klären, warum sie ihm das alte Wasser geliefert hätten und ob noch Flaschen von dem neuen im Lager wären. Da bekam er dieses Gespräch unter den Mitarbeitern mit und hörte zu, denn die Nennung einer Summe von zwölftausend hatte ihn aufhorchen lassen.

Da war dieser Junge, der wie viele in Friedrichshain aussah. Er trug unter seinem grünen Kittel ein bis zu den Ellenbogen hochgekrempeltes, zerknittertes und derart oft gewaschenes rotes Hemd, dass die Farbe gen Rosa tendierte. Auf seinen Unterarmen prangten umso leuchtender Tattoos, unter anderem rote Sterne, ein Motiv, das bei Francis Morgan immer wieder mal in Kampagnen oder als Print auf Basics auftauchte. Thomas Kaufmann trug einen Vollbart; Francis Morgan war das erste Label gewesen, das eine Show nur mit bärtigen Männern veranstaltete, bevor es andere Marken ebenfalls taten. Einige Models hatten damals auch wie Kaufmann einen schräg geschnittenen Pony, Flesh Tunnels im Ohrläppchen und Hornbrillen auf, jene Mischung aus betont cool und leicht intellektuell, die momentan gefragt war und bald wieder passé sein würde. Andererseits schien er nicht den puren Hedonismus seiner Altersgenossen verfallen zu sein. Kaufmanns Bewegungen wirkten verkrampft nicht allein durch den engen Kassenbereich. Gewiss strahlte er Attraktivität aus, doch er befand sich mit seinen Gedanken ganz woanders. Nicht hier. Nicht bei seiner Kollegin, die unter ihrem grünen Kittel ein weißes Longsleeve, schlecht sitzende Bluejeans und an den Füßen zerschlissene türkisfarbene Chucks trug. Dabei trieb Patricia Tennat das Gespräch ständig voran, gab nie richtig auf und schien sich besonders stark für Geld zu interessieren. Es war aber nichts bei Thomas Kaufmann zu holen, weder emotional noch sonst wie, was sie wohl irgendwann begriff.

Da sonst keine anderen Beschäftigten im Laden arbeiteten, nahm Morgan an, dass Patricia Tennat es gewesen war, die ihn am Telefon auf die Öffnungszeiten verwies. Doch die Fehllieferung war ihm mittlerweile egal geworden, es war doch nur ein Wasser. Viel wichtiger erschien ihm, dass allzu offensichtlich ein Gespräch vor einem Kunden geführt wurde. Zu dem Thomas Kaufmann regelmäßig hinsah, während Patricia es vermied. Hatte er vielleicht bewusst eine Fehllieferung erhalten? Welcher der beiden Angestellten war an dieser Fehllieferung Schuld? Vielleicht waren es aber auch beide, die dieses Theater inszenierten. Trotzdem tippte Francis Morgan zunächst auf den Jungen. War es im Nachhinein ein Fehler gewesen, dass ihm in diesem Moment Patricia Tennat unwichtiger vorkam.

Im Biomarkt setzte er, als sie im Lager verschwand, einfach einen Fuß vor den anderen. Bei jeder Bewegung zur Kasse wurde Francis Morgan klarer, dass dies kein Zufall sein konnte. Doch der Junge tat ahnungslos. Er erkannte Francis Morgan angeblich nicht, obwohl dieser kurz seine Kapuze aus dem Gesicht zog. Dabei war sein Gesicht seit einigen Jahren von diversen Fashion Weeks stadtbekannt. Thomas Kaufmann schaute aber nur nach unten auf seine Kasse und suchte als Wechselgeld für einen Fünfziger einen Zwanziger, einen Zehner sowie zwei Fünfer, um wohl den Kassenbestand an sämtlichen Scheinen zu wahren, obwohl gleich Ladenschluss war und es doch wegen seiner geplanten Reise sein letzter Arbeitstag war.

Das war mehr als auffällig, dachte Francis Morgan, und ging nach Verlassen des Bioladens gleich in die gegenüberliegende Bankfiliale auf der Warschauer Straße. Tausend Euro Tageslimit ließen sich am Geldautomaten abheben. Er hatte zwar zu Hause noch Bares im Tresor, doch nicht in seinen Taschen. Es ärgerte ihn aber nicht wirklich, er wollte persönlich klären, ob er sich irrte oder seine Vermutung zutraf.

Also stellte er sich in einen Hausflur gegenüber dem Bioladen. Eine Viertelstunde später verließ Kaufmann den Seitenausgang und schloss umständlich ab. Patricia Tennat stand neben ihm. Kaufmann trug einen alten Bundeswehrparka, dazu einen selbstgestrickten Schal mit bunten Kringeln. Patricia hatte einen dünnen, glitzernden Windblouson an, der eher für den Frühling gedacht war. Sie rieb sich fröstelnd über die Ärmel und redete wieder eifrig auf Kaufmann ein. Mehrmals machte sie mit der Hand eine Trinkgeste. Kaufmann schaute in den Himmel, nickte und verstaute den Schlüssel in seinen Parka. Dann hob er lässig die Hände in die Luft, als würde er damit sagen wollen, dass es keinen Sinn hätte.

Patricia stellte sich daraufhin auf Zehenspitzen, um Kaufmann auf die Wange zu küssen. Der Junge wirkte wieder recht steif, ließ ihre kurze Umarmung mit verschlossenen Augen über sich ergehen und schaute ihr nach, wie um sich zu vergewissern, dass sie auch endlich ging.

So sah das zumindest für Francis Morgan aus. Er folgte Thomas Kaufmann auf seiner Route, die wieder dorthin führte, wo er selbst herkam. Allerdings bogen sie nach der Hälfte der Revaler

Straße auf die Modersohnbrücke ab, um fünf Minuten später in das einzige noch unsanierte Haus der Rotherstraße zu verschwinden, die Nummer 28. Hintereinander. Morgan blieb kurz vorn stehen. Kaufmanns Schritte führten über den Hof zum Hinterhaus. Die Treppen knarrten bis unters Dach. Gelogen hatte der Kassierer mit der Sanierung nicht. Auf dem Hinterhof befanden sich Betonmischer, mit Plastikfolie abgedeckte Zementsäcke und ein großer Haufen Kies. Morgan leuchtete mit seinem Telefon ins Treppenhaus und lief hinauf in den dritten Stock, in eine leerstehende Wohnung, die direkt unter Kaufmanns liegen musste. Er setzte sich in einen Sessel und hörte den Schritten über sich zu. Kaufmann legte in mindestens zwei Öfen Kohlen auf, einer davon befand sich anscheinend im Badezimmer, wenn die Wohnungen im dritten und vierten Stock denselben Schnitt besaßen. Vermutlich für Warmwasser, als wenn er baden wollte. Ja, er hatte von abgestelltem Strom und Gas gesprochen, Wasser funktionierte noch. Doch wollte er sich waschen, um wirklich noch auszugehen?

Beim Gedanken an Patricia Tennat fiel Francis Morgan ein, wie sie behilflich sein konnte. Er musste mit dem Jungen reden. Er nahm den letzten Schluck vom gekauften Wasser und erklomm die Stufen zur letzten bewohnten Wohnung im Haus. Ein Mao-Zedong-Aufkleber zierte das Guckloch. Mit dem Zeigefinger stach Morgan ein Loch hinein. Schmaler leerer Flur. Ochsenblutrote Dielen. Am Rand viele dicke Kerzen, ein dicker, anscheinend bereits gepackter Backpacker-Rucksack, eine Isomatte und anderer Kram. Morgan klopfte, doch es kam keine Reaktion. Dann suchte er in seinem Handy Patricias Klingelton, den er im Laden gehört hatte, ein Lied von Modeselektor, einer Berliner Elektroband, die Tracy erst die Woche zuvor für ihre Show bei der nächsten Fashion Week gebucht hatte.

»Patricia?«, rief Kaufmann. »Patricia? Das kannst nur du sein. Warum kannst du nicht einfach …«

Kapitel 11

Die Kommissare und Tracy Kraft starrten Francis Morgan an. Erwarteten, dass er weitererzählte. Doch Francis Morgan schien seine Geschichte beendet zu haben. Er stand noch immer am Fenster, ließ nun den Vorhang los und schaute sie alle nacheinander an.

»Und dann?«, fragte Michael Wandt als Erster.

»Ich bin rein, habe ihn zur Rede gestellt, legte mein ganzes Bargeld auf den Tisch, damit die Sache endlich vorbei ist, und bin anschließend nach Hause gegangen.«

»Auf den Tisch?«, fragte Tennat.

»Eine Platte auf zwei Böcken.«

»Gab es sonst noch Möbel?«

»Was man so Möbel nennt. Stuhl, Regal. Was weiß ich.«

»War die Wohnung geputzt, roch es frisch?«

»Eher nach Kohlen, da alle Öfen angefeuert wurden.«

»Wann waren Sie zu Hause?«

»Gegen halb zwölf.«

»Und haben Sie hier Zeugen für den Nachhauseweg?«

»Ich meide Kontakt. Das wissen Sie doch nun.«

»Aber nicht wenn es um die Summe zwölftausend geht«, befand Udo Melzig und ging auf Morgan zu. »Diese Zahl muss Sie ja schon äußerst stark bewegen. Sowohl in den Briefen als auch aus dem Mund eines Kassierers.«

»Leider haben Sie da recht.«

»Warum?«

Morgan zuckte mit den Schultern, schob seine Kapuze wieder auf den Kopf und schaute aus dem Fenster.

»Und dann blieben Sie nach jenem Abend zu Hause?«, fragte Michael Wandt.

»Ja, einige Wochen. Ich habe gearbeitet.«

»Einige Wochen?«

»Ich habe gearbeitet.«

»Also gegen Mitternacht waren Sie nicht mehr bei Thomas Kaufmann?«, hakte Tennat nach, der sich nun zu Morgan stellte.

»Gegen elf machte er die Tür auf. Dann blieb ich vielleicht eine Viertelstunde. Warum?«

»Seine Armbanduhr blieb genau um kurz nach zwölf stehen. Vermutlich gewaltsam, denn das Glas war gesprungen.«

»Nicht meinetwegen, ich habe ihm nichts getan«, sagte Francis Morgan und verschränkte seine Arme. »Obwohl er ja alles immer wieder geleugnet hat. Tat so, als würde er überhaupt nichts kapieren. Wollte mich für dumm verkaufen. Meinte, er habe noch nie was von mir gehört, er interessiere sich nicht für Mode. Und dann seine Tattoos, diese teure Uhr, die zwölftausend …« Er stockte und ging in den Raum.

»Das sollen wir Ihnen glauben?«, fragte Michael Wandt, der ihm nun am nächsten stand. »Sie finden denjenigen, der sie Ihrer Meinung nach erpresst und dann geben Sie ihm noch mal tausend Euro obendrauf?«

»Natürlich«, sagte Tracy Kraft. »Warum sollte Herr Morgan all das sonst erzählen?«

»Sie halten sich mal jetzt schön raus«, zischte Melzig.

»Hören Sie mal …«, versuchte Tracy Kraft sich bei Michael Wandt zu beschweren, doch Francis Morgan selbst unterbrach ihren Versuch.

»Es gibt Wichtigeres als Geld«, meinte er.

»Ich nehme an, Sie meinen Arbeit zum Beispiel«, vermutete Tennat und befühlte nun selbst den Vorhang, ein wirklich schöner Stoff mit einem Rot, das man wohl auch Ochsenblutrot nennen konnte. »Schließlich sind Sie nicht gerade für teure Hobbys oder soziale Aktivitäten bekannt. Und auf Ihre Arbeit zielen doch auch die Zitate ab. Zweimal kommt das Wort Inspiration vor, und ist es nicht das, wovon Designer viel sprechen oder wonach sie zumindest ständig gefragt werden? Woher kommen Ideen, woran orientiert man sich, gibt es eine Vision, gar eine Muse … All das taucht doch auch in der Berichterstattung über das Label auf. Sie sind das Mysterium der Branche und halten sich immer zurück. Genau darum geht es doch in dem Zitat bei den sogenannten Erpresserbriefen.«

»Das machen wir bewusst so«, sprang Tracy Kraft ein, als könnte sie nicht anders. »Das gehört zur Firmenpolitik. Wir sprechen zu neunzig Prozent vom Handwerk und inszenieren den Rest rein visuell. Philosophie überlassen wir Kritikern oder am besten den Kunden selbst.«

Melzig drückte genervt auf seinen Stift.

»Nun, gut«, sagte Francis Morgan und streckte seine Arme in Richtung Michael Wandt aus. »Wollen Sie mich direkt mitnehmen?«

»Wohin?«, fragte dieser verwundert.

»Werde ich nicht verhaftet?«

»Wegen Falschaussage, als Kommissar Tennat im Februar bei Ihnen im Atelier auftauchte? Das waren keine offiziellen Ermittlungen. Zudem liegt bisher keine Straftat gegen Thomas Kaufmann vor.«

»Bekomme ich dann Polizeischutz?«

»Weswegen das denn?«, fragte Melzig.

»Ich werde bedroht.«

»Von wem?«

Morgan zeigte auf die Briefe.

»Da wird mit nichts gedroht«, stellte Michael Wandt trocken fest.

»Aber jemand ist umgebracht worden«, fügte Morgan hinzu und sah etwas hilflos seine Managerin an, die sich aber zurückhielt.

»Das eine hat mit dem anderen nicht eindeutig etwas zu tun. Und noch kann es sich bei Herrn Tarasov um Selbstmord oder einen Unfall handeln«, beharrte Wandt.

»Bestimmt ist Ihnen klar, welchen Stellenwert unser Unternehmen in Berlin hat«, warf Tracy Kraft wieder ein. »Wir müssen Herrn Morgan schützen, wenn er es wünscht.«

»Darüber habe ich heute Morgen ausführlich mit unserem LKA-Leiter gesprochen«, unterbrach Wandt. »Glauben Sie mir, wir fassen Sie bereits mit Glacéhandschuhen an. Ich persönlich sehe aber jetzt von weiteren Sonderbehandlungen ab. Was sich natürlich ändern kann, wenn Herr Morgan uns verrät, warum er bezahlt hat. Dann können wir die Situation besser verstehen.«

»Ich kann dazu nichts sagen«, antwortete der Designer.

»Warum nicht?«, fragte Tennat. »Sie hätten dann vielleicht bald Ruhe vor uns. Ebenso vor diesen Briefen.«

»Das ist unmöglich. Da müssen Sie mich eben doch verhaften.«

»Sie bekommen aber keine Einzelzelle«, fügte Udo Melzig dem hinzu.

»Selbst dann.«

Da Francis Morgan sich beharrlich über seine Gründe ausschwieg, kamen sie auf die Umstände am 1. Mai zurück. Sie liefen durch die Büros und befragten jeden Mitarbeiter einzeln. Wie sich bald herausstellte, hatte Tracy Kraft kein lückenloses Alibi für die Tatzeit. Als CEO, Chief Executive Officer, kam sie erst im Laufe des Vormittags auf das Tempelhofer Feld, was nicht nur erneut Catrinel Stan bestätigte. Stan war die Nummer drei im Unternehmen, wenn man die Tarasovs herausnahm, genauer gesagt, CCO, Chief Customer Officer, wie das Schild an ihrem Büro verriet. Keine Sekretärin, keine Putzfrau. Sie schien vor allem als Ansprechpartnerin für Francis Morgan zu fungieren, stand ihm tendenziell näher als Tracy Kraft, wie Praktikanten meinten, und besaß für den 1. Mai auch kein lückenloses Alibi, da sie ging, als Tracy Kraft kam.

Nur warum sollten ausgerechnet jene drei Personen den Toten fotografiert und an den *Berliner Kurier* weitergeleitet haben? Derartige Schlagzeilen waren für das Label wenig vorteilhaft. Und trotz vieler Ungereimtheiten bestand vor allem bei Francis Morgan bis zu diesem Zeitpunkt wenig Fluchtgefahr.

Obwohl es gerade bei ihm zu Hause ungemütlich wurde. Wieder zu dritt, denn der Erste Kriminalhauptkommissar Wandt wollte dabei sein, fuhren die Kommissare wegen des letzten Erpresserbriefs mit Francis Morgan auf der Rückbank zu seinem Atelier. Die Bagger hatten inzwischen fast alle Gebäude in der Straße abgetragen, in der Tennat bereits im Februar mit seinem Wagen gestanden hatte. Auch hier sollten neue Wohnungen entstehen, ein saniertes, belebtes Karree.

Im Atelier arbeitete Francis Morgan trotzdem unbeirrt weiter, wie Tennat sofort feststellte. Die zahlreichen Kleiderpuppen trugen eine vollkommen neue Kollektion. Melzig entdeckte ein schmales Metallklappbett in der hintersten Ecke des großen Raums. Jemand, der sich ganz anderes leisten konnte, schlief hier? Ja, das tat Herr Morgan, bestätigte Tennat, und in der winzigen Küche, die nur über einen Herd mit zwei Kochfeldern verfügte, stand die Duschkabine. Mehr brauchte der Designer nicht. Bis auf seinen enormen Kleiderschrank.

Der letzte Erpresserbrief, den Francis Morgan dann vorlegte, wies wieder dieselbe Aufmachung auf, beinhaltete allerdings diesmal ein neues Zitat von John Galliano: »Nachlässigkeit ist etwas Unschönes. Es sei denn, sie ist bravourös inszeniert.«

Tennat deutete es auf Anhieb, indem er die erste Zeile auf jenen Abend im Januar bezog. Francis Morgan war nachlässig gewesen, weil er auf die Straße, zum Bioladen oder auch zu Thomas Kaufmann Wohnung gegangen war.

»Zwölftausend«, sagte Michael Wandt. »Immer zwölf. Trotz des neuen Zitats. Ich nehme an, dass es dem Verfasser nicht nur um Geld geht, wie Herr Morgen vorhin schon selbst festgestellt hat. Was immer auch im Januar passiert sein mag, es veränderte nicht den Betrag, sondern nur die Beurteilung.«

»Ja, die Summe ist eher wie eine Art regelmäßiger Lohn«, überlegte Melzig. »Oder wenn man es auf das Geschäft bezieht, eine Art Lizenz oder Kickback. So heißt das doch?«

Er sah zu Tennat. Der nickte.

»Haben Sie eine Ahnung, Herr Morgan, wofür?«, wandte sich Melzig an den Designer. »Der Grund scheint doch vor dem Start Ihrer Karriere zu liegen, wenn Sie bereits seit sieben Jahren erpresst werden.«

»Seit sechs«, erwiderte er umgehend. »Also seit meinem Start vor zwölf Saisons.«

»Ja, eben. Es muss also davor irgendetwas …«

»Ich weiß jetzt vor allem, dass der Erpresser meine Adresse weiß«, stellte Morgan aber fest. »Das liegt doch auf der Hand, wenn zuvor die Briefe an die offizielle Adresse gingen und nun auf den Hof meines Ateliers geworfen werden. Nicht viele kennen diesen Ort. Frau Kraft, Frau Stan und …«

Alle warteten, was er sagen würde.

»Die ehemalige Modebloggerin und ehemalige Bioladenangestellte Patricia Tennat sowie ihr Bruder«, ergänzte Udo Melzig. »Das wollen Sie doch andeuten, oder? Die Tennats kennen Ihre Adresse.«

Francis Morgan zuckte mit den Schultern. Sah Sven Tennat an. Melzig und Wandt taten es auch.

Kapitel 12

Wäre Patricia vor die Wahl gestellt worden, hätte sie sich nur schwer entscheiden können. Schließlich stellten Kai und Mark von den zahlreichen Chat-Anfragen, die ausgerechnet in diesem Frühjahr kamen, als gleichermaßen süß heraus.

Kai hatte etwas von einem Oxford-Studenten, er trug für ihren Geschmack eigentlich zu spießige Klamotten von Burberry, Cos, Tommy Hilfiger und einen Kurzhaarschnitt, schien Patricia aber mental besonders gut zu verstehen. Egal wie mies sie drauf war, Kai fand stets passende Worte, als würde ihn sein Mainstream-Dasein vollkommen erden. Dadurch lernten sie sich sehr schnell sehr intensiv kennen. Sie schwebte irgendwo oder befand sich in einem Loch, und er war die rettende Mitte. Es passierte auch ausgerechnet in der Woche, in der Sharvi verschwand und sie sich bei Sven einquartierte. Ihre damalige Gefühlswelt war an einem Tiefpunkt, der sich bereits im letzten Jahr angedeutet hatte und sich in ungeahnter Weise noch steigern sollte. Genau da kam die Anfrage von Kai wie aus dem Nichts, und gleich in den ersten Sätzen erahnte er Patricias Befinden. Als sie von Sharvis Verschwinden erzählte, tröstete sie Kai mit den Worten, dass ihr niedlicher Hund bestimmt bald zurückkommen würde, er wüsste das einfach, da er selbst so einen kleinen Jack Russell Terrier besäße, der bei längeren Spaziergängen gern mal verloren ginge. Da wäre nichts zu machen, das läge am Temperament der Tiere. Das wäre für ihn manchmal unpassend, denn er arbeitete als Bankkaufmann Vollzeit, studierte am Abend berufsbegleitend Betriebswirtschaft und hätte nicht nur dadurch extrem viel zu tun. Da wären solche Suchaktionen mitten in Mainhattan nervenaufreibend, aber er liebte nun mal seinen kleinen Köter und Karriere müsste ebenfalls sein. Kai überlegte, nach dem Master von Frankfurt nach Berlin zu ziehen, um sich hier mit einer neuen Geschäftsidee im Finanzsektor selbständig zu machen. Wenn alles lief, müsste er dann von zu Hause aus nur drei Stunden am Computer arbeiten und hätte den Rest des Tages frei. Für seinen Hund und seine Familie, die er sich noch aufbauen müsste.

Mark war hingegen hinreißend frech und wenig zielstrebig, eher ein typisch cooler Hamburger. Mark hatte keine abgeschlossene Ausbildung, war nur Scheinstudent, spielte dafür in diversen Musikprojekten Gitarre, probte dadurch fast jeden Abend mit seinen Bands bis tief in die Nacht und schlief dann bis in den Nachmittag hinein wie Patricia. Geld besaß Mark auch nicht viel, dafür umso mehr Sarkasmus. Mit niemand ließ sich so gut über TV-Formate wie »Shopping Queen« oder »Germany's next Topmodel« lästern. Er hatte ein brillantes Auge, kannte fast jeden Film, jede Serie, jede Band, und wenn sie chatteten, ging das total gut hin und her. Zwischendurch wurde Mark manchmal anzüglich, so versteckt und doppeldeutig, was Patricia ebenfalls gut gefiel. Dann betrachtete sie neben dem Chat seine Fotos, die er immer wieder neu einstellte. Also dafür, dass Mark viel vorm Fernseher abhing, ordentlich Bier bei Bandproben trank und von Sport nichts hielt, war das ein ziemlich gut gebautes Kerlchen.

Trotzdem hatte Patricia bis zu diesem Zeitpunkt weder Kai noch Mark etwas über Tom erzählt. Das ging beide nichts an, auch wenn sie in unterschiedlichen Aspekten stark an ihn erinnerten und manchmal fragten, warum eine so tolle Frau wie sie nicht einen festen Freund besäße.

Tom war aber Tom, und Tom war tot.

Ebenso verhielt es sich mit Patricias früherem Leben, wenn man von sozialen Netzwerken absah, wo sie sich durch Virtualität verstellen konnte und nicht die reale Last des Lebens zu spüren bekam. In ihrem Bett. Wenn Wolken aufzogen, da ihre Tage eine neunzigprozentige Regenwahrscheinlichkeit besaßen. Selbst wenn es im Wetterbericht hieß, dass draußen auf der Karl-Marx-Allee dreißig Grad im Schatten wären, fühlte sie eine innere Eiseskälte, wie sie es von früher her an Tagen nach zu viel Party kannte. Sie fühlte sich leer, ausgebrannt und war doch eine einzige Emotion.

Dabei ging sie nicht mehr aus. In ihrer Dreier-WG plus Jack Russell Terrier bekam sie auch keinen Besuch, der sie verleiten könnte, weder von einer alten Clubbekanntschaft noch von einer Jugendfreundschaft, mit denen es einmal wirklich echte Gemeinsamkeiten gegeben hatte außer Konsum von aufputschenden Substanzen.

Bereits letztes Jahr hatte sich diese Abschiedstournee angekündigt, als ihre beiden langjährigen Untermieterinnen auszogen, die eine zu ihrem Freund, die andere aufs Land in ein alternatives Wohnprojekt. Patricia hatte ebenfalls den Wunsch nach Veränderung durch ein anderes Umfeld verspürt. Und wieder mal mehr Geld gebraucht. Darum vermietete sie seit Oktober zwei möblierte Zimmer ihrer Wohnung an Erasmus-Studenten, was die gesamte Miete plus ein kleines Taschengeld deckte sowie den Vorteil bot, mit den höchstens ein Jahr anwesenden Studenten nicht allzu viel kommunizieren zu müssen. Wenn Patricia nicht wollte. Und seit spätestens Januar wollte sie gar nicht mehr. Auch nicht mehr arbeiten.

Ihre stets verschlossene Zimmertür wurde nur für Sharvi geöffnet, der rosafarbene Vorhang am Fenster beim Bett blieb selbst am Tag zugezogen. Alles nervte. Jeder Lichtstrahl von draußen, jedes Heulen einer Feuerwehrsirene. Erst recht das Geschrei in der Wohnung, wenn die spanische Mitbewohnerin telefonierte oder in der Küche mit der Italienerin in einem Durcheinander aus Englisch und Deutsch gegenseitige Schleimereien austauschte, als wären sie *best friends forever*, richtige Busenfreundinnen, nur eben mit kleinen spitzen Titten. Und dann der Geruch ihrer fettigen und stark knoblauchlastigen Gerichte, wenn sie abends in kurzen Höschen ausgiebig kochten. Oder das Lachen, wenn beide Freunde einluden, was sie gern taten. Sie brauchten nicht einmal Alkohol, um bis tief in die Nacht alle paar Minuten in hysterisches Lachen auszubrechen. Aus purer Lebensfreude. Und dann quatschten sie weiter über Projekte, das coole Berlin oder ihr erfolgreiches Studium. Das war noch unerträglicher als ihre langen pechschwarzen Haare, die den Abfluss von Dusche und Waschbecken verstopften.

So hatte sich Patricia früher nicht gefühlt. Zumindest nicht dauerhaft. So hasserfüllt. Mit gleichzeitiger Scham über sich selbst.

Deswegen verließ die Hauptmieterin nur ihr Zimmer, wenn sie wusste, dass sie allein in ihrer Wohnung war. Sie ging ins Bad und in die Küche, schaute, ob alle Herdplatten aus waren, prüfte in den anderen Zimmern, ob auch nirgendwo eine Kerze brannte, führte anschließend Sharvi Gassi, kaufte sich Essen, Wein und gelegentlich ein paar Gramm Gras bei einem Dealer im Hochhaus an der Weberwiese. Ansonsten lag sie auf ihrem Bett. Wenn es gut war, stillgelegt. Sie betrachtete abwechselnd den meistens stumm geschalteten Fernseher, ihren Laptop, aufgewirbelten Staub oder das ganze Chaos drumherum. Die Kleiderhaufen, Berge aus Lebensmittelverpackungen und altem Geschirr, Büchertürme mit Autoren wie Sibylle Berg oder Michel Houellebecq.

Als Sharvi wieder auftauchte, hatte es in ihrem knapp dreißig Quadratmeter großen und ursprünglich sehr schönen Zimmer noch anders ausgesehen. Natürlich nicht supersauber und aufgeräumt, aber eben so, wie Sharvi es kannte, zu fünfzig Prozent okay. Ungewohnt zögerlich tapste Sharvi dennoch ins Zimmer und beschnupperte misstrauisch jedes Objekt. Er sprang auch nicht aufs Bett, leckte keinen alten Teller ab, sondern schaute Patricia nur unsicher an, wie sie fand. Erst als sie in eine Ecke eine weiche Decke hinlegte, machte er es sich bequem. Um direkt einzuschlafen. Ohne zu schnarchen. Selbst als Patricia ganz nahe heranging, hörte sie kaum seinen Atem. Sharvi roch auch nicht mehr aus dem Maul. Dafür duftete sein Fell, weswegen sie Sharvi, als er nach seinem ersten Nickerchen aufwachte, ins Badezimmer trug. Sie wählte ein Deodorizing Shampoo, das Eigengerüche durch Speisesoda neutralisieren und durch Fruchtessenzen überdecken sollte. Trotzdem roch Sharvi nach dem Bad noch immer komisch, als wäre nicht nur das Fell, sondern jede Pore durchdrungen. Es war wie mit dem Geruch aus Toms Wohnung, der Patricia verfolgte.

Trotzdem streichelte sie natürlich ihren ergrauten Hund, der bereits dreizehn Jahre auf dem Buckel hatte, und bald schlief er auch wieder mit ihr im Bett. Doch er war ihr manchmal fremd, wie sie sich selbst. Sie spürte auch, dass Sharvi nicht mehr viel Zeit blieb. Wie ihr. Wie allen Lebewesen. Das Ziel eines Lebens war stets der Abgang. Und vermutlich würde sich bis dahin auch nichts ändern, dachte Patricia. Alles, was gefühlt werden konnte, hatte sie gefühlt. Nichts Neues konnte mehr kommen. Nur mehr Schmerz. Und von einer Sekunde auf die andere wäre sie dann weg. Eigentlich hatte sie noch vorgehabt, etwas Besonderes zu denken, zu sagen, doch es fiel ihr nie ein, lag ihr nur auf der Zunge, die trocken geworden war und bald völlig zu Staub zerfallen würde, den andere Tiere wiederum essen würden.

Es blieb ihr eigenes physisches Hungergefühl, als wollte Patricias Körper sich gegen diese Denkart wehren. Virtuelles Glück mit Kai und Mark reichte ihr nicht. Real war dieses Loch im Bauch, vor allem nachts. Seit Januar ging alles bergab und nur ihr Gewicht bergauf. Im letzten halben Jahr hatte sie pro Monat mindestens ein Kilo zugenommen, und wenn sie jetzt in den Spiegel sah, also wenn sie es sich antat, erkannte sie sich kaum wieder. Ihr Spiegelbild glich nur noch wenig den Fotos ihrer Dating-Profile, und deswegen gab sie dort inzwischen in der Kategorie Figur nicht mehr »athletisch« oder »schlank« an, sondern »sportlich«, das ließ Spielraum, schließlich waren Gewichtheberinnen ebenfalls Sportler. In der Rubrik Beruf klickte Patricia »freischaffend« an. Bei Lebensmotto: »Mal so, mal so.« Oder: »Egal wofür, ich bin dagegen.« Und überhaupt war alles gar nicht zum Lachen.

Wer war Patricia Tennat? Der vertrocknete Kaktus hinter den zugezogenen Vorhängen? Das Mädchen mit dem Kapuzenpulli, das zweimal am Tag ihren Hund um den Block Gassi führte und ab und zu nachts im Schutze der Dunkelheit einen Spaziergang zum Dealer im Hochhaus an der Weberwiese absolvierte? Manisch, bipolar, depressiv, wie unterschiedliche Therapeuten unterschiedlich diagnostizierten? Ein Monster mit geröteten Augen und fettigem Haar? Selbst unter den Achseln oder zwischen den Beinen hatte sie sich seit Wochen nicht rasiert. Oder war sie alles? Oder nichts? Oder einfach nichts für diese Welt? So sah das doch aus – als es nach einem ungewöhnlich langen und harten Winter, der die Klimaforscher verwunderte, der Frühling übersprungen wurde und wie per Knopfdruck die Affenhitze kam. Und Sven anrief.

Sie trafen sich auf der Karl-Marx-Allee unweit ihrer Wohnung im *Café Sibylle*, das nach der alten DDR-Modezeitung benannt war, sozusagen der Ost-*Vogue*, welche aber nach der Wende pleitegegangen war.

Sharvi lag in diesem Café, wo meist ältere Gäste aus der Gegend und wenig Touristen anzutreffen waren, brav unterm Tisch. Sven baute das Gespräch klassisch auf. Er fragte zunächst, wie es ihr gehe, was sie so mache, ob sie den Sommer genieße. Sie antwortete darauf: »Gut, nichts, nein.«

Er schaute sie an, wie er es nur in gewissen Momenten tat. In Patricias Teenagerzeit war es bei schulischen Auseinandersetzungen vorgekommen oder wenn sie nachts einfach nicht nach Hause gekommen war. Zuletzt hatte Sven so geschaut, als Patricia bei einem Elektro-Festival ihr Geld, ihre Freunde, ihren Ausweis und wegen schlechter Pillen sich selbst verlor. Das war aber mindestens zwei Jahre her.

Nun tat er es wieder und ließ davon nicht ab. Er kam auf die Angelegenheit von Januar zu sprechen und zog gleichzeitig eine Parallele zu den Ereignissen vom 1. Mai. Er musste, sagte er, er musste. Ja, er musste, dachte Patricia, es stand in der Presse. Sie schwieg, da er keine Frage stellte. Sven erzählte, dass Juri Andrej Kirill Tarasov erhebliche Mengen an Barbituraten, GBL, Benzodiazepinen, Neuroleptika, Ketamin, Scopolamin und Atropin im Blut aufwies. Es schien durch sein Verweilen auf dem Einmeterbrett unwahrscheinlich, dass er sich selbst K.o.-Tropfen eingeflößt hatte, da er laut den Abbauprodukten, die eine gewisse Zerfallsart und Zerfallszeit im Organismus besaßen, er vor seinem Ertrinken mindestens zehn Stunden außer Gefecht gewesen war.

Interpol hatte zudem Thomas Kaufmanns Kreditkarte bei einer Razzia in Amsterdam sichergestellt. Das ganze Geld war bereits vorher abgehoben worden. Laut Svens Kollegen von der Computerkriminalität wurde sein gefakter Facebook-Account von Berlin aus geführt, meist von einem Internetcafé aus in der Frankfurter Allee oder Warschauer Straße. Kaufmanns Eltern gaben darum endlich eine Vermisstenanzeige auf und weitere Untersuchungen wurden eingeleitet, dem Staatsanwalt zur Überprüfung übergeben.

Besonders schaute Sven aber Patricia an, als er auf Francis Morgan zu sprechen kam. Dieser besaß für den 1. Mai zwar kein Alibi, wurde aber seit einigen Jahren erpresst, was die Sache sehr kompliziert machte. Zudem wusste er, dass seine Schwester sich mehrmals bei dieser Firma erfolglos beworben hatte, womöglich einen persönlichen Groll gegen Francis Morgan oder Tracy Kraft hegte, wie er nicht nur ihren alten Modeblogs oder Postings entnehmen konnte. Da lag es nahe, dass die Fehllieferung an die FM AG im Januar nicht nur aus Versehen passierte.

Patricia entgegnete ihrem Bruder nichts. Schließlich stellte er keine Fragen, sondern berichtete nur nach und nach, was er wusste oder meinte. Nachdem Sven sich wochenlang gewunden und sich nur ungern zur Angelegenheit Thomas Kaufmann geäußert hatte, brachte er jetzt die Namen Kaufmann, Morgan, Tarasov ins Spiel, als würde alles nur auf einen einzigen Schluss hinauslaufen.

Patricia, die zu Hause noch entspannt Gras geraucht hatte, wurde die Situation zu verkrampft. Sie hatte genug davon, wollte nur noch in ihr Zimmer, wohl doch der beste aller Orte. Vielleicht musste sie nur ein bisschen aufräumen. Sie stand auf. Sven packte blitzschnell ihren Arm. Er zog ihren Körper ein wenig übertrieben dramatisch zu sich heran und flüsterte, dass sie in Tarasovs Apartment schwarzgraue Hundehaare gefunden hätten, obwohl dieser gar keinen Hund besessen hätte und dort auch zuvor auch nie Gäste mit Hunden zugegen gewesen wären. Die Kollegen im Labor waren dabei, die Rasse zu bestimmen. Doch auch das stellte keine Frage dar, und so riss Patricia sich los.

Teil III: Hinter der Zeit

Kapitel 1

Romina Stan stand am Eingang des Museums ohne öffentlichen Zugang, knipste die silbernen Kronleuchter aus und öffnete die sonst blickdicht zugezogenen Jalousien einen Spaltbreit. Ihre Augen glitten an ihrem goldenen Ehering vorbei über die moosbewachsene Steintreppe bis hinunter in den verwilderten Garten. Das braune Laub des letzten Herbstes bröselte auf, wodurch Köpfe wilder Blumen zum Vorschein kamen. In den letzten sieben Jahren blühten sie nie lang und verschwanden völlig, wenn das Gras wieder kniehoch wuchs. Dann würde es in diesem Sommer Zeit, sich einen anderen Ausguck zu suchen, vermutlich im zweiten Stock und von ihrem eigenen Zimmer aus, da das Blattwerk der zwei Meter hohen Hecken vorn am Zaun wieder blickdicht ranken würde. Doch auf der August-Bebel-Straße sah es eigentlich immer gleich aus.

Gegenüber von ihrem Grundstück lag der Zentralfriedhof Friedrichsfelde. Sein Areal stand unter Denkmalschutz und war als Begräbnisstätte roter Aktivisten unter dem Namen Sozialistenfriedhof bekannt. Karl Liebknecht lag hier, Rosa Luxemburg ebenso. Es parkten in der August-Bebel-Straße folglich nur kurz Autos der sehr alten Besucher und nur, wenn sie nicht den südlichen Haupteingang benutzten. Anwohner parkten auf ihren Grundstücken, und viele hier waren nicht polizeilich gemeldet und damit auch nicht das ganze Jahr anwesend, da das Haus, in dem Romina lebte und arbeitete, am Rande einer Kleingartenkolonie lag. Selten stand hier ein Transporter, bei dem man nicht wissen konnte, was im Inneren passierte. Niemals saß jemand in einem Pkw, ohne gleich auszusteigen oder loszufahren. Es war eine vom Verkehr her übersichtliche Gegend, und schnell ließen sich Veränderungen erfassen.

Rominas Hände schlossen darum bald die Lücke zwischen den Lamellen, knipsten den Kronleuchter wieder an und nahmen aus dem Ärztekittel ein neues Arbeitsutensil. Ihre Finger strichen über das grobporige Leder des blutroten Einbands, befühlten kurz dessen angenehme Textur, öffneten die elfte Seite aus handgeschöpften Naturpapier und schrieben mit einem ebenso mit einem FM-Logo verzierten Füller: »10.43 Uhr, nichts Ungewöhnliches auf der Straße, kein fremder Wagen, kein fremdes Auge.«

Dann klappte Romina das Notizbuch wieder zu und griff nach dem Jagdgewehr Modell 203 E der Marke Merkel, dessen vergilbte Broschüre vom VEB Fahrzeug- und Jagdwaffenwerk Ernst Thälmann sie durchlas. Sie schüttelte den Kopf. Und schmunzelte gleichzeitig. Über sich, das Gewehr und die seit Tagen immer haargenau gleiche Notiz.

Sie hätte zumindest auf jeder neuen Tagesseite ihren Satz nur in der obersten Zeile schreiben und dann darunter bei jeder Uhrzeit Häkchen machen können. Aber wenn dies genau so gewünscht wurde, dann tat sie es, wie fast alles, was ihr Arbeitgeber anwies.

Es gab Dinge, die mussten jeden Tag, einmal die Woche, monatlich oder saisonal erledigt werden. Selbst wie lange Romina sich in gewissen Räumen aufhalten durfte, wurde in einer Excel-Tabelle definiert. Vorn am Haupteingang war es jedenfalls nicht allzu lange erlaubt und kam nur momentan gehäuft vor wegen Beobachtungen. Das ehemalige Atelier war kein Aufenthaltsort und Romina kam es entgegen, denn gerade hier, im Museum ohne öffentlichen Zugang, wo sämtliche Möbel und Maschinen an den Rand gerückt und mit weißen Tüchern verhängt waren, gab es diesen einen nicht zu vertreibenden Geruch. Eine Mischung aus Ostblock, Lösungsmitteln und Chanel No. 5. Es steckte im Teppich, haftete an den Wänden, einfach überall und nahm erst hinter der Flurtür Richtung Küche ab, wo Romina lüften konnte. Erst dort atmete sie auf und allein Chanel No. 5 ein.

Sie erschrak. Vom Flur aus sah sie in die Küche. Ihr Herz blieb für eine Sekunde stehen. Das Herz einer Ärztin und ehemaligen Synchron-Turmspringerin.

Vanessa Morgenstern war selten unten und saß nun direkt vorm Herd. Sie zeigte mit ihrer verbliebenen rechten Hand auf den Kochtopf, drehte ihr Gesicht Richtung Küchentür und hob ihre Augenbrauen beim Anblick des Gewehrs.

»Bohneneintopf«, sagte Romina und senkte die Waffe. »Wie immer am jedem zweiten Samstag im Monat, wie immer um Punkt zwölf. Oder möchten Sie vorher essen, Madame? Vielleicht sogar hier unten? Ich decke den Tisch.«

Vanessa Morgenstern schüttelte den Kopf und fuhr wieder Richtung Treppenlift.

Dann war Romina allein und rührte den Eintopf um, bis oben der Rollstuhl aus der Sicherung des Treppenlifts ausgeklinkt wurde. Ein Geräusch, bei dem sich Romina jedes Mal fragte, ob all das es wirklich wert war.

Sie vermisste besonders ihren Mann Eugen und ihren jüngsten Sohn Adrian. Nur zwischen Weihnachten und Neujahr sowie eine Woche gegen Ende Juni bekam sie ein paar Tage frei und fuhr nach Muntenia, oder, wie die Deutschen sagten, in die Walachei. Das war den Umständen ihrer Arbeit geschuldet. Doch es hat auch Vorteile, ermahnte sie sich.

Als Romina auf die Familienfotos am Kühlschrank blickte und mit ihrem Zeigefinger Staub von den Gesichtern strich, dachte sie vor allem an einen positiven Effekt, der sie anfangs wirklich überrascht hatte. Die Beziehung zu ihrem Mann war in den letzten sechs Jahren intensiver geworden. Wenn sie sich sahen, schliefen sie jede Nacht miteinander, und auch tagsüber berührten sie sich zwischendurch oder schenkten sich Blicke voller Aufmerksamkeit. Diese Leidenschaft, mit Mitte fünfzig, als wären sie jung und frisch verliebt, blieb selbst, wenn sie wieder getrennt waren und täglich skypten. Die ganze Beziehung war erfüllter, ihre Kommunikation tiefer als jemals zuvor und von Vertrauen getragen, der Rückenwind gab, durchzuhalten.

Natürlich war sie wegen des Geldes nach Deutschland gekommen. Sie verdiente hier das Fünffache von dem, was sie zuvor im rumänischen Gesundheitswesen erhalten hatte. Obwohl ihr Mann als arbeitsloser Maschinenbau-Ingenieur gerade nicht viel zu ihrem Familieneinkommen beitrug, zählten sie jetzt in Muntenia zur oberen Mittelschicht und konnten sich auf einem Seegrundstück von Wanderarbeitern ein Doppelhaus bauen lassen. Ebenso hatte Romina weniger Stress als andere Ärztinnen. Denn der ganze Tag war zwar eine einzige Schicht, sie war sozusagen nonstop im Einsatz, doch war es kein Stress im klassischen Sinne.

Vanessa Morgenstern war genügsam. Was Bewegung, Sprechen, Essen anging. Wenn sie nicht oben in ihrer Bibliothek oder am Schreibtisch saß, lag sie meistens in ihrem Bett. Sie blätterte also entweder in einem dicken Buch über Mode, Architektur, Kunst oder Industriedesign, machte sich Notizen oder starrte in ihren an der Wand hängenden Plasmafernseher. Neben den von ihrem Enkel besorgten DVDs, wodurch Romina ebenfalls jede aktuelle Modeshow auf der Welt kannte, liefen auch Fernsehsender aus der ganzen Welt. Mit der Satelliten-Ausrichtung ASTRA 19,2 Ost empfing sie rund tausendzweihundert Programme, und Frau Morgenstern zappte dabei gern hin und her. Nur wenige gut gemachte Kultursendungen, wo es um Musik, Kunst, Lifestyle der Jugend- und Popkultur ging, sah sie wirklich durch. Dann durfte man sie nicht stören, und sie griff gelegentlich ihren alten Füller, notierte eifrig Gedanken, als würde es nichts anderes geben, als wäre dies ihr Fenster zur Welt.

Ihr Essen nahm Frau Morgenstern stets allein zu sich. Nach allgemeiner Gesellschaft hatte sie kein Bedürfnis. Reden wollte sie jedenfalls nicht. Auf Fragen von Romina reagierte sie nur sporadisch. Es gab keinen richtigen Dialog. Und unten allein durch das eigene Haus oder den hinteren Garten zu streifen, kam für sie selten in Frage.

Warum aber tat sie es an diesem Tag? Und warum fuhr sie im Rollstuhl, den sie sonst nur benutzte, wenn ihr Enkel kam? Ein seltsames Spiel war das. Mit klaren Regeln.

Darüber sich mit ihrem ältesten Kind, ihrer Tochter Catrinel, auszutauschen, die diese Regeln wohlbekannt waren, ging für Romina jedenfalls nicht. Denn sie arbeiteten für denselben Mann mit derselben Verschwiegenheitsklausel in den Verträgen, die Catrinel gnadenlos einhielt.

Catrinel hatte ihr diesen Job verschafft. Catrinel bewirkte auch, dass Romina ihre eigene Tochter jede Woche auf den Friedhof sehen konnte. Natürlich auch, weil am Grab von Herrn Konrad Morgenstern Blumen gegossen werden mussten. Und dann trafen sie sich stets nur für eine halbe Stunde und Rominas Worte prallten an Catrinel ab, berührten nicht, flogen zurück. Da gab es keine Basis. Catrinel war bereits als Kind so gewesen, zwar äußerst talentiert, was Sprachen betraf, jedoch wohl ähnlich wortkarg wie Francis Morgan oder Vanessa Morgenstern. Das war bis heute nicht leicht für Romina. Und draußen auf den Straßen Berlins, in Supermärkten oder Cafés einfach normale Menschen kennenlernen durfte Romina laut Arbeitsvertrag ebenfalls nicht. Und schon gar nicht mit Nachbarn am Zaun plaudern. Eigentlich hatte Romina ursprünglich nicht mal die Straße betreten dürfen, nur in Notfällen und wenn Waren nicht online bestellbar waren.

Es schien Romina, als wäre ihre Tochter weiter entfernt von ihr als ihr Mann Eugen und ihr jüngster Sohn Adrian. Das hatte Romina nicht gewollt und musste doch damit leben.

Das eigene Haus, das Doppelhaus, bei dem sie später die Hälfte an Touristen vermieten wollten, war noch nicht ganz fertig, da es immer wieder Komplikationen gab. Oder weil ihr Mann noch einen weiteren Trakt mit Wellnessbereich anbauen wollte. Romina musste mindestens bis dahin durchhalten.

Oder es passierte von allein, dass Romina nach Hause konnte, da Vanessa Morgenstern das Zeitliche segnete. Ihr Herz war zwar fit, vermutlich fitter als Rominas, doch ihr zu versorgender Körper bestand fast nur aus Haut und Knochen, wie bei einem Vampir, der leichenblass auf Sparflamme vor sich hin vegetierte, bis von Gottes Hand die Erlösung kam. Dadurch gaukelte Vanessa Morgenstern auch ihrem Enkel glaubhaft vor, sie sei eine gebrechliche Frau, die rund um die Uhr Pflege bräuchte, samt therapeutischer Mobilisation und Lymphdrainage.

Wie letztens. Herr Morgan war aber an jenem Tag ohne DVDs oder Kleidersäcke erschienen, was selten vorkam. Auch meldete er sich nicht telefonisch bei Romina an, sondern stand plötzlich neben ihr in der Küche. Er grüßte höflich, mit dieser stets leisen Stimme, wirkte jedoch zugleich fahrig. Er lief unten umher, rückte an Wänden hängende Bilder zurecht oder positionierte Gläser in Regalen neu, ohne etwas anzumerken. Sein Verhalten erinnerte an eine Taube, die im Übersprungverhalten ziellos auf dem Boden pickte. Bis er schließlich wie ein Spatz nach oben flatterte.

Ein normaler Besuch war das also nicht gewesen. Das war es nie. Nie brachte Herr Morgan Blumen oder Pralinen mit, nie streichelte er die rechte Hand oder das bis zum Becken reichende weißgraue Haar seiner Großmutter, die er Grand-Mère nannte. Und diesmal musste ihn der Besuch bei seiner Grand-Mère sogar aufgeregt haben, denn als er von oben nach einem einstündigen Gespräch zu Romina in die Küche kam, lief er noch verwirrter umher. Zum Fenster, wieder zurück, zum Fenster. Er dachte über irgendetwas nach, drehte sich zu Romina um, weg, wieder zu ihr hin, setzte an, um etwas zu sagen, brach aber ab, nahm sich ein großes Glas, füllte es am Waschbecken mit Leitungswasser und trank es in einem Zug aus.

Dann nickte er in sich hinein und holte aus seiner Jacke das dunkelrote Notizbuch hervor, erklärte, was zu tun sei, bedankte sich bei Romina für ihre stets treuen Dienste, legte einen dreistelligen Bonus auf den Tisch, und als er gehen wollte, schaute er verwundert auf den Kühlschrank, als wenn er die alten Bilder von Eugen, Adrian und Catrinel noch nie gesehen hätte.

»Schöne Fotos«, sagte er. »Wir tun doch alles für unsere Familie und es gibt nichts Schlimmeres, als wenn einem von den eigenen Leuten etwas passiert. Wir verlören jeden Sinn. Das verbindet uns, Frau Stan.«

Als Herr Morgan wegfuhr, ging Romina in den Keller, um das Jagdgewehr zu holen.

Kapitel 2

Udo Melzig war nie müde. Niemand kannte ihn müde. Niemand kannte Udo Melzig. Am Freitag, den 21. Juni, um zwanzig Uhr stand er im Headquarter von Francis Morgan vornübergebeugt an einem edlen NEG Design Waschbecken, das wie ein altertümlicher Trog aussah, ließ kaltes Wasser ablaufen und schaute in den Abfluss. Er dachte, dass die meisten Menschen dies nie taten. Sie achteten zwar auf Markenware, gaben viel Geld dafür aus, stöpselten manchmal den Abfluss zu, ließen das Waschbecken volllaufen und tauchten ihr Gesicht hinein, um sich zu erfrischen, doch sie überprüften anschließend nicht, in welche Richtung genau das Wasser abfloss, ob die allgemeine Meinung, dass das Wasser sich je nach Hemisphäre immer gleich herumdrehte, wirklich stimmte. War ja auch nicht lebenswichtig, ob sich der Strudel links- oder rechtsherum bewegte, Hauptsache das Wasser floss ab. Sie vertrauten blind der allgemeinen Meinung und verschlossen vor der Wahrheit die Augen. Vor vielen Dingen.

Nicht so Udo Melzig. Er hatte bereits in den Siebzigerjahren als kleiner Junge für sich bewiesen, dass die Richtung eines Wasserstrudels auf der Nordhalbkugel unterschiedlich sein konnte. Es lag zum einen in der Symmetrie des Waschbeckens und zum anderen in der Form des Abflusses begründet. Das hatte er an unterschiedlichen Orten, ob zu Hause oder in den Ferien, ganz genau beobachtet, wenn er sich aus Angst vor seinem regelmäßig ausrastenden älteren Bruder in Badezimmern einschlossen und beim aus seiner Nase tropfenden Blut den Verlauf der roten Schlieren vorm Abfluss studiert hatte.

Jedes Mal, wenn Melzig an einem Waschbecken stand, dachte er daran. An seinen zwei Jahre älteren Bruder, an seinen immer arbeitenden und kaum weniger cholerischen Vater sowie an seine Mutter, die sich in ihrer Freizeit viel in der Nachbarschaft engagiert hatte, zum Beispiel mittels der Volkssolidarität, dadurch bei den Genossen in König Wusterhausen als vorbildlich gegolten hatte, doch zu Hause in ihrem Einfamilienhaus in KW allzu gern bei Problemen in den Garten verschwunden war, weil dringend rote Rosen geschnitten werden mussten. Und diese Bilderflut schwemmte einen Geschmack von Eisen auf Melzigs Zunge. Egal ob in seiner Weißenseer Wohnung, im LKA oder unterwegs bei seinen Klienten. Das hörte niemals auf, das wusste er. Seine Erinnerung steckte nicht nur im Gehirn, sie steckte in jeder Körperzelle. Und dadurch war Udo Melzig eben niemals müde, sondern immer hellwach, und es war besser so, dass niemand ihn wirklich kannte.

Als er kurz nach acht aus dem Bad wieder zu seinem Posten ging, dachte er, dass Tennat gewiss für seine Schwester ein anderer Bruder gewesen war. Tennat rastete niemals aus, nicht mal verbal. Tennat war auch nicht beim Bund gewesen, sondern hatte den damals sechs Monate längeren Zivildienst abgeleistet. Seine Noten an der Hochschule für Wirtschaft und Recht waren auch kaum besser als der Durchschnitt gewesen und trotzdem haben ihn die Tutoren gemocht. Ebenso die Kommilitonen. Melzig, der sich zwei Semester unter ihm befand, hatte das nie verstanden. Dieses Bedürfnis von Tennat, mit allen gut Freund zu sein, und doch hob er sich fast elitär ab. Durch seine seltsame Kleidung, die kein anderer Kollege im LKA trug. Oder durch die seltsamen Dinge, die er schön fand. Ja, »schön«, das Wort verwendete er oft. Oder »interessant«. Was war nicht alles »schön« und »interessant« für ihn. Und er konnte sich darüber mit einer koreanischen Nagelstylistin in einer Mall, einem Bauarbeiter auf der Straße, dem Hausmeister im LKA oder den Trainern im hiesigen Fitnesscenter unterhalten.

Nur befand sich Tennat dort selten bei den anderen Männern im Freihantelbereich, sondern trainierte wie Rentner an stationären Geräten, lief wie Frauen auf dem Laufband oder dehnte sich wie ein Yogi auf einer Gymnastikmatte.

Das war kein richtiger Polizist in Melzigs Augen. Immer weniger. Und doch waren sie unter der Führung von Michael Wandt seit Jahren in einer Mordkommission, die bei ihnen im LKA eine der besten Aufklärungsquoten besaß. Zudem hatte sich Melzig irgendwie an Tennat gewöhnt, zumindest so, dass er vermutlich angenehmer war als jemand anders. Nur wie lange noch? Denn Patrick Berner wollte wegen seiner Familie schon seit längerem in den Innendienst wechseln, und Michael Wandt hatte nur noch zwei Jahre bis zur Pensionierung. Außerdem gab es Gerüchte, dass die Mordkommissionen wegen Umstrukturierungsmaßnahmen bald wieder neu zusammengesetzt würden. Noch gab es acht Teams bei ihnen, doch Neueinstellungen wurden momentan kaum durchgeführt. Im Jahr zuvor brachte allein Silke Bartsch frisches Blut. Sie war es auch, die, als Melzig sich das erste Mal mit ihr außerdienstlich traf, die Frage stellte, wer denn Wandts Nachfolger würde – einer von ihnen oder jemand aus einer anderen Moko.

Vielleicht standen sie, Melzig und Tennat, sich darum an diesem Tag nicht ohne Grund gegenüber. Fast wie auf einem Sportplatz. Nur spielten sie durch diese Modegeschichte keinen Fußball, sondern elitäres Tennis, und mit ziemlich vielen Spielbällen.

Melzig befand sich allein in Tracys Krafts Büro am Fenster, weil von dort die Sicht am besten war, sein Kollege wuselte auf der anderen Straßenseite beim zweigeschossigen Flagship-Store herum und ging dann an der Security vorbei hinein. Die Sicherheitsleute hatten am Eingang kräftig damit zu tun, die steigende Anzahl an Fans in den Griff zu kriegen, obwohl diese überhaupt nicht hineindurften. Sie blockierten nicht nur den Fußgängerweg und drückten sich an den Schaufenstern die Nase platt, sondern verschoben auch ständig das rote Absperrband für die geladenen Gäste. Zusätzlich wurde in hundert Meter Entfernung vor dem S-Bahnhof Hackescher Markt seit sechzehn Uhr auf einer Bühne Musik gemacht. Der Zeitpunkt war vom Erpresser geschickt gewählt, da durch die Fête de la Musique sämtliche Straßen zusätzlich überfüllt waren.

Das LKA 1 hatte rund dreißig Beamte im Einsatz, die sich bemühten, keinen Millimeter aus den Augen zu verlieren. Sie alle trugen Stöpsel im Ohr und waren an verschiedenen Punkten positioniert. Mal waren sie weiter entfernt, mal dichter dran. Regelmäßig gaben sie sich die Lage durch, wenn es Wandt aus seinem Einsatzwagen anforderte. Ab und zu machten sie auch Positionswechsel, falls es äußere Umstände erforderten.

Ansonsten *business as usual*, wie es Tracy Kraft ihrem eigenen Team am Morgen noch eingebläut hatte. Gegenüber im Flagship-Store wurden in der oberen Etage hinter der Glasfront Interviews geführt. Tracy Kraft sprach gerade mit der Tagespresse. Ein Kamerateam von Arte filmte Francis Morgan, der in einem Ledersessel saß. Mit Sonnenbrille und Fächer in der Hand. Wegen der Hitze. Vielleicht sollte er einfach mal seine Kapuze abnehmen, dachte Melzig.

Unweit von ihm entfernt, aber im Hintergrund und als Puffer, stand Catrinel Stan, die eigentlich fast allein den Laden schmiss, wenn man sah, was sie alles organisierte, wer auf sie zukam und was die beiden Chefs ihr alles auftrugen. Melzig wusste inzwischen Bescheid, wie diese Firma funktionierte. Und alle drei Hauptakteure waren äußerst schwer für das LKA einzuschätzen und besaßen kein lückenloses Alibi, was andererseits auch auf seinen Kollegen Tennat zutraf, der jetzt dort am Rande Kanapees aß. In den Tagen und Wochen zuvor hatte er nach und nach seine Redseligkeit verloren. »Schön« und »interessant« hörte man nun nicht mehr aus seinem Mund.

Melzig ging zu einem kleinen Kühlschrank, in dem sich zuvor nur Wasser und Obst befunden hatte, und nahm sich die zweite seiner vier hineingelegten Red-Bull-Dosen heraus. Er leerte sie in einem Zug und dachte dabei, dass er vielleicht doch zum Militär hätte gehen sollen. Warten und Zuschlagen, das lag ihm gut. Der Apfel fiel halt nicht weit vom Stamm. Und die Zeit mit Anfang zwanzig war gar nicht schlecht gewesen, da er den Wehrdienst nicht nur schön weit weg von zu Hause verbrachte, sondern ihn die Bundeswehr auch im Anschluss verpflichten wollte. Nicht nur wegen der Karriere seines Vaters, nicht nur wegen seinem Bruder, der sich bereits verpflichtet hatte. Sie machten Udo Melzig ein Angebot, weil er in Reaktionstests stets die besten Ergebnisse erzielt hatte und außerdem über die notwendige mentale Stärke verfügte, um Pilot zu werden, was übrigens weder sein Vater noch sein Bruder geschafft hatten. Da der Apfel zwar nicht weit vom Stamm flog, aber immerhin am Rand des Baumes landen konnte, lehnte Melzig das Angebot ab und ging zur Polizei.

Die Fahnen des Labels Francis Morgan am Flagship-Store flatterten im Wind wie manch langer Rock in der Menge der Leute auf der Rosenthaler Straße. Melzig, nahm sich einen Kaugummi, um den Zucker vom Red Bull von seinen Zähnen zu kriegen. Da fiel ihm ein, dass der 21. Juni der astronomische Sommeranfang und damit heute der längste Tag im Jahr war. Danach wurden die Tage wieder kürzer, die Nächte länger, bis sie am 21. September die Tagundnachtgleiche erreichten, wo exakt zwölf Stunden Dunkelheit herrschten, bevor die Sonne wieder aufging. Und dann folgten bis zum 21. März längere Nächte als Tage. Seit der Einführung des Ackerbaus waren das wichtige Daten für Aussaat und Ernte. Damals begann auch die Verehrung der Sonne. Zuvor schien der Mond wichtiger, denn der Mensch war Jäger und Sammler gewesen. Insbesondere zur Vollmondnacht gab es genügend Licht, um reichhaltig Beute bei schlafendem Großwild zu machen.

Aber das war wohl nur Zufall. Wie allen bereits aufgefallen war, fanden die Geldübergaben in den letzten sieben Jahren vor allem an Tagen und Orten statt, wo es viel Menschenbewegung gab. Zuletzt sollte Francis Morgan seine Zwölftausend am 30. April beim Tanz in den Mai am Mariannenplatz abliefern, was er aber nicht tat und was angeblich dazu führte, dass am 1. Mai Juri Tarasov umgebracht wurde. Was anderes konnte man nicht beweisen und es gab auch keine wirklich heiße Spur, nur Vermutungen, die bisher zu nichts geführt hatten.

Als Alyona Tarasova nach Berlin gekommen war, um die Leiche ihres Mannes nach Moskau überführen zu lassen, merkte sie an, dass aufgrund des fehlenden Laptops ihres Mannes wirtschaftliche Interessen als Motiv nicht auszuschließen wären. Über konkrete Folgen des gestohlenen Computers sprach sie nicht, kündigte aber an, dies bald zu tun. Inzwischen hatte sie ihr Apartment in der Friedrichstraße verkauft, und die Branche munkelte anfangs, dass sie auch das Label Francis Morgan veräußern würde. Aber eine Tracy Kraft wusste das zu verhindern. Oder dieser Verkauf hatte nie zur Disposition gestanden, vielleicht verstanden sich die beiden Frauen besser, als es hieß. Es war eben ein unübersichtliches Spiel mit vielen Spielbällen, und wie man an dem neuen Flagship-Store sah, ging das Match immer weiter. Das Label warb gerade mit einer Kampagne auf Plakatwänden in Berlin. Der Mord hatte also keinerlei negative wirtschaftliche Konsequenzen für das Unternehmen, da die ausführliche Berichterstattung in den Medien seine Verkaufszahlen in neue Höhen schießen ließ. Der Name Alyona Tarasova tauchte immer häufiger in den Wirtschaftsnachrichten auf, da sie in sehr kurzer Zeit einige andere passende Firmen aufkaufte oder ihnen zumindest Angebote machte, die nun geprüft wurden. Diese Firmen saßen allesamt in Europa, produzierten hier, setzten auf Nachhaltigkeit und Eco-Fashion und wurden von einer neuen Holding geführt, bei der auch Tracy Kraft im Vorstand saß.

Die Frage war nur, ob es auch für den Designer Francis Morgan gut lief. Ein neues Erpresserschreiben, das in der Nacht des 1. Juni, also des meteorologischen Sommeranfangs, wie Melzig auffiel, auf den Hof von Morgans Atelier geworfen worden war, beinhaltete wieder ein neues Zitat, diesmal von Coco Chanel: »Es gibt eine Zeit für die Arbeit. Und es gibt eine Zeit für die Liebe. Mehr Zeit hat man nicht.«

Neben der unmittelbaren örtlichen Verbindung von Geldübergabe und Arbeitsstätte passte dieses Zitat mit seinem ersten Satz gut zur gesamten Entwicklung des Unternehmens. Umso mehr sprach der zweite Satz etwas an, das jedem, der in den zweifelhaften Genuss kam, Francis Morgan persönlich kennenzulernen, ein Rätsel aufgab. Der Designer hatte keinerlei Beziehung, weder zu einer Frau noch zu einem Mann, und auch als Melzig ihn nach dem Erhalt des Briefes gefragt hatte, ob es vielleicht irgendjemand geben würde, der von ihm enttäuscht wurde, oder irgendjemand, den er selbst verehrte, hatte der dies kategorisch verneint. Auch kein Mitarbeiter des Labels konnte sich das vorstellen. Absolut niemand. Selbst seine familiäre Herkunft war für alle ein Rätsel. Das fand Melzig äußerst konsequent und schon wieder fast gut. Oder war das mit der Liebe eine Anspielung auf Thomas Kaufmann?

Im Mai hatte Tennat seine Schwester gesehen. Anfang Juni nach Erhalt des neuen Briefes hatte auch Michael Wandt sie kurz getroffen. Beide waren allerdings davon überzeugt, dass Patricia mit der Sache nichts zu tun hat. Zumindest so, wie es ihnen Francis Morgan nahezulegen versuchte. Oder war es Tracy Krafts Plan? Oder gar der von Catrinel Stan? Melzig wusste, anders als sein eigener großer Bruder beschützte Tennat seine kleine Schwester. Und Michael Wandt hatte Patricias Vater sehr gut gekannt. Beide hatten über Jahre im Bundespolizeiorchester nebeneinander gespielt. Wenn Melzig die Instrumente richtig deutete, Trompete und Saxophon. Eins der Gruppenbilder hing in Wandts Büro.

Wie seltsam erschien es ihm, als ausgerechnet Patricia Tennat an diesem Tag der Fête de la Musique plötzlich auftauchte. Um 21.21 Uhr. Die Hitze war aber keineswegs verschwunden. Es wurde schwül, und die Meteorologen hatten recht, als sie voraussagten, dass das eigentliche Gewitter erst am späten Abend kommen würde.

Patricia lief an der Bühne am S-Bahnhof Hackescher Markt vorbei, blieb dann vor einem Café stehen und klappte ihren Regenschirm zu. Nur Melzig konnte sie von seiner Position aus sehen. Er hatte sie nur so schnell entdeckt, da er immer wieder mit einem Fernglas durch die Massen ging. Zu Patricias Füßen saß ein kleiner Hund, ein Jack Russell Terrier, ganz wie die Rasse, von der sie Haare in Juri Tarasovs Apartment gefunden hatten. Weder Sven Tennat noch Michael Wandt hatten von diesem Köter erzählt, obwohl sie es doch wissen mussten. Es war doch Patricia Tennat, oder? Melzig hatte sie nur einmal persönlich gesehen, das war Jahre her, gleich nachdem er von der Jugendkriminalität, Schwerpunkt Drogendelikte, zum LKA 1 ins Team von Wandt und damit von Sven Tennat gewechselt war. Ansonsten kannte er sie nur von Facebook, seit sie ihn im Frühjahr geaddet hatte und manchmal versuchte, ihm Ergebnisse im Kontext von Francis Morgan zu entlocken, die ihr Bruder ihr anscheinend nicht verriet.

Er zückte sein Telefon und fand bei Facebook in ihrer Chronik Hundevideos. In einem der Kommentare dazu fragte jemand, wie es Sharvi gehe, und sie antwortete mit einem Daumen-hoch-Zeichen und »Wuff, wuff«. Vielleicht hieß so der Hund. Ja, sie war es, glaubte er, auch wenn sie etwas anders als auf ihrem Profilbild wirkte, und sie wippte zur Musik und schaute immer wieder auf ihr Handy. Bis die Musik aufhörte, weil eine andere Band an der Reihe war und einige Minuten brauchte, um ihr Equipment aufzubauen.

Patricia lief also wieder los. In Richtung von Francis Morgans Laden, wo noch immer Fans auf der Straße standen und Blicke auf Prominente erheischen wollten. Patricia stellte sich ausgerechnet in die Nähe des Mülleimers, in dem zwar nicht Francis Morgan persönlich, aber immerhin Catrinel Stan das Geld für den Erpresser hineingelegt hatte. Es befanden sich seitdem stets LKA-Leute dort, unter anderem Silke Bartsch, der Melzig erst die Woche zuvor Patricias Online-Profil gezeigt hatte. Und dann entdeckte auch ihr Bruder diese Konstellation.

Sven Tennat kam zum Fenster im ersten Stock, in einem Francis-Morgan-Anzug. Zu Tennat gesellte sich der Star-Designer, der von der Presse verschont wurde, da diese sich mit ihren Kameras inzwischen den geladenen Promis widmete. Für O-Töne. Tennat und Morgan starrten auf die Straße hinunter. Wortlos. Selbst als nach einigen Minuten Francis Morgan mit seinem Fächer Sven Tennat anstupste, von sich aus einen Menschen indirekt berührte, reagierte Tennat nicht. Er schien wie paralysiert. Bis Silke Bartsch, die sich unten auf der Straße im Getümmel befand, über ihr verstecktes Mikrofon Michael Wandt fragte, was nun zu tun sei.

Kapitel 3

Patricia räumte auf. Den ganzen Tag. Schmutzige Wäsche kam zunächst auf einen großen Haufen in die Badewanne, den die Waschmaschine nach und nach abtrug. Ähnlich gestaltete es sich mit Abwasch in der Küche, wobei Krusten auf Tellern derart eingetrocknet waren, dass der Geschirrspüler stets zwei Durchgänge bei sechzig Grad benötigte. In der Zwischenzeit musste sehr viel anderes Zeug in Müll und Nicht-Müll sortiert werden. Schließlich war es gegen zwei Uhr nachts geschafft und drei volle blaue Säcke wurden vor die Wohnungstür in den Hausflur gestellt.

Patricia setzte sich auf Sofa, das gegenüber vom Bett an der anderen Seite ihres länglichen Zimmers stand und in diesem Jahr zum ersten Mal freigeräumt war. Sie schaute sich um. Die Fenster standen weit offen. Teelichter brannten in Reihen. Ein angenehmer Wind wehte herein. Sharvi schlief. Nichts lag mehr auf dem Boden bis auf ihn. Patricia konnte sich nicht erinnern, dass es jemals derart übersichtlich in ihrem Zimmer gewesen wäre. Alles hatte seinen Platz, und nicht nur ihre Kleidung, sondern sogar ihre CDs und Bücher waren nun nach Farben sortiert.

Auf dem flachen Tisch vor ihr befanden sich nur noch ein paar Zeitschriften; klassische Hochglanzmagazine, vor allem über Mode, hatte sie entsorgt und nur welche mit informativem Charakter behalten. Zum Beispiel die *Friedrichshainer Chronik*, die kostenlos in den Cafés und Tante-Emma-Läden der Gegend auslag. Eine Headline mit »Weberwiese« erregte Patricias Aufmerksamkeit, schließlich wohnte sie direkt an diesem U-Bahnhof, ohne jemals darüber nachzudenken, warum die Weberwiese so hieß. Da es dort auch wieder um Mode ging und die Erklärung des Namens naheliegend war, blätterte Patricia bald weiter, bis zu einem Interview mit einer älteren Dame, die sie vom Sehen her kannte. Sie besaß ebenfalls einen kleinen Hund, einen Dackel, und wohnte nur zwei Hausnummern weiter im selben Arbeiterpalast sozialistischer Prägung, nur das ehemalige Kino *Kosmos* lag zwischen ihnen. Die Dame erzählte dem Interviewer, wie sie direkt nach der Fertigstellung hier als Kind parteitreuer Eltern in der Karl-Marx-Alle, die damals noch Stalinallee hieß, aufwuchs. Patricia wusste das bereits aus gelegentlichen Gesprächen, bei der die Dame sich allzu gern über Veränderungen beschwerte. Doch was Patricias Interesse weckte, war eine Anekdote über eine damals am Strausberger Platz wohnende Schneiderin namens Morgenstern, die bei Nachbarn und auch Funktionären einiges Ansehen genoss. Patricia las mehrmals die betreffenden Zeilen, in denen es doch wieder um Mode ging, unterstrich Passagen und machte sich am Rande Notizen. Dieses Thema ließ sie nicht los. Es drängte sich penetrant auf, klebte wie zu enger Latex nach einer durchtanzten Nacht an ihr, verstopfte jede Pore.

Doch vielleicht entstand dadurch kein Krebsgeschwür, sondern brachte Heilung. Kam es Patricia in den Sinn. Sie lachte. Erst sarkastisch über diese bescheuerte Metapher und über die Absurdität ihres Lebens, doch schließlich befreiend über diese Erkenntnis.

Patricia stand auf und ging zum offenen Fenster. Mit den Unterarmen lehnte sie sich auf das Fensterbrett und schaute hinaus auf die nachts immer orange erleuchtete Karl-Marx-Allee. Sie atmete mehrmals tief ein, da die Luft ihr nach dem kurz Gewitter kurz zuvor angenehm frisch vorkam, weder zu kalt noch zu warm, nichts tat mehr in ihrer Brust weh.

Nach ihrem Trip zum Hackeschen Markt war das noch ganz anders gewesen. Mark hatte gemeint, er spiele dort mit einer seiner Bands und tat es dann doch nicht. Zugleich löschte er sein

Profil beim Dating-Portal und konnte nicht mehr kontaktiert werden. Patricia fühlte sich regelrecht betrogen. Dabei hatte sie eigentlich nicht auf die Fête de la Musique gehen wollen. Aus vier Gründen, die sie sogar auf einem Zettel aufgelistet hatte:

I) Mein Äußeres (äußerer Herbst)
II) Meine mentale Verfassung (innerer Winter)
III) Shoperöffnung von Francis Morgan (ewiger Frühling für ihn)
IV) Wetterbericht (aktuelle Warnung vor einem Sommergewitter)

Sie hatte es trotzdem gewagt. Trotz äußeren Herbsts und inneren Winters. Mit Regenschirm und einem Liter Club Mate im Blut. Und nach der Enttäuschung mit Mark trippelte sie zum ewigen Frühling für ihn, entdeckte Sven am Fenster, erwartete das drohende Sommergewitter. Da kam wieder eins zum anderen. Sie schaute sofort weg in der Hoffnung, dass ihr Bruder sie nicht bemerkte. Sie überlegte, ob auch Kollegen von ihm da wären, und wenn ja, warum. Sie sah einige Augenpaare, die sie kurz streiften. Es war ein äußerst brisanter Moment, wenn man wusste, was das LKA über sie dachte. Stellte ihr jemand eine Falle? Gar Mark? Und wer war dann Mark in Wirklichkeit? Oder war es Zufall? Wieder ein schlechter Scherz des Lebens? Der sie endgültig dazu trieb, mit allem Schluss zu machen – falls Sharvi nicht mehr … Er saß zu ihren Füßen, schien froh über den Auslauf und all die vielen Gerüche. Da begriff Patricia plötzlich, dass sie endlich selbst die Fährte aufnehmen musste. Nicht die anderen. Wie ferngesteuert ging sie nach Hause. Duschte heiß, kalt, heiß, kalt. Räumte auf. Um die Nase und ihre Gedanken freizubekommen.

Monatelang hatte die *Friedrichshainer Chronik* mit jenen Informationen über die Schneiderin ungelesen in einem Stapel neben ihrem Bett gelegen und als Geschirrablage gedient. Wie hätte Patricia auch ahnen können, dass darin eine Lösung zu finden wäre. Nun, nachdem nicht nur unheimlich oft ihr Handy, sondern es auch zweimal an der Haustür geklingelt hatte und sie mehrmals ihre Mitbewohnerinnen angefahren hatte, dass sie bloß nicht öffnen und am besten ihre Zimmer nicht verlassen sollten, weil sie aufräumen wollte, erlangte Patricia Tennat die Erleuchtung.

Morgenstern und Morgan.

Udo Melzig verriet ihr bei Facebook, dass Francis Morgan ein Künstlername sei, der Designer laut seinem Personalausweis Frank Schuster heiße. Klang nicht gerade sexy. Und niemand wusste offiziell mehr über seine Herkunft, als dass Francis Morgan aus Berlin kam. Er verweigerte in der Öffentlichkeit Antworten darüber, ließ Interviews stets absprechen und anschließend gegenlesen. Es gäbe in seinem Leben nur die Arbeit, hieß es allgemein. Seit wann? Mit neunzehn hatte seine Karriere begonnen, die viele in seinem Business erst zehn oder sogar zwanzig Jahre später starteten. *The German Wunderkind.* Was für eine Ausbildung besaß er? Sie musste gewisse Techniken des Modemachens beinhalten, die kaum jemand noch in ihrer Vielzahl beherrschte. Sticken, Klöppeln, Filzen und weiß der Kuckuck. Denn er fertigte die Prototypen seiner Kollektionen selbst an, was eigentlich kein anderer Designer mehr tat, weil es dazu Meisterschneiderinnen gab, die nur anhand vager Skizzen die Entwürfe der Meister interpretierten. Zudem schien er über ein unerschöpfliches theoretisches Fachwissen zu verfügen, sprach zwei Fremdsprachen mit all ihren Fachtermini fließend, auch wenn sein deutscher Akzent in Interviews gewöhnungsbedürftig war. Eine solch umfassende Ausbildung bedurfte vieler Jahre und ließ sich auch nicht an einer Modeschule oder Universität absolvieren, die er bekanntlich nach seiner Entdeckung bereits nach dem ersten Semester abgebrochen hatte. Aufgrund seines jungen Alters blieb also nur Privatunterricht von klein auf bei jemand, der all das beherrschte und sich dieser Ausbildung voll widmete. Das kannte man bisher nur vom Profisport und der Filmbranche, wo Väter oder Mütter ihre Kinder auf ein einziges Ziel hin ausrichten – meist weil es ihnen selbst nicht vergönnt gewesen war und sie diesen unerfüllten Wunsch nicht aufgeben konnten.

Am nächsten Morgen schrieb Patricia einen Brief an ihre Mitbewohnerinnen, in dem sie ihr Verhalten ansatzweise erklärte, fast entschuldigte, ohne konkrete Sachverhalte zu nennen. Dann passte sie auf der Karl-Marx-Allee die Zeitzeugin mit ihrem Dackel ab. Die Dame zeigte sich erfreut über die mitgebrachten Blumen, über die sich gut verstehenden Hunde und über das Interesse einer jungen Frau an ihren Erinnerungen. Aber was aus der Schneiderin vom Strausberger Platz geworden wäre, konnte die Nachbarin nicht beantworten. Als Frau Morgenstern einen schweren Autounfall erlitten hätte und aus der Charité zurückgekommen sei, hätte sie mit niemand mehr aus der Nachbarschaft sprechen wollen. Im darauffolgenden Sommer sei sie weggezogen. Bei Alteingesessenen hatte damals das Gerücht kursiert, sie wäre in ein Haus direkt beim Sozialistenfriedhof gezogen, da eine Nachbarin dies von den Möbelpackern aufgeschnappt hatte. Doch ob dies stimmte … Die nachbarlichen Quellen waren ab dem Jahr 1990 wirklich unzuverlässig.

Umgehend erkundete Patricia mit Sharvi das Gebiet. Südlich vom Friedhof Friedrichsfelde befand sich direkt die S-Bahntrasse, östlich ein brachliegendes Areal, dann folgten Zweifamilienhäuser neueren Typs sowie ein Schulungsgebäude. Im Norden hatte sich etwas Industrie niedergelassen. Im Osten gab es aber eine Straße entlang einer Kleingartenanlage, an der zwar meistens Datschen standen, doch auch richtige Einfamilienhäuser, wovon eins keinen Namen am Klingelschild besaß. Auch das blickdichte Gebüsch, der hohe Zaun und der Stacheldraht konnten passen, wenn man es mit Morgans Atelier verglich.

Patricia drückte die Klingel, wartete kurz ab, drückte wieder. Nichts rührte sich in den zehn Minuten, in denen sie dies ununterbrochen tat. Patricia entschied sich, die Suche für diesen Tag aufzugeben, da ihr ungewöhnlich langer Spaziergang und die frische Luft ziemlich viel Hunger bei ihr und Sharvi erzeugt hatten. Also kehrte sie um und setzte sich zu Hause wieder auf ihre Couch. Sie nahm ihr Telefon zur Hand, überlegte, Sven anzurufen, ließ es aber bleiben. Dann schaute sie sich wie in der Nacht zuvor ihr Zimmer an und empfand irgendwie Freude dabei. Sie trank auch keinen Wein und bestellte keine Pizza, sondern entschied sich für Wasser und Salat, den ihre Mitbewohnerinnen ihr übrig gelassen hatten. Erst nach dem Essen, das sie konzentriert kaute, klappte sie ihren Laptop hoch.

Kai schrieb, dass er überlege, in den nächsten Tagen nach Berlin zu fahren, da ein Freund Hochzeit feiere. Das erzählte Kai nebenbei, als er sich nach schönen Orten zum Gassigehen zweier Jack Russell Terrier erkundigte. Patricia dachte sofort an Marks Manöver, als er sie am Abend zuvor bei der Fête de la Musique versetzte. Trotzdem empfahl Patricia das eine oder andere, schließlich war Kai viel seriöser als Mark, erwähnte aber auch, dass Sharvi wahrscheinlich demnächst keine Zeit haben werde, da sein Frauchen gerade beruflich viel zu tun habe. Kai schrieb: »Schade.« Mehrmals. Und seine neu eingestellten Bilder von sich waren die besten, die sie jemals sah. Nicht mehr ganz so spießig, etwas offener und lockerer, vielleicht, weil Sommer war.

Patricia hielt sich weiterhin zurück, folgte ihrem Instinkt und fügte noch hinzu, sie sehe nicht mehr ganz so aus wie auf ihren Profilbildern. Das mache doch nichts, schrieb Kai, darauf komme es wirklich nicht an.

Kapitel 3

Es ging Schlag auf Schlag, und jeder zweite Schlag traf Sven Tennat in die Magengrube. Er lief am Montagmorgen um acht mit sechs Croissants sowie drei großen Kaffeebechern bewaffnet ins LKA. Seit Tagen hatte er ein zunehmend mulmiges Gefühl. Er nahm die Treppe zur zweiten Etage, grüßte flüchtig ein paar bekannte Gesichter. Er wollte nur in sein Büro, blieb jedoch vor der Tür stehen, da er drinnen Patrick Berner, Udo Melzig und Silke Bartsch miteinander diskutieren hörte. Als ihr Kollege, dessen Name mehrmals fiel, die Tür öffnete, verstummten sie.

»Schönen guten Morgen«, sagte Tennat. Dann stellte er einen Kaffee auf Melzigs Tisch und gab Berner den zweiten. »Willst du auch einen?«, fragte er Silke Bartsch. »Kannst meinen haben.«

Sie schüttelte den Kopf, ohne ihn dabei anzusehen.

»Ein Croissant vielleicht?«

Kopfschütteln ohne Blickkontakt.

»Alles klar.« Er zuckte mit den Schultern.

Berner und Melzig nickten sich zu, Silke Bartsch verließ das Büro. Tennat setzte sich an seinen Schreibtisch und sah, dass sein Rechner bereits hochgefahren worden war.

»Wie lange seid ihr schon hier?«

Seine Kollegen, mit denen er seit vielen Jahren das Büro teilte, schauten sich an, als würden sie sich gegenseitig das Wort erteilen wollen.

»Habe ich irgendeine Info verpasst? Das Meeting ist doch erst um neun.«

»Stimmt, erst um neun«, bestätigte Berner. »Aber hast du …«

»Patricia?«, grenzte Tennat es ein.

»Natürlich«, bestätigte Melzig und roch an seinem Becher. »Hast du mit ihr gesprochen?«

»Halb. Habe sie telefonisch nicht erreicht und eine Nachricht auf dem AB hinterlassen.«

»Du warst also immer noch nicht bei ihr? Dabei haben wir dich darum gebeten …«

»Natürlich war ich bei ihr, wie verabredet. Aber sie war nicht zu Hause.«

»Weder Samstag noch Sonntag?«, fragte Patrick Berner.

»Habe nur ihre Mitbewohnerinnen angetroffen.«

»Und ihr Hund?«, wollte Melzig wissen.

Tennat schüttelte den Kopf.

»Aber bestimmt lagen Hundehaare auf dem Teppich.«

»Ihr spinnt doch. Habe doch gesagt, das war Zufall, dass sie am Hackeschen Markt stand. Sie mag halt Musik, und es war die Fête de la Musique. Und außerdem … Das habe ich euch doch schon Dutzende Male gesagt … Warum sollte Patricia damit etwas zu tun haben, wenn Francis Morgan seit seiner ersten Saison erpresst wird und Patricia sich erst ein Jahr später angefangen hat, sich bei ihm zu bewerben? Das ist unlogisch.«

»Nicht, wenn wir betrachten, dass Patricia zu selben Zeit wie Francis Morgan an der UdK eingeschrieben war.«

»Woher wisst ihr das?«, fragte Tennat für seine Verhältnisse fast gereizt.

Melzig schüttelte resigniert den Kopf und sah Patrick Berner an, der sich eine Akte zur Hand nahm.

»Den Polen können wir nicht mehr länger festhalten«, sagte Berner. »Es ist wirklich ein Flaschensammler, der rein zufällig das Geldpaket aus dem Mülleimer gefischt hat. Zahlreiche Anwohner am Hackeschen Markt bestätigen seine tägliche Route, seine ganze Art. Auch der Dolmetscher kommt in seinem Bericht zum selben Ergebnis. Die Ausbrüche auf Polnisch bei unseren Verhören sind die eines typischen hier gestrandeten Alkoholikers, der keine Ahnung hat, was wir von ihm wollen. Unser Psychologe sieht das genauso.«

Melzigs Telefon klingelte. Er nahm sofort ab, machte sich Notizen, legte auf und teilte mit: »Dienststelle Direktion 6, Abschnitt 64, Lichtenberg. Es gab einen Hinweis über die Internetwache heute Morgen. Am Paul-und-Paula-Ufer am Rummelsburger See wurde von einem Unbekannten ein vollgepackter Backpacker-Rucksack aus dem Wasser gefischt. Die Kollegen sind jetzt vor Ort, vom Finder fehlt jede Spur. Der Rucksack enthält unter anderem: Personalausweis, Reisepass und Krankenkassenkarte eines gewissen Thomas Kaufmann.«

Tennat und Melzig nahmen ihren Kaffee und fuhren über die Stralauer Halbinsel an den Fundort. Als sie nächstmöglich parkten, sperrten Kollegen bereits am Ufer großräumig den Fußgängerweg ab.

»Ist nahe zu Morgans Atelier«, stellte Tennat fest. »Knapp ein Kilometer Luftlinie.«

»Zu Thomas Kaufmanns Wohnung ebenfalls«, bestätigte Melzig. »Und zu Patricias Wohnung in der Karl-Marx-Allee ungefähr drei oder vier.«

»Dass der Rucksack von der Spree hier hingetrieben wurde, schließe ich durch die Strömungsverhältnisse an der Stralauer Halbinsel aus«, fuhr Tennat fort, ohne auf den letzten Satz seines Kollegen einzugehen.

»Wurde direkt hier versenkt«, bestätigte Melzig, als er sich Handschuhe anzog und den Rucksack in die Luft hob. »Wie er aussieht, tippe ich mal auf vor kurzer Zeit. Kein Moos, keine Algen, kein Getier. Sieht tadellos aus, fast wie neu, nur nass.«

»Und im Januar war der Rummelsburger See zudem garantiert

vereist. Bei dem Winter bis Mitte März. Ist anzunehmen, dass derjenige, der ihn angeblich fand, ihn eher selbst hier hineingeworfen hat. Ein Unbekannter sagtest du. Also ein Mann?«

»Der Hinweis über die Internetwache kann auch von einer Frau gewesen sein.«

»Weiß schon, worauf du wieder hinauswillst«, kürzte Tennat ab. »Warum veranlasst du nicht gleich eine Großfahndung nach meiner Schwester? Am besten fangt ihr im Berghain an.«

»Es geht hier nicht um meine Meinung, Sven«, sagte Melzig, der Tennat noch nie beim Vornamen genannt hatte. »Wir tanzen hier nach einer anderen Pfeife, kapierst du das nicht?«

»Nach wessen?«

Melzig schüttelte den Kopf und zeigte auf den bereits eingetüteten Rucksackinhalt.

Tennat ging die Sachen durch. »Das Netbook erkenne ich. Die Armbanduhr ebenfalls. Auch die Postkarten der Koreanerin. Muss also nach seinem Verschwinden am Sonntag abgeholt worden sein. Oder Kaufmann kam selbst noch mal zurück. Jedenfalls müssen wir jetzt den Grund von Tauchern absuchen lassen. Auch wenn es hier im Januar vereist war, wir müssen sicher gehen, dass der Junge nicht ebenfalls hier liegt.«

»Gewiss«, bestätigte Melzig. »Und dann werden wir den Kellerboden in der Rotherstraße aufbrechen.«

»Das kann aber wegen der Genehmigung seitens der Staatsanwaltschaft dauern. Da muss ich erst einen Bericht schreiben. Ich habe doch die Geschichte mit Patricia und Thomas Kaufmann noch nicht dokumentiert, sondern nur euch erzählt.«

»Das musst du nicht«, entgegnete Melzig. »Das haben wir bereits im Mai angefangen, als wir die Aussage von Francis Morgan über seinen Samstagabend im Januar bekamen. Und das Auftauchen deiner Schwester am Hackeschen Markt war nur das i-Tüpfelchen.«

Schlag auf Schlag. Dieser traf Tennat nicht in der Magengrube, sondern direkt ins Gesicht. Er fühlte sich regelrecht k. o., setzte sich auf einen Baumstamm nahe einer Trauerweide und sah passiv dem Taucher dabei zu, wie er von seinem Boot immer wieder ins Wasser glitt und Fahrräder, Schuhe und Benzinkanister barg, jedoch kein weiteres Eigentum von Thomas Kaufmann.

Udo Melzig stand währenddessen etwas abseits und telefonierte viel. Bei Tennat klingelte es hingegen nicht ein einziges Mal.

»Gibt es was Neues?«, fragte er, als Melzig in seine Nähe kam.

Sein Kollege schüttelte den Kopf.

»Sollten wir nicht vielleicht in der Zwischenzeit zu Morgans Atelier fahren?«

»Später.«

»Vielleicht dann zu Patricia in die Karl-Marx-Allee?«

Melzig schüttelte den Kopf.

»Was ist los?«, fragte Tennat. Es reichte ihm, und er aktivierte selbst sein Telefon.

Doch Michael Wandt am anderen Ende der Leitung wollte nichts sagen, es sei gerade ungünstig.

Tennat blieb einfach sitzen und versuchte sich einen Reim auf alles zu machen, kam allerdings nur zum Schluss: abwarten. Doch hatte er es nicht schon lang genug getan? War dies nicht sein Fehler seit Februar gewesen? Gar sein ganzes Leben lang? Abwarten. Mit Patricia, mit sich. Ja, es war sein größter Fehler, und er beging ihn wieder und wieder, weil er nicht anders konnte.

Es war wie mit dem Wolkenfaden, der aus der Esse des Heizkraftwerks Klingenberg aufstieg und gen Nordosten geweht wurde. Äußerst passiv. Er betrachtete zu sehr die Dinge. Wie die Schwäne vor ihm, die offensichtlich keinerlei Angst vor ihm hatten. Er holte seine sechs Croissants aus dem Auto, die er wegen der Magenschläge selbst nicht essen konnte, und verfütterte sie. Er dachte daran, wie er vorgestern noch überzeugt davon gewesen war, den Erpresser erwischen zu können. Falls es diesen gab. Falls das alles nicht ein kluges Spiel von Tracy Kraft, Francis Morgan oder jemand ganz anderem war. Eben »bravourös inszeniert« wie es in dem John-Galliano-Zitat hieß. Die Erpresserbriefe waren laut den Kollegen der Kriminaltechnik aber echt. Der unterschiedliche Grad der Vergilbung deutete ebenso darauf hin wie die ausgeschnittenen Buchstaben, die zu Headlines von in jenen Zeiträumen erschienenen Ausgaben des *Berliner Kuriers* passten. Nur warum bezahlte Francis Morgan? Eine Frage, die er partout nicht beantworten wollte. Ihn mit Gewalt dazu zu zwingen, es aus ihm herauszuprügeln, wie Melzig vorschlug, da er von diesen Modeleuten absolut genervt war, konnten sie natürlich nicht. Da waren ihnen die Hände gebunden, allein schon durch LKA-Chef Volker Bomann, der bereits von Politikern diskret darauf hingewiesen worden war, bloß keinen voreiligen Schritt gegen dieses für Berlin wichtigen Unternehmen einzuleiten.

Tennat verstand Francis Morgan. Dass er nichts über sich verriet. Über seine Vergangenheit. Tennat verstand das allzu gut, am Rummelsburger See, während er den Taucher im Neoprenanzug bei seiner Arbeit beobachtete. Nur wo führte das hin? Dorthin, wohin die Schwäne verschwanden, als die Croissants aufgefuttert waren? Sie schwammen zum anderen Ufer, wo hinter den Bäumen zu DDR-Zeiten Fluchthelfer in einem Gefängnis einsaßen, bis sie von der Bundesrepublik freigekauft wurden. Einen ganz anderen Gefangenen stellte 1990 Erich Honecker dar, der eine Nacht auf der hauseigenen Krankenstation verbrachte, dann nach Wedding kam und ebenfalls floh – welch Ironie, bis er in Chile an Krebs starb.

Was Tennat schließlich wieder auf seine Familie brachte. Über die er nicht gern sprach. Höchstens mit Michael Wandt. Zum Beispiel: Vater Lungenkrebs. Mutter Blutkrebs. Beide Raucher. Er nicht. Nur passiv als Kind. Patricia rauchte mal richtig, dann nicht, mal dieses, dann jenes … Und am Freitag sah er sie das letzte Mal. Er stand am Fenster, in einem Anzug, wie er ihn noch nie getragen hatte und sich selbst als Spitzenverdiener nicht leisten wollen würde, da er es übertrieben fand. Der Anzug saß aber gut, fühlte sich auch angenehm auf seinem Körper an. Es war Catrinel Stans Idee gewesen, die auch darum bat, er solle sich im ersten Stock aufhalten, nahe beim Fenster, nahe bei Herrn Morgan, um ihn wenigstens an diesem Tag zu schützen.

Was Tennats Gedanken wieder zu Tracy Kraft führte. Sie hielt sich sehr zurück bei ihren Begegnungen. Ihm war es recht. Es war besser so, wegen seiner Kollegen und seinetwegen. Was sollte er ihr auch sagen? Beruflich konnte und hatte er ihr einiges zu sagen. Doch es lag ihm noch mehr auf der Zunge, schwirrte in seinem Kopf herum, gerade nachts, wenn er träumte. Tracy Kraft tauchte mal in seinem Unterbewusstsein auf, hell erleuchtet über ihm schwebend, mal sehr dicht, wohl auch nackt, dann jedoch nicht visuell, sondern als warmes Gefühl sehr weicher Haut. Bis er aufwachte. Sich die Zähne putzte. Sich vorm Kleiderschrank genauer als früher überlegte, was er anzieht. Für die Arbeit. Wenn sie sich sahen, mit dem notwendigen Abstand. Tracy Kraft war auffällig höflich ihm gegenüber und sah ihn auch anders an als seine Kollegen. Fand Udo Melzig, betonte auch Silke Bartsch. Und ihm, Sven Tennat, nachdem er dies gesagt bekam, fiel selbst auf, dass wenn sie, die große schöne Frau, weiter weg stand, ihn anlächelte. Ganz kurz, oftmals obwohl er gerade erst den Blickkontakt aufnahm, als wenn sie ihn schon eine Weile beobachtet hätte.

Würde er bei ihr auch abwarten? Wenn der Fall aufgeklärt wäre und ihm niemand wegen dieser Verbindung Befangenheit vorwerfen könnte? Würde er sie dann fragen, ob sie wieder zusammen in einem Café sitzen könnten? Die berühmte Frau und der einfache Kommissar. Sogar anschließend spazieren gehen? Hier in der Gegend? Beim sowjetischen Ehrenmal im Treptower

Park? Auf der Insel der Jugend? Um dann ein Tretboot zu nehmen, vielleicht sogar zur Liebesinsel, die es tatsächlich am Anfang des Rummelburgers See gab? Mein Gott, hatte er nicht gerade ganz andere Probleme? Ja, die hatte er.

Der Taucher kam ans Land, nahm seine Pressluftflasche ab und machte Feierabend, weil keine Leichenteile im Wasser lagen. Dafür holte Tennat nun selbst tief Luft, weil Melzig und er ohne Umwege zur Rotherstraße 28 fuhren. Einige Kollegen befanden sich schon vor Ort, auch Michael Wandt. Nun wurde es wirklich ernst. Es war nicht nur von den Gesichtern abzulesen.

Kapitel 4

Er steht auf halber Treppe, zwischen oberer Etage und Erdgeschoss, und hört eindeutig, wie Schneebälle gegen die Fensterscheibe geworfen werden. Es ist dieses typische Geräusch, das er aus dem Bus kennt, wenn andere Kinder, diese Taugenichtse, nichts Besseres mit ihrer Zeit anfangen können. Er rennt nach unten ins Atelier, um zu sehen, wer es ist. Sein Schritt verlangsamt sich auf halbem Weg bis zur Tür, da er im Atelier feststellt, dass sämtliche Nähmaschinen und Stoffballen fehlen. Wer hat das veranlasst? Und was soll er nun tun? Vielleicht steht alles im Keller, wo sich auch diese alten Computer befinden. Doch als er sich umdreht, um dies zu überprüfen, knallen wieder Schneebälle gegen die Scheibe. Glas zerspringt. Er wendet sich erneut zum Eingang, doch statt einer zerbrochenen Fensterscheibe entdeckt er unzählige kaputte Glasflaschen auf dem Boden. Es ist schwierig, sich nicht die Füße an den Scherben aufzuschneiden, und als ihm dies wiederholt passiert, Blut strömt, vernimmt er plötzlich Stimmen hinter sich. Zuerst von einem Mann, wütend, zornig. Dann von einer Frau, sie jammert. Er zögert, fragt sich, warum dies ausgerechnet hier geschieht. Er kann sich nicht entscheiden, wo er zuerst hinsoll. Zur Tür oder dorthin, wo die Stimmen herkommen, weil er helfen muss? Da verändert sich der Raum, wird gedrungen klein wie eine Schuhschachtel. Zuerst sind es die Wände, die auf ihn zufahren, dann auch die Decke. Seine blutigen Füße sind mit dem Boden verschmolzen, er kann sich nicht vom Fleck rühren, geht in die Hocke, hält die Arme schützend über seinen Kopf und schreit. Er kommt auf die Idee, sich mit Papier und Stift in eine andere Situation zu zeichnen.

Im nächsten Moment sitzt er bei Grand-Mère in der Küche. Es scheint alles in Ordnung zu sein. Keine zerborstenen Flaschen, keine Unordnung, kein Chaos, keine fremden Stimmen. Alles ist, wie es sein muss, sie sind allein und es herrscht Ruhe. Er hat vor sich einen großen Zeichenblock liegen und hält einen Stift in der Hand. Er weiß nur nicht, was er zeichnen soll, und als er trotzdem den Stift ansetzt, merkt er, dass der Stift eine weiße Mine besitzt. Er betrachtet die Mine gegen das Licht, die Mine fängt an zu schmelzen, und sein Blick verliert sich in den Tropfen, dann in der Ferne. Er schaut aus dem Fenster auf die Kleingartenkolonie und stellt fest, dass vorn zur August-Bebel-Straße keine Kinder sein können, die Schneebälle gegen das Fenster werfen, denn es ist Sommer.

Es war alles ein Traum. Er sieht Käfer, Motten, Elstern und Krähen, irgendetwas beschäftigt sie. Sie fliegen in ein rechteckiges Erdloch, das ein kleiner Hund gräbt. Dann erkennt er den Grund, warum die Tiere freiwillig in das Grab fliegen. Über der Kleingartenkolonie erhebt sich eine riesige Spinne, die acht Nähnadeln als Beine besitzt. Majestätisch läuft sie in ihre Richtung und scheidet ihre graphitgraue Spinnenseide über die Datschen aus, um sie kunstvoll einzuweben. Es ist ein Grau wie das, das er von seinen Bleistiften kennt. Die Spinne spinnt eine Netzkonstruktion mit einem noch nie gesehenen Muster, immer feiner, immer dichter, bis alles verhüllt ist und er sich fragt, ob die Spinne auch ihr Haus derart vereinnahmen würde.

Plötzlich klopft es hinter ihm. Er dreht den Kopf zu Grand-Mère, die an der Spüle steht und ein Beil hält. Abwechselnd betrachtet sie ihn, das zappelnde Huhn oder die Spinne draußen. Als die Spinne sich entfernt, als wäre ihr Haus unantastbar, schlachtet Grand-Mère das Huhn. Blut spritzt durch die Küche. Grand-Mère schreit, sie hackt sich die linke Hand ab.

Das Hackgeräusch ging über in ein Pochen. Grand-Mère klopfte gegen die Heizung. Sofort stand ihr Enkel auf und eilte zu ihr.

»Prada«, sagte sie, als er in ihr Schlafzimmer trat. »Prada war lange Zeit ein einfacher, auf Leder spezialisierter Hoflieferant der Brüder Mario und Martino Prada. Niemand außerhalb Italiens kannte sie wirklich. Erst Ende der Siebziger entstand das, was man heutzutage unter Prada kennt, da die Enkelin Miuccia das Unternehmen übernahm. Ein Riesengeschäft entstand. 1983 besaß Prada gerade mal zwei eigene Geschäfte in Mailand, derzeit sind es über dreihundert Boutiquen in fast achtzig Ländern. Was ich aber eigentlich bemerkenswert finde, ist Miuccia Pradas äußerst kreativer Umgang mit Stoffen wie Pocone. Dieses wasserdichte Nylonmaterial wurde ursprünglich nur als Schutzhülle von Lederwaren verwendet, war ein Nebenprodukt. Und daraus schuf sie einen hochpreisigen schwarzen Rucksack, der weltweit zum Prestige-Objekt avancierte. So fing es an.«

»Ich weiß«, entgegnete er.

»Ich weiß, dass du das weißt«, sagte Grand-Mère. »Nur sagt es so viel über unsere Gesellschaft aus.« Grand-Mère richtete sich in ihrem Bett auf und schaute aus dem Fenster. »Die Sonne scheint noch immer, sie tut es seit viereinhalb Milliarden Jahren«, erklärte sie nun. »Es sind allein atmosphärische Ansammlungen von Wassertröpfchen und Eiskristallen, die Wolken bilden und dadurch die Sonne tagsüber regelmäßig an- und ausschalten. Das sagte stets dein Grand-Père.«

»Und niemand ist seines eigenen Glückes Schmied«, fügte Francis Morgan an. »Es sei denn, man kennt die beste Schneiderin, die es gibt.«

»Ja, meine Junge«, bestätigte sie lächelnd. »Das hat er ebenfalls oft gesagt.«

Dann wollte sie wieder allein sein, und er ging hinunter ins Atelier, denn es wurde Zeit zum Weiterarbeiten. Da gab es Teile für die nächste Show der Fashion Week, seine dreizehnte, die noch fertig werden mussten. Zum Beispiel Paillettenkleider, deren aufwendige Stickereien er allein anfertigte. Natürlich präsentierte sein Label bei den Shows vor allem seine neueste Prêt-à-porter-Kollektion, aber stets gab es auch Teile, die einen Hauch von Pariser Haute Couture besaßen und seine ganze Handfertigkeit bewiesen. Sie waren unverkäuflich und dienten allein der eigenen Freude oder als Eyecatcher in der Berichterstattung.

Francis Morgan setzte sich an den entsprechenden Arbeitstisch, wo alles bereits griffbereit lag, und begann sein Werk, nachdem er bei seiner Ankunft in der Nacht zuvor vor allem mit dem Abhängen weißer Laken, dem Herrichten seiner Maschinen und allgemeinen Vorbereitungen beschäftigt gewesen war. Seine Hand glitt über den Stoff, durch die Luft, jeder Stich mit der Nadel oder Schnitt der Schere saß, obwohl die Tage zuvor besonders aufregend gewesen waren. Doch wenn er sich bei Grand-Mère befand, konnte er sich völlig in seine Arbeit versenken und das ganze Geschehen um ihn herum vergessen. Er tauchte ein in ein Meer von Stoffen wie ein Taucher in eine wunderschöne Grotte. Er dachte nicht an das Endprodukt, sondern konzentrierte sich auf den nächsten Handgriff, und wenn alles fertig war, so musste er es oftmals erst realisieren. Dass zum Beispiel ein fertiges Kleid, das mit über tausend Pailletten bestickt war, auf eine Kleiderpuppe aufzuhängen oder später bei der Show in andere Hände zu übergeben sei.

Bereits als Elfjähriger beherrschte Francis Entwurf, Schnitt und Verarbeitung von Maßkonfektion, Alltags- und Abendgarderobe. Er ging nur vor die Haustür, wenn es sein musste. Zur Schule von Gesetzes wegen, in Supermärkte und Kurzwarenläden, weil Grand-Mère immer weniger auf die Straße wollte und konnte. Von Anfang an war da diese Distanz zu seinen Mitmenschen. Es gab nie ein Verlangen seinerseits, andere zu verstehen. In der

Schule saß er stets in der letzten Reihe direkt am Fenster und stand in den großen Pausen auf dem Schulhof möglichst in einer Ecke hinten am Zaun. Er war kein sehr schlechter Schüler, da er schriftlich alles ausglich, was er an mündlicher Beteiligung verweigerte. Die Mitschüler ließen ihn aber in Ruhe, da er stets einen Kopf größer als sie war. Die Lehrerschaft ebenfalls, da sie ihn an einer integrativen Schule einstuften als Autisten, der die notwendige Behindertenquote erfüllte. Es gab schlimmere Fälle als ihn, wesentlich mehr Arbeit mit anderen Kindern. Und er brachte die Zeit nur durch Anwesendsein hinter sich, bis er am Nachmittag endlich seiner eigentlichen Berufung folgte. Jeden Tag stand zu Hause etwas Spannendes an, jeden Tag gab es viel zu tun.

Für den Designer war es mittlerweile die schönste Zeit im Jahr, wenn Romina Stan ihren Urlaub nahm und nach Rumänien flog. Er war dann zu Hause, dort, wo er hingehörte. Er brauchte hier auch kein teures Wasser wie das, weswegen seit Januar all die Irritationen herrschten. Er trank das Wasser einfach aus der Leitung in der Küche. Es war das Beste der Welt. Gern hätte er hier immer gewohnt, und wenn es vor sieben Jahren nach ihm gegangen wäre, wäre er niemals ausgezogen.

Dass trotz aller Bereitschaft seinerseits, Grand-Mères Anweisungen Folge zu leisten, inzwischen selbst dieses temporäre Paradies gefährdet war, merkte er wieder, als es am Abend an der Tür klingelte. Es war bereits dunkel, und er stach sich in den linken Zeigefinger, als er die schrille Glocke hörte, was nur alle paar Jahre vorkam, sowohl das mit dem Finger als auch das mit dem Klingeln.

Er legte vorsichtig Nadel und Faden zur Seite, um sich das Jagdgewehr zu nehmen, das Romina Stan aus irgendeinem Grund vor ihrer Abreise aus dem Keller geholt hatte. Laut ihren Notizbuch-Eintragungen hatte es bereits am Tag zuvor, als sie abgereist und er angekommen war, ein Mal geklingelt. Der Personenbeschreibung nach handelte es sich um eine junge Frau mit Hund.

Francis Morgan knipste das Licht aus, ging nach oben in Rominas Zimmer und spähte durch die Lamellen der Jalousie. Im müden Licht der Straßenlaternen erkannte er sofort den glitzernden Windblouson, den Patricia Tennat sowohl im Januar als auch am Hackeschen Markt getragen hatte. Im Winter zu durchlässig, bei knapp dreißig Grad im Sommer nicht atmungsaktiv genug, dachte Morgan. Sie musste den Blouson wohl als besonders sexy erachten oder besaß nicht genügend Variationsmöglichkeit. Immer wieder drückte sie auf die Klingel, bis er notgedrungen wieder nach unten ging und das Stromkabel der Glocke aus der Wand riss. Als er wieder oben war, beobachtete er, wie Patricia Tennat am Gartentor rüttelte und dessen Höhe abschätzte. Sie lief ein paar Meter zurück, dann zur Seite, sie war sich sicher, am richtigen Ort zu sein. Doch was war ihr Plan? Und was wusste Patricia Tennat noch alles?

Seltsamerweise fiel ihm ein Zitat von Coco Chanel ein, das Grand-Mère ihm zu Beginn seines Studiums an der UdK ans Herz gelegt hatte: »Mode ist nichts, was nur in Kleidung existiert. Mode ist in der Luft, auf der Straße, Mode hat etwas mit Ideen zu tun, mit der Art, wie wir leben, mit dem, was passiert.« Als er nach dem ersten Semester andeutete, er schaffe das nicht, verschlimmerte sich schlagartig Grand-Mères Gesundheitszustand, so dass sie eine Pflegerin brauchte, die sich wiederum nur bezahlen ließ, wenn er auf das Angebot von Tracy Kraft einging. Dabei waren sie laut Grand-Mères Kontoauszügen wohlhabend.

Der Enkel erfüllte seine Mission. Bis zu diesem Klingeln von Patricia Tennat. Morgan kam auf Alexander McQueen, ein Star unter den Modedesignern, bis er sich 2010 aus Überforderung und einen Tag vor der Beerdigung seiner Mutter mit einem Drogencocktail das Leben nahm. In seiner letzten Notiz hatte er allein darum gebeten, dass jemand sich um seine Hunde kümmern sollte. Wahre Freunde hatte er nur wenige besessen.

Kapitel 5

»Sie ist nicht da.«

»Wie lange warst du vor Ort?«

»Seit heute Morgen bis eben, als die Ablösung kam.«

»Danke.«

»Für meine Arbeit?«

»Du weißt schon.«

Ihr Verhältnis hatte sich verbessert, fand Sven Tennat, als er auf dem Hof der Rotherstraße 28 stand. Er konnte ihre Konturen durch das mit Schutzfolie abgeklebte zweitürige Hoftor zum Vorderhaus erkennen, sah aber auch durch ein kleines Folienloch Details. Sie hingegen bemerkten ihn nicht, nahmen vielleicht an, er befände sich im Keller, wo sie festgestellt hatten, dass sich mit Hammer und Meißel nichts ausrichten ließ und sie einen Presslufthammer bräuchten.

Silke Bartsch strich über Melzigs Arm. Drückte Melzigs Hand. Hielt sie eine Weile fest. Schwenkte sie kurz, bis Melzig sich umdrehte.

Tennat wich zurück zu einem Stapel Zementsäcken, der sich hinter einem neu angebauten Außenfahrstuhl befand. Er guckte in die Luft, als Melzig und Bartsch an ihm vorbei in den Keller gingen, und erinnerte sich, wie sie vor zwei Tagen agiert hatten, als Patricia am Hackeschen Markt aufgetaucht war. Sie blickte immer wieder auf ihr Smartphone, schüttelte den Kopf, sah die Straße entlang, als wenn sie jemand suchen würde, bis sie schließlich in die Menschenmasse bei der Konzertbühne am S-Bahnhof eintauchte. Melzig rannte herunter auf die Straße und wollte mit Silke Bartsch folgen, die Patricia hinterherging, obwohl Michael Wandt nichts derlei über Funk äußerte. Doch dann kam der Flaschensammler, was größere Priorität besaß.

Der stark beleibte, vollbärtige Mann schob langsam einen Einkaufswagen vor sich her, den er regelmäßig mit neuem Leergut befüllte. Am Mülleimer mit dem Geld fischte er aber nicht nur zwei Bierflaschen heraus, sondern auch den braunen Papierumschlag, sah allerdings nicht hinein. Wusste er etwa, was sich darin befand? Er holte aber auch Zeitungspapier, das er zwischen sein Sammelgut platzierte. Das Glas im Einkaufswagen klapperte also kaum, als Melzig und Bartsch ihn verfolgten. Sie bogen in die Oranienburger Straße ein, dann nach zehn Minuten in den kleinen Monbijoupark. Der Mann setzte sich auf eine Bank und zog eine Flasche Korn hervor. Melzig und Bartsch schlenderten dicht an ihm vorbei, setzten sich schräg gegenüber auf die Wiese und taten wie ein Liebespärchen. Bartsch legte ihren Arm um Melzig, lehnte ihren Kopf an seine Schulter. All das erfuhr Tennat über sein Headset und sah es mit eigenen Augen, als er nachkam. Es wirkte echt, was sie da machten. Bis ein schwarz gekleideter Mann mit einer großen rotblau karierten Kunststofftasche und in völlig zerfetzten Schuhen entlang schlurfte. Er wirbelte beim Gehen auf dem trockenen Sandweg viel Staub auf. Seine Beine waren aber nicht nur schwarz vor Dreck, denn sein Gesicht, das sich in einer stattlichen Höhe befand, war es ebenso. Das Weiß seiner großen Augen leuchtete und gab ihm etwas Manisches. Dazu murmelte er die ganze Zeit etwas vor sich her, das nach Psalmen klang. Dann setzte er sich recht dicht neben das Pärchen Bartsch–Melzig und direkt gegenüber vom Flaschensammler, der eingenickt war, auf die Wiese. Er roch stark nach Exkrementen und Schweiß, gab Melzig durch sein Mikrofon durch, der so etwas gar nicht ertragen konnte. Nach zehn Minuten stand der schwarze Mann auf und lief zum Einkaufswagen. Er griff nach ein paar Flaschen, verstaute sie in seiner Plastiktasche und entdeckte auch den braunen Umschlag. Da wachte der Einkaufswagenmann auf, und ein riesiges Geschrei hob an.

»Noch nicht!«, befahl Wandt übers Headset. Im nächsten Moment zerschlugen die beiden Männer Bierpullen und standen sich mit abgebrochenen Flaschenhälsen gegenüber. Silke Bartsch schrie: »Zugriff.« Niemand machte ihr später daraus einen Vorwurf, Melzig lobte sogar ihr schnelles Eingreifen. Der Mann mit dem unangenehmen Geruch wurde in derselben Nacht in eine Nervenklinik gebracht, aus der er Anfang Juni nach einem mehrjährigen Aufenthalt ausgebrochen war. Er konnte daher kaum der Erpresser oder Mörder sein.

Ein beißender Geruch stieg auch in ihre Nasen, als sie endlich den Kellerboden an der Stelle aufbrachen, die Tennat anzeigte. Im bereits fertig sanierten Vorderhaus wohnten zwar wieder Menschen, doch noch nicht im Hinterhaus, wo sie Thomas Kaufmann fanden. Eingehüllt in auseinandergeschnittenen blauen Müllsäcken kauerte er in Embryostellung. Mit Gaffaband fixiert. Nackt. Fäuste vor dem Gesicht. In denen sich blonde Haarsträhnen befanden. Legte man die Casper'sche Regel zugrunde, wonach die Verwesung von einer Woche an der Luft zwei Wochen Liegezeit im Wasser oder acht Wochen in der Erde entsprach, so deutete der erste Anblick samt Geruch darauf hin, dass Kaufmann hier wirklich bereits seit Ende Januar lag, rund zwanzig Wochen. Feuchter kalter Boden und fehlende Sauerstoffzufuhr hatten dafür gesorgt, dass Adipocire aufgetreten war, der Leichnam demnach von einer typischen Fettschicht umgeben war. Die Wachsleiche bot sich ihnen also optisch verändert dar, jedoch mit einer gut erhaltenen Gewebestruktur, als wäre Kaufmann mumifiziert.

Die Gerichtsmediziner würden später somit noch die eindeutige Todesursache feststellen können, doch bereits nach wenigen Minuten entdeckten sie auf Kaufmanns Hinterkopf eine Fraktur.

Die recht tiefe Stelle am Schädelansatz und die Form des Loches zeigten allerdings typische Anzeichen eines Sturzes auf eine harte Kante, etwa rückwärts durch Ausrutschen oder Schubsen.

»Vielleicht ein Unfall«, gab Tennat sofort zu bedenken.

»Ja, war es so?«, fragte Silke Bartsch.

»Immer mit der Ruhe«, beschwichtigte Wandt und wies Tennat mit einer Kopfbewegung an, hinauf auf den Hof zu gehen.

Die Sache schien zumindest für einige Kollegen immer klarer. So klar wie diese Nacht. Es war stockdunkel geworden, als sich Tennat beim Stapel Zementsäcke wiederfand und nach oben sah. Trotz künstlicher Lichter machte er ein paar funkelte Sterne am Himmel aus, doch vor allem fielen ihm im Vorderhaus die vielen offenen Fenster auf. Es klapperte Geschirr, Gläser wurden angestoßen, Wasser lief in ein Waschbecken, etwas brutzelte in einer Pfanne. Die neuen Eigentümer einer dieser Wohnungen waren Südeuropäer. Sie sprachen sehr laut und klangen glücklich. Das entlockte Tennat trotz der Umstände ein Lächeln. Das Leben ging weiter. Gegenüber, auf dem Hof des bereits im Winter fertig sanierten Hauses, sah es ähnlich aus. Am Fenster, wo er an jenem Sonntag Ende Januar aus Kaufmanns Wohnung eine Kleinfamilie beim Frühstück hatte beobachten können, brannte wieder Licht.

Tennat dachte, dass es sich vielleicht wirklich um eine Familiengeschichte handelte. Seine Kollegen waren ja der Ansicht. Aber vielleicht stimmte es auch, nur anders, eben nicht die Tennats betreffend … Nur was hatte die Familie Kaufmann mit den Tarasovs zu tun? Fragen über Fragen. Tennat schämte sich, so etwas zu denken, wenn man überlegte, dass Björn und Anna Kaufmann nun ihren einzigen Sohn bestatten mussten. Und Sven Tennat, der alle paar Wochen mit ihnen, vor allem mit dem Vater telefonierte, stand unter Verdacht … Er merkte es immer öfter an einigen Kollegen. Spätestens wenn Silke Bartsch mit ihnen ein paar Worte wechselte, sahen sie ihn merkwürdig an. Sie wahrten jetzt ein wenig Abstand, aber eben nicht zu viel und stets mit einem Auge auf ihn, obwohl er sie gut kannte und sie sonst immer ein wenig geplaudert hatten. Da wurde Kriminaloberkommissar Sven Tennat von sich aus ruhiger.

Gegen halb zwölf tauchten Patrick Berner und Björn Kaufmann auf. Wandt hatte entschieden, die Leiche durch nahe Verwandte sofort zu identifizieren, was ungewöhnlich war, und Berner, den Tennat an diesem Tag noch gar nicht gesehen hatte, musste dazu wohl Björn Kaufmann abgeholt haben. Kaufmann nickte Tennat auf dem Hof zu. Sein Blick war neutral bis ernst, er sprach Tennat nicht an, sondern ließ sich sofort zum Fundort führen. Fünf Minuten später kamen Patrick Berner und Björn Kaufmann wieder die Kellertreppe hoch und liefen über den Hof, ohne dass Kaufmann seinen gesenkten Kopf hob und Tennat anblickte. Die beiden Männer verschwanden so schnell, wie sie gekommen waren.

Eine halbe Stunde später wurde Tom abtransportiert. Als Michael Wandt und Udo Melzig, die bis zum Schluss unten geblieben waren, auf den Hof kamen, baten sie um Tennats Dienstwaffe und Dienstausweis. Die anderen Kollegen, die dort herumstanden, nickten sich zu, einer schüttelte den Kopf.

»Aber bevor wir in die Keithstraße fahren«, sagte Michael Wandt zu Tennat, »möchte ich dir noch in die ehemalige Wohnung von Thomas Kaufmann gehen.«

»Da würde ich gern mitkommen«, bat Silke Bartsch. »Wusste gar nicht, dass wir einen Schlüssel haben.«

»Der Hausmeister war vorhin hier, wie hätten wir sonst in den Keller kommen können«, erklärte Melzig und holte ein großes Schlüsselbund hervor. »Es gibt auch nur noch ein paar Fragen. Da ist es das Beste, wenn Kollege Wandt das ungestört mit Tennat durchgehen kann. Ich glaube, so taktvoll sollten wir sein.«

Silke Bartsch sah ihn irritiert an.

Im Hinterhaus gab es inzwischen Licht und alles wirkte fertig saniert. Nur an den Klingelschildern standen noch keine Namen. Oben in Kaufmanns ehemaliger Wohnung war der Schnitt wesentlich verändert. Küche und Bad lagen woanders, und aus einer Zweizimmerwohnung war eine geräumige Dreizimmerwohnung entstanden, weil zwei Wohnungen zusammengelegt worden waren. Tennat fragte sich, was er hier zum vermeintlichen Tatverlauf erklären sollte.

»Es werden einige Häuser im Block saniert«, meinte Michael Wandt zunächst, als er die Wohnungstür hinter ihnen schloss. »Eins auf der anderen Seite an der Stralauer Allee zum Beispiel. Es hat auch ein Baugerüst wie dieses hier, das bis zum Dach geht.«

»Interessant«, erwiderte Tennat, obwohl er nicht begriff.

»Schön, könntest du auch sagen«, entgegnete Wandt und zeigte zu einem neu angebauten Balkon auf einem zweiten, sehr kleinen, dunklen Hinterhof, der von Kaufmanns ursprünglicher Wohnung nicht zu sehen gewesen war.

In fünf Meter Entfernung befand sich eine Brandschutzmauer, und der Hof war durch weitere hohe Mauern zu den Nachbargrundstücken abgegrenzt, besaß allerdings beim Balkon ebenfalls ein Gerüst, das bis zum nebenan gelegenen Flachdach reichte.

»Auf dem vorderen Hof und vor diesem Haus stehen Kollegen. Über den zweiten Hof kommt man nicht weit. Nimm meine Waffe, hau sie mir über den Schädel und verschwinde über die Dächer zur Stralauer. Hol dann Geld von deinem Konto, solange es nicht gesperrt ist. Tauche unter und nimm erst nach ein paar Tagen Kontakt mit uns auf.«

»Uns?«, fragte Tennat. »Wer weiß noch von deinem Plan?«

»Es ist nicht mein Plan«, entgegnete Wandt und reichte ihm die Waffe. »Es ist Melzigs. Und er nannte es auch eher ein Manöver. Schließlich seid ihr mit Berner nicht ohne Grund eins der besten Teams.«

Tennat schüttelte ungläubig den Kopf, lächelte irritiert und fragte: »Und was ist mit Patricia?«

»Ja, das sind wohl ihre Haare in Thomas Kaufmanns Hand«, sagte Wandt und atmete tief durch. »Wird im Labor bestimmt bestätigt. Ziemlich offensichtlich das Ganze. Und doch zugleich gut durchdacht. Bereits im Januar anscheinend. Falls das Mädchen Ärger macht. Oder wenn es hart auf hart kommt. Vor Gericht würde das funktionieren. Bei der Faktenlage … Keine Frage. Aber mache dir um deine Schwester keine Sorgen.«

»Das geht nicht. Sie ist eine einzige Sorge.«

»Aber gewiss keine Mörderin«, stellte Wandt klar. »Ebenso wenig wie du.« Dann senkte Michael Wandt seinen Kopf, damit Tennat zuschlagen konnte.

»Soll ich dir wirklich einen Schlag auf den Hinterkopf geben? Wie bei Thomas Kaufmann?«

Kapitel 6

Als Patricia ihr Smartphone hochfuhr, saß sie gerade auf einer der hinteren Bänke am U-Bahnhof Lichtenberg und trank einen ayurvedischen Detox-Tee, der neunundzwanzig Kräuter enthielt. Es waren die letzten Schlücke in ihrer Thermoskanne, die sie am Morgen befüllt hatte, noch bevor ihre beiden Mitbewohnerinnen aufgewacht waren.

So gut vorbereitet war sie lange nicht gewesen, dachte sie, denn neben Tee hatte sie sich Brote gemacht, Äpfel klein geschnitten und in eine Tupperdose gepackt und ausreichend Hundefutter für Sharvi mitgenommen. Es war ein wahrlich gesunder Tag gewesen, ganz ohne Laptop, Fernsehen, Handy und sonstigem Elektrosmog. Sie fühlte sich weniger niedergeschlagen, versuchte die dunklen Gedanken abzuschütteln, wie Sharvi es manchmal mit Wasser nach dem Baden tat. Sie beide hatten mehr als vierzehn Stunden an der frischen Luft verbracht, durch die Sonne ordentlich Vitamin D produziert und erneut die Gegend am Sozialistenfriedhof erkundet. Patricia hatte diesmal in der Kleingartenkolonie Anwohner und Passanten gefragt, wo denn hier eine gewisse Frau Morgenstern wohnen würde. Niemand kannte jene Dame und ob das aus mit dem verwilderten Vorgarten richtig bewohnt sei, wusste ebenfalls niemand. Auch Patricias Klingeln vormittags, mittags, nachmittags und am frühen Abend hatte wie am Tag zuvor keine Reaktion erzielt.

Patricias hochgefahrenes Smartphone zeigte zahlreiche Anrufe an. Einige von Sven, einige vom LKA, einige Nummern, die sie nicht kannte, insgesamt über zwanzig an der Zahl. Zudem schrieb eine ihrer Mitbewohnerinnen eine WhatsApp-Nachricht, wonach, wenn sie das Denglisch richtig verstand, eine Freundin dagewesen sei, die nach ihr gefragt und auch ihr Zimmer betreten hätte, um sich Sharvis Hundedecke mitzunehmen. Zuletzt war eine SMS von Michael Wandt eingegangen. Leer, ohne Inhalt. Das stellte kein Versehen dar. Denn Patricia erinnerte sich sofort an die eine Geschichte.

Sie war damals fast zehn Jahre alt gewesen. Alles schien noch halbgut. Sie saß nach der Schule in der Küche, Sven kam gerade aus dem Krankenhaus, wo ihre Mutter wieder eine Bestrahlung bekam, welche nach seinen Aussagen gut verlief, man nun abwarten müsse, und Michael Wandt folgte kurz darauf mit Patricias Lieblingskuchen vom Karstadt am Hermannplatz. Onkel Michael, der sie damals immer »meine kleine, verrückte Nudel« nannte, war in jenen Wochen überhaupt regelmäßig da, was Patricia freute, da er stets bei einem Pott Kaffee oder abends einer Flasche Bier gern Anekdoten erzählte. Sie waren nie blutrünstig, denn darauf gab er acht, obwohl gerade diese Details Patricia besonders interessierten.

An jenem Nachmittag, als ihre Mutter im Krankenhaus war, erzählte er von einem Mann, der als Berlins bester Tresorknacker galt, diese Karriere aber seiner schwangeren Frau zuliebe beenden wollte. Allerdings wurde er von seinen Kumpanen unter Druck gesetzt, noch einen allerletzten großen Coup zu landen. Sie waren auf ihn angewiesen und drohten, sonst seiner Frau etwas anzutun. Da er schon mehrfach im Gefängnis eingesessen hatte, wollte er seinen Vorsatz unter allen Umständen ausführen, da er es seiner Frau und seinem ungeborenen Kind versprochen hatte. Er schaffte es mittels eines kleinen Zettels, den er einer Kassiererin beim Bezahlen in die Hand drückte, der Polizei einen Hinweis über die geplante Tat und den Tatort zu geben. Ansonsten stand er unter Beobachtung seiner Kumpane, wurde nie aus den Augen gelassen, musste sogar bei ihnen wohnen, bis der Einbruch bei einem Juwelier stattfinden sollte. Als jener Tag kam, und es wurde ihm erst am betreffenden Morgen mitgeteilt, musste er es nur noch schaffen, seine Frau zu warnen, falls doch etwas schiefging. In einem Moment, wo er sich zwar in Hörweite seiner Kumpane, jedoch allein in einem Raum befand, rief er seine Frau an, ohne etwas zu sagen, und legte nach einigen Sekunden wieder auf. Nach einer zwischen ihnen bestehenden Absprache hieß das, dass Gefahr drohte und sie sich in Sicherheit bringen sollte, was auch gelang. Sie informierte auch die Polizei, in dem Fall Michael Wandt persönlich, der dann nicht mehr nur den Tatort durch den kleinen Zettel kannte, sondern endlich auch die ungefähre Tatzeit erfuhr.

Patricia erinnerte sich noch genau an diese Geschichte, da sie selbst einige Woche später, als alles nicht mehr halbgut, sondern total schlimm in ihrem Leben geworden war, Onkel Michael derart anrief. Er ließ daraufhin in seinem Büro alles stehen und liegen und fuhr umgehend zu ihr. So erfuhr Michael Wandt vom Tod ihrer Mutter und wohnte dann einige Wochen bei ihnen. In diesen Wochen war Michael Wandt viel mehr als Onkel Michael. Er war die einzig vernünftige Realität.

Patricia überlegte, ob die leere SMS Gefahr für Sven oder sie selbst bedeutete, doch kam schließlich zur Überzeugung, dass sie ihnen beiden galt, was die Sache nicht vereinfachte.

Zehn Minuten später stand sie wieder mit ausgeschaltetem Smartphone in der August-Bebel-Straße und überdachte erneut die Lage. Naive Bewerbungen bei Francis Morgan, die ihr Enttäuschung gebracht und verdeutlicht hatten, dass sie nur ein Clown war, nicht nur in der Modewelt, man sah es ihr einfach an – früher oder später. Alles misslang. Ein aktiv zwei Jahre geführter Modeblog, weil es so viele machten, den sie jedoch durch einen ihr ureigenen Sarkasmus völlig falsch anging und dadurch nur Unverständnis bei der Zielgruppe erzeugte, die Friede, Freude, Eierkuchen erwartete. Eine Fehllieferung im Bioladen, wo sie doch dachte, in dieser Öko-Gesellschaft einen Platz zu finden, aber auch hier trieben sie nur der Zeitgeist und eben den Typ an der Kasse hin. Bis es wieder krachte, bis sie Enttäuschung spürte. Es ging ihr immer alles zu spät auf. Dann ihr letzter Versuch, Tom zu becircen, ihr nächtlicher Trip zu seiner Wohnung, Hundehaare bei Tarasov, Präsenz bei Francis Morgans Shoperöffnung. Was immer jetzt auch passierte, eins war klar, nun schien sie für alle völlig durchgedreht zu sein, ihre Wohnung wurde polizeilich überwacht und Svens gewiss ebenso.

Sie zögerte, bei alten Freunden Unterschlupf zu finden, denn sie hatte sich viele Monate bei niemand gemeldet und verspürte kein Bedürfnis, sich oder ihre Situation zu erklären oder gar wieder in eine Welt voller Ablenkung und künstlicher Ekstase zu begeben. Damit musste es vorbei sein. Keine Clubs, keine Gemeinschaft auf der Basis von psychoaktiven Substanzen, kein Gerede von irrationalen Projekten.

Außerdem war sie ganz dicht dran. Oder sie irrte sich wieder und beging abermals einen großen Fehler. Die kleine, verrückte Nudel. Nach einem gesunden Tag, von Natur aus leicht euphorisch und getrieben von einer Idee, kam der erneute Fall. Nur wohin? Es ging nun nicht mehr zurück, dachte sie betrübt. Sie stellte sich vor, in ihrem aufgeräumten Zimmer im frisch bezogenen Bett zu liegen, und wenn sie ehrlich war, hätte sie auch gern wieder in dem Bioladen in der Warschauer Straße gearbeitet.

Doch das war ausgeschlossen, und so schaute sie auf das Grundstück, als läge dort die einzige Antwort. Nur wie lautete die Frage dazu? Sie biss sich auf die Lippen, überlegte, ob eine Antwort ihr wirklich helfen würde. Auf einmal lief sie los. Sie stellte fest, dass man am besten von der Rückseite auf das Grundstück gelangte. Vorn brannte Straßenlicht, und die hohen Zäune mit Stacheldraht bargen ernsthafte Verletzungsgefahr. Seitlich befanden sich zwei Datschen, deren Laubenpieper sie bereits tagsüber merkwürdig beäugt hatten, als sie sich nach dem Nachbargrundstück erkundigt hatte. Daneben gingen jeweils ein schmaler Weg zur Kleingartenanlage Bielefeldt ab, benannt nach Alwin Bielefeldt, einem sozial engagierten Pionier des Kleingartenwesens, die zu einem noch kleineren Pfad und schließlich auf das dahinter liegende Grundstück führten. Seine Besitzerin hatte Patricia am Nachmittag getroffen, als sie mit Körben ihrer ersten Kirschernte von dannen zog. Eine sehr nette Frau, die ihr aus eigenem Antrieb eine Handvoll Kirschen angeboten hatte.

Der hier wesentlich niedrigere Holzzaun stellte kein großes Hindernis dar, und Patricia hob Sharvi einfach hinüber. Nach guten zehn Metern wuchs dichtes Gebüsch, hinter dem sich wieder ein zwei Meter hoher Zaun mit Stacheldraht befand, allerdings stand in der Mitte ein großer Kastanienbaum, so dass Patricia beschloss, Sharvi in ihren Rucksack zu packen und hinaufzuklettern.

In drei Meter Höhe hangelte sie sich an einem Ast entlang und ließ sich hinter dem Zaun fallen. Sie landete weich in hohem Gras und warf sich sofort nach vorn auf ihre Knie, um für Sharvi die Landung angenehm zu machen. Dann holte sie ihn heraus, streichelte ihn und verharrte im Dunkeln. Der Mond stand im Osten, und durch die hohe Hecke waren sie im Schatten. Sie lauschte, ob sie jemand bemerkt hatte, und wartete fünf Minuten ab. Dann band sie Sharvi an einem Strauch fest und lief seitlich des kniehohen Grases geduckt bis zum Haus.

Die Kellerfenster waren vergittert, bei denen im Erdgeschoss waren sämtliche Rollläden heruntergelassen. Nur unterm Dach flackerte bläuliches Licht wie von einem Fernseher. Patricia holte ein Stück Draht aus ihrem Rucksack und bog ihn zurecht, um die Tür aufzumachen. Mit einem Dietrichset wäre das einfacher, wie sie aus ihrer Jugend wusste. Doch seltsamerweise war die Tür gar nicht abgeschlossen, und sie musste einfach nur die Klinke herunterdrücken.

Kapitel 7

»Das sind ungewöhnliche Wendungen in der Angelegenheit.«

»Bruder schützt halt Schwester.«

»Meinen Sie wirklich?«

»Die Beweislage sieht danach aus. Die Haare in Thomas Kaufmanns Händen stammen von Patricia Tennat. Wir haben noch nicht die Ergebnisse der DNA-Analyse, doch sie sind unterm Mikroskop nahezu identisch mit denen aus ihrer Wohnung, wo wir einen Kamm herhaben. Und da sie wohl kaum einen fünfundsiebzig Kilo schweren Körper in den Keller gezerrt und dort vergraben hat, hat es eben der Bruder getan.«

»Aber warum musste Herr Tarasov sterben?«

»Das wissen wir noch nicht genau. Aber auch in der Friedrichstraße fanden wir Haare, in diesem Fall von Patricia Tennats Hund. Und schließlich sind die Geschwister Tennat nun auf der Flucht. Unabhängig voneinander, und ohne erkennbaren Kontakt zueinander. Sie haben in den letzten vierundzwanzig Stunden weder telefoniert noch sich eine Nachricht geschickt. Sie müssen sich also abgesprochen haben.«

»Verstehe. Wenn das so ist …«

»Eben. Und da wir nicht in ihre Köpfe schauen können und wissen, auf was für Ideen sie jetzt kommen, bieten wir Ihnen nun natürlich Polizeischutz an.«

»Ach, jetzt auf einmal.«

»Sicher ist sicher, allein schon weil Herr Morgan ebenso verschwunden ist. Da liegt es nahe, dass …«

»Gewiss, das macht mir natürlich am meisten Sorgen. Andererseits verreist Herr Morgan stets vor der Fashion Week und ist dann kaum erreichbar. Das hat er die letzten sieben Jahre so gemacht. Im Winter um Weihnachten herum und im Sommer Ende Juni oder Anfang Juli. Mal sagt er Bescheid, mal denken wir unseren Teil, wenn er es nicht tut.«

»Ich dachte, er verlässt Berlin nie.«

»Jeder muss ab und zu Urlaub machen, sonst hält man das in unserem Business nicht aus.«

»Er ist also gar nicht in Berlin?«

»Das habe ich nicht gesagt. Ich weiß nur, er ist nicht im Atelier.«

»Das haben wir bemerkt. Vielleicht wäre es gerade aber besser, wenn Sie verreisen würden.«

»Unmöglich, in zwei Wochen ist der Höhepunkt unserer Saison. Wenn Herr Morgan bis dahin weg ist, kein Problem, denn er ist mit seinem Teil stets im Zeitplan und muss nur zur Show auftauchen. Ich halte die Stellung, verrichte mein Tagwerk. Und dazu brauche ich keinen Polizeischutz.«

»Wie Sie meinen. Dann noch einen schönen Abend. Und schließen Sie wenigstens sorgfältig die Tür ab.«

Tracy führte Silke Bartsch vom Wohnzimmer zum Ausgang, tat mit der Tür wie geheißen, ließ sogar über das zentrale Steuerungssystem ihres I-Phones sämtliche Jalousien herunterfahren, obwohl sie direkt unterm Dach wohnte. Sicher war sicher, da hatte die Polizei recht.

Anschließend legte sie ein Album des Pianisten Nils Frahm auf. Es war ein Uhr nachts, und die ätherische Musik die einzige richtige Art, um herunterzukommen. Es fehlte nur noch etwas im Magen. In der Küche dekantierte sie eine Flasche Rotwein, der zu dem französischen Bergkäse, den schwarzen Oliven und verschiedenen vegetarischen Pasten aus dem neuen Feinkostgeschäft in der Schönhauser Allee passte. Das Baguette, welches sie dort ebenfalls gekauft hatte, erwies sich zum Glück auch noch nicht als zu hart oder pappig, als sie es in kleine Scheiben schnitt. Im Lichte von ein paar Kerzen sah das schön aus. Sie platzierte zwei Gläser, zwei Teller und zweimal Besteck.

Als sie die Speisekammer aufschloss und auf den Tisch zeigte, wollte Sven sofort etwas sagen, doch Tracy legte den Zeigefinger auf die Lippen.

»Zuerst musst du etwas essen«, bat sie und ging damit zum Du über, was sie innerlich bereits seit dem 1. Mai tat.

Sven zeigte seine Hände und an sich herunter. Frische Kleidung und eine Dusche würden ihm guttun. Als er zehn Minuten, bevor Silke Bartsch an der Tür klingelte, über das Dach auf Tracy Krafts Terrasse gesprungen war, war ihnen nicht viel Zeit geblieben, sich um derlei zu kümmern. Hände und Gesicht waren schmutzig, die Hose am rechten Bein unterhalb des Knies aufgerissen, und er war viel gerannt, wie er meinte, bis er in die mit Touristen und Partygängern immer volle Metrotramlinie M 10 sprang. Am Anfang und am Ende seiner Odyssee hatte sein Weg über Dächer geführt, hatten ihm zweimal Baurüstungen geholfen.

Tracy Kraft führte ihn in das Ankleidezimmer, suchte aus dem Schrank ein paar Sachen heraus, die nicht zu feminin waren. Von der Körpergröße her musste es passen, sie waren ungefähr gleichgroß. Ein grobmaschiger Pulli von Jean Paul Gaultier, ein weißes T-Shirt von Helmut Lang, eine graue Hose von Martin Margiela sowie noch eingeschweißte Herrenunterwäsche von Francis Morgan.

Als Tracy mit ins Badezimmer ging, um ihm die nicht auf Anhieb verständliche ebenerdige Dusche zu demonstrieren, schaute Sven sie leicht irritiert an. Sie lächelte, erklärte erneut den Mechanismus, doch er hob die Augenbrauen. Was sie veranlasste, anzunehmen, dass er sich natürlich nicht unbedingt vor ihr ausziehen wollte.

Sie ließ die Tür einen Spaltbreit offen, setzte sich nebenan in ihrem Schlafzimmer auf das Bett und hörte dem Plätschern des Wassers zu. Als Sven nach zehn Minuten wieder herauskam, spannte die Hose an den Oberschenkeln, als trüge er Skinny Jeans. Das war wohl kaum das rechte Beinkleid eines Mannes im besten Alter. Die Trainingshose, die sie ihm dann reichte, schien mehr Luft zu lassen, wirkte durch einen asymmetrisch verlaufenden Reißverschluss trotzdem elegant, und diesmal zögerte er auch nur kurz, diese vor ihr anzuziehen.

Tracy dachte bei näherer Betrachtung, dass seine Beine denen isländischer Pferde glichen, recht schöne Beine für einen Mann. In ihrer Jugend hatte sie ein paar Jahre Turnierreiten betrieben und konnte dadurch jede Beinform klassifizieren. Isländische Pferde waren in der ganzen Welt gefragt. Vor mehr als tausend Jahren von Wikingern als Steppenpferde nach Island gebracht und seitdem nicht mehr gekreuzt, galten sie als besonders widerstandsfähig und beherrschten vor allem fünf anstatt drei Gangarten. Allerdings wurden auch viele Fohlen im Frühjahr von Mückenschwärmen zu Tode gestochen.

Es war eine milde Sommernacht. Da sie wegen der Polizei nicht auf die Terrasse konnten, setzten sie sich in die Küche.

»Frank Schuster«, warf Sven bald in den Raum. »Du weißt, dass dies Francis Morgans richtiger Name ist?«

»Nein, das wusste ich nicht«, gab sie zu. »Sein Kringel auf Verträgen könnte alles heißen. Und damals, als ich ihn kennenlernte, nannte er sich oder man ihn schon Francis Morgan.«

»Er hat sich den Künstlernamen bereits mit achtzehn in seinen Personalausweis eintragen lassen. Aber – wer ist man?«

»Die in der Universität der Künste zum Beispiel«, antwortete Tracy und schwenkte ihren Wein. »Und die Person, die mich auf ihn aufmerksam machte.«

»Ein Scout, ein Bekannter? Wer genau?«

»Stört es dich, wenn ich in der Wohnung rauche?«

»Es ist deine. Manchmal mag ich auch den Geruch.«

»Aber du isst doch noch weiter?«

»Ja. Das sollte ich.«

»Gut.« Sie ließ eine Jalousie hochfahren, kippte das Fenster, fuhr die Jalousie wieder bis zu einem Drittel herunter und steckte sich eine an. »Eine Frau. Also ich nehme an, es war eine Frau, die hinter den Briefen steckt.«

»Steckt? Und Briefe? Hast du noch Kontakt?«

»Nur einmal im Jahr, wenn ich einen Jahresbericht verfasse und die Ziele für das nächste Jahr formuliere. Aber ich bekomme keine Antworten mehr.«

»Wohin schickst du den Bericht?«

»An ein Postfach.«

»Und du wolltest nie wissen, wer sich dahinter verbirgt?« Sven blickte skeptisch.

»Das ist die Abmachung.«

»Was weißt du noch über Frank Schuster?«

»Über einen Frank Schuster weiß ich nichts. Francis Morgan ist aber der, der er ist. Du hast ihn jetzt ein paarmal erlebt, und mehr gibt es nicht zu sagen. Im Büro oder bei Veranstaltungen klebt er an mir oder Catrinel Stan, die mir zum Glück zunehmend diese Aufgabe abnimmt. Das ist ein Schutz von Francis, verstehst du? Er ist ein großes Kind, ein Sonderling, der zwar gute Arbeit abliefert, geradezu perfekt und stets pünktlich, aber nichts mit den Menschen anfangen kann, die seine Kleidung tragen. Er ist ein Widerspruch in unserem Metier, weil die meisten genau das wollen. Sie wollen Menschen sehen und selbst gesehen werden, sie leben dafür. Francis hat auch keine Freunde, keine Familie oder dergleichen. Sein Privatleben ist ein Tabuthema, also nicht nur im Büro für die Mitarbeiter, sondern selbst für mich. Ich weiß nichts über ihn und seine Vergangenheit. Absolut nichts, was aus seinem

Mund kam oder anderswoher. Ich weiß nicht, wo er herkommt, wo er geboren wurde oder wer seine Eltern sind. Und das ist gut so. Zumindest ist es bis heute gut gelaufen. Auch wenn es mich natürlich interessiert …«

Sie lächelte, Sven nicht.

»Er wurde im Krankenhaus Westend, also in Westberlin, geboren«, sagte er mit prüfendem Blick.

»Dabei hält er sich am liebsten nur in den Ostbezirken auf. Selbst zum Ku'damm ist es für ihn eine Weltreise.«

»Das wundert mich auch«, meinte Sven. »Seine Mutter wiederum ist ganz dem Westteil verhaftet, soweit wir es bis jetzt durch das Melderegister wissen.«

»Vorbestraft?«

»Nein.«

»Personengebundene Hinweise in der Polizeidatenbank Poliks?«

»Du kennst dich gut aus«, stellte er fest.

»Und?«, hakte sie nach.

»Nicht wirklich.«

»Also habt ihr schon eine Notiz?«

»Ja, aber ich kann dir da nichts Genaues sagen.«

Sie schwiegen eine Weile.

»Aber wenn sie Geld bräuchte, würde sie doch nicht derart bei ihrem Sohn vorgehen«, kam ihr in den Sinn.

»Das sehe ich ähnlich, muss dazu aber Coco Schuster erst mal treffen, um das zu beurteilen.«

»Coco?«, lachte Tracy. »Coco Schuster? Entschuldige bitte, welch absurder Name.«

»Eben.« Sven lächelte zum ersten Mal an diesem Abend. »Gerade wenn man bedenkt, dass der letzte Brief doch dieses Zitat von Coco Chanel enthält.«

»Es gibt eine Zeit für die Arbeit. Und es gibt eine Zeit für die

Liebe. Mehr Zeit hat man nicht«, zitierte Tracy. »Fiel das nicht deinen Kollegen auf?«

»Natürlich. Nur erreichen wir Coco Schuster einfach nicht unter ihrer aktuellen Meldeadresse.«

»Und in ihre Wohnung geht ihr nicht?«

»Es gibt keine Befugnis.«

»Seltsame Blüten des Rechtsstaats. Und nun?«

»Ich hätte gern eine Zigarette.«

»Du rauchst?«

Sven blieb bei Käse, Oliven, Baguette und Wein.

Tracy versuchte das Gespräch auf Patricia zu lenken, was er aber kaum zuließ. Seine kurzen, fast stakkatoartigen Formulierungen über seine Familie machten ihr aber klar, dass es Gründe gab, warum Patricia Tennat so war, wie sie war. Mehr an Informationen ließ Sven nicht zu, und selbst die zweite Flasche Wein löste seine Zunge nicht.

Tracy spürte dasselbe Gefühl wie am 1. Mai auf der Straße in Neukölln und sogar bereits im Februar: ein ungewohntes Interesse an einem Mann. Normalerweise reagierte sie nicht einmal, wenn ihr beste Freunde eine Nachricht schrieben, doch zu Sven Tennat setzte sie sich von selbst, opferte ihre Zeit. Dabei konnte ihre Herkunft kaum unterschiedlicher sein, wobei sie nicht den sozialen Status meinte, sondern die emotionale Lage. Sven schien seine Eltern gerngehabt zu haben, und er liebte seine Schwester. Dies konnte Tracy nicht von sich behaupten, und jedes Wort über ihre Familie, das Sven geschickt aus ihr herauslockte, fiel ihr schwer. Es war einfach nicht ihre Art, von Dingen zu erzählen, die über bloße Eckdaten einer Vita hinausgingen. Sie hatte das weder zu Hause noch auf Internaten gelernt, das hatte nie im Lehrplan gestanden. Vor allem nicht dieser gewisse Tonfall, der mehr verriet als jedes Wort.

Gegen vier Uhr stand sie darum auf und meinte, sie sei müde. Im Badezimmer gab sie ihm einen Aufsatz für die elektrische Zahnbürste und erklärte noch, welche Gesichtscremes keinen zu hohen Fettanteil besäßen und dadurch für einen Mann auch gut seien. Dann ließ sie ihn kurz allein, aber seine Stimme hallte immer noch in ihren Ohren, eine Stimme, die sie vergessen ließ, dass der Mann eine Waffe trug und gelernt hatte, andere damit eiskalt zu erschießen, wenn es sein musste.

Als Sven zur ihr ins Wohnzimmer kam, wo sie ihm auf der Couch ein Bett zurechtgemacht hatte, streifte er den Gaultier-Pullover ab und legte sich mit nacktem Oberkörper unter die Decke. Er dachte wohl gar nicht an die Möglichkeit dieser einen Sache, an die sonst alle Männer dachten, an das Rein und Raus, das Fleisch, wie es aufeinanderklatscht, das Keuchen, den Schweiß, der sich auf die Haut legte und einen zarten Film zwischen zwei Körpern bildete, bis man zusammen … Nein, er bedankte sich für die letzten Stunden, schloss die Augen und schlief augenblicklich ein.

Wie lange Tracy neben ihm sitzen blieb, konnte sie nicht beurteilen. Sie betrachtete einfach Svens Gesicht. Den tiefen Atem, wie er ganz minimal seine Nasenflügel bewegte. Die kleinen Falten an den Augen, die trotz allen Stresses wohl vom Lachen kamen. Das dunkelblonde und hinter den Ohren recht lockige Haar. Den Frieden, der für ihn nun in den nächsten Stunden einkehrte. Bis die Jagd weiterging.

Und Tracy war, als gäbe es tatsächlich noch Dinge, die sie nicht erlangen könnte.

Kapitel 8

Sven Tennat wachte mit solchen Kopfschmerzen auf, wie er sie seit der letzten Weihnachtsfeier vom LKA nicht mehr gespürt hatte. Dazu hatte er einen trockenen Mund, schaute auf den Tisch, sah ein Glas und eine Seltersflasche – beides leer und mit zahlreichen Fingerabdrücken versehen. Zu viel Alkohol, dachte er, und zu viel Gesichtscreme. Die doch zu fettig gewesen war. Für einen Mann, der nicht einmal einen Liter Rotwein vertrug. Aber gut zu wissen, dass er nachts bereits viel Wasser getrunken hatte.

Er brauchte eine Dusche und Kaffee, am besten beides gleichzeitig. Er faltete Bettdecke und Laken, stapelte diese mit dem Kopfkissen zu einem kompakten Haufen, warf den Pullover über seine Schulter und schlich barfuß durch das Apartment. Es war eine dieser Wohnungen in einem dieser neugebauten Häuser am Friedrich-Ludwig-Jahn-Sportpark, die Richtung Osten eine für die Innenstadt recht ungewöhnlich freie Sicht boten. Auf Fußballplatz, Tartanbahn, Jogger, Mauerpark und ganz weit hinten die untergehende Sonne am Abend. Letzte Nacht hatte er natürlich nichts dergleichen gesehen, sich aber seinen Teil denken können. Nun war es ungefähr Mittag, und die Sonne brannte von oben aufs Dach. Dadurch war es recht heiß im Apartment. Er hatte viel länger geschlafen, als er vorgehabt hatte, und zwar so fest, als wäre ihm ein Schlafmittel eingeflößt worden. Lag vielleicht an den heruntergefahrenen Jalousien, die nur minimal Tageslicht hineinließen. Solche Bedingungen war er nicht gewohnt. Im fensterlosen Flur verschluckten schwarze Marmorfliesen seine Füße, er tastete sich vorsichtig vor. Bis zu Tracys Schlafzimmer, das direkt am

Ende des Flurs ausgerechnet vorm Bad lag. Die Schlafzimmertür stand weit offen. Er warf aber keinen Blick hinein, sondern begab sich sofort zurück in die weiter entfernte Küche, um den Kaffee vorzuziehen. Duschen wäre zu laut gewesen, und in der Küche gab es auch mehr Licht, da die Jalousien fürs Lüften zumindest ein Drittel hochgefahren waren. Er fand aber weder Espressokanne noch Filter oder Wasserkocher, dafür einen Kaffeevollautomaten, für ihn ein Buch mit sieben Siegeln. Es piepste hier, es blinkte da, ging an, aus, wieder an, dreimal, dabei gab es nur zwei Knöpfe.

»Warum ich?«, murmelte er noch immer benommen.

Tracy kam. Schlich vorbei mit einem weißen Laken, als wäre es eine lose fallende Tunika. Sie rieb sich die Augen, gähnte, stellte sich ans Fenster, nahm vom Küchentisch ihr I-Phone, ließ mit einer App die Jalousien ganz hochfahren.

Gegen das Licht zeichneten sich deutlich ihre Konturen nach und nach unter dem Laken ab. Von unten nach oben. Beine. Becken. Taille. Brust.

Tennat schluckte und drehte sich zur Espressomaschine.

»Ristretto, Espresso, Cappuccino, Latte macchiato, Heißwasser, aufgeschäumte Milch oder einfach schlicht Kaffee? Du musst es nur sagen. Sie versteht dich.«

»Wer?«

»Die Maschine.«

Er nickte, doch konnte sich entscheiden.

»So geht es mir auch. Fühle dich aber frei. Also nicht nur bei der Maschine. Nimm dir, was du willst.«

»…«

Und dann schlich die große Katze wieder aus der Küche Richtung Badezimmer. Ein seltener Ozelot. Ein deutsch-amerikanisches Diplomatenkind, das verschiedene Internate in Buenos Aires, Paris und London besucht sowie in Luzern Markenkommunikation studiert hatte. Eine Einzelgängerin mit losen Bindungen, ganz wie jene seltene Katze. Sah ihre Familie, mit dem edlen Stammbaum, nur einmal im Jahr zu Weihnachten in Südfrankreich. Beanspruchte sonst ihr eigenes Revier – räumlich, beruflich, zwischenmenschlich.

Tennat nahm sich aus dem ihn an Höhe deutlich überragenden silbernen Kühlschrank Orangensaft, trank zwei Gläser, ging zurück ins Wohnzimmer und zog sich an, während er die Dusche plätschern hörte. Nein, regnen, denn es war natürlich keine einfache Armatur mit Duschkopf und zwei Hähnen an der Wand, sondern ein komplexes Duschsystem in der Decke installiert, das über zwanzig verschiedene Variationen der Wasserzufuhr verfügte, von zartem Nieseln bis zu kräftigem Wasserfall. Er hörte es gut, da Tracy – oder Frau Kraft, denn er konnte sich innerlich nicht ganz entscheiden – wohl keine verschlossenen Türen mochte. Oder weil er sich frei fühlen sollte.

Doch das konnte er nicht. Nicht unter diesen Umständen.

Das war ihm gestern bereits klar geworden, als er auf seiner Flucht vom Dach auf ihre Terrasse gesprungen war. Es erschien ihm seltsam, dass sie ihm lächelnd die Tür aufmacht hatte, als wäre es das Natürlichste der Welt. Auch wie sie ihm beim Essen einen Wohnungsschlüssel über den Tisch geschoben hatte, da sie, wie ihm bekannt wäre, erst spät nach Hause kommen würde und er doch irgendwo übernachten müsse, war ein bisschen … übertrieben. Nicht den Umständen angepasst. Oder er war extrem empfindlich. Misstrauisch. Auch wenn Tracy sehr nett zu ihm war, so nett, wie sie bei der Arbeit für ihr Modelabel nie zu jemand war. Sie gab sich Mühe, selbst bei der schwierigen Konversation in der Nacht zuvor. Weil er Informationen brauchte. Weil es ihm natürlich nach all diesen Ereignissen dabei nicht gut ging. Und weil sie ihm nicht wirklich helfen konnte, auch wenn er ihr natürlich dankbar war, dass sie ihm Unterschlupf gewährte.

Aber nun wollte er sich nicht länger als nötig in Tracys Wohnung aufhalten. Was ihm leidtat. Da er merkte, dass er dasselbe spürte, was Melzig oftmals bestimmte: Befremdung. Aber es war nicht allein Tracy Kraft gegenüber, sondern wegen der ganzen Welt, sagte Tennat sich. Mindestens so lange, bis er Patricia in Sicherheit wusste und der wahre Täter gefasst war.

Wesentlich zielführender gestaltete sich die Situation in der Schöneberger Leberstraße, wo im Haus mit der Nummer 65 die ebenfalls als modebewusste Einzelgängerin bekannte Marlene Dietrich 1901 als Tochter eines Polizeileutnants geboren worden war, wie eine Gedenktafel verriet. Doch Sven Tennat musste in die 14, und kam diesmal ohne Zuhilfenahme eines Baugerüsts hinein – dank der Müllabfuhr.

Er trug eine Designer-Pilotensonnenbrille und Klamotten, die ihn wie einen Touristen aussehen ließen. Er hatte sich auch in der der S-Bahn so verhalten, mit Stadtplan vorm Gesicht oder aus den Fenstern schauend. Die Stadt wirkte anders. Als wäre er nicht mehr ein Teil von ihr, sondern wirklich nur Gast hier. Zugleich war er verdammt wütend. Auf Patricia, auf sich, je mehr er über alles nachdachte.

Die Kopfschmerzen verschwanden, als er allein auf dem Hof stand, seine Brille abnahm und direkt in den rechten Seitenflügel eines besonderen Treppenhauses marschierte. Pro Etage gab es nur eine Tür. Coco Schuster wohnte in der dritten. Allein. Nirgends sonst stand ein Namensschild in diesem Seitenflügel. Er klingelte und klopfte, doch keine Reaktion. Er lief wieder hinunter und stellte auf dem Hof fest, dass Coco Schusters Fenster derart stark verschmutzt waren, als wären sie seit Jahren nicht geputzt worden. Die Fenster der anderen Wohnungen darüber und darunter waren tadellos und teils mit Gardinen behängt wie die daneben auf derselben Etage.

Tennat ging zu den Briefkästen im Vorderhaus und fischte bei

»C. Schuster« – nur auf Malerkrepp mit Bleistift geschrieben – neben unzähliger Werbung ein paar offizielle Schreiben heraus. Jobcenter. Vermieter. Berliner Sparkasse. Mit Poststempeln, die mehr als drei Wochen alt waren. Er riss sie ohne Zögern auf. Der Vermieter mahnte an, dass Coco Schusters Mietkonto aufgrund der Betriebskostenabrechnung ein Minus aufwies. Das Jobcenter wollte die komplette Kopie dessen, um die Kosten zu übernehmen. Die Berliner Sparkasse drohte, den Dispo von dreitausend Euro zu streichen, wenn nicht bald größere Umsätze generiert würden.

Tennat ging wieder in den Seitenflügel in die dritte Etage, klingelte und klopfte und rief: »Coco Schuster. Keine Angst. Bin weder vom Amt noch von der Hausverwaltung. Ich bin wegen Frank hier.«

Wieder keine Reaktion. Tennat bediente sich seiner Kreditkarte. Die Tür sprang sofort auf, da sie nicht richtig abgeschlossen war. Aber niemand befand sich in der Wohnung. Weder in der Küche rechts, in der auch eine Badewanne stand, noch in dem winzigen Klo daneben oder dem dunklen Wohnzimmer, das vom Schnitt wohl ursprünglich ein zum Vorderhaus führendes Berliner Zimmer war. Der Aschenbecher neben dem Bett quoll über, in verschiedenen Ecken standen leere Weinflaschen. Die schwarzen Pressspan-Möbel aus den Achtzigern wirkten zwar nicht verdreckt, aber äußerst bedrückend. Im Grunde war alles sauber, vielleicht auch weil nichts in Regalen herumstand, kein kitschiger Nippes, nicht einmal ein Buch oder eine CD. Trotzdem spürte Tennat zunehmend Beklemmung. Die Raufasertapete, die gegen das Licht des ungeputzten Fensters nikotingelb schimmerte, verstärkte dies. An den leeren Wänden waren die Umrisse von Bilderrahmen oder Postern zu erkennen, die wohl bereits vor Zeiten abgehängt worden waren. Auf einem kleinen Tisch neben einem Doppelbett, an dessen Ende ein alter Fernseher auf einem Stuhl stand, lagen einige Schreiben, wieder vom Jobcenter, von der Hausverwaltung, der Bank, der Krankenkasse. Das Jobcenter lehnte die Übernahme der Kosten einer Gebisssanierung ab. Grundlage war ein Kostenvoranschlag eines Zahnarztes und eine nur zehnprozentige Beteiligung der Krankenkasse. Die Krankenasse bewilligte wiederum komplett eine zehnwöchige stationäre Rehabilitationsbehandlung in Brandenburg an der Havel, Bereich Suchtverhalten, die vom Jobcenter für notwendige Eingliederungsmaßnahmen gewünscht wurde. Beginn vor drei Wochen. Im Alter von Mitte fünfzig.

Dort steckte also vielleicht Coco Schuster. Die Frau, die in den Siebzigern und Achtzigern mehrmals wegen Verstoß gegen das Betäubungsmittelgesetz aufgefallen war. Die nunmehr noch gern Rotwein trank, vom Bett aus fernsah und in der Küche in einem Regal nur zwei Gläser, einen tiefen sowie einen flachen Teller sowie kaum Besteck stehen hatte. Auf Besuch war sie nicht eingerichtet. In ihren recht leeren Schränken war fast jedes Kleidungsstück schwarz. Und er, der gerade vom Dienst suspendiert worden war und sich an keine Regeln halten musste, öffnete nicht nur ihre Post und brach in ihre Wohnung ein, sondern durchsuchte auch alles, was er in die Hände bekam, um diese Person besser zu verstehen oder einen Hinweis auf ihren Sohn zu bekommen. Doch Tennat fand nicht viel. Erst als er zu guter Letzt auf allen Vieren kroch und unters Bett schaute, wurde er fündig. Bingo.

Ganz hinten an der Wand standen Schuhkartons. In einem der Marke Buffalo Boots befand sich sehr viel Bargeld, weitaus mehr, als die Summe, die von Francis Morgan erpresst worden war. Es waren auch D-Mark-Scheine dabei, und als Tennat diese mit den Euros verglich, die Zahlen auseinandernahm und versuchte, sie nach Jahren anzuordnen, schien ihm, als hätte Coco Schuster seit ungefähr dreiundzwanzig Jahren jeden Monat zweitausend erhalten, erpresst oder was auch immer. Zunächst D-Mark, dann Euro. Diese Frau war … verdammt reich.

Doch warum rührte sie das Geld nicht an? Sie hätte es doch gut gebrauchen können. Mein Gott, diese Familie war wirklich seltsam. Tennat hoffte, dass vielleicht die anderen Schuhkartons, allesamt der Marke Yves Saint Laurent, Aufschluss darüber geben konnten, denn sie verbargen unzählige, auf dem ersten Blick ungelesene Briefe, die weder Absender noch Briefmarke besaßen und jahrzehntealt sein mussten.

Die umfangreiche Lektüre ließ sich gewiss nicht auf einer Zugfahrt zur Kurklinik in Brandenburg an der Havel bewältigen. Tennat tippte auf mindestens einen Tag, wenn er ununterbrochen las. Ebenso musste er sich konzentrieren, dabei Notizen machen und darum allein sein. Das Setting bei Tracy Kraft wäre dazu nicht passend gewesen, auch wenn er, seitdem die Kopfschmerzen weg waren, regelmäßig an Tracys Konturen unter dem Laken dachte. Oder an ihren Geruch, der jeden Zentimeter ihres Apartments ausfüllte. Ja, selbst in der Wohnung von Coco Schuster hatte er ihn noch in der Nase. Oder vielleicht gerade deswegen.

Kapitel 9

Als Vanessa Morgenstern Ende März 1990 aus dem Krankenhaus entlassen wurde und am Strausberger Platz ihren Briefkasten öffnete, ergoss sich eine Flut unnützer Werbung über sie. Werbung für Discounter, Gebrauchtwagencenter, Reiseunternehmen und sogar ein kompletter Beate-Uhse-Kataloge – so eine Ressourcenverschwendung hätte es früher nicht gegeben. Sie versuchte das Zeug in ihre große Handtasche zu stopfen, um es oben in ihrer Wohnung komplett in den Müll zu pfeffern, was sich aber mit einer Hand schwierig gestaltete, weshalb die Hälfte auf dem Boden landete. Als Vanessa die Prospekte einzeln aufhob, entdeckte sie ganz zum Schluss einen zerknitterten BVG-Fahrschein, worauf eine Westberliner Telefonnummer und der Name Coco notiert waren.

Vanessa rief umgehend an, und was bis zum Jahr '89 weder Konrad auf der Arbeit noch zu Hause von ihrem eigenen Festanschluss gelungen war, funktionierte nun: Sie kam direkt in den Westen durch. Doch sie erreichte am anderen Ende der Leitung nur einen Mann, der sich nicht vorstellte und stark berlinerte, obwohl dies doch drüben angeblich verpönt sein sollte. Zudem hörte Vanessa im Hintergrund Gläsergeklirr, Musik und Stimmen, als würde er in einer Kneipe arbeiten, was sie schlussfolgern ließ, dass Coco kein eigenes Telefon besaß. Vanessa dachte sofort an verkehrte Verhältnisse. Der Mann kannte immerhin eine Coco, wenn auch nicht mit Nachnamen Morgenstern oder Schuster, denn Nachnamen gab es nicht bei ihnen, und so notierte er sich Vanessas Vornamen und Nummer, allerdings ohne am Ende die

Rückrufnummer zum Abgleich zu wiederholen oder sich zu verabschieden. Er legte einfach auf.

Vanessa nahm langsam den Telefonhörer vom Ohr, legte ihn wie ein Fremdobjekt auf die Gabel und schaute sich leicht angeekelt in ihrer Wohnung um. Nun war sie hier. Bei dieser Stille hörte sie selbst im Flur das Rauschen der Karl-Marx-Allee. Es erinnerte sie zum ersten Mal an Wellen, die allerdings nicht richtig brandeten, weil kein Ufer in Sicht war. Und auch für Vanessa war es wohl zu früh, um an einem Felsen zu zerschellen. Sonst hätte sie nicht diese Nummer gewählt. Also tat sie es nicht, was sie im Krankenhaus geplant hatte und in dieser Wohnung fertigbringen wollte.

Bereits am späten Abend klingelte Coco an der Wohnungstür. Nachbarn mussten sie ins Haus gelassen haben, dann hatte sie den Fahrstuhl nach oben genommen und stand nun mit dunkel umrandeten Augen, eingefallenen Wangen und fettigem Haar im Hausflur. Und diese Kleidung. Alles in Schwarz. Obwohl dies die Farbe der Designer, Künstler oder Existenzialisten war, es das berühmte kleine Schwarze von Chanel gab, wirkte sie an ihrer Tochter uninspiriert und allzu lässig wie bei Gruftis.

Es gab Schlimmeres, bemühte sich Vanessa zu denken, es gab dafür gewiss Gründe. Natürlich wollte sie trotzdem ihren verbliebenen rechten Arm um ihre Tochter legen, doch sie hielt inne, da Coco zur Seite ging und hinter sich einen kleinen Jungen preisgab.

Er hieß Frank, was Vanessa sofort an »Frack«, »Schrank« und »krank« erinnerte oder an eine Kombination all dessen, denn sein Oberkörper schien steif wie in einem viel zu eng geschnürten Korsett, obwohl er nur ein blaues Frottee-Shirt mit Alf-Aufdruck trug. Ebenso wirkten seine langen Storchenbeine, seine nach vorn kippenden Schultern und sein buckliger Rücken. So stand er an der Tür, so gab er ihr die Hand, so saßen sie sich gegenüber am Tisch.

Laut Coco war der Junge erst vier und trank ausschließlich

Leitungswasser. Coco bevorzugte Rotwein, den sie sich selbst nachgoss. Vanessas Tochter wollte sich aber keinen Mut für ein klärendes Gespräch antrinken. Es gab auch keine Tränen ihrerseits, und es interessierte sie in keiner Weise, dass Vanessa und Konrad … Coco verbat sich jede diesbezügliche Bemerkung mit einer strikten Handbewegung und hielt sich anschließend die Ohren zu, als Vanessa neu ansetzte, um … Nein, Coco wollte sich nicht austauschen und erzählte auch nicht, wie es ihr ergangen war. Der einzige Grund für ihr Auftauchen war der, dass sie etwas abgeben wollte. Denn nach einer ziemlich langen Pause, in der Vanessa nicht wusste, was sie sagen soll und wieder die nicht brandenden Wellen der Karl-Marx-Allee registrierte, kam Coco zum Anlass ihres Besuchs. Sie goss sich Wein nach und meinte, sie müsse beruflich ein paar Tage woanders hin, was seltsam aus einem Mund mit braunen Zähnen und großer Zahnlücke klang. Dazu müsste der Junge ein paar Tage bei ihr, seiner Großmutter, die sie nun einmal war, wohnen. Er würde auch nie Ärger machen, recht genügsam sein und keinen Mucks von sich geben. Es klang, als spräche jemand über einen Hund. Der nicht bellen kann.

Malen lag ihm aber. Es war das Erste, was er am nächsten Morgen tat. Vanessa kam in die Küche und fand Francis, den sie sofort nur noch so nannte, mit ihrem Buntstift-Kasten von Faber-Castell, das Geschenk eines Kunden. Nacheinander hielt der Junge die vierundsechzig Farbstifte gegen das Licht. Vanessa holte eine Modezeitung, zeigte auf ein mehrseitiges Editorial, und er legte los. Sein Strich war für einen Vierjährigen ungewöhnlich gezielt. Am Schluss setzte er sogar Schraffuren für Schatten und sah seine Großmutter an, als erwartete er eine Reaktion, als wäre dies ein Test, den er unbedingt bestehen müsse. Vanessa war wahrlich verblüfft, fragte sich, ob diese Fertigkeit für sein Alter normal oder er begabt sei, lächelte und strich ihm anerkennend über den Kopf.

Francis zuckte zurück, lächelte dann aber auch, oder versuchte zumindest etwas zu imitieren, was er aus dem Fernsehen oder von der Straße kannte. Er konnte das jedenfalls nicht so gut wie mit dem Stift umgehen. Und deswegen musste Vanessa zum ersten Mal seit ihrem Aufwachen im Krankenhaus lachen. Und der Junge lachte auch, was noch komischer wirkte als sein Lächeln. Zum ersten Mal hatte Francis eine Vorstellung von Glück. Vanessa jedoch lachte über die Tragik des Lebens.

Als überzeugte Antifaschistin und Tochter eines Widerstandskämpfers, der im KZ umgekommen war, hatte sie ursprünglich etwas ganz anderes gewollt, nämlich hier weg, zumindest für eine Zeitlang nach Mailand oder Paris, um bei den ganz Großen ihres Metiers zu lernen, denn eines war bereits damals klar gewesen: Ästhetische Innovation in der Textilwirtschaft war in den Ländern des Warschauer Pakts äußerst problematisch. Vanessa hatte Konrads volle Unterstützung, wenn Coco aus dem Gröbsten heraus wäre. Schließlich hatte sie eine schwere Geburt, und Coco musste wegen einer Refluxerkrankung in ein anderes Krankenhaus verlegt werden, natürlich ins Westend, damals das beste in Berlin. Vanessas ältere Schwester hatte es empfohlen, die so ganz anders als sie selbst war, konservativ, christlich und mit einem Bonzen aus Dahlem verheiratet. Es war das einzige Mal, das Vanessa auf ihre Schwester hörte, und es stellte sich als der größte Fehler ihres Lebens heraus.

Die Trennung aufgrund des Mauerbaus war wahrlich ein tiefer Stich in Vanessas Herz, auch wenn sie für die Errichtung eines antiimperialistischen Schutzwalls in gewisser Weise Verständnis hatte. Ihr Land blutete aus. Vanessa stand an jenem Sonntagmorgen des 13. Augusts vor den Soldaten, schrie sie an, bis sie weggezerrt wurde und Konrad sie aus der U-Haft abholte. Dann überlegten sie gemeinsam, was zu tun sei. Auf Briefe reagierte ihre Schwester nicht. Einer wurde sogar abgefangen und als geplante Republikflucht gedeutet, was viel Ärger einbrachte, der sich jedoch in Luft auflöste, als hohe Funktionäre erfuhren, wer Vanessas Vater gewesen war und welcher beruflichen Tätigkeit sie selbst nachging. Vanessa und Konrad wurden belehrt, dass es so nicht ginge, ihr Staat aber alles versuchen würde, um ihnen zu helfen, wenn sie Geduld übten, dem Staat entgegenkämen, was Vanessa schließlich ihre ungewöhnliche Karriere in der Deutschen Demokratischen Republik einbrachte.

Zwischen Ost- und Westberlinern gab es zunächst achtundzwanzig Monate keinen persönlichen Kontakt. Mit dem Dezemberabkommen von 1963 konnten zwar Westberliner zwischen Weihnachten und Neujahr nach Ostberlin, doch ihre Schwester machte keine Anstalten, sie mit Coco zu besuchen. Ebenso wenig bei den folgenden Passierscheinabkommen. Und Vanessa oder Konrad durften nicht hinüber. Sie waren sozusagen privilegiert und standen gleichzeitig unter Beobachtung. Auf die Briefe, die Vanessa über vertrauliche Wege an Coco sowie offiziell an ihre Schwester schrieb, gab es eines Tages nur eine Antwort, in der unverkennbaren Handschrift ihrer Schwester. Sie schrieb, dass ihr Mann und sie beschlossen hätten, dass kein weiteres Menschenleben den Bolschewisten überlassen werden könne, da Gott dies nicht gutheiße.

Als der Wind sich drehte, die Mode sich wieder änderte, war Vanessa ein Krüppel, eine Lachnummer, nicht nur drüben, sondern auch hier. Was sie drüben hatte lassen müssen, kam nun von selbst zurück, allerdings anders als gedacht.

Francis zog es bald nur noch in Vanessas Arbeitsraum, den sie nicht mehr benutzen konnte. Oder nicht benutzen wollte. So wie der Junge angeblich nicht sprechen konnte. Er war neben dem Salon, wo einst Vanessa Morgenstern ihren Kunden Stoffe, Schnitte und fertige Kleidungsteile präsentiert hatte, der größte und hellste Raum in ihrer Wohnung. Mit Grauen hatte sie im Krankenhaus an dieses Zimmer gedacht – und daran, sich aus dem Fenster zu stürzen. All die Maschinen, die sich nur mit zwei Händen bedienen ließen. All die großen Spiegel, die dreitürigen und die zum Kippen, in denen man das Leid in unbarmherziger Größe von Kopf bis Fuß aus jedem Winkel betrachten konnte. Da stand sie und sah sich an. Mit schiefem Becken, Gehhilfe und einem linken Ärmel, der sinnlos herumflatterte.

Doch war da nun dieser Junge, an dem Vanessa mit jedem Tag, den er älter wurde, Ähnlichkeiten zu Konrad entdeckte. Vielleicht wollte sie die auch sehen. Mag sein. Diese abstehenden Ohren, diese markanten Augen, die leicht zu große Nase, das kräftige Kinn, der manchmal grimmige Blick, der allerdings eher aus einer mangelnden Selbstreflexion herrührte.

Ganz anders blickte das freche Mädchen, das genauso so alt war wie ihr Enkel, und nun auf einem Stuhl am Ende des Bettes saß. Hatte Patricia Tennat jemals ein richtiges Ziel gehabt? Gab es für sie eine echte Inspiration, die nicht eine Ausgeburt ihrer Medienkanäle war?

Vanessa kannte diese jungen Dinger auch ohne direkten Kontakt nur zu gut. Selten waren sie originär, obwohl sich ihnen doch viel mehr Möglichkeiten der Selbstentfaltung als früher boten. Früher gab es laut dem Modetheoretiker Georg Simmel nur Trickle-Down. Demnach entstand Mode, weil untere Klassen sozial Bessergestellte nachahmten, und die oberen Klassen dadurch wiederum versuchten, sich weiter abzusondern. Ein Mechanismus, der natürlich noch immer funktionierte, sei es bei Autos, Häusern und vielen anderen Lifestyle-Themen, aber eben nur noch eine Möglichkeit unter vielen darstellte. In den letzten Jahrzehnten trat vermehrt auch das Gegenteil ein, also Trickle-Up. Tattoos waren ein gutes Beispiel, wie ein Erkennungsmerkmal einer Subkultur zum Massenphänomen wurde, das auch nicht abebbte, was wiederum durch gesteigerten Körperkult, Hedonismus und einer generellen Proletarisierung der Gesellschaft erklärbar schien. Daneben gab es inzwischen den Trickle-Across-Ansatz, welcher von einer horizontalen Ausbreitung ausging, und ein Trickle-Up-And-Down, der ein gleichzeitiges Ausbreiten von der Mitte nach oben und unten annahm. Für all diese Formen stand Berlin. Für all diese Formen standen die meisten jungen Konsumenten hier.

Patricia Tennat wirkte also auf dem ersten Blick wie viele ihrer Generation. Andererseits bemerkte Vanessa an ihr noch etwas, das mehr versprach und an Vivienne Westwood erinnerte. Westwood trug nämlich den Beinamen Queen of Punk und galt als eine der einflussreichsten britischen Designer, obwohl sie nur ein Semester Mode studiert hatte. Ihr Trick: Sie ging den Sachen selbst auf den Grund. In Tausenden von Stunden trennte sie in ihrem kleinen Atelier Nähte von Kleidung auf, studierte den Schnitt und fügte alles wieder zusammen. Dadurch lernte sie von anderen, entwickelte darauf basierend ihren eigenen Stil und wurde zur Expertin für exzentrische Kleidung verschiedener Epochen, was ihr schließlich eine Professur an der UdK einbrachte. Nur war es weniger das Talent für Mode, sondern vor allem der Begriff Punk, der Vanessas Assoziation auslöste. Das Wort tauchte in schriftlicher Form erstmals bei Shakespeare in seiner Komödie *Maß für Maß* auf und meinte dort eine Prostituierte, erfuhr in den Jahrhunderten danach diverse Bedeutungsverschiebungen, bis hin zu einem in den Zwanzigerjahren des letzten Jahrhunderts gebrauchten Idiom für eine vor allem im kriminellen Umfeld zu findende unerfahrene Person. Ja, genau das dachte Vanessa beim Anblick dieses Mädchens. Patricia Tennat war akribisch und mutig wie Westwood, aber vor allem war ihr Handeln überhaupt nicht rechtens und völlig undurchdacht.

Zerstörung oder Rettung?, fragte sich Vanessa. Im Idealfall

beides. Nähte wurden aufgetrennt und Teile anschließend mit neuem Faden wieder zusammengefügt. Ganz à la Westwood, die Vanessa künstlerisch nicht unbedingt schätzte, aber besser als das meiste andere fand.

Und Francis hatte seit Januar ebenfalls nicht rechtens und völlig undurchdacht gehandelt. Er war in einer fremden Wohnung gewesen, hatte zwei neue Briefe verschwiegen, den Tod ihres Investors für einen Unfall und nicht für Mord erklärt, wie nun herauskam, und all dies, weil er nicht mehr diese läppischen Zwölftausend zahlte. Sagte Patricia Tennat, die allerdings von der Polizei gesucht wurde. Und ihr Hund verrichtete sein Geschäft in Vanessas Garten auf der Wiese. Willkommen im Club der Irren.

Auf jeden Fall handelte es sich hier wieder um eine wichtige Koinzidenz im Leben. Hätte Konrad früher gesagt. Oder Synchronizität. Die beschrieb nämlich noch besser die parallele Entwicklung von Menschen und ihren Lebensthemen, die dann zufällig zur selben Uhrzeit an einem bestimmten Ort aufeinandertrafen. Andere nannten es Schicksal, doch Konrad hatte gemeint, dass nichts einfach zufällig geschehen würde.

Wohl wahr. Patricia Tennat, die freche Schwester eines ebenfalls flüchtigen Kommissars, trank viel Kräutertee, feilte gern Fingernägel und zerstörte am liebsten Illusionen.

Vieles, was Vanessa Morgenstern im verflixten siebten Jahr seit Francis' Erstrahlen am Modehimmel befürchtete, traf ein. Nichts war wirklich gut und lief wie zuvor. Was sie wiederum immer mehr an ihrem eigenen Vorgehen zweifeln ließ. Eine Lüge bedingte weitere. Es war höchste Zeit, eine Entscheidung zu treffen. Wann sagte sie etwas und zu wem? Was konnten die anderen Akteure verstehen? Was tat am wenigsten weh?

Francis sprach davon, wieder hier wohnen zu wollen. Er war ein ewiges Kind. Wann würde er endlich erwachsen werden? Wie viele Jahre würden sie dann noch so leben? Vanessa ging auf die achtzig zu und hatte sich an die Ruhe, die Vollversorgung und vor allem an Romina Stan gewöhnt. Wenn sie irgendwann wirklich ein Pflegefall werden würde, senil und sabbernd, dann wusste sie die Umstände dieser letzten Tage vorab selbst zu klären. Andererseits brauchte Vanessa nun kein Spiel mehr zu spielen und konnte vielleicht dadurch ihren Enkel abnabeln. Aber ging das überhaupt? Als sein Über-Ich?

Es musste ihm doch langsam klarwerden, dass er allein es war, der das alles machte. Er brauchte sie doch längst nicht mehr. Das musste er doch mal kapieren. Ihre Arbeit war erledigt, ihre Arbeit war allein die Ausbildung gewesen. Gewiss, er konnte sich schlecht entscheiden, das war schon immer sein Problem gewesen. Zu viele Ideen, zu wenig Bezug zum Zeitgeist. Darum gab Vanessa Stichworte, wählte unter all den Entwürfen aus. Doch es war stets sein Handwerk. Nicht nur seit sieben Jahren. Und seit sieben Jahren wurden sie erpresst. Nur mit was? Ja, das wollten alle wissen. Und er verriet nichts.

Weil er so sehr an ein Ammenmärchen glaubte. An Synchronizität. Konrads Schuld.

Ein grün-weiß gestreifter Ausdruck auf Endlospapier eines Nadeldruckers, ein Autounfall, ein fehlender Arm, ein kleiner Junge und, da hatte Patricia Tennat sehr recht, eine Erziehung mit einem einzigen Ziel. Nur brauchte Francis all das nicht mehr für seine Arbeit. Doch reichte diese Wahrheit auch für sein Leben?

Kapitel 10

Sven Tennat ging in die Vergangenheit zurück zu einer Mutter, die nie »Mein Kind« schrieb und nie von sich als »Mutti« oder »Mama« sprach, sondern stets Vornamen verwendete, was für Tennats Geschmack nur zusätzlichen Abstand erzeugte. Trotzdem kreiste ihr Denken vielleicht vor allem durch Konrad, einen Mathematiker, stets um die Zahl Drei. Zum Beispiel deckte er all die Jahre einen »dritten Platz« am Esstisch, auch wenn dieser stets frei blieb. Wenn sie Urlaub machten und ins Brandenburger Umland oder an die Ostsee fuhren, taten sie dies ebenfalls »zu dritt«. Mutter und Vater waren immer in ihren Gedanken bei ihrer Tochter, auch wenn sie nichts von ihr hörten oder wussten, ob all die Briefe – jene an Vanessas Schwester oder jene allein für Coco bestimmte – »im anderen Teil derselben Stadt« ankamen.

Der Schreibstil passte sich anfangs an das Alter der Empfängerin an, wurde aber im Laufe der Zeit komplexer. Die Mauer mitten durch Berlin wäre ein verklemmter Reißverschluss, der irgendwann wieder aufgehen würde. Denn das Leben sei wie die Mode an sich, die nie das Endgültige, absolut Schöne und wirklich Zweckmäßige wolle, sondern immer nur etwas anderes.

Was die kleine Coco darüber oder auch später als erwachsene Frau dachte, fand Sven Tennat nicht heraus. Es gab keinerlei Tagebuch, keine Notizen, nicht mal Schulzeugnisse oder dergleichen in der kleinen Einzimmerwohnung. Es schien, als hätte Coco Schuster ihre Kindheit bewusst ausradiert, und das vielleicht nicht erst als Erwachsene.

Die ihn umgebende Kulisse sprach dazu Bände. In den knapp

zwanzig Stunden, in denen Sven Tennat sich dort in Coco Schusters Wohnung befand, konnte er in keinem Moment seine Beklommenheit abschütteln. Diese kleine Wohnung hatte Coco Schuster laut dem Mietvertrag – und so etwas hob sie vermutlich wegen Behörden auf – seit Anfang der Achtzigerjahre, über dreißig Jahre. Sie muss also schon hier gewohnt haben, als sie 1986 ihren Sohn Frank bekam, dachte Tennat, von dem sie ebenfalls keinerlei Dokumente aufgehoben hatte. Dieses Kapitel schloss sich mit Vanessa Morgensterns letztem Brief, einem kurzen, formalen Schreiben, mit Absender und Briefmarke versehen und geöffnet. Es wurde darin schlicht gewünscht, dass Coco Blankounterschriften für behördliche Angelegenheiten bezüglich des Kindes an ein wegen eines Umzugs neu angelegtes Postfach senden solle.

Da gab es also auch nach der Öffnung des verklemmten Reißverschlusses kein »zu dritt«. Weder für die Mutter noch für die Tochter noch für die dritte Generation.

Mit gemischten Gefühlen verließ Tennat die Leberstraße Richtung Brandenburg an der Havel. Während der entspannten zweistündigen Zugfahrt ging er die neuen Informationen im Kopf durch. Francis Morgan hatte in der Leberstraße bei seiner leiblichen Mutter gelebt, ab seinem vierten Lebensjahr bei seiner Großmutter, für eine kurze Zeit am Strausberger Platz, dann ab Sommer 1990 an einem für Tennat unbestimmten Wohnort. Doch wie genau hatte Coco Schuster diese Briefe von vor 1989 erhalten? Sie schienen lückenlos zu sein und von Coco ungeöffnet. Die Briefkuverts wiesen an der Oberkante eine für Laien nicht erkennbare minimale Wellung auf, wie sie nur entstand, wenn man Briefe über Wasserdampf öffnete, um sie anschließend wieder mit Papierkleber zu verschließen.

Gewiss, Coco Schuster konnte das selbst fabriziert haben, doch Tennat erachtete dies bei einer Frau, die jede Erinnerung unterdrückte, als unwahrscheinlich. Sie las die Briefe wohl nicht, hob sie allerdings auf. Zudem die Kartons, in denen die Briefe steckten. Schuhkartons von Yves Saint Laurent fand man nicht einfach an der Straßenecke, was dafür sprach, dass alle Briefe im Nachhinein auf einmal überbracht worden waren, und zwar von der in den Briefen erwähnten, jedoch niemals namentlich genannten Mittelsperson. Es schien auch wahrscheinlich, da die Briefe vom Grundtenor her nicht DDR-kritisch waren, jedoch teils Informationen offenbarten, die für die Staatssicherheit wohl nicht uninteressant gewesen wären. Vielleicht war es die beste Freundin von Vanessa Morgenstern, die in Pankow wohnte und sich ebenfalls mit Mode bestens auskannte, eine ehemalige Redakteurin der Zeitschrift *Sibylle*. Viele Jahre lang trafen sie sich regelmäßig, meistens sonntags mit ihren Männern zu Kaffee, Kuchen, Sekt und, was darum in den Briefen Erwähnung fand, weil Konrad Morgenstern stets darauf achtete, dass für Coco auf dem Rücksitz ein Platz frei blieb, selbst dann, wenn Vanessa den Wartburg mit neuesten Stoffen vollstopfte.

Tennat stellte sich die Frage, woher das viele Bargeld stammte. Eine Möglichkeit wäre gewesen, dass Vanessa Morgenstern es ihrer Tochter zukommen ließ als eine Art Ablöse für den Enkel oder aus mütterlicher Fürsorge, die nur noch monetär funktionierte. Oder das Geld kam von Vanessas Freundin, aus schlechtem Gewissen und als eine Art Schweigegeld, weil sie die Briefe vermutlich erst im Nachhinein brachte. Doch warum wurde der Designer seit über sechs Jahren erpresst? Und was bedeuteten diese Zitate? Nein, das Geld musste von jemand anderem kommen, nur von wem? Und warum, verdammt noch mal, fragte sich Tennat, finanzierte Coco Schuster damit nicht ihre Existenz? Sie hatte Schulden bei der Bank, musste zum Jobcenter gehen, was gewiss nicht angenehm war für eine Frau, die anscheinend nicht viel mit ihrer Umwelt anfangen konnte.

In der Klinik fragte niemand nach seinem Namen, niemand beachtete ihn. War Tennat zuvor in der Bahn für alle Augen ein Tourist gewesen, so war er nun einer der vielen Gäste während der öffentlichen Besuchszeit.

Auf den orange gestrichenen Fluren fragte er ein paar apathisch blickende Patienten nach Frau Schuster. Ohne Erfolg. Endlich wusste ein Mädchen mit Stecknadelpupillen, Lippenpiercings und geritzten Unterarmen, wer gemeint war. Schuster, mit der sie die Gruppentherapie teilte, würde außerhalb der Sitzungen immer im Garten am selben Platz sitzen. Unter einem Baum. Im Schatten. Nahe der hohen Mauer. Weit weg von anderen. Die alle ebenfalls Tabak rauchten. Bevorzugt Schwarzer Krauser, selbstgedreht, ohne Filter, zwischen gelbem Mittel- und Zeigefinger und in Kette.

Tennat bedankte sich, folgte dem Hinweis und nahm von der Veranda einen Plastikstuhl mit.

»Entschuldigung, Frau Schuster«, begann er und setzte sich. »Aber es muss sein. Glauben Sie mir.«

Coco Schuster schaute ihn kurz an, konnte seinem Blick aber nicht standhalten, drückte eine Zigarette aus und wollte aufstehen.

»Ich suche Ihren Sohn Frank«, fuhr er fort.

Sie zögerte, wirkte sichtlich verblüfft.

»Könnten Sie bitte kurz hier bleiben.«

Coco Schuster lehnte sich langsam in ihrem Stuhl zurück und faltete die Hände im Schoß, ohne Tennat anzuschauen.

»Wissen Sie, wo er steckt?«

Schuster schüttelte den Kopf.

»Wann haben Sie ihn das letzte Mal gesehen?«

Sie zuckte mit Schultern, bewegte ihren Oberkörper nach von und griff nach ihrem Tabakbeutel.

»Wissen Sie eigentlich, was er macht?«

»Sie sind Bulle«, sagte sie endlich mit einer überraschend tiefen und angenehm klingenden Stimme, jedoch noch immer, ohne ihn anzusehen.

»Ich würde es gern wieder sein«, erwiderte Tennat. »Das ist recht komplex zu erklären und Ihr Sohn …«

»Also falls er was ausgefressen hat …«

Tennat verneinte.

»Wenigstens das«, befand sie.

»Warum?«

»Wegen allem.«

»Verstehe.«

»Glaube kaum.«

»Stimmt, da haben Sie recht«, gab Tennat zu. »Sonst wäre ich nicht hier.«

Coco Schuster zuckte erneut mit den Schultern und steckte sich mit einem Streichholz ihre Zigarette an. Trotz eines leichten Windes benötigte sie nur einen Versuch.

»Wer ist Franks Vater?«

»Keine Ahnung. War ein Unfall. Wie alles. Steht doch in seiner Geburtsurkunde. Vater unbekannt. Müssten Sie doch als Bulle wissen.«

Tennat nickte, was sie aber nicht sah.

»Hat sich Frank mal bei Ihnen gemeldet?«

»Das fehlte noch.«

»Oder jemand anders aus der Familie?«

»Zum Glück nicht.«

»Woher haben Sie das Geld bei sich zu Hause?«, platzte es aus ihm heraus.

Coco Schuster schaute ihn zum zweiten Mal kurz an, amüsiert, ohne richtig zu lächeln.

»Sie waren in meiner Höhle.«

»Aber nur ich, und es tut mir leid.«

Sie nickte, schaute wieder weg und sagte: »Irgendwann kommt alles zurück.«

»Vielleicht ist es ein Geschenk. Also ich sehe das zumindest so. Es ist für Sie bestimmt.«

»Mir wird nichts geschenkt«, sagte Coco Schuster und zog mehrmals an ihrer Zigarette, so dass die Spitze kurz aufglühte. »Das habe ich schnell begriffen.«

»Bei den Schusters?«

»Da zuerst.«

»Warum?«

»Es ist nicht alles Gold, was glänzt«, antwortete Coco Schuster mit sarkastischem Lächeln. »Und in jeder Familie gibt es ein schwarzes Schaf. Was bei den goldenen Schusters von Anfang an ich war. War ja auch kein leibliches Kind, und meine vermeintlichen Schwestern machten es mir nicht leicht. Dazu Herr Schuster, dieses fette Schwein, und die Tante … Vergessen Sie es.«

»Vielleicht ist das Geld aber von denen.«

Sie schüttelte belustigt den Kopf.

»Oder von Frank. Oder Vanessa Morgenstern.«

»Woher kennen Sie …«

»Frau Morgenstern?«, fragte er nach.

Sie nickte.

»Kenne ich nicht persönlich«, fuhr er fort. »Übrigens auch nicht aus Franks Mund. Der ist nämlich fast wie Sie, Frau Schuster, recht verschwiegen, vor allem, was seine Vergangenheit betrifft. Ich stieß auf den Namen Vanessa Morgenstern in Ihrer Geburtsurkunde, ohne jedoch eine aktuelle Anschrift von ihr zu haben, wo man sie antreffen könnte. Ist ein bisschen schwierig bei Ihnen allen.«

Coco Schuster lachte kurz auf, wobei sich deutlich zwei größere Zahnlücken zeigten, bis Schusters Gesicht wieder einfror: »Wenn Sie das Geld … Haben Sie dann auch die Briefe …«

Tennat nickte.

»Erzählen Sie mir bloß keine Details«, sagte sie sofort und drückte ihre Zigarette aus. »Das reicht. Ist das klar? Habe so wenig einen Sohn wie ich Tochter war. Das alles wollte ich nicht. Einfach alles. Nichts. In diesem Leben.«

»Haben Sie darum Frank …«

»Sehen Sie mich doch an«, schrie sie und schaute dabei hinüber zur Veranda, wo ein kräftiger Pfleger das Gelände kontrollierte. »Überall wäre es dem Jungen wohl besser gegangen als bei mir. Und ins Heim oder zu Pflegeeltern wie ich sollte er nicht. Auf keinen Fall. Das war das Einzige, was ich damals wusste. Das Einzige, was mir vollkommen klar war.«

»Und jetzt?«

»Es gibt kein Jetzt.«

»Aber wir sitzen doch hier …«

»Sie sprechen wie die Therapeuten«, empörte sie sich und sah ihn zum dritten Mal kurz an, plötzlich hasserfüllt. »Ich glaube, das war es. Jetzt. Hier. Ich gehe.«

»Einen Moment noch«, bat Tennat. »Aber da Sie Frank abgaben und ungefähr ab diesem Zeitpunkt Geld bekamen, was übrigens wie die Briefe wieder unter ihrem Bett liegt, kann es sein, dass das eine mit dem anderen zusammenhängt?«

»Nein. Das Geld kommt gewiss nicht von meiner Mutti.«

»Sie nennen Vanessa Morgenstern Mutti?«

Coco Schuster schossen Tränen in die Augen. Sie stand auf und lief zielstrebig Richtung Veranda. Sie zeigt mehr Facetten, als vermutet, dachte Tennat. Er wollte nachhaken und sich vor allem entschuldigen, weil es ihm leidtat und er doch noch wissen musste, wie sie die Briefe erhalten hatte, doch er sah, dass Coco Schuster den einen kräftigen Pfleger ansprach. Innerhalb von Sekunden holte dieser Verstärkung.

Kapitel 11

Sonst.

Dieses Wort wuselte in Catrinel Stans Kopf herum, obwohl sie es *sonst* in Bezug auf ihren Chef selten benutzen musste.

Also *sonst* trafen sie sich in geschlossenen Räumen, nie draußen. Als Catrinel aus ihrem Smart ausstieg, den Parkplatz hinter sich ließ, durch den Haupteingang trat, am Revolutionsdenkmal ein paar rote Rosen niederlegte und nach zahlreichen Biegungen ihren Chef aus der Ferne am Ende eines schmalen Pfades am verabredeten Treffpunkt erblickte, dachte sie, dass er *sonst* stets seine Umgebung misstrauisch beäugte. Und wären sie eben nicht draußen, sondern wie *sonst* im Headquarter oder einer anderen Location, hätte Catrinel seine Gedanken erraten, ein entsprechendes Manko in der Umgebung entdeckt, um dieses nach Absprache oder selbständig zu beheben. Als seine Assistentin, seine rechte Hand, als stramm gezogene Schnur zwischen zwei Blechdosen, da er Dinge ungern persönlich mit anderen Menschen außer ihr oder Frau Kraft besprach.

Hier auf dem Friedhof, exakt an dem Punkt, wo Catrinel *sonst* ihre Mutter traf, umgaben ihn nur Bäume, Beete, Gräber. Ihr Chef hatte sogar die Augen geschlossen, als fühle er sich in dieser Umgebung wohl, und stand mitten in der prallen Sonne, obwohl er diese *sonst* mied.

Catrinel vermutete darum zunächst, sein Verhalten sei eine logische Folge davon, dass ihre Mutter in Muntenia spontan beschlossen hatte, nicht mehr nach Berlin zurückzukehren, eine Nachricht, die Catrinel nicht nur überraschte, sondern ziemlich verärgerte. Dabei tat Catrinel so viel für ihre Eltern. Sie hatte ihrer Mutter diesen Job besorgt, gab einen Teil ihrer eigenen Einkünfte für deren überdimensionierte Altersvorsorge ab, und wenn ihr Vater sich beim Hausbau wieder einmal verkalkuliert hatte oder Beamte bestochen werden mussten, gab sie ihm extra etwas, ohne ihrer Mutter davon zu erzählen.

Das war nun hoffentlich vorbei. Catrinel hatte ihre Schuldigkeit getan und musste diese Angelegenheit nur noch mit ihrem Chef besprechen, der da stand und die Augen geschlossen hatte, weil er vielleicht geschockt war. Doch als Catrinel zwei Meter vor ihm stehen blieb und er ihre Anwesenheit registrierte, öffnete er langsam, als genieße er es fast, die Augen und kam gar nicht auf die Familie Stan zu sprechen, sondern schaute Catrinel auf eine Art an, wie er es *sonst* noch nie tat.

Er schaute nicht durch sie hindurch oder an ihr vorbei, was sie stets verstand und sich selbst vor vielen Jahren in Paris mühevoll abgewöhnt hatte. Sein Blick war nicht leer, als wäre sie Luft, weil er innerlich an Gedanken kleben blieb, ihn einer seiner Tagträume übermannte und vergessen ließ, wo er war und dass er jemand ansah. Nein, ihr Chef blickte irgendwie in sie hinein, und seine erweiterten Pupillen vermittelten eine Botschaft, die sie nur von anderen Männern kannte, Männern mit eindeutigen Absichten. Was hatte das zu bedeuten?

Catrinel trat einen Schritt zur Seite, ohne zu sehr an ihren Chef heranzurücken, ging in die Hocke und hob ein paar Blätter vom Grab seines Großvaters auf.

Francis Morgan tat daraufhin das Gleiche, betrachtete aber kaum das von den Bäumen wegen der großen Hitze bereits im Sommer abgeworfene Laub, sondern blickte immer wieder auf die äußerst ungewöhnliche Inschrift des Grabsteins: »Die Weisheit führt uns zur Kindheit zurück.« Ein Zitat von Blaise Pascal, dem Begründer der Wahrscheinlichkeitsrechnung, ein Zitat, das

Francis Morgan anstarrte, als würde er das erste Mal den Sinn begreifen. Sein Mund war einen Moment geöffnet. Bis er wieder aufstand und begann von seiner Großmutter zu sprechen, was er natürlich *sonst* auch nie tat. Er erzählte, dass es seiner Grand-Mère ausgesprochen gut ginge, sie liefe im Haus herum, brauche ihren Rollstuhl überhaupt nicht mehr und stehe in der Küche, um für alle zu kochen.

Die Formulierung »für alle« irritierte Catrinel noch mehr als der beschriebene Gesundheitszustand, denn ein Wir-Gefühl zu verbreiten, wie es manch ein neuer Praktikant im Backoffice tat, bis er eines Besseren belehrt wurde, war wirklich nicht Herrn Morgans Art. Zudem klang »für alle« nach mehr als zwei Personen, was viel Platz für Spekulationen bot. Catrinel nickte, stand ebenfalls auf und schaute zu einem großen Gebüsch, weil es dort raschelte.

Francis Morgan ignorierte das Geräusch, obwohl ihn *sonst* jeder unerwartete Laut sehr schnell nervte, und sprach dafür seine neuen Showteile an –die wohl besten, die er jemals gemacht habe. *Sonst* hörte Catrinel niemals ein Eigenlob aus seinem Mund. Er holte sogar sein I-Phone hervor, um Bilder zu zeigen, und erkundigte sich nebenbei, ob in der Firma alles nach Plan liefe. Catrinel bestätigte dies, sowohl was die Vorbereitungen für seine nächste Show als auch die Zusammenarbeit mit dem LKA betraf.

Francis Morgan atmete tief durch, klatschte aber mit ungewöhnlich viel Elan in die Hände, ganz so, wie es *sonst* Tracy Kraft tat. Er erklärte, dass es nun darum ginge, den Status quo wiederherzustellen, und zwar im Sinne des Lateinischen *in statu quo res erant ante bellum*, also den Zustand, in dem die Dinge vor dem Krieg waren, wobei er nicht genau definierte, wann und aus welchem Anlass jener Krieg begonnen hatte.

Catrinel erfuhr nur, dass diesbezüglich eine gewisse Barbara Gatow besucht werden sollte. Dazu dienlich wären eine Einladung zur nächsten Fashion Week mit heißbegehrter Platzkarte für die erste Reihe, ein kurzes Empfehlungsschreiben seinerseits sowie eine Liste mit einigen Infos über den Sachverhalt, die bei diesem heiklen Geheimauftrag helfen sollten.

Dann raschelte es erneut im Gebüsch. Francis Morgan pfiff auf zwei Fingern. Sofort kam ein kleiner Jack Russell Terrier angerannt. Das Tier machte vor seinen Füßen Sitz, wedelte mit dem Schwanz, bis Morgan in die Hocke ging und tatsächlich ohne Handschuhe dem Hund über den Kopf streichelte – ein *sonst* nie gesehenes Verhalten gegenüber Lebewesen.

Und das Allerbizarrste bei diesem Treffen war, dass er anschließend etwas Ähnliches bei Catrinel machte. Er kam auf sie zu, überwand seine *sonst* zelebrierte Intimdistanz, legte seine rechte Hand auf ihren Oberarm, streichelte diesen knapp unterhalb der Schulter, wie es manchmal Freunde untereinander taten, um sich Mut zu machen. Catrinel, die *sonst* nichts erschüttern konnte, nicht mal ein Toter vor ihren Augen, stand wie versteinert da.

Francis Morgan war selbst sichtlich überrascht, als er bemerkte, was er soeben getan hatte. Seine Hand zuckte aber nicht zurück, sondern er nahm sie genauso langsam weg, wie er anschließend einige Meter zurückwich, ohne jedoch Catrinel beim Gehen den Rücken zuzudrehen. Er schaute sie erneut so an wie vorhin am Grab. Es wirkte nun wie bei sich wirklich nahestehenden Menschen, die sich am Bahnhof für lange Zeit verabschiedeten.

Trotz der Hitze bekam Catrinel eine Gänsehaut, die sich selbst in ihrem Smart während der Fahrt nach Pankow nur langsam legte.

Barbara Gatow trug einen exklusiven Hosenanzug, als sie die Tür ihrer hübschen Villa öffnete. Trotz der gewissen Herbe ihrer Ausstrahlung erklärte sie stolz das eine oder andere bunte Detail des Interieurs, bis sie Catrinel bat, sich ins Wohnzimmer zu setzen, in einen Ohrensessel mit cremefarbenen Veloursbezug der Marke

Armani Casa, umgeben von blühenden Orchideen und griechischen Gipsplastiken, meist nackten Jünglingen.

Barbara Gatow klimperte in der Küche und bereitete grünen Tee zu. Ihr Gesicht, als sie mit einem Tablett zurückkam und sich auf ein ebenfalls von Armani Casa kreiertes Sofa hinsetzte, um den Tee einzugießen, glich bei näherer Betrachtung dem feinen Porzellan der Kanne – weiß, glatt, porenlos. Catrinel tippte auf eine partielle Fettabsaugung, Lidstraffung kombiniert mit einem generellen Composite Facelifting. Geschickt trug Barbara Gatow dazu einen dunklen Pagenkopf à la Mireille Mathieu, der Stirn und Ohren bedeckte, sowie einen Rollkragenpulli, der keinen Blick auf Hals und Dekolleté zuließ, Körperstellen, an denen die natürliche Alterung der Haut immer noch schwierig zu manipulieren war. Auch wenn Altersflecken an den Händen weggelasert wurden, verrieten die deutlich hervortretenden blauen Adern Barbara Gatows wahres Alter. Mit ihrer linken Hand strich sie ihre Hose zurecht, mit der rechten nahm sie mit abgespreiztem kleinen Finger ihre Tasse.

»Yves Henri Donat Mathieu-Saint-Laurent«, begann Catrinel. »Ihr Jackett und die Hose sind von ihm. Laurent nannte diese Kombi Le Smoking.«

»Très bien«, antwortete Gatow. »Yves wurde nicht umsonst zu Lebzeiten von der Fachwelt zum Revolutionär des Modedesigns geadelt. Er konnte die weibliche Form elegant, sachlich und zugleich emanzipatorisch zur Geltung bringen.«

»Ein Genie«, bestätigte Catrinel lächelnd. »Dabei war er ein sehr schüchterner Designer.«

»Wie Ihr Francis Morgan heutzutage.«

»Eben.« Catrinel überreichte das Empfehlungsschreiben sowie die Einladungskarte.

»Nachdem ich einige Male ergebnislos nach Karten angefragt habe, überrascht mich das wirklich«, antwortete Frau Gatow mit hochgezogenen Augenbrauen, ohne dass eine Falte auf der Stirn entstand. »Aber lieber jetzt als nie.«

»Wir haben immer viele Anfragen und wussten ja nicht …«

»Dass ich …«

»Ja?«

Barbara Gatow zögerte und schaute auf Catrinels Teetasse.

»Mögen Sie keinen grünen Tee?«

»Doch, doch.« Catrinel nahm einen Schluck. Der Tee schmeckte recht bitter.

»Nachdem mein erster Mann starb, war ich mal mit einen Marokkaner liiert, der wollte immer nur schwarzen Kaffee.«

»Woran ist Ihr erster Mann …?«

»Er hat sich 1993 mit einer lilafarbenen Hugo-Boss-Krawatte erhängt. Er bekam Depressionen nach der Wende, aber nicht wegen der Krawatte oder der Farbe Lila. Er war entlassen worden und neigte zum Alkohol. Wie so viele von uns damals.«

»Das tut mir leid«, sagte Catrinel gedämpft und möglichst einfühlsam. »Wie haben das damals Ihre Kinder aufgenommen? Sie haben doch Kinder?«

»Mein Sohn war zu der Zeit bereits in den Staaten. Er ist Chirurg und bekam ein Angebot, das er nicht ausschlagen konnte. Er richtete sich also nach den Gegebenheiten.«

»War er zuvor an der Charité gewesen?«

»Natürlich«, bestätigte Frau Gatow mit Stolz. »Als jüngster Chefarzt.«

»Hat er damals auch Vanessa Morgenstern behandelt?«, fragte Catrinel direkt.

Gatow stellte ihre Teetasse ab, führte ihre Hände zusammen, rieb sie aneinander, als würden sie von einer Sekunde auf die andere kalt sein oder schmerzen, und zögerte.

»Schließlich sind Sie beste Freundinnen«, schob Catrinel nach.

»Sind?« Barbara Gatow räusperte sich. »Sind gewesen, müsste

es heißen. Bis damals, als sie ins Krankenhaus kam. Da wollte sie nichts mehr von mir wissen. Aber woher wissen Sie …«

»Vom Enkel«, erwiderte Catrinel ohne Umschweife und beugte sich in ihrem Ohrensessel nach vorn. »Herr Morgan hat es erst jetzt erfahren. Sie wissen doch, dass er …«

»Da muss man nur eins plus eins addieren«, antwortete Barbara Gatow wie aus der Pistole geschossen und lehnte sich genüsslich in ihr Sofa zurück. »Also wenn man sich auskennt. Wie ich. Aber solches Wissen ist heutzutage nicht mehr gefragt. Und auch wenn ich lange aus dem Geschäft raus bin und Vanessa seit dreiundzwanzig Jahren nicht gesprochen habe, war mir immer klar, dass es da eine Verbindung geben könnte. Merkwürdig schien mir nur, dass das niemand anderem auffiel, niemand darüber berichtete oder recherchierte. Andererseits herrscht auch heutzutage Zensur.«

»Oder Privatsphäre«, gab Catrinel zu bedenken.

»Warum sind Sie dann hier?«, fragte Barbara Gatow leicht echauffiert. »Sie hätten mir die Einladung auch per Post zukommen lassen können.«

»Ihretwegen«, schmeichelte Catrinel und nahm erneut einen Schluck vom bitteren Tee. »Wie gesagt, Herr Morgan wusste bis vor kurzem nicht, dass Sie mit seiner Großmutter befreundet sind.«

»Waren.«

»Aber das kann sich auch wieder ändern.«

»Das bezweifle ich.«

»Warum?«

»So wie ich das einschätze, sind Sie allein darum hier, weil dieses Jahr recht turbulent für Ihre Firma verlief. Aber wenn Sie wegen des Mordes an diesem Russen hier sind, kann ich nicht helfen.«

»Es gab auch einen weiteren Mord.«

»Ach. Davon stand nirgends etwas.« Frau Gatow wirkte sichtlich interessiert und wechselte die Position ihrer übereinandergeschlagenen Beine.

»Und wir werden erpresst.«

»Das Label? Womit?«

»Eher Francis Morgan als Person. Oder Ihre Freundin Vanessa. Und womit … Des Rätsels Lösung ist nur in der Vergangenheit zu finden.« Catrinel schaute auf die Einladungskarte, die auf dem Wohnzimmertisch zwischen Teekanne und Pralinenschachteln lag, was Barbara Gatow genau verfolgte.

»Alles, was ich weiß, ist, dass Vanessa eben diesen Unfall hatte«, lenkte sie ein. »Da gab es schlimme Verbrennungen dritten Grades, mehrfache Knochenbrüche und dann vor allem diesen fehlenden Arm. Und das als Schneiderin, als jemand, der ständig in den Spiegel guckt, auf Proportionen achtet und einfach auch auf zwei funktionierende Hände angewiesen ist. Sie verstehen?«

»Ist das nicht gerade ein Grund, der Freundin beizustehen?«

»Das tat ich«, bekräftigte Barbara Gatow. »Jede Woche saß ich mindestens an drei Nachmittagen neben ihrem Bett, als sie im Koma lag.«

»Und dann?«

»Als Vanessa aufwachte, wollte sie mich nicht mehr sehen.«

»Das verletzte Sie bestimmt?«

»Natürlich. Wir gingen seit unserem gemeinsamen Praktikum an der Staatsoper durch dick und dünn, hatten dieselben Interessen, tauschten uns intensiv aus, machten Karriere in unserem Land und halfen einander, wo wir konnten.«

»Ich verstehe. Sie beide führten und führen nach wie vor ein außergewöhnliches Leben. Und gerade weil Sie sich so gut kannten und einander geholfen haben, muss ich Sie fragen, ob Sie sich vorstellen können, wer hinter diesen Erpressungen steckt? Es gibt da zum Beispiel Zitate, die stets was andeuten. Im letzten Erpresserbrief steht eins von Coco Chanel.«

»Warum nicht«, befand Barbara Gatow sofort mit schriller Stimme. »Ist schließlich eine Koryphäe der Branche gewesen.«

»Das Zitat bezog sich auf Liebe und Arbeit, es gebe eine Zeit für die Liebe und eine für die Arbeit. Und Coco ist ebenso der Vorname der Mutter von Francis Morgan, also Vanessas Tochter.«

Barbara Gatow schaute weg, wechselte umständlich wieder die Position ihrer übereinandergeschlagenen Beine und nickte schließlich.

»Haben Sie jemals etwas von der Tochter ...«

»Gehört?«, unterbrach Frau Gatow, ohne sie anzuschauen. »Nein. Niemals.«

Catrinel fand diese Reaktion übertrieben und vermutete, dass hier noch zu bohren sei, entschied sich aber, auf einen für Herrn Morgan anderen wichtigen Punkt einzugehen, da sich die Dame sichtlich unter Druck gesetzt fühlte. Zudem überfiel Catrinel ein mulmiges Gefühl. Vielleicht durch das Treffen mit ihrem Chef, vielleicht vom Tee oder weil sich eine Sommergrippe ankündigte, wie es eigentlich erst stets nach der Fashion Week passierte.

»Aber Sie wissen etwas von dem Buch«, kürzte sie darum ab und fasste sich kurz an die Stirn, die sich sowohl warm als auch etwas feucht anfühlte.

»Von dem Stapel Papier mit Langzeitprognosen wie bei einem Wetterbericht, meinen Sie wohl«, korrigierte Barbara Gatow sichtlich erleichtert, dass das Gespräch in eine andere Richtung ging. »Absolut verrückt das Ganze, aber auch nicht verwunderlich, denn es hatte Konrad fabriziert.«

»Der Mann von Vanessa, der Informatiker?«

»Ja, oder Mathematiker. Er war beides und vor allem schon immer eins: sehr merkwürdig. Er arbeitete nicht umsonst fürs Rechenzentrum der Humboldt-Uni. Er kam wohl da auf die Idee, dass Modedesign ein Malen nach Zahlen sei, und berechnete mit seinen Computern Trends. Die Rettungssanitäter fanden die für sie unverständlichen Dokumente unterm Autositz in einem Einkaufsbeutel, den sie dann meinem Sohn zur Aufbewahrung gaben. Ergebnisse für gleich vierzig Jahre, stellen Sie sich das mal vor! Wie gesagt, das war wirklich ein Kauz, dieser Konrad. Für alle. Schon immer.«

»Und dann haben Sie sich diese Papiere angesehen.«

»Natürlich, denn wenn ich Vanessa im Krankenhaus besuchte, lag sie im Koma, und ich hatte Zeit, mich mit dem zu beschäftigen, was sich in ihrem Nachttisch befand. Es stimmte allerdings nur eine Saison ansatzweise. Danach lag er diametral falsch.«

»Ach.«

»Was dachten Sie denn?«

Catrinel zögerte, überlegte kurz und erwiderte: »Natürlich genau das.«

»Und warum sagen Sie dann ›ach‹?«

»Weil Sie sich das Dokument kopiert haben müssen«, fiel Catrinel ein. »Während Ihre beste Freundin im Koma lag.«

»Natürlich«, bestätigte Barbara Gatow selbstsicher. »Stellen Sie sich mal vor, es hätte gestimmt, was Konrad da mit seinen Algorithmen berechnet hatte. Das wäre die Rettung gewesen. Dann hätten Fünfjahrespläne endlich Sinn ergeben, und für unser Land hätte es eine Devisenquelle ohnegleichen bedeutet. Dann wäre alles anders gekommen. Wirklich ganz anders.«

»Ihnen geht es doch jetzt ganz gut. Das Haus ist Ihr Eigentum?«

»Seit mehr als vier Generationen. Privateigentum dieser Art war in der DDR nicht verboten, falls Sie das meinen.«

»Aber Ihr Haus wurde offensichtlich nach der Wende saniert. Und die Einrichtung, der Sportwagen in der Einfahrt …«

»Nicht nur ein wenig indiskret«, fand Frau Gatow. »Aber mein Sohn ist wirklich erfolgreich in seinem Geschäft. Übrigens Gesichtschirurgie, falls Ihnen noch andere Despektierlichkeiten einfallen sollten. Und wäre damals alles anders gekommen, würde ich jetzt auch kein Yves Saint Laurent tragen.«

Catrinel nickte einlenkend und trank den Tee aus, weil sie großen Durst bekommen hatte und nicht nach Wasser fragen wollte.

»Jedenfalls wollte Ihre damalige beste Freundin nichts mehr mit Ihnen zu tun haben, weil sie diese Prognosen kopierten.«

»Davon wusste Vanessa nichts. Als sie aufwachte, wollte sie niemand mehr sehen, weil alles aus war, worum sich ihr Leben gedreht hatte. Also neben der Mode eben das mit Konrad.«

»Der Tod ihres Mannes hatte Vanessa Morgenstern also am meisten zu schaffen gemacht.«

»Sie war besessen von ihm gewesen. Und Tod? Der Enkel scheint da nicht alle Informationen von Vanessa bekommen zu haben. Meiner Meinung nach ist er nicht tot.«

»Ich kenne die Grabstätte«, erwiderte Catrinel irritiert. »Erst heute Morgen stand ich davor.«

»Gewiss«, erwiderte Barbara Gatow. »Doch Konrads Knochen liegen dort nicht unter der Erde. Damals wurde er einfach für tot erklärt, weil er nach dem Unfall verschwunden war und das Einzige, was man von ihm einige Wochen später am Spreeufer fand, eine graue Cordhose, Schuhe vom VEB Zehdenick, sein Pass und der Wohnungsschlüssel waren.«

Teil IV: Der graue Panther

Kapitel 1

Konrad fasste sich an seinen brummenden Schädel, als er zu Sinnen kam. Er fühlte einen dicken Verband, richtete sich auf und versuchte seine Augen scharf zu stellen. Er befand sich offensichtlich im Innern eines Krankenwagens, nach und nach nahm bei der schummrigen Beleuchtung die medizinische Ausstattung Formen an. Er lag auf einer braunen Bahre, neben ihm war ein brauner Plaste-Sitz, von der Decke hing ein Tropf, dessen klare Flüssigkeit durch einen langen Schlauch in seine Armbeuge führte.

Dann erinnerte Konrad, wie es dazu kam, und er biss sich auf die Lippen. Er hätte nichts sagen sollen, mitten auf der Kreuzung, denn das Ergebnis seiner Spontaneität spielte sich nun draußen ab, hinter dem Milchglas der Tür mit dem roten Kreuz, wo so viele Lichter blinkten. Sofort zog er die Kanüle aus seinem Arm, drückte seine Hand auf die blutende Stelle und verließ den Wagen mit seinem über die Schultern geworfenen Mantel, ohne dass jemand Notiz von ihm nahm.

Nicht unweit auf der großen Kreuzung versuchte die Feuerwehr vier ineinander verkeilte brennende Autos zu löschen. Drei Männer, die ganz dicht dran standen und gegen die Flammen kämpften, sahen in ihren silbernen Schutzanzügen wie Kosmonauten aus. Weniger vermummte Rettungskräfte bargen aus einem umgekippten Bus Leute. Es waren sehr viele Verletzte, und man wusste nicht wohin mit ihnen. Wen es nicht allzu stark getroffen hatte, bekam eine warme Wolldecke übergeworfen und kauerte vor der Absperrung der Polizei am Straßenrand, wartete leichenblass sein Schicksal ab, direkt vor Passanten, die mit offenen Mündern gafften. Besonders das viele Blut entsetzte wohl, denn wann immer jemand mit einem von Glasscherben zerschnittenen Gesicht aus dem Bus getragen wurde, stupsten die Schaulustigen sich gegenseitig an. Wenn nicht ein neu ankommender Krankenwagen oder der schwarze Rauch ihnen die Sicht versperrte. Oder schnurrbärtige Vopos sie langsam wegdrängten.

Es gab also andere Prioritäten als Konrad mit seiner Kopfverletzung. Er ging von dannen. Zu Fuß viele Kilometer. Direkt zum Rechenzentrum. Es musste sein.

In der Humboldt-Universität tüftelten sie in diesem Jahr wieder einmal verstärkt an besseren Langzeitwetterprognosen, welche als elementar für den Agrarsektor eines Arbeiter-und-Bauern-Staates galten. Der große Bruder hatte in den letzten Jahren arge Dürren erlebt und musste jährlich bis zu dreiundvierzig Millionen Tonnen Getreide importieren, vom Klassenfeind. Dieses Projekt stand folglich ganz oben im wissenschaftlichen Jahresplan. Professor Heinemann hatte diesen neuen Algorithmus entwickelt, der neben der für Wetterprognosen üblichen nichtlinearen Grundstruktur und einem langfristig chaotischen Verhalten zusätzlich periodische Elemente integrierte. Heinemann war die Idee dazu nachts in einem Traum gekommen, und er war am ehesten als ein Muster in einem vierdimensionalen Phasenraum zu beschreiben, das er mit einigen spezifischen Attraktoren beschrieb, wie er zunächst nur Konrad unter vier Augen verraten hatte. Sein langjähriger Mitarbeiter, der den Professor wegen seines geringen Anspruchs an soziale Gepflogenheiten sehr schätzte, verstand dies sofort, für die Institutsleitung enthielt er allerdings vom Theorem her zu viele imperialistische Anleihen, weswegen es einige Wochen dauerte, bis schließlich die Rechenkapazität sämtlicher Computer für gleich mehrere Woche zur Verfügung gestellt wurde. Leider erwiesen sich die dann erlangten Ergebnisse als besonders mangelhaft, was allen sehr missfiel, ihren Befürchtungen recht gab und Heinemann stark mitnahm. Der alte Prof wurde krank, kam ins Krankenhaus, und Konrad sann für sich allein über einen möglichen Fehler nach.

Bei dem bald entdeckten Zahlendreher war er sich aber zu unsicher, um sofort an den geschwächten Heinemann oder gar die Institutsleitung heranzutreten. Der korrigierte Algorithmus musste erst getestet werden, sonst wäre Heinemann endgültig oder gar Konrad zur Witzfigur geworden. So etwas sprach sich herum. Vielleicht sogar bis zu Vanessa, was er am wenigsten wollte. Und so begann Konrad Morgenstern die Regeln, die er seit seinem Studium brav eingehalten hatte, zu brechen, begab sich an mehreren Wochenenden ohne Wissen seiner Vorgesetzten ins Rechenzentrum, ließ aber keine komplexe Wettervorhersage in Etappen laufen, sondern kam auf die Idee, den Rechenzyklus zunächst zu vereinfachen. Er nahm sich dafür das für ihn unverständliche und durch Vanessa zugleich naheliegendste Sachgebiet vor: Mode. Es bot sich an, da es wesentlich weniger Variablen aufwies. Zudem änderte sich das Wetter jeden Tag, fast minütlich, die Mode hingegen nur zum Frühling/Sommer oder Herbst/Winter. Und nachdem sich Konrad in alle, ihm durch Vanessa mehr oder weniger geläufige Fachtermini eingearbeitet hatte, stellte er fest, dass das, was ihm zuvor als ein Mysterium erschienen war, einen verblüffend logischen Aufbau besaß. Es gab weitaus weniger Chaos als beim Wetter. Ein gewisser Zyklus der Wiederkehr stand im engen Zusammenhang zu regelmäßigen Stilbrüchen und einer Tendenz zu schneller aufeinanderfolgender Modeturnusse, zumindest bis zu einem gewissen Grad. Konrad konnte seine Beobachtungen zwar nicht in so elegante Worte verpacken wie Modetheoretiker, doch genauso wie Heinemann beim Wetter erkannte Konrad bei der Mode ein gewisses Muster.

Und wenn vielleicht nicht nur Mode voraussagbar wäre, sondern wirklich auch das Wetter, wäre noch viel mehr möglich. Was fehlte, waren mehr Daten und schnellere Rechner. Die Zukunft musste das alles ergeben, davon war Konrad in jenen Wochen fest überzeugt. Die Rechenkapazität der Computer stieg jedes Jahr um das Doppelte. Man musste Geduld zeigen und brauchte immer bessere Algorithmen. Dann würden unerwartete Dürren und Missernten zur Vergangenheit gehören. Dann lebte die Menschheit nicht mehr in einer unberechenbaren Welt.

An jenem Sonntag wurde er aber eines Besseren belehrt. Seit er im Krankenwagen zu Sinnen kam. In keinem vierdimensionalem Phasenraum. Alles Hypothetische, alles, worüber sich Konrad auf der Arbeit oder für sich Gedanken gemacht hatte, wurde durch die reine Realität da draußen zerstört.

Am Morgen war er noch anderer Meinung gewesen, war wie immer viel früher als Vanessa aufgestanden, allerdings nicht nur Brötchen holen gegangen, sondern auch mit seinem Fahrrad ins Rechenzentrum gefahren, um den finalen Ausdruck seiner Berechnungen zu holen. Er hatte sich stark beeilen müssen, damit Vanessa nichts mitbekam, sie erst aufwachte, wenn er mit dem Frühstück an ihr Bett kam. Und er hatte vor allem seine Ergebnisse vor Montag in den Händen halten wollen, da sie am Nachmittag zu Barbara Gatow und ihrem Mann wollten. Dieser Besuch war so wichtig wie noch nie, denn bei Vanessas Freundin gab es aufgrund ihrer hervorragenden Beziehungen nach drüben stets die neueste *Vogue*, durch die Konrad in einen unbeobachteten Moment seine Ergebnisse mit den Westdaten vergleichen konnte. Das war der Plan, und genau so machte er es.

Die drei anderen befanden sich gerade in der Küche, als Konrad für fünf Minuten mit der *Vogue* und seinem Dederon-Einkaufsbeutel auf dem Klo verschwand. Anschließend lief er sehr langsam zurück, fast entspannt, denn er fühlte sich absolut auf dem richtigen Weg, und Vanessa sollte am Abend alles erfahren, was die Zukunft brachte. An ihrem Esstisch nach dem Abendessen und beim zweiten Glas tiefroten Kadarka. Natürlich ohne Bilder. Aber eben mit entscheidenden Stichworten, welche Menschen ihres Fachs weiterbringen würden. Die Kreativität konnte sich dann ganz dem Schaffen hingeben. Das war sein Geschenk an Vanessa.

Doch er – gegen seine Art viel zu euphorisch – erzählte ihr eine Kleinigkeit bereits im Auto. Was zum Unfall am Alexanderplatz führte. Er hatte zudem am Morgen nicht seine Daten im Rechenzentrum gelöscht, das hatte er nach dem Wochenende am Montagmorgen tun wollen, wenn er als Erster ins Rechenzentrum kommen würde, um alle Computer hochzufahren. Das war nun unwahrscheinlich. Wenn er ins Krankenhaus ging, um nach Vanessa zu suchen, würden sie ihn – ungeachtet, ob sie da wäre oder nicht – bestimmt wegen seiner Kopfverletzung da behalten. Oder die Polizei hätte Fragen an ihn. Oder die Staatssicherheit, die sie beide schon immer ganz genau beobachtete, bestimmt ein ganzes Regal voll Informationen über sie gesammelt hatte, auch wenn bisher jemand von ganz oben eine schützende Hand über ihre Existenz gehalten hatte.

Er musste es also jetzt tun: löschen und neu ausdrucken. Bevor er das andere anging, sich dem stellte.

Als Konrad gegen zweiundzwanzig Uhr im Rechenzentrum ankam, brannte im fensterlosen Hauptraum ein schwaches Licht.

»Was machen Sie hier, Genosse Morgenstern?«, fragte die Putzfrau.

»Ich muss arbeiten«, antwortete Konrad. »Und Sie?«

»Ebenfalls.«

»Am Wochenende?«

»Natürlich, zwar nicht immer, aber alle paar Monate, wenn ich das Linoleum mit Esplendor grundreinige.«

Konrad nickte, betrachtete kurz die Bodenreinigungsmaschine, wandte sich ab und ging schnell den Gang zwischen den großen Hauptrechnern entlang, wo sich am Ende hinten links an einem kleinen Tisch die Zentraleinheit befand, das Herzstück jeder Datenverarbeitungsanlage.

Da jeder erneute Ausdruck zu lange gedauert und eventuell Fragen bei der Putzfrau ausgelöst hätte, entschied sich Konrad für eine schlichte Datensicherung auf Disketten. Während des Kopiervorgangs fragte er sich, ob sein Gespräch soeben ungünstig war. Eigentlich war es nicht gestattet, sich am Wochenende hier aufzuhalten. Andererseits verstand er sich mit der Putzfrau gut, da er sie morgens manchmal noch sah, wenn er zur Arbeit kam. Zumindest grüßte er sie stets, auch wenn er längere Gespräche vermied, da ihr Mann, der Hausmeister, nicht nur wegen seiner offiziellen Tätigkeit als sehr neugierig galt.

Konrad ging deswegen zurück. Die Putzfrau war aber weg, nur ihr Bodenreinigungsgerät stand noch da. Er fand die Frau ausgerechnet im derzeit verwaisten Büro von Professor Heinemann, wie sie dort in Schubladen kramte.

»Was machen Sie hier?«, fragte er.

»Ich suche hochprozentigen Alkohol«, antwortete sie.

»Wodka können Sie gewiss bei den Kollegen versteckt finden, doch mit entsprechenden Gläsern sieht es schlecht aus. Sie benutzen Kaffeebecher.«

»Das weiß ich von meinem Mann«, sagte sie lachend und drehte sich um. »Ich will aber nicht trinken. Es geht um Ihren Kopf. Im Verbandskasten ist nichts zum Desinfizieren.«

Konrad fasste sich an die Stirn. Als er die Hand zurückführte, war die Innenfläche komplett blutig. Etwas benommen vom Anblick setzte er sich auf einen Stuhl.

»Meine Frau und ich, also wir …«, kam es plötzlich aus ihm heraus, ohne dass er darüber nachdachte.

»Sie müssen nichts erklären«, unterbrach die Putzfrau. »Manchmal ist es besser zu schweigen. Erst recht in unserem System. Wir haben es doch erst vor zwei Wochen am vierzigsten Jahrestag unserer Republik gesehen, also ich habe Sie und Ihre Frau gesehen bei der Militärparade auf der Karl-Marx-Allee, die früher Stalin-Allee hieß, was heutzutage auch totgeschwiegen wird. Jedenfalls standen Sie, Genosse Morgenstern, nicht bei den Instituts-Kollegen wie ich und mein Mann, sondern woanders, und Ihre Frau wurde von vielen hohen Funktionären gegrüßt, bemerkte mein Mann. Sie können darum beruhigt sein, Sie sind unantastbar. Selbst wenn irgendwann die Karl-Marx-Allee nicht mehr Karl-Marx-Allee heißen sollte.«

»Nein, Sie verstehen das falsch …«

»Kann sein«, unterbrach sie ihn erneut. »Wichtig ist nur, dass man sich immer auf die Dinge einstellt und nach vorn schaut. Also Sie sind nun schön still.« Die Putzfrau wusch sich die Hände am Waschbecken, nahm ihm daraufhin den Verband ab und reinigte die Wunde.

Konrad kniff die Augen zu, und die Tränen liefen gewiss nicht nur über seine Wangen, weil die Wunde extrem brannte.

»Ich habe schon anderes gesehen, muss nicht genäht werden«, beruhigte die Putzfrau. »Da haben Sie Glück gehabt. Auch wenn ich natürlich keinen Einblick in das Innenleben eines Menschen haben kann.«

»Wissen Sie eigentlich, woran ich gearbeitet habe?«, fragte Konrad vorsichtig, als der neue Verband saß und er aufstehen konnte.

»Nicht direkt«, antwortete sie und ging zurück auf den Flur. »Mein Mann nimmt aber an, es ist die Heinemann-Sache.«

»Ihr Mann weiß also …«

»Gewiss. Aber ich halte mich aus solchen Themen raus, meine Ansicht dazu ist allein, wer so viel arbeitet wie Sie, der muss stark an das glauben, was er da tut. Und vielleicht mangelt es daran in unserem System. Glauben ist doch letztlich alles, oder? Ich nehme an, es ist ein Geheimauftrag von oben.«

»So kann man es nennen«, bestätigte Konrad. »Von ganz oben.«

Als er nach Hause kam, legte Konrad sich ins Ehebett, angezogen, mitsamt Cordhose und Schuhen, schlief vierzehn Stunden durch, reglos, bis zum nächsten Nachmittag.

Auf ihrem Anrufbeantworter Comotron TC 600, den trotz eigener Produktion erst wenige im Land besaßen, gab es viele Nachrichten. Zuerst von der Charité. Barbaras Sohn meldete sich persönlich, bat darum, dass Konrad, falls er zu Hause sei, unbedingt ins Krankenhaus kommen müsse. Danach folgte Barbara Gatow selbst, mehrmals, und teilte sehr ausführlich Vanessas Gesundheitszustand mit und bat um dasselbe wie ihr Sohn. Auch einige Kunden für Vanessa, die einen Termin für eine Anprobe haben wollten, hatten angerufen und Kollegen von ihm, die fragten, warum er nicht auf der Arbeit erschien, obwohl er laut Hausmeister gestern im Institut gewesen sei. Und vor allem, was er an einem Sonntag dort gemacht habe.

Am selben Abend klingelte es an der Tür, doch Konrad machte nicht auf. Auch nicht am nächsten Tag, obwohl es immer wieder Sturm klingelte. Überhaupt tat Konrad nichts anderes als sich von den Resten der Speisekammer zu ernähren, im Bett zu liegen, die Nachrichten auf RIAS oder im Fernsehen zu verfolgen und an das zu denken, was Vanessa ihm immer für solche Fälle gesagt hatte. *Nichts ist schlimmer, als nicht mehr zu funktionieren. Nichts ist schlimmer, als nicht mehr arbeiten zu können. Nichts ist schlimmer, als entstellt in dieser Welt leben zu müssen.* Nachdem damals schon …

Wenn sie abends am Tisch gesessen und mehr als eine Flasche Kardarka getrunken hatten, hatte sie manchmal davon geredet. Auch sie war schwach, hatte Ängste. Vanessa verlangte ungeschminkt, wenn sie wirklich einmal nicht mehr stark wäre, dass niemand sie so sähe, so schwach. Das war einer der schlimmsten Gedanken für sie, das wollte sie nicht ertragen müssen.

Es gab klare Absprachen zwischen ihnen. Und doch fühlte sich Konrad hin- und hergerissen. Allein in ihrer Küche, allein in ihrem gemeinsamen Bett. Einerseits sehnte er sich nach ihr, er wollte sie besuchen, bei ihr sein, doch andererseits hätte sie dies auf keinen Fall gewollt, das wusste er.

Und er, der Krankenhäuser verabscheute, fühlte sich gelähmt, als würde sein eigener Rechner abgestürzt sein. Bis zum 9. November, dem Neustart, dem System-Update, den eine andere Absprache bestimmte, die zweite von drei insgesamt – und er erledigte sie der Reihe nach.

Kapitel 2

Die meisten Menschen in dieser Welt gingen von einer theoretischen Ästhetik aus, in gewisser Weise wie der Philosoph Alexander Gottlieb Baumgarten, der versuchte, ein Kausalverhältnis zwischen rational erkennbaren Kriterien eines Objekts und dessen gefühlsmäßiger Wirkung, schlicht Lust und Gefallen, herzustellen. Doch Konrad entdeckte, dass es für ihn auf eine *Vorstellung* hinauslief. Seine Ästhetik war nicht theoretisch, sondern viel eher so, wie es in einer zentralen Aussage Hegels anklang, nach der »die Kunst nach der Seite ihrer höchsten Bestimmung für uns ein Vergangenes ist«.

Das Vergangene zog Konrad anscheinend schon immer an, was ihm aber erst richtig in Westberlin aufging. Als er dem glitzernden Warenangebot weitaus weniger Beachtung schenkte als den auch noch hier an Brandmauern zu entdeckenden Einschusslöchern des Zweiten Weltkriegs. Als er zwischen bunten Fassaden, funkelnden Autos, auffälliger Kleidung dieses schmutzige Grau entdeckte. Kein Geld konnte es verbergen oder bewältigen. Das Elend der Menschen. Vor allem nicht bei Coco.

In mathematischer Hinsicht war bei ihr eine selbst gestaltbare Zukunft nur eine mögliche Teilmenge aus der Summe aller Prägungen der Vergangenheit, und diese Teilmenge tendierte gen null. Ganz anders als ihre Namensgeberin, Coco Chanel, die als Halbwaise in ärmlichen Verhältnissen aufgewachsen war und aus eigener Kraft unerbittlich ihre Karriere in der gehobenen Gesellschaft vorangetrieben hatte, hatte Konrads Tochter nie eine Chance gehabt, eine produktive Kraft zu entwickeln.

Konrad erfuhr ihre Adresse durch das Einwohnermeldeamt. Er musste nur die Situation erklären und die Geburtsurkunde vorzeigen, schon gaben sie ihm die Anschrift. Als er sie dann in Schöneberg das erste Mal sah, lief Coco gebückt durch die Leberstraße. Wenn Konrad dann in den Tagen darauf ihre Wege zwischen Sozialamt, Aldi und Wohnung verfolgte, war es leicht für ihn, nicht von ihr entdeckt zu werden. Nur ihr kleiner, seine Umwelt stets genau beobachtender Sohn sah manchmal zu ihm herüber, ohne jedoch seiner Mutter etwas zu sagen.

Das ging den ganzen November über so. Konrad wahrte Abstand zu ihr und zugleich auch immer mehr zu seiner Wohnung am Strausberger Platz, kehrte dort nur noch nachts ein, wenn kein Licht mehr brannte. Er aß ein paar Happen, wusch sich, schlief maximal vier Stunden und brach vor Sonnenaufgang in frischen Klamotten wieder auf, um hinüberzugehen.

Es war eine zwiespältige Zeit, bis er Anfang Dezember in der *Zweiten Hand* eine Anzeige für eine möblierte Wohnung direkt gegenüber von Cocos las und handelte. Konrad packte zwei große Koffer, nahm das gesamte Bargeld, das er in den Schränken finden konnte, tauschte es in Westmark um und zog als Untermieter ohne polizeiliche Ummeldung ein.

Von dem Wohnzimmer im vierten Stock des Seitenflügels konnte er mit einem Fernglas besonders gut in Cocos Küche sehen. Sie schlief lang. Ihr kleiner Sohn wachte stets viel früher auf, ging dann als Erstes an die Spüle, stellte einen Stuhl davor, kletterte hinauf und nahm sich ein Glas Leitungswasser, das er zügig austrank. Dann setzte er sich mit einem randvoll gefüllten Glas an den kleinen Küchentisch am Fenster, aß trockenen Zwieback oder Knäckebrot und begann zu zeichnen. In Ermangelung an richtigem Papier nahm er oft Werbeprospekte, leere Klopapierrollen oder Cornflakes-Verpackungen, einfach alles, was ihm in die Hände fiel. Seine Werke fand Konrad im Hausmüll, und wenn darauf Menschen abgebildet waren, besaßen sie keine Gesichter, nur selten Füße oder Hände, nein, sie bestanden fast nur aus Hosen, Hemden, Jacken, Schuhen.

In einen Kindergarten ging der Kleine jedenfalls nicht, und allermeistens verbrachte er die Tage komplett zu Hause. Abends war er oft allein, da Coco um die Häuser zog. Sie marschierte dazu in verschiedene Etablissements am Stuttgarter Platz, meist billige Kneipen oder seltsame Musikcafés, wo nie live Musik gespielt wurde, schaute sich kurz um und blieb, wenn sie ein bekanntes Gesicht entdeckte. Es waren stets ältere Männer, die ihr Getränke ausgaben und mit denen sie an drei von vier Nächten anschließend einige Stunden in deren Wohnungen verbrachte.

Irgendwann bekam Coco dann selbst Besuch, und zwar vormittags von einer Frau mit Kopftuch, großer Sonnenbrille und einem Stapel Schuhkartons. Coco wachte durch das Klingeln auf, der Junge wurde harsch aus der Küche in die für Konrad nicht einsehbaren Räumlichkeiten geschickt, die zum Vorderhaus gingen. Als die Frau in die Küche trat, die Kartons abstellte, Sonnenbrille und Kopftuch abnahm, entpuppte sie sich als Barbara Gatow. Sie schaute sich um, schien besonders wegen der Badewanne neben der Spüle irritiert und nahm am Fenster auf einem Stuhl Platz. Mit geradem Rücken und ohne sich anzulehnen. Coco nickte, als Gatow auf den Stapel Schuhkartons zeigte, und Coco verzog auch keine Miene, als die Frau ungefähr zehn Minuten auf sie einredete, bis sie schließlich wieder ging, wie sie gekommen war – vermummt und möglichst ungesehen.

Am nächsten Morgen öffnete der Junge die Kartons und bemalte innen die Deckel. Als Coco am Nachmittag aufstand und sah, was er tat, schlug sie ihm reflexartig mehrmals mit der flachen Hand rechts und links ins Gesicht, so dass der Junge vom Stuhl flog. Dann brach Coco selbst zusammen, sackte zu Boden und weinte bitterlich.

Auch Konrad war den Tränen nahe. Wegen des Jungen, wegen seiner Tochter und weil er ahnte, dass sich in den Kartons Vanessas Briefe befanden, die ihre beste Freundin anscheinend nie über die Grenze gebracht hatte, obwohl sie über ausgezeichnete Kontakte verfügte. Diese für Vanessa und Konrad wichtigste Sache zu erledigen, war ihr nicht machbar erschienen.

Dass Konrad keine Wut verspürte, wunderte ihn selbst. Vielleicht war das sein Problem? Vielleicht musste er einmal außer sich geraten? Aber er betrachtete nur die Dinge. Seinen Atem, das Küchenfenster von Coco oder seine eigenen Gedanken dabei.

Und dann bemühte er sich, kein System mehr hinter den Geschehnissen dieser Welt entziffern zu wollen, welches für alle Zeit und jedes Individuum Gültigkeit besaß. Das lag ihm wohl doch nicht. Er war zwar Akademiker, aber nach seinem Studium eben auch nicht ohne Grund nur ein technischer Angestellter geblieben. Und seinem Naturell, dem des Mathematikers, ließ er nur noch Platz für gewöhnliche Aufgaben: Essen, Waschen, Schlafen.

Tag für Tag ließ er sich treiben. Und dachte an größere Aufgaben nur in einer Hinsicht. Man wurde geboren, erhielt eine gewisse Prägung, schlug sich sein Leben lang damit herum, sah durch Kinderaugen, die wie bei Coco nur ein bestimmtes Raster zuließen und die Grenzen der eigenen Möglichkeiten definierten. Diese Aufgabe wurde einem als größte mit in die Wiege gelegt und durch prägende Ereignisse mit weiteren Aufgaben ergänzt. Und wenn man alt wurde, sich vielleicht daran gewöhnt hatte oder sogar seinen Frieden damit geschlossen hatte, kam das Ende aller Tage, und man musste das Leben an sich aufgeben.

Das wurde Konrads Dogma. Und er zog sich darum immer weiter zurück. Der Fall der Mauer bedeutete für ihn keine Wiedervereinigung, sondern nur absolute Trennung.

Bei einem fast intakten Mauerstreifen an der Spree, der bald auch abgerissen werden sollte, legte er Spuren, die sein Verschwinden aus der Welt dokumentieren sollten. Die Kunst war eben ihrer höchsten Bestimmung nach ein Vergangenes.

Wo auch immer Konrad sich in den nächsten fünfzehn Jahren aufhielt, denn dies musste er nach seiner dritten Absprache mit Vanessa tun, Reisen, weil es endlich möglich war, was auch immer er dort sah oder hörte, ob in Deutschland oder dann nach dem Schengener Abkommen vor allem in Südeuropa, wo die Winter mild, wie er es mochte, waren – er wurde Statist in einem Schauspiel, genannt Leben, und hielt sich möglichst heraus. Sagte nur das Nötigste, wenn er angesprochen wurde, etwas einkaufen ging, eine Bleibe für die Nacht oder länger suchte, auf einer Parkbank mit jemand über das Wetter sprach. Das Leben war wie Fernsehen, denn Konrad Morgenstern konnte bei Bedarf zwar den Kanal wechseln, also das Land, die Stadt oder nur ein Hotel, wollte jedoch nicht mehr in Programminhalte eingreifen – am liebsten für immer.

Dass er irgendwann trotzdem wieder aktiv wurde und nach Berlin zurückkehrte, lag nicht an Geldmangel, denn er hatte immer genug in der Tasche, für sich und Coco, der er jeden Monat einen festen Betrag schickte. Er musste dazu nur abwarten, Wahrscheinlichkeiten berechnen. Er ging also in Spielsalons, trank Tee, beobachtete eine Weile Automaten und konnte dann sagen, wann welcher einarmige Bandit fällig war, etwas auszuspucken. Fast ebenso gut war seine Quote bei Black Jack oder Poker, doch da sie in Gemeinschaft mit anderen Menschen gespielt wurden, tat er es nur, wenn ihm danach war: selten.

Es passierte in Paris. Als er in einem Café saß, die Daten seiner neuen, erst in der Woche zuvor in Neapel besorgten Pässe durchging, und überlegte, ob er Europa einmal verlassen sollte. Da erregte ein Artikel in *Le Monde* seine Aufmerksamkeit.

In einem Interview mit einer gewissen Tracy Kraft ging es um Berlin. Weil dort demnächst wie in Paris, Mailand, New York und London eine Fashion Week stattfinden sollte. Besonders einem erst neunzehn Jahre alter Newcomer namens Francis Morgen wurde in dem Interview viel Platz eingeräumt. Als Konrad am Abend in seinem Hotelzimmer diesen Namen im Internet suchte und Bilder fand, blickte er in sein eigenes Gesicht. Sofort war ihm klar, dass Vanessa ihre Arbeit fortgeführt hatte, auch wenn sie ebenso wenig erwähnt wurde wie eine Coco Schuster.

Der kleine Junge von damals führte als neuer Hauptakteur das Familiendrama weiter. Wo er wohnte, wusste man nicht, woher er kam, ebenso wenig. Er sollte aber unglaublich talentiert sein, bereits so jung sein Handwerk perfekt beherrschen. Er hatte das Auge, die Ideen und vor allem ein Gespür für kommende Trends.

Konrad fragte sich, wie das möglich sei, ob es an seinen alten Prognosen lag. Er erachtete das aber als unwahrscheinlich, da er sie noch einigermaßen im Kopf und diese weder den Grunge-Look von der Anfang der Neunzigerjahre noch später den Heroin Chic hergegeben hatte. Nein, es musste an Vanessa liegen. War der junge etwa bei ihr aufgewachsen oder lebten sie mit Coco sogar zu dritt?

Dies musste er klären, er dachte an fast nichts anderes mehr. Außer an das, was Konrad in all den Jahren nicht losgelassen hatte: seine Schuld.

In all den Jahren lag dieses Wort wie ein Fluch auf ihm, schob sich trotz aller Reisen in Länder, von denen Vanessa einst geträumt hatte, immer wieder in sein Bewusstsein. Jeden Tag. Jede Stunde. Wie eine Bannerwerbung im Internet, wie das durchlaufende Nachrichtenband von CNN, wie als wäre es auf seine Stirn tätowiert. Konrad fühlte sich noch immer schuldig für das, was er Vanessa angetan hatte, und das, was er seiner Tochter nie hatte angedeihen lassen. Es hörte einfach nicht auf.

Es gab demnach einige Faktoren, warum er wieder in das Geschehnis eingriff und sogar ein Muster darin erkennen konnte. Doch dann kam erneut der Tod. Oder war es wieder ein Unfall?

Kapitel 3

Konrad lebte seit knapp sieben Jahren wieder in Berlin und wohnte zur Untermiete in möblierten Wohnungen oder in Hostels, da sich dies bewehrt hatte und er nichts besaß, was nicht in einen Backpacker-Rucksack passte. Die Stadt hatte sich stark verändert, gerade was die Ostbezirke betraf, seine alte Heimat, wo er sich am meisten aufhielt. In den Westteil fuhr er nur einmal im Monat wegen Coco, die nun ruhiger lebte, und völlig allein. Das entnahm Konrad auch der Aussage einer Nachbarin, die ihn kurz nach seiner Rückkehr nach Berlin angesprochen hatte, als er ein Geldkuvert in Cocos Briefkasten steckte. Die Dame grüßte ahnungslos und erklärte, als wäre Konrad zu Gesprächen aufgelegt, Frau Schuster habe gerade zum Einkaufen ihre Wohnung verlassen, wie immer vormittags zur selben Uhrzeit, eine recht ruhige Frau, die auch keinerlei Besuch bekomme und stets den Hausmüll ordentlich trenne.

Konrad spielte aber deswegen keineswegs mit dem Gedanken, bei Coco zu klingeln, sich in ihrer Küche oder im Wohnzimmer hinzusetzen, denn er war zwar in dieser Stadt, doch als Bürger Konrad Morgenstern ein toter Mann. Er hatte sogar einmal sein Grab besucht, es befand sich genau auf dem Friedhof, wo er immer hingewollt hatte. Da ergab es keinen Sinn, persönlich in Cocos Welt aufzutauchen. Das war so nicht seine Aufgabe, viel eher ging es um ihren Sohn, seinen Enkel.

Konrad hatte beschlossen, dass in materieller Hinsicht nun Francis einspringen konnte, und alle sechs Monate zwölftausend Euro schienen ihm angemessen. Schließlich musste es weitergehen, wegen der letzten Aufgabe, der Aufgabe des Lebens, wenn Konrad Morgenstern einmal nicht mehr da war. Diese Summe von zwölftausend war auch nicht zu viel für den Sohn und nicht zu wenig für die Mutter, der Konrad es monatsweise aufteilte. Und wenn ein Zitat den Sohn zum Nachdenken bringen, er die Aufgabe verstehen würde, er nicht nur wie der Großvater aussah und wie die Großmutter sein Handwerk beherrschte, sondern darüber hinauswuchs, dann wäre es auch mehr als eine materielle Fürsorge, da sich der Sohn seiner Mutter annehmen würde wie es aus verschiedenen Gründen seine Großeltern nicht gekonnt hatten.

Doch es dauerte. Oder der Junge schien nicht richtig zu verstehen, was das sollte, obwohl er fleißig bezahlte. Darum stand Konrad eines Abends auf dem Mittelstreifen der Warschauer Straße, stellte seinen großen Rucksack auf eine Bank, suchte sich einen Pass aus, um sich in einem Hostel nahe der Revaler Straße einzuquartieren. Er wusste, irgendwo hier musste Francis wohnen. Konrad hatte im Laufe der Jahre Stück für Stück das Gebiet eingekreist. Anfangs hatte er deswegen oft an ihrem alten Firmensitz in der Schönhauser Allee gestanden, wo der Junge aber selten zugegen gewesen war, und wenn doch, dann hatte er das Gebäude mit seiner Assistentin über die Tiefgarage verlassen. Konrad hätte sie gewiss mit einem Taxi verfolgen können, doch er mied seit dem Oktober '89 Autos, fuhr nur Bahn oder Fahrrad. Doch irgendwo in der einstigen Stralauer Vorstadt, irgendwo zwischen Weberwiese und Ostkreuz musste Francis leben.

Eines Tages sah er plötzlich den Jungen. Auf der Warschauer Straße. Gewissermaßen in seiner Freizeit. Als die Fashion Week gerade vorbei war und die nächste Geldübergabe zur Berlinale im Februar anstand, wenn die Menschen in die Kinos strömten.

Sein Enkel fluchte, manch ein Fußgänger ging ihm schon von weitem aus dem Weg, dann riss Francis die Tür zu einem Laden auf, marschierte rein, griff nach einer Flasche im Getränkeregal, blieb dann aber stehen und beobachtete die Angestellten. Gute zehn Minuten. Er schien besonders auf den Kassierer fixiert, denn er verfolgte ihn nach Ladenschluss sogar auf der Straße, über die Modersohnbrücke, wo sich an lauen Sommerabenden verliebte Pärchen versammelten, um Arm in Arm die Berliner Skyline im Sonnenuntergang anzusehen. Im Winter fegten jedoch Schneeböen über die Straßen, niemand kam ihnen entgegen, und nur Konrad schlich hinter diesem Zweiergespann bis zur Rotherstraße, um dort auf dem Hinterhof eines sanierungsbedürftigen Hauses auf ein Baugerüst zu klettern und durch die Fenster im vierten Stock ein mehrstündiges Theater zu verfolgen.

Francis stand vor der Wohnungstür, klopfte, vergeblich. Dann spielte er einen Klingelton ab, und der Kassierer rief »Patricia«, lief aus dem Bad in den Flur, riss die Tür auf, blinzelte ins Dunkle. Der Kassierer trug nur ein Handtuch um seine Hüften und einen Kerzenleuchter in der Hand, alles hätte vor Generationen genau so passieren können. Ein Seemann mit Vollbart schaut aus seiner Kajüte. Ein Trapper in Alaska öffnet eine indianische Schwitzhütte. Oder Charles Darwin versteht die Evolution und den Kampf der Arten.

In der Wohnung war Francis nicht zimperlich und ganz anders als man ihn aus dem Fernsehen oder Internet kannte. Mit lauter Stimme schrie er den Kassierer sofort an, berührte ihn jedoch nicht. Soweit Konrad hinter dem mit Schutzfolie abgeklebten Fenster mitbekam, dachte Francis, dass, warum auch immer, dieser Kassierer ihn erpresste. Der Junge bestritt alles, doch Francis glaubte ihm nicht und drohte, ihn umzubringen, falls er jemals wieder einen Brief bekommen würde. Anschließend legte er allerdings einen Haufen Geldscheine auf die Küchenspüle. Nach einer Viertelstunde verschwand sein Enkel, und Konrad verfolgte ihn bis in die Revaler Straße. Da fiel ihm ein, dass er den Rucksack auf der Baurüstung stehen gelassen hatte, mit all den Pässen und Tagebüchern.

Dass ihm das passierte! Als er zurück in die Rotherstraße 28 kam und auf das Baugerüst kletterte, war der Kassierer verschwunden und dafür ein anderer Mann in der Wohnung, der sich auch außerhalb des von Kerzen erhellten Bereiches so sicher bewegte, als wenn er die Augen einer Katze hätte. Oder eben eine dicke Brille, wie Konrad bald erkannte, die an eine Tauchmaske erinnerte, doch wohl eher ein Restlichtverstärker war, wie es das Militär bei nächtlichen Kampfeinsätzen trug oder sehr ambitionierte Jäger.

Der Mann schleppte Möbel problemlos durch das dunkle Treppenhaus, stellte sie in andere Wohnungen, verbrannte Unterlagen im Ofen, und ab und zu nahm er ein Handy in die Hand, so ein kleines, altes, um Nachrichten zu lesen. Dann putzte er sehr intensiv. Stundenlang. An der Spüle nahm er eine Taschenlampe zur Hand und beschien das Chrom. Konrad meinte dunkelrote Farbe an der silbernen Eckkante zu erkennen. Irgendeinen Lack. Oder eben Blut. Denn die Farbe ging sehr leicht ab, und sie leuchtete an mancher Stelle auch auf dem schwarzweiß gekachelten PVC-Boden, wo sich besonders viel befand.

Konrad erstarrte, drehte seinen Körper vom Fenster weg, schaute in den Himmel. Es war eine klare Nacht, und er erkannte am winterlichen Sternhimmel die Konstellationen von Krebs, Löwe und Kleiner Hund. Ihm wurde plötzlich sehr kalt.

Irgendwann, Konrad kam es wie eine Ewigkeit vor, war er absolut durchgefroren, und der Mann verschwand mit seinem Nachtsichtgerät im Hausflur, ging die Treppen hinunter bis zum Erdgeschoss, tauchte allerdings nicht auf dem Hof auf, sondern musste in den Keller gegangen sein, als plötzlich eine weitere Person die Bühne betrat.

Es war das junge Mädchen aus dem Bioladen, wie Konrad sofort an der glitzernden Jacke und den struppig blonden Haaren erkannte. Neben ihr lief ein kleiner Hund, und sie marschierten schnurstracks in den vierten Stock. Konrad wollte sie warnen, schüttelte seine steifen Gliedmaßen aus und kletterte, nun mit seinem Rucksack, das Gerüst hinunter. Im Treppenhaus kam ihm ihr Hund entgegen, bellte wild, und das Mädchen schmiss die Tür zu. Der Hund sprang Konrad aber nicht an, sondern zischte an ihm vorbei, direkt in den Keller.

Als Konrad unten ankam, fiel die Kellertür zu. Nichts konnte man hören, es war jetzt mucksmäuschenstill. Konrad überlegte, was zu tun sei. Zuvor hatte er nicht eingreifen wollen. Er hatte durch ein Fenster geschaut und darauf geachtet, nicht gesehen zu werden. Wann immer sich ein Körper in seine Richtung gedreht hatte, war seiner hinter der Mauer verschwunden. Ihm war zumute gewesen wie oftmals auf den Straßen. Er schien Luft für die anderen, als ginge es allein darum, ein Zeuge zu sein.

Schließlich tauchte noch eine vierte Person auf, ein Mann mit einer Pistole. Es geschah einige Minuten, nachdem im Vorderhaus die Tür zugefallen war und Konrad allmählich verstand, dass der Mann mit dem Nachtsichtgerät durch einen vorderen Kellerausgang das Weite gesucht hatte. Konrad kletterte in diesem Moment bereits wieder auf das Baugerüst, da er durch das Fenster sehen wollte, was das Mädchen machte. Doch alles, was er noch mitbekam, war erneut der Vorname Patricia, und dass der Pistolenmann Sven hieß und ihr Bruder sein musste.

Völlig durchgefroren checkte Konrad im nächstgelegenen Hostel ein und blieb eine ganze Woche mit hohem Fieber in einem spartanischen Einbettzimmer. Er trank literweise Wasser und schwitzte es vor allem aus. Nie war Konrad in seinem Leben ernsthaft krank gewesen, nie hatte er einen Arzt aufgesucht, nie wirklich Schmerzen verspürt außer jenen seiner Seele.

Er litt nun doppelt, und seine Gedanken kreisten ständig um den Tod. War es Wandfarbe, Lack oder Blut, das in jener Nacht weggewischt worden war? Wenn es Blut gewesen war, war dann der junge Kassierer nicht mehr am Leben? Durch einen Unfall, Totschlag oder Mord? Eine Tat hat Konrad nicht direkt gesehen, und es tauchte auch keine entsprechende Nachricht in den Medien auf.

Und was war mit Konrads eigener Existenz? Er war nun Mitte siebzig, auch wenn er sich gut gehalten hatte. Doch so krank im Bett drängte sich ihm penetrant der Gedanke an die letzte Aufgabe auf, jene Aufgabe des Lebens, das Verabschieden von allem.

Wenn er ab und zu aufstand, weil er doch etwas Flüssigkeit in Form von tief orangefarbenem Urin lassen musste, und anschließend durchs Fenster hinunter auf die Straße blickte, lag vor ihm der U-Bahnhof Warschauer Straße, die Endstation der Linie U1. Neben zahlreichen Jugendgruppen, die mit großen Bussen aus ganz Europa angekarrt wurden und abends laut brüllend vor einer abgeschmackten Discothek namens Matrix Schlange standen, wuselten dort unten tagsüber vor allem Büroleute herum, wovon viele bestimmt in Start-up-Unternehmen arbeiteten. Wäre Konrad Morgenstern noch zwanzig, wäre er wahrscheinlich auch ein Nerd, dachte er, was er ja früher eigentlich gewesen war, nur ohne diesen Begriff dafür, und ohne allgemeine Akzeptanz. Er hätte sich nun viel besser in eine Gesellschaft eingefunden, deren Kommunikationsformen in gewissen Branchen immer rudimentärer wurden. Vermutlich hätte er auch nur zu Hause gearbeitet, als App-Entwickler oder Game-Designer. Vanessa hätte an einer der zahlreichen Hochschulen, die es immer mehr in Berlin gab, Modedesign studiert und gewiss die Freiheit ausgekostet, ohne komische Blicke anderer Materialien, Farben und Muster zu mixen. Sie wäre die bunteste all der jungen, schönen, starken Frauen geworden, hätte in Neukölln oder Wedding gewohnt, wäre als Fashionista nachts durch Clubs gezogen, hätte ab und zu bei Pop-up-Stores mitgemacht, um dann nach Zeiten des Experimentierens einen eigenen erfolgreichen Laden in Mitte aufzumachen oder eine Professur anzunehmen. Sie beide waren definitiv zu früh geboren, vor ihrer Zeit, in einer noch zu verkrusteten Epoche, egal ob Ost, West, Nord oder Süd.

Als das Fieber abklang, verließ dieses Pathos Konrad, und er fragte sich konkret, ob er der Polizei hätte Bescheid sagen sollen, was in jener Nacht geschehen war oder er zumindest gesehen hatte. Doch es wäre ein großer Eingriff in ein Geschehnis gewesen, und die Polizei hätte viele Fragen gestellt. Fragen an ihn, wer er sei, warum er in dieser Nacht an diesem Haus auf einem Baugerüst gestanden hätte und so weiter. Auch hatte Konrad in seinem Leben mit der Polizei genauso wenig Kontakt gehabt wie mit Ärzten oder Tieren. Und dann wären auch Fragen an Francis gerichtet worden, und Konrad konnte nicht beurteilen, ob sein Enkel vielleicht sogar jenen Mann mit dem Nachtsichtgerät kannte, da dieser direkt nach Francis aufgetaucht war, sie sich also eventuell telefonisch abgesprochen hatten.

Überdies wäre als Konsequenz auch eine Konzentration der Dinge auf Vanessa oder Coco möglich gewesen, was Konrad überhaupt nicht wollte. Oder es konnte dadurch was auch immer geschehen. Es gab einfach zu viele Variablen. Wie damals nach dem Unfall am Alexanderplatz.

Dafür wusste Konrad jetzt, wo sein Enkel wohnte. Der nächste Brief an Francis musste nun mit einem neuen Zitat direkt auf seinen Hof geworfen werden. John Gallianos »Nachlässigkeit ist etwas Unschönes. Es sei denn, sie ist bravourös inszeniert« war offen und dabei eindeutig genug, da der Spruch nur für Francis verständlich genügend Nachdruck erzeugte, die Zwölftausend weiterzuzahlen, da diese Geschichte eben nicht abgeschlossen war, und zugleich warnenden Charakter besaß, um allgemein Vorsicht zu wahren. Francis sollte dadurch nachdenken und bekam dazu bis Ende April Zeit.

Doch was tat der Junge bloß wieder? Zum Tanz in den Mai am Mariannenplatz war er nicht zu bewegen. Seine Assistentin kam zwar pünktlich mit dem Smart zum Atelier, doch sie fuhren woanders hin. Konrad, der in einer Nebenstraße auf einem Fahrrad bereit zum Start saß, sah sofort, dass sie bereits an der Modersohnbrücke falsch abbogen. Konrad hatte große Schwierigkeiten, sie zu verfolgen, allein die vielen Staus und roten Ampeln gaben ihm eine Chance, sie in Sichtweite zu behalten.

Als sie in die Friedrichstraße einbogen, pochte Konrads Herz, und der Schweiß hatte Hemd und Hose vollkommen durchnässt. Gerade so schaffte er es, hinter ihnen durch das Rollgitter einer Tiefgarage zu fahren. Aber warum waren sie hier und nicht am Mariannenplatz? Konrad stellte sein Fahrrad in einem Raum für Hausmüll ab und ging zum Fahrstuhl, der laut Anzeige im obersten Stockwerk stand, als dieser wieder herunterfuhr. Konrad versteckte sich hinter einem Pfeiler und hörte ihrem kurzen Gespräch zu.

»Warum sind wir nicht rein, wenn wir den Code haben?«

»Weil Tarasov eben da sein könnte.«

»Das wollen wir doch.«

»Aber unter der Dusche oder sonst wie wäre es ungünstig. Und wenn er beim Klingeln nicht aufmacht, heißt das für uns, wir können wieder gehen.«

»Wir hätten ihn eben anrufen sollen.«

»Er hatte aber am Vormittag gesagt, dass alles geklärt sei.«

»Und warum sind wir dann hier?«

»Sie wollten das, Herr Morgan.«

»Stimmt. Ich wollte ihm noch sagen, dass ich so nicht mehr kann, da … Na, du weißt schon, Catrinel …«

»Und nun? Wo soll ich Sie hinfahren? Doch zum …«

»Nein, ich will nach Hause, und wir schauen mal, was in den nächsten Tagen passiert.«

Konrad nahm den Fahrstuhl nach oben. Es gab auf der Etage nur eine Tür. Jemand kicherte. Und noch jemand anders schien da zu sein.

»Sie sind weg.«

»Aber warum haben wir nicht eben … Sie sagten doch, dass Herr Morgan …«

»Haben Sie überhaupt verstanden, was ich Ihnen vorhin erzählt habe?«

»Nicht ganz. Dieses Getränk … Mir ist … Ich muss doch morgen früh …«

»Dann unterschreiben Sie hier endlich diesen Scheck.«

»Meine Frau … Exfrau … Also Alyona … Sie hat doch schon per Mail … Keine Provision für … O Gott, was ist das …«

»Das ist der Anfang.«

»Von was?«

»Von Ihrem Ende.«

Konrad klingelte.

Schlagartig wurde es ruhig. Niemand sprach mehr. Nur ein klackendes Geräusch war zu vernehmen, das an das Durchladen eines Jagdgewehrs erinnerte.

Konrad wich zurück, langsam, möglichst leise. Er nahm den verspiegelten Fahrstuhl, sah sein ratloses Gesicht, seine großen Pupillen, darum das gerötete Weiß, und wie er sich seine in diesem Frühjahr endgültig grau gewordenen Haare raufte, sein Telefon zur Hand nahm, weil er überlegte, nun endlich die Polizei anzurufen, und es doch wieder ließ.

Er wartete in der Tiefgarage ab, schlief auf einem Treppenabsatz im Sitzen ein, bis am Morgen der Fahrstuhl anging und jemand im Erdgeschoss das Haus verließ. Konrad fuhr daraufhin wieder in die oberste Etage, wollte erneut klingeln, doch er musste nicht, da die Apartmenttür offen stand.

Nichts tun und nur zusehen, verbesserte die Lage nicht, erkannte er und knipste ein Foto vom Toten, wie er im Wasser trieb, um es dem *Berliner Kurier* zu schicken. Wohin sonst. Wie die *Berliner Zeitung* gehörte das Blatt zum Berliner Verlag und besaß seinen 1973 erbauten und inzwischen unter Denkmalschutz gestellten Hauptsitz in der Karl-Liebknecht-Straße 29. Direkt an der Kreuzung, wo Vanessa und er 1989 den Autounfall hatten.

Am nächsten Tag tauchte die Polizei in Francis' Atelier auf. Konrad erkannte den Bruder von Patricia, neben ihm standen zwei Kollegen, wovon Konrad einen am 21. Juni am Hackeschen Markt wiedersah, zur Geldübergabe, die er zum ersten Mal mit einer Veranstaltung des Labels verbunden hatte. Überhaupt waren an jenem Tag der Sommersonnenwende viele Polizisten zugegen. Konrad wurde klar, dass er recht hatte und es eine große Wahrscheinlichkeit gab, dass man inzwischen seine Nachrichten an Francis mit Tarasovs Tod verband. Die Polizei schien auch überrascht, das Mädchen Patricia am Hackeschen Markt zu sehen. Ja, sie war es wohl, er erkannte auch ihren Hund. Konrad selbst stand irgendwo am Rand der Menge, in einem grauen Leinenanzug und mit tief ins Gesicht gezogenem Sonnenhut.

Vollends klar wurde ihm alles in der Woche vor der Fashion Week, als er durch eine Pressemitteilung erfuhr, dass sein Enkel sich nach seiner nächsten Fashion Week aus dem Label als Designer zurückziehen würde und nur noch beratend tätig sein wollte. In einem Interview teilte Tracy Kraft mit, dass der Stress des Jahres eine Auszeit bedingte, entstanden durch den Tod ihres Investors und Erpressungen, die nun erstmalig öffentlich erwähnt wurden. Besonders interessant war dabei die Summe von einer Million Euro, die gefordert wurde. Konrad hatte sich diese immense Zahl ebenso wenig ausgedacht wie wohl die Tennats, die nun polizeilich gesucht wurden.

Was konnte da ein Konrad Morgenstern tun? Er musste doch etwas tun. Zwei Menschen waren tot, also einer vermutlich und der andere gewiss. Bei beiden Taten war sein Enkel eine der Personen, die zuletzt … Und da gab es diesen Mann, den sein Enkel eventuell kannte. Beim ersten Mal kam dieser nach Francis, beim zweiten Mal tauchte Francis auf, während der Mann zugange war. Und zwar kam Francis am 30. April mit einer Zeugin, die eventuell nur bestätigen sollte, dass er nicht … Es gab da eine gewisse Wahrscheinlichkeit für eine Alibifunktion. Und es war doch derselbe Mann? Konrad hatte ihn beim ersten Mal gesehen und beim zweiten Mal nur gehört.

Ja, was sollte ein alter grauer Panther wie er nun tun? Es ging nicht mehr allein um seine Familie. Ganz gewiss nicht. Es gab auch die Kaufmanns, die Tarasovs und die Tennats. Alles schien sich wie eine Spirale zu drehen, die immer weitere Kreise zog.

Trotzdem zweifelte Konrad. Denn er selbst war noch immer ein Kind. Er war geboren worden, hatte eine gewisse Prägung erhalten, sich sein Leben lang damit herumgeschlagen und gewöhnte sich eben doch nicht daran, fand keinen Frieden, sondern nur immer mehr Fragen, die keine Aufgabe stellten, sondern endgültig zu einer Strafe wurden.

Kapitel 4

Die Show sollte am Kurfürstendamm stattfinden, dem Zentrum einer kurz nach dem Zweiten Weltkrieg aufblühenden Berliner Modeindustrie. Aenne Burda, die Herausgeberin des damals durch das Integrieren von Schnittmustern weltweit erfolgreichsten Modemagazins *Burda Moden*, war Stammgast auf allen wichtigen Modenschauen, saß stets in der ersten Reihe und förderte den Aufstieg von Couturiers wie Uli Richter, der mittels internationaler Mannequins und Fotografen sogar Kundschaft in Amerika oder Monaco generierte. Mit anderen Designern ähnlichen Formats schaffte es Berlin, sich in den Fünfzigerjahren wieder zu Deutschlands wichtigstem Produktionsstandort für Mode zu entwickeln, bis 1961 der Mauerbau erneut zu einem Desaster führte.

Zwischen der Kriegsruine der Kaiser-Wilhelm-Gedächtniskirche und dem Weltkugelbrunnen stand eine riesige Leinwand für ein Public Viewing, und bereits seit dem Nachmittag liefen Clips des Labels, Einblendungen der Sponsoren oder Live-Bilder aus dem Backstage-Bereich. Die Show an sich fand im legendären Bikinihaus aus ebenjenen goldenen Fünfzigern statt, das sich auf der anderen Seite der Budapester Straße befand. Das zweihundert Meter lange, sechsstöckige Bikinihaus war ein denkmalgeschützter Teil des Bauensembles, das mit dem DOB-Haus am Hardenbergplatz, dem Zoo-Palast, dem Kleinen Hochhaus sowie der Parkgarage am Zoo den Namen Zentrum am Zoo trug. Das Gebäude wurde komplett zu einer exklusiven Shoppingmall revitalisiert, befand sich noch im Rohbau und bot dadurch ideale Bedingungen für ihn, Francis Morgan.

Seine letzte Show sollte recht spät beginnen, um halb elf, kurz nach Sonnenuntergang, mit Live-Übertragung von Arte, welche wiederum auf einer Leinwand bei der Weltzeituhr am Alexanderplatz öffentlich dargeboten wurde, als Brückenschlag in den Osten, dieser bei Francis Morgan immer wiederkehrenden Referenz. Trotzdem fand erstmals eine Show in Westberlin statt. Und war volksnah. Der Breitscheidplatz brodelte vor Schaulustigen, die sich besonders am roten Teppich an der für den normalen Autoverkehr zwischenzeitlich gesperrten Budapester Straße drängten. Im Minutentakt hielten Limousinen mit Prominenten, die dann auf ihrem Parcours zum Eingang allzu gern den Reporterfragen vor laufenden Kameras, dem Blitzlichtgewitter vor der Sponsorenwand oder auch den Autogramm- und Selfie-Anfragen von Fans stellten, was besonders viel Geschrei und Aufmerksamkeit erzeugte.

Dies war für Berlin ein besonderes Ereignis. Dies war seine letzte Show.

Grand-Mère war natürlich ebenso wenig zugegen wie seine Mutter Coco. Sie beide befanden sich dort, wo sie sich am liebsten wähnten, nämlich jeweils in ihrem Zuhause. Grand-Mère verfolgte die Show vorm Fernseher und in Gemeinschaft, Coco eher nicht und das gewiss allein.

Sven Tennat war überrascht, als ihn die Pfleger in Brandenburg an der Havel schnappten, allerdings nicht die Polizei verständigten. Sie waren angewiesen, in einem solchen Fall unbedingt ihm, dem Sohn, Bescheid zu geben. Folglich war Sven Tennat auch verblüfft, dass Francis Morgan sich doch um seine leibliche Mutter kümmerte. Irgendwie. Er tat es in dem Rahmen, den Coco zuließ, sie trafen sich also alle paar Monate vormittags irgendwo in Schöneberg, und die Gespräche dauerten nie lang, waren für beide Seiten entsprechend angenehm. Demgemäß konnte man über seine seltsame Mutter sagen, was man wollte, doch auf eins war Verlass: Darin, was ihr Sohn als Minimum einforderte, nämlich absolute Verschwiegenheit in Bezug auf Grand-Mère oder ihn, konnte er Coco vertrauen.

Was allerdings niemand von ihnen allen wusste, war der Umstand, wie und wann die Geldübergabe stattfinden sollte. Dass sie an diesem Tag stattfinden sollte. Dem LKA waren die vier Kurznachrichten bekannt, die von Juri Tarasovs vermisstem Handy abgeschickt worden waren. Sie enthielten Drohungen und bereits die geforderte Summe, doch noch nicht den Tag der Übergabe. Sie wurden allesamt in der Nähe eines Sendemastes bei der Warschauer Straße abgesandt, was endgültig bewies, dass Patricia Tennat nichts mit der Sache zu tun haben konnte, denn bei der vierten Nachricht war sie schon in Lichtenberg gewesen.

Von der fünften Nachricht erzählte Francis Morgan aber niemand, schließlich wurde gefordert, dass die Polizei nicht eingeschaltet werden durfte, sonst würde »mindestens einer der Akteure daran glauben müssen«. Er wollte keinen weiteren Fehler machen.

Diese Fashion Week war darum wahrlich etwas ganz Besonderes. Selten ließ sich Francis Morgan derart treiben, er fühlte sich inspiriert, verspürte nicht nur keine Zweifel an seinen Entwürfen, sondern auch beim ganzen Zirkus.

Da standen am Rande des mit ochsenblutrotem Samt ausgelegten Laufstegs dicke Kerzen, deren Wachs bis vor die Füße der Gäste in der ersten Reihe tropfte. Dann die musikalische Untermalung der Show, bei der Tracys Favorit Nils Frahm, dieser schwülstige Pianist, von ihm persönlich eine Absage bekommen hatte, weil er sich ausschließlich für düsteren Post-Rock entschied, eine weitere Hommage an Tom, dessen MP3-Player laut Sven Tennat voll mit diesem Sound war. Und am Schluss der immerhin halbstündigen Show, in der das Label eine Retrospektive der wichtigsten Entwürfe aus den vergangenen Saisons verband mit der allerneusten Kollektion, seiner letzten als Chefdesigner, bildete das Hochzeitskleid nicht nur den obligatorischen, sondern einen echten Höhepunkt. Das Model wurde im Gesicht rot geschminkt, als würde ihm Blut vom Scheitel über die rechte Wange bis zum Hals laufen, wo das Make-up sehr kunstvoll in rote Pailletten eines nach unten nur weiß bestickten Kleids überging. Er hatte es in den letzten Tagen entsprechend umgeändert, denn dass Toms Tod ein Unfall sein konnte, da er mit dem Hinterkopf auf einen stumpfen Gegenstand, vermutlich die Kante der Küchenspüle fiel, wusste er erst seit kurzem. Das LKA hatte ihm diese Inszenierung nicht ausreden können, sie war ihm wichtiger als alles andere. Und der Kommentator von Arte, dessen Live-Übertragung Morgan backstage verfolgte, raunte, dass gerade dieses Kleid ein ausgeklügeltes Meisterwerk sei, kryptisch, doch voller Eleganz und ebenso wie die Schnurrbärte der männlichen Models ein Trend, dem andere folgen würden.

Anschließend präsentierte sich der Designer wie immer nur kurz neben Tracy Kraft auf dem Laufsteg. Er lief mit ihr an der Reihe der Models vorbei bis zur Mitte, verbeugte sich, nahm Blumen entgegen, verbeugte sich erneut und wollte wieder wie üblich ohne ein Wort ans Publikum zu richten verschwinden. Doch dann bat er um ein Mikro und bedankte sich bei seinen Großeltern.

Auf der Aftershow-Party musste er sich mindestens so lange aufhalten, bis ein »Zeichen« kam, wie es in der fünften SMS geheißen hatte, um dann das Geld auf der anderen Seite des Bikinihauses in den Berliner Zoo »Richtung Affengehege« zu werfen, was Francis Morgan früher angesichts der Menschen um ihn herum fast passend gefunden hätte. Aber nicht an diesem Abend, er war zu gut drauf.

Der Geldbetrag von einer Million besaß in Fünfhundert-Euro-Noten ein Gewicht von 2,24 Kilogramm, war gestapelt zwanzig Zentimeter hoch, hatte ein Volumen von 2,62 Litern und passte gut in eine der großen Sponsorentüten, die ein jeder Gast bereits auf seinem Sitzplatz oder auch später auf Tischen bei der Aftershow-Party vorfand.

Obwohl Francis das LKA nicht eingeweiht hatte, waren trotzdem einige ihm bekannte Gesichter zugegen. Udo Melzig und Silke Bartsch, Patrick Berner mit Begleitung und einige andere, doch kein Einsatzkommando wie bei der Shoperöffnung am Hackeschen Markt. Niemand musste sich als Security oder Servicekraft tarnen, die Beamten waren genauso offiziell Gäste wie Barbara Gatow.

Morgan bekam von ihnen nur wenig mit. Er wartete auf das ominöse Zeichen, um das Geld von der Terrasse zu werfen, und war dabei meist von Leuten aus der Branche umringt. Was ihm diesmal nicht so schwerfiel. Gerade was seine beruflichen Aussichten betraf, konnte er der Chefredakteurin der deutschen *Vogue*, eine der wenigen Insider, die er schätzte, gewisse Perspektiven andeuten. Er sprach ganz in seinem eigenen Stil, ohne deswegen von Tracy gemaßregelt zu werden. Es war befreiend. Es schien ihm auch, als könne er zum ersten Mal die Menschen um sich herum richtig ansehen, weil er begriff, dass er diese Gesichter bald nie wieder betrachten müsste. Es war vorbei. Dadurch konnte er sie sogar fast berühren, so wie er es bereits zuvor bei Catrinel Stan getan hatte. Er konnte es, musste aber nicht. Er trug keine Kapuze an diesem Abend, aber Handschuhe. Das war Freiheit. Und somit schien nur eins nervig: Dieser Smalltalk, dass er zur allgemeinen Verwunderung permanent diese Sponsorentüte in den Händen hielt.

Gegen drei Uhr nachts begann sich die Party aufzulösen. Morgan hatte kein »Zeichen« erhalten, weder von irgendjemand im Raum noch durch eine weitere SMS. Er stand auf der Terrasse am Geländer, trank ein Wasser, schaute auf das Affengehege im Berliner Zoo und dachte, dass das Motiv ausgerechnet dem entsprach, das die Drehbücher den allermeisten Verbrechen des »Polizeiruf 110« zugrunde legten: Geldgier. Früher in der DDR. Und das, womit Juri Andrej Kirill Tarasov umgebracht wurde, war das Zweitliebste, was man dem Westen vorwarf: Drogen.

Sein Großvater war da schon wesentlich origineller. Nicht ohne Grund liebte ihn Grand-Mère noch immer, sprach ab und zu von ihrem Ehemann, obwohl sie sich seit einem Vierteljahrhundert nicht gesehen hatten. Sie hatte zuletzt auch betont, dass er gewiss kein Mörder sei, sondern nur für normale Menschen seltsam, eben ein Außenseiter, oder wie es schon Coco Chanel definierte: »Eleganz ist Verweigerung.« Darum sollte Konrad bloß nicht ins Gefängnis, denn er befand sich schon sein Leben lang hinter Gittern. Aber andererseits: Wer war dies nicht in ihrer Familie? War dieses Gefangensein und dieses gleichzeitige Sehnen nach der Grenzüberschreitung, nach dem, was außerhalb ihrer Möglichkeiten lag, nicht überhaupt das elementare Kriterium jeglicher Existenz?

Dann existierte Francis Morgan eigentlich erst jetzt. Oder auch nicht. Denn er widersprach nie Grand-Mère und wollte dies auch nie tun. Natürlich wusste er inzwischen, dass es kein Buch geben konnte, dass die Mode voraussagt. Er hatte es bereits als kleiner Junge geahnt, doch war zugleich der Faszination erlegen, dass es jemand gab, der daran glaubte. Das war total verrückt. Oder genial. Weil es so besonders war. So schillernd. Und dadurch fühlte sich der Enkel seinem Großvater schon immer verbunden, obwohl er ihn nie persönlich kennenlernen durfte. Dachte, er sei tot. Als er vor wenigen Tagen von Grand-Mère erfuhr, dass sein Großvater Konrad noch lebte, da die Briefe mit den Zitaten gewiss von ihm und nicht von Barbara Gatow seien, war der Enkel noch mehr fasziniert von allem.

Und wenn Morgan das letzte halbe Jahr genau betrachtete, seine eigene Entwicklung, so hatte er selbst vielleicht bereits im Frühjahr eine Grenze überschritten, da er nicht nur der Polizei, sondern insbesondere Grand-Mère einiges verschwiegen oder anders darlegt hatte, als es sich verhielt, obwohl sie zuletzt noch zu ihm meinte: »Mach bloß keine Dummheiten mehr, mein Junge.«

Ja, zu lügen hatte etwas Berauschendes. Ebenso Dinge zu tun, mit denen keiner rechnete. Francis Morgan fühlte sich so glücklich wie niemals zuvor.

Kapitel 5

Sven Tennat nahm Michael Wandts Pistole, steckte sie in sein Halfter und schlich aus dem Haus zum großen Parkplatz, der südlich vom Eingang des Zentralfriedhofs Friedrichsfelde lag. Er wusste von Udo Melzig, mit dem er seit einigen Tagen über ein neues Handy wieder in Kontakt stand, dass Francis Morgan die Party plötzlich verlassen hatte, und zwar ohne Catrinel Stan. Es musste mindestens zehn Minuten her sein, da hatte es Melzig bemerkt und sich auf die Suche begeben. Tennat sollte nun sehen, ob, wann und wie Morgan ankommen würde. Man wüsste ja nie bei diesem »komischen Vogel«. Da er zuletzt immer ein Taxi genommen und sich nie bis zum Haus hatte fahren lassen, sondern ein Reststück zu Fuß gegangen war, lief Tennat eben zu jenem Parkplatz.

Außerdem hatte Sven Tennat die Dinge im Ohr, die ihm seine Schwester eröffnet hatte. Da gab es eine Dating-Plattform, wo Patricia unter dem Pseudonym Cosmic Pet agierte. Sie verfügte dort über mehrere Bekanntschaften, wobei zwei ihr inzwischen komisch vorkamen. Da war zum einen Mark, ein Musiker, der sie am 21. Juni zum Hackeschen Markt gelockt hatte, jedoch selbst nicht erschienen war. Die andere Bekanntschaft nannte sich Kai und war BWL-Student, der sie kurz darauf ebenfalls zu einem Treffen bewegen wollte. Mit Hunden. An der Rummelsburger Bucht. Als sie gerade untergetaucht war. Am Tag, als ein Taucher dort aus dem Wasser den Rucksack von Thomas Kaufmann fischte. Erst da fiel ihr wie Schuppen vor den Augen, wie naiv sie war. Ihr Leben lang. Es tat ihr so leid. Und dann dachte sie nach. Über Eltern und Kinder.

Seitdem Patricia vor einem Jahr angefangen hatte, im Bioladen zu arbeiten, war dort alle paar Wochen Toms Vater aufgekreuzt. Sein amerikanischer SUV mit verdunkelten Scheiben beeindruckte sie zuerst ebenso wie seine lockere Art. Björn Kaufmann parkte seine Geländelimousine fast jedes Mal direkt vor dem Laden in der zweiter Reihe, obwohl die Wahrschauer tagsüber immer knallvoll mit Autos war, und wechselte auch mit Patricia manchmal einige Worte, fast flirtend. Dann bat er seinen Sohn, eine kurze Pause zu machen, was Tom auch zähneknirschend tat, falls andere seinen Posten an der Kasse übernehmen konnten. Sie verzogen sich dann jedes Mal für fünf Minuten ins Büro, und danach wirkte Tom stets leicht verärgert und war noch wortkarger als sonst. Das war sogar so, wenn Vater und Sohn gar nicht miteinander sprachen, weil der Laden zu voll oder zu wenig Angestellte zugegen waren. Wie zum Beispiel an jenem Samstag im Januar, hatte Melzig gewusst.

Björn Kaufmann war gegen achtzehn Uhr aufgetaucht, und Tom hatte ihm sofort klargemacht, dass er keine Zeit habe. Aber erst bei Vanessa Morgenstern maß Patricia dem eine Bedeutung bei. Erst da beschäftigte sie sich mit Björn Kaufmann, von dem Tom ihr nur erzählt hatte, dass er ein mieser Makler wäre. Patricia ging auf die Internetpräsenz seines Unternehmens. Die Homepage war im Baukastenprinzip gebaut, also nicht besonders originell, eher eine digitale Visitenkarte, nannte jedoch als Referenz unter anderem eine russische Holding, die auf die Kernsanierung von Wohnblöcken spezialisiert war, momentan verstärkt in Berlin. Dieser Link führte zu anderen Links, und bei einigen waren Unternehmen erwähnt, die in ihrem Impressum oder Vorstand den Namen Tarasov verzeichneten. Besonders aufschlussreich fand Patricia eine Insolvenzbekanntmachung des Online-Justizportals, nach der Björn Kaufmann in finanziellen Schwierigkeiten steckte. Auch in einigen Foren wurde seit längerem vor ihm als Makler gewarnt, wegen unlauteren Geschäftsgebarens. Bei Facebook stellte sich Björn Kaufmann aber als Gewinner dar. Er mochte teure Rassehunde, gab als Hobby »Jagd« an, trug gern Hugo Boss und war ein Fan amerikanischer TV-Serien wie »Breaking Bad«. Unter seinen über sechshundert Facebook-Freunden war natürlich auch sein Sohn, der wie Björn Kaufmann ein für die Öffentlichkeit sichtbares Profil hatte und seit März Kommentare mit ihm austauschte, fast täglich, nur sie beide hin und her. Das wunderte Patricia schon seit dem Frühjahr, da Tom gar nicht der Typ dafür war, ihr nicht mal in privaten Nachrichten antwortete, obwohl sie ihn mit neuen Informationen aus Berlin versorgte. Und so schrieb sie eben Toms Vater an und erklärte ihm ihre Situation, dass sie auf der Flucht sei und ob er ihr nicht helfen könne, worauf er empfahl, sich am besten der Polizei zu stellen.

Für Michael Wandt und sein Team ergab dies Sinn. Erstens besaß Björn Kaufmann einen Eintrag im Strafregister wegen Kokainbesitzes und verfügte wahrscheinlich auch über entsprechende Kontakte, um an K.o.-Tropfen zu gelangen. Zweitens wusste er von Patrick Berner seit Mitte Juni von den Geldforderungen, bevor es in der Presse stand, da das LKA die Möglichkeit in Betracht zog, dass sein Sohn doch noch in Berlin verweilte und etwas mit dieser Geschichte zu tun hatte. Natürlich hatte ihn Berner nicht über die Details einer Geldübergabe informiert. Drittens teilte Alyona Tarasova dem LKA mit, dass jemand mehrmals erfolglos versucht hatte, Geld von einigen Nummernkonten zu transferieren, Konten, zu denen nur ihr toter Ehemann einen Zugang besessen hatte. Ebenso hatte jemand versucht, bei einer Schweizer Bank, einer Filiale direkt hinter der deutschen Grenze, einen sechsstelligen Scheck einzulösen. Als der Schalterangestellte sich das vom Filialleiter genehmigen lassen wollte und nach hinten ins Büro ging, verschwand der Mann sofort. Die Kameras erbrachten aufgrund einer Sonnenbrille und eines tief ins Gesicht gezogenen

Huts nur unbrauchbare Bilder, allerdings stimmte die Körpergröße, und Björn Kaufmann befand sich in jenem Zeitraum angeblich auf Geschäftsreise. Dass das LKA den Mann nicht sofort vorlud oder gar einen Haftbefehl erwirkte, war allein dem Umstand geschuldet, dass Kaufmanns Ehefrau Anna ihm bereits zuvor sowohl für die Januarnacht als auch für den 30. April ein Alibi gegeben hatte. Unklar war nur, ob dies freiwillig geschah oder sie dazu genötigt wurde. Falls der Verdacht überhaupt berechtigt war. Doch das LKA ließ mittlerweile ihr Haus, in das Björn Kaufmann wieder eingezogen war, rund um die Uhr beschatten.

Francis Morgan kam mit dem Taxi, das direkt vor Sven Tennat am Ende des schummrig beleuchteten Parkplatzes vor einer Mauer hielt. Der Designer gab dem Fahrer einen Schein, stieg aus und schien wenig überrascht.

»Nett, dass Sie mich abholen«, sagte er, während das Taxi wegfuhr. »Wäre aber wirklich nicht nötig gewesen. Sie wissen doch, ich gehe gern allein durch dunkle Straßen, solange ich niemand begegnen muss.«

»Ist das ein Geschenk für Patricia?«, fragte Tennat und zeigte auf die Sponsorentüte in Morgans Hand.

»Nicht direkt«, antwortete Morgan.

Plötzlich schoss ein abgedunkelter SUV auf den Parkplatz. Morgan drehte sich um, lief zwei Schritte rückwärts und stellte sich neben Tennat, der seine Waffe aus dem Halfter nahm.

»Vorsicht«, flüsterte Tennat. »Machen Sie jetzt keinen Fehler. Ich glaube, es wird heikel.«

Der SUV stand zwanzig Meter entfernt. Björn Kaufmann stieg mit vorgehaltenem Gewehr aus und trug auf seiner Stirn ein Nachtsichtgerät. Er öffnete den Kofferraum, zerrte einen gefesselten Mann heraus, warf ihn fünf Meter vom Wagen entfernt auf den Boden. Tennat vermutete, es war der Kollege, der das Haus in Zehlendorf beschatten sollte, konnte es aber nicht eindeutig sagen. Augen und Mund waren wie Hände und Füße großzügig mit Gaffaband verklebt.

»Kassensturz«, rief Kaufmann. »Geben Sie mir das Geld. Aber zuerst die Waffe weg.«

Tennat legte die Pistole vorsichtig einen Meter entfernt auf den Boden und stellte sich dann mit erhobenen Händen schräg vor Morgan.

»Es war doch nur ein Unfall«, sagte Tennat. »Warum haben Sie nicht …«

»Das Geld«, wiederholte Kaufmann.

Morgan trat aus Tennats Schatten.

»Wer sind Sie?«, fragte er.

»Ach ja, Herr Morgan. Sie kennen mich noch gar nicht persönlich. Aber das ändert sich nun. Gestatten, ich bin der Vater des Toten, Ihr gesuchter Doppelmörder.«

»Aber es war doch ein Unfall«, wiederholte Morgan und ging einen Schritt auf Kaufmann zu. »Der Tod Ihres Sohnes. Sie hätten doch …«

»Stopp«, schrie Kaufmann und richtete die Waffe auf Morgan. »Und hören Sie vor allem auf zu reden. Sie scheinen außerordentlich schnell von der Polizei gelernt zu haben. Verzögerungstaktik? Nennt man das nicht so? Aber falls Sie es unbedingt wissen müssen, ja, es war ein Unfall. Doch dann habe ich eine Entscheidung getroffen, da ich Ihren Namen gehört hatte, diese absurde Geschichte Ihres Auftauchens.« Kaufmann kam näher, war nur noch zehn Meter entfernt. »Und wenn man eine Entscheidung trifft, sollte man konsequent sein. Nicht abwarten und beobachten. Man muss handeln. So ist das bei der Jagd.«

»Aber dies ist keine Jagd«, sagte Morgan langsam. »Zumindest nicht Ihre. Sie sind nur aufs Pferd gesprungen, und dann noch auf das falsche.«

»Meinen Sie?«, fragte Kaufmann und zielte auf Sven Tennat.

Der Schuss traf ihn in den linken Oberschenkel. Tennat fiel sofort um, krümmte sich vor Schmerz. Morgan warf die Tüte in die Richtung von Kaufmann, zog seine Jacke aus und band mit den Ärmeln den blutigen Oberschenkel ab.

»Atmen Sie ruhig, ganz ruhig«, versuchte er ihn zu beruhigen. »Ich habe zwar keine Ahnung, aber vielleicht ist es nur ein Streifschuss. Kann man bestimmt nähen.«

»Aber bitte nicht Sie«, sagte Tennat schmerzverzerrt. »Verdammt. Hauptsache es wurde keine Arterie getroffen. Und seien Sie jetzt endlich still.«

»Dann atmen Sie ... Wie gesagt. Und zählen am besten Schafe, das hat mir letztens Ihre Schwester ...«

Björn Kaufmann hob die Tüte auf, warf einen Blick hinein und nickte.

»Ihre Schwester«, zischte er ebenfalls. »Genau, Ihre Schwester. Wenn dieses kleine Luder nicht gewesen wäre, dann ...«

»Sie sollten jetzt gehen«, rief Tennat und versuchte sich hinzusetzen. Morgen half ihm. Tennat lehnte sich an die Mauer. »Es geht doch nur ums Geld. Das haben Sie jetzt. Es ist echt. Da können Sie sich auf Herrn Morgan verlassen. Und noch haben Sie einen zeitlichen Vorsprung.«

»Wo steckt Ihre Schwester?«, fragte Kaufmann, zog sein Nachtsichtgerät über die Augen und schaute ins umliegende Gebüsch.

»Am besten, Sie nehmen mich als Geisel«, schlug Francis Morgan plötzlich vor und ging wieder einen Schritt auf Kaufmann zu. »Zumindest bis zur polnischen Grenze. Ist der beste Weg, um schnell ...«

Kaufmann nahm das Nachtsichtgerät ab. »Sehe sie nicht. Aber das kleine Luder ist hier irgendwo.«

»Nein«, antwortete Tennat jäh. »Sagen Sie lieber, warum Sie Juri Tarasov ...«

»Ach, der«, raunte Kaufmann und schüttelte den Kopf. »Er spielte nicht nach meiner Musik.«

»Was wissen Sie schon von Musik?«, fragte Tennat hinhaltend.

»Mehr als von Mode«, lachte Kaufmann auf. »Denn die Musik spielt nur für Geld.«

»Nicht in meiner Welt«, sagte Morgan.

»Sie sind aber auch nicht der Täter. Und auch nicht Sie oder Ihre Schwester«, Kaufmann schaute zu Tennat. »Leider. Dabei war die Fährte gut ausgelegt.« Er kam auf sie zu, nahm die Pistole vom Boden und entfernte sich wieder einige Meter. »Aber vielleicht kann man das noch ändern. Wenn ich wüsste, wo Patricia steckt.«

»Nein«, schrie Tennat ihn an.

»Dann muss ich leider nun auch Herrn Morgan …« Er richtete seine Waffe auf den Designer. » Das Geld habe ich ja nun. Und dieses Gerede ist wirklich …«

»Halt«, rief nun eine ältere Stimme.

Kaufmann drehte sich um und richtete sein Gewehr in Richtung seines Autos, wo der Ruf hergekommen war.

»Wer ist da?«

»Nur ein Zeuge«, antwortete die Stimme, »der nun aus seinen Schatten tritt und selbst handeln muss, eine Entscheidung trifft.«

Dann flammten die Scheinwerfer von Kaufmanns SUV auf und der Motor startete.

Der Wagen fuhr langsam los. Stotternd. Immer wieder den Motor abwürgend. Als wenn der Fahrer nicht fahren könnte. Der gefesselte Kollege, der nichts sehen konnte, machte sich klein, rollte sich seitlich weg, obwohl er außerhalb der Gefahrenzone lag.

Kaufmann wandte sich völlig von Tennat und Morgan ab und schoss wild drauf los. Die Scheibe zersprang, die Scheinwerfer gingen aus, ein Reifen platzte, doch der SUV kam nun in Fahrt. Kaufmann wich nicht von der Stelle. Er schien völlig von Sinnen. Er schoss und schoss und …

Als das Auto ihn voll erwischte, ihn zwei Meter von Tennat entfernt an einer Betonwand zermalmte, flog der Fahrer gegen das Lenkrad. Für einige Sekunden herrschte absolute Stille.

Francis Morgan ging zum Wagen. Tennat versuchte aufzustehen, stützte sich dazu an der Wand ab. Der Mann musste sich hier die ganze Zeit versteckt haben, dachte Tennat, wie eine geräuschlose Katze; oder beim Haus, wer weiß wie lang. Er war in das Auto gestiegen, obwohl er augenscheinlich nicht fahren konnte. Hatte Konrad Morgenstern nicht damals mit seiner Frau einen Autounfall gehabt? Hatte alles nicht so angefangen damals?

Der grauhaarige Mann hing über dem Lenkrad und atmete schwer. Schaute mit seitlich verdrehtem Kopf allein Francis Morgan an, der ganz dicht an ihn herantrat, seine Handschuhe abstreifte und das Gesicht des Alten streichelte.

Auch wenn Tennat diesen Mann nicht persönlich kannte, er sich noch nicht einmal sicher war, ob es wirklich Konrad Morgenstern war, fühlte er sich in diesem Moment mit ihm und seiner seltsamen Familie irgendwie verbunden.

Francis Morgan flüsterte einige Sätze auf Französisch, hauchte sie, als wäre es ein Gedicht. Tennat verstand nur den Namen Coco. Dann schloss der alte Mann mit einem unglaublich sanften Lächeln die Augen. Und alles andere war egal. Selbst die Wahrheit.

Zwischen Zilles »Milljöh« und Preußen-Prunk

Wolf von Angern
Cholera
Louis von Angern ermittelt
Ein Fontane-Krimi

176 Seiten, Broschur

ISBN 978-3-95958-061-8 | 9,99 €

Berlin, 1893: Als Baron von Jouquiers von einer Geschäftsreise aus Hamburg zurückkehrt, erkrankt er an Cholera. Er genest zwar, doch ihn treffen weitere Schicksalsschläge. Mehrere Menschen müssen sterben. Kriminalpolizei-Inspektor Louis von Angern wird von höchster Stelle mit dem Fall beauftragt. Sein väterlicher Freund, der berühmte Schriftsteller Theodor Fontane, ordnet die Indizien und erkennt die wahren Zusammenhänge. Ein unwiderstehliches Lesevergnügen!

www.bild-und-heimat.de

BILD UND HEIMAT